U & I

11

Wie groß sind die Gedanken?

203

Nicholson Baker

U & I

Wie groß sind die Gedanken?

Deutsch von Eike Schönfeld

Rowohlt

Der deutschen Ausgabe liegen zwei Bücher zugrunde.
Die Originalausgabe von «U & I» erschien 1991
unter demselben Titel bei Random House, New York, die für
die deutsche Fassung um zwei Essays gekürzte von
«Wie groß sind die Gedanken?» unter dem Titel
«The Size of Thoughts» 1996 ebenda.

Ein kleiner Teil von «U & I» wurde erstmals in
The Atlantic Monthly publiziert, ebenso «Changes of mind»
[«Sinneswandel»], «The Size of Thoughts» [«Wie groß sind die
Gedanken?»] und «Rarity» [«Seltenheit»]. «Ice Storm» [«Eisregen»],
«Reading Aloud» [«Laut vorlesen»], «The Projector [«Der Projektor»],
«Discards» [«Verzettelt»], «Clip Art» [«Knipskunst»] und
«Books as Furniture» [«Bücher als Möbel»] erschienen vorab
in *The New Yorker*; «The History of Punctuation» [«Die Geschichte
der Interpunktion»] im *New York Review of Books*; «Model Airplanes»
[«Modellflugzeuge»] und «The Northern Pedestal»
[«Das nördliche Podest»] in *Esquire* und «A Novel by Alan
Hollinghurst» [«Ein Roman von Alan Hollinghurst»]
in *The London Review of Books*

Die deutsche Übersetzung von «Der Projektor»
stammt von Willi Winkler. Die darin verwendeten Illustrationen sind

1. Auflage Januar 1998

Umschlaggestaltung Walter Hellmann
Satz Bembo (PostScript PageOne)
Gesamtherstellung Clausen & Bosse, Leck
Printed in Germany
ISBN 3 498 00559 6

U & I

Eine wahre Geschichte

Für meine Mutter

Uns wollen sie vielleicht sehen,
aber über sich werden sie reden wollen.

CYRIL CONNOLLY

EINS

Am 6. August 1989, es war ein Sonntag, saß ich im Arbeitszimmer meines Schwiegervaters in Berkeley (wir hüteten ein) wie gewöhnlich auf einem mit blutrot gepunkteten Kissen gepolsterten Alu-Liegestuhl, legte die Beine hoch und rückte die auf einem Kurzwörterbuch ruhende Tastatur auf meinem Schoß zurecht. Ich tippte Datum und Uhrzeit ein, 9.46 Uhr. Ich hatte keine Ahnung, was für ein Thema ich mir an dem Morgen vornehmen würde. Etwa eine Woche zuvor hatte ich einen Roman beendet und abgeschickt, meinen zweiten, und war noch immer erfüllt von dem irreführenden Schwung, der zwar die Fertigstellung von Romanen ermöglicht, aber im allgemeinen auch mit einem enttäuschend flauen und gehetzten Gefühl der zweiten Hälfte oder dem letzten Drittel gegenüber einhergeht, wobei die wachsende Gewißheit des Autors, nun endlich ein Profi zu sein, endlich zu wissen, wie der Hase läuft, exakt mit jener unerfreulichen, nervösen Empfindung seitens des Lesers zusammenfällt, in ein Gefüge von Figuren und Schauplätzen eingesperrt zu sein, die er nun schon ein bißchen zu gut kennt, um noch Gefallen daran zu finden. Zu gern wollte ich ineinsbildend auf die Tasten einhämmern, und das Nahen ebendieses Vergnügens ließ die Worte «gleich morgens mit Schreiben zu beginnen verliert nie seinen Reiz» in dem Zu-tippen-Warteraum meines Bewußtseins erscheinen; doch bevor ich die Finger in Bewegung setzen konnte, erinnerte ich mich, daß Updike in *Selbst-Bewußtsein* etwas Ähnliches gesagt hatte: «Im Morgenlicht kann man zügig, ohne die geringste Beschleunigung des Pulses, über das schreiben, worüber man im Dunkeln nicht nachdenken kann, ohne in Panik Zuflucht bei Gott zu suchen.» Für mich ein bemerkenswerter Satz (wenngleich ich mir nur die erste Hälfte merkte), nicht nur, weil er mir einfach und wahr erschien, sondern weil ich ihn zweimal gelesen hatte, zuerst als Zitat in einer Rezension und dann im Buch selbst. Und mit dieser Erinnerung an Updike zögerte ich: Ich tippte nicht, was ich tippen wollte; ich änderte den Kurs.

Donald Barthelme war gerade gestorben, am 23. Juli. Meine Frau hatte den Associated-Press-Nachruf in der Zeitung gesehen. Mein Gefühl, von der literarischen oder akademischen Gemeinschaft, falls es denn so etwas gibt, abgesondert zu sein, wurde dadurch verstärkt, daß ich von Barthelmes Tod nicht durch einen schmerzerfüllten Anruf von einem ihm Nahestehenden oder einem treuen Leser seiner Werke erfahren hatte, sondern lediglich aus der Lokalzeitung, deren Informationen jedermann zugänglich sind. Beunruhigt starrte ich eine halbe Stunde vor mich hin, unsicher, was ich nun tun sollte, während meine Frau mit großen Augen mitten auf dem Teppich stand und sagte: «Es tut mir ja so leid, es tut mir ja so leid.» Schließlich beschloß ich, einen Beileidsbrief an seinen Redakteur beim *New Yorker* zu schreiben, begann aber nicht damit. Dann bekam meine Tochter einen Ohrinfekt. Am ersten August sagte sie: «Ich ersticke gleich, Daddy, ich will nicht ersticken», und ich hielt sie unbeholfen über die Spüle, wobei ich ihre Stirn mit der Hand umfaßte (ich erinnerte mich unvermittelt, wie meine Mutter mir die Stirn gehalten hatte und diese Gehirnumarmung etwas von den Qualen der Krankheit auf eine höhere Macht übertrug), und ich spürte, wie sich ihre Bauchmuskeln kräftig anspannten. Noch am selben Tag ging ich mit ihr zum Arzt und besorgte ihr Antibiotika, und als wir wieder nach Hause kamen, fiel mir ein, daß ich meinem Großonkel Dick, der schwer krank war, noch einen Brief schuldete. Anstatt ihn zu schreiben, unternahm ich mehrere Anläufe, den Barthelme-Brief an den *New Yorker* hinzukriegen. Ich verwarf «Ich bin aufgewühlt», «untröstlich» und «Er war ein ganz Großer». Doch während ich mich mühte, etwas zu formulieren, was unmanieriert klang, fiel mir auf, daß meinen Anstrengungen ein moralisch ärgerlicher Makel anhaftete. *Diese schwarzen Balken, diese schwarzen Balken*, dachte ich immer wieder, die der *New Yorker* geschmackvollerweise über seine Nachrufe setzt: Sie kommen immer ganz am Ende des Heftes, und kürzlich hatte es welche auf Saxon und Addams gegeben. Aber der Nachruf, an den ich sofort denken mußte, war der, den Updike anläßlich Nabokovs Tod geschrieben hatte und der in seinem Essayband *Hugging the Shore** abgedruckt war: Ich erinnerte mich an keine besondere Wendung, bis auf eine, in der es so schön hieß, daß nach allgemeiner Übereinkunft *Lolita* wohl sein bester Roman auf englisch und *Die Gabe* wohl sein bester auf russisch sei (ich hatte mir dieses Urteil gemerkt, weil beide nicht meine Lieblingsbücher waren), aber an seinen Ton erinnerte ich mich: freundlich, ernst, unsentimental, flüssig, aber nicht affektiert, bewußt unspektakulär und frei von Rivalität – ein mustergültiger Nachruf. Und ich wußte, daß den Barthelme-Nachruf wahrscheinlich Barthelmes Redakteur beim *New Yorker* schreiben würde und daß die Ehrung vermutlich anonyme Zitate von Weggefährten und Schriftstellerkollegen enthalten würde. Und genau *darin* lag der ersichtliche Makel des Falschen in meiner Haltung, denn ein nicht unbeträchtlicher Anteil dessen, was mich trieb, den Beileidsbrief zu schreiben, war mein egozentrischer, untrauernder Ehrgeiz, wenigstens einen Satz darin hinzukriegen, der ebensolches Format hatte wie viele in Updikes Nachruf auf Nabokov und der folglich die kummervolle, aber nicht tränenerstickte Zitierfähigkeit besaß, mit der ich anonym den «Sprung» in den Barthelme-Nachruf «schaffen» würde, wie in eine Mannschaft.

Angewidert von meinen gemischten Beweggründen schrieb ich trotzig einen knappen, völlig unexzerpier-

* In der deutschen Ausgabe, *Amerikaner und andere Menschen*, nicht enthalten. Im folgenden werden, wenn übersetzt, jeweils die deutschen Titel erwähnter Werke verwendet, wenn nicht, die Originaltitel (A.d.Ü.).

baren Viersätzer, der im wesentlichen aussagte: vermisse ihn, wunderbare Titel, mühelose Originalität, danke, daß er bei Ihnen erscheinen konnte, Großer dieses Jahrhunderts. «Irgendwie holprig», befand meine Frau. Ich schickte ihn trotzdem ab; die Holprigkeit war der Beweis meiner Tugendhaftigkeit. (Der Nachruf erschien denn auch; nicht, wie sich zeigte, am Ende der Zeitschrift mit einem schwarzen Balken darüber, sondern unter «Notes and Comment» am Anfang, und tatsächlich waren mehrere Zitate darin enthalten – keines von mir.) Aber ich war noch immer traurig. Meine Reaktion war zwar von ansprechender Selbstverleugnung gewesen, dem Ernst der Sache jedoch nicht gerecht geworden. Ich überlegte kurz, ob ich eine neojamessche Erzählung über einen Mann schreiben sollte, der vom Tod eines namhaften Schriftstellers hört, den er seit langem bewundert hat, worauf er sich mit einem Beileidsbrief an den Redakteur des Namhaften abquält, sich Vorwürfe macht, daß er sich abquälen muß, statt einfach und spontan zu trauern, und hin und her überlegt, ob er die anderen Briefentwürfe, die verraten, wie hart er daran gearbeitet hat, den angemessenen spontanen Ton zu treffen, vernichten soll oder ob solche Täuschungsmanöver, durch die er künftige Biographen ihres Materials beraubte, einen schlagenden Beweis dafür liefern würden, wie leicht er seine literarische Zukunft nahm. Doch eine Fiktionalisierung wäre, so dachte ich, ein weit kruderer opportunistischer Gebrauch meiner Verwirrung über Barthelmes Tod, als ein Brief von üppiger Zitierfähigkeit es gewesen wäre.

Auch erwog ich, eine kritische Würdigung Barthelmes, die ich schon seit Jahren im Sinn gehabt hatte, zu schreiben. Schließlich war das die übliche Art, die Lücke zu füllen, die ein Schriftsteller hinterläßt. Henry James etwa hatte nach Emersons und Hawthornes Ableben lange, wundervolle Gedenksachen über sie geschrieben; Trollope verriß er übel, solange Trollope noch lebte und die Rezension lesen konnte, doch kaum war Trollope zur letzten Ruhe eingenickt, schrieb James mit ungeheurer, toleranter Zuneigung über ihn. Und auch Updike hatte lange hübsche Sachen über Hawthorne und Melville geschrieben sowie bedeutende Besprechungen von Wilsons posthumen Tagebüchern und eben auch den Nachruf auf Nabokov. Angeregt also von diesen fortgeschrittenen Praktikern, konnte ich Barthelme langsam und sorgfältig wieder lesen, mich in eine ehrfürchtige, fanatische Empfänglichkeit für die ihm innewohnenden Stärken hineinsteigern (wie ich vom College her wußte, neigte ich dazu, das bei jedem wahrhaft guten Schriftsteller zu tun, dem ich viel Zeit widmete) und seine Schwächen auf eine Weise entschuldigen, die mich klug und hellsichtig erscheinen ließ und nicht lediglich blind. Aber wozu der Aufwand? Barthelme würde es nicht mehr erfahren. Und in jedem Fall wollte ich, daß meine Wahl dessen, was ich zu einem bestimmten Zeitpunkt las, das Ergebnis vielschichtigerer Gründe als der simplen Erfordernis eines nachrufenden Überblicks sein sollte. Das heißt, ich wollte Barthelme nur wieder lesen, wenn ich Barthelme auch wirklich wieder lesen wollte, und nicht, wenn sein Tod mich plötzlich dazu verpflichtete. Zudem war er auch gestorben, als er etwas aus der Mode war, und ich war begierig, aus erster Hand die Mikrobiologie einsetzender Aufwertung oder fortschreitenden Vergessens zu beobachten, was ich bei früheren Gelegenheiten, etwa bei John O'Hara oder John Gardner, versäumt hatte. Noch verspürte ich kein gesteigertes Bedürfnis danach, meine persönliche Meinung über ihn, soweit man überhaupt sagen konnte, ich hätte etwas so Festgelegtes wie eine Meinung über ihn, zu verbreiten.

Die Wendung, um deren Einbeziehung die Rezensenten sich so bemühen, wenn sie ihr Urteil verkünden – nämlich zu sagen, Soundso sei unter den *lebenden Schriftstellern* erstrangig oder nicht –, war mir früher unnötig erschienen: das Werk, so hatte ich gemeint, sei gut oder schlecht, egal, ob der Schriftsteller noch lebt oder nicht. Nun aber, nach der Nachricht vom Tode Barthelmes, wurde diese schlichte Tatsache des *Seins oder Gewesenseins*, die ich im Kern schon so langsam akzeptiert hatte, die eine, allerwichtigste Zusatzinformation, die ich, wie ich meinte, über einen Schriftsteller erlangen konnte: wichtiger noch als das Alter, in dem er ein bestimmtes Werk geschrieben hatte, oder seine Nationalität, sein Geschlecht (man verzeihe mir das Pronomen), seine politischen Neigungen, sogar, ob er nach jemandes Meinung überhaupt Talent hatte oder nicht. *Lebt er oder ist er tot?* – mehr will ich nicht wissen. Die intellektuelle Projektionsfläche, die wir den toten Autoren darbieten, hat in Struktur und chemischer Zusammensetzung eine feine Veränderung erfahren; tausend Details der Freude, des Zusammengehörigkeitsgefühls und der Nachsicht beginnen sich in dem Moment, da erstere das Zeitliche segnen, neu zu formulieren. Die lebenden denken und tun potentiell genau dasselbe, was auch wir tun: sich durch eine vollautomatische Autowaschanlage ziehen lassen, zusehen, wie ein Pony an einer Möhre kaut, bemerken, daß eine bedeutende Kirche orange eingerüstet ist. Von den Schlüssen, die sie ziehen, wissen wir, daß es Schlüsse sind, die sie daraus ziehen, wie die Dinge jetzt sind. Ja, für mich als einen Romancier, der noch am Anfang steht, bilden alle anderen lebenden Schriftsteller eine Kontrollgruppe, für die die Welt ein Placebo ist. Selbstredend mögen die toten hilfreich sein, aber wir können nur grob raten, wie sie auf dieses sich herausbildende Zeitpartikel, das die einzige Zeit ist, die wir haben, reagieren würden. Und wenn wir wirklich raten, sind wir ihnen gegenüber unfair. Selbst wenn die toten, wie Barthelme, unerwartet und relativ jung gestorben sind, schenken wir ihnen ihren feierlichen Augenblick und machen uns dann schnell daran, sie mit biographischer Herablassung zu behandeln, darüber zu reden, «wieviel Freude» sie an x hatten oder daß sie sich über y «lustig machten» – Wendungen, die allein schon durch ihre 08/15-Niedlichkeit verraten, wie fremd und kindlich uns die Nuancen nun erscheinen. Posthum werden ihre Beweggründe lächerlich simpel, ihre Freuden primitiv und statisch; ihre Emotionen tragen sämtlich Bühnenschminke, und kaum je werfen wir aus Unmut über etwas, was sie gesagt haben, ihre Bücher durchs Zimmer. Im Grunde können wir sie nicht mehr verstehen. Der Leser der lebenden sieht das Werk, bewußt oder unbewußt, bis zu einem gewissen Grad immer auch mit den Augen des lebenden Schriftstellers; fühlt mit ihm, wenn er patzt, oder schließt in seine Reaktionen auf dessen Frühwerk beständig unterschwellige Spekulationen darüber ein, ob auch der Autor selbst jetzt bei einer Passage zusammenzucken oder zustimmend nikken würde. Die toten jedoch kann ein Eingeständnis, das sie gemacht, oder ein Fehler, den sie begangen haben, nicht mehr in Verlegenheit bringen. Wir spüren diese Unzugänglichkeit und passen unsere Sympathien entsprechend an.

Doch auf andere Weise gewinnen die toten auch durch den Tod. Der Grad autobiographischer Treue in ihrem Werk wird irgendwie weniger wichtig, vielmehr scheint äußerste Treue, anders als bei den lebenden, unserer Wertschätzung ihres Werks keinen Abbruch zu tun. Die lebenden schreiben «nur» über ihr Leben; die toten schreiben über ihr *unwiederbringliches Leben*, Mannomann! Egoismus, Monomanie, die wahnhaften Züge von Blake oder Smart oder dem Menschen, der diese elektrisierend schizophrenen Katzen gemalt hat, das alles sind sympathische Eigenschaften der toten. Um unsere Kultiviertheit über die Zeiten hinweg zu demonstrieren, lachen wir höflich, wenn wir, etwa bei Sheridan, spüren, daß ein Toter versucht, lustig zu sein, wenngleich selten mit jener lärmenden Ausgelassenheit, zu der die lebenden uns inspirieren können. An einer Stelle in Boswells *Johnsons Leben* kommt die Rede auf Garricks Beerdigung, die kurz zuvor stattgefunden hatte. Man unterhält sich darüber, wie prachtvoll und verschwenderisch sie war. Eine Frau sagt, *sie* habe gehört, jede Kutsche im Leichenzug sei von sechs Pferden gezogen worden. Da verliert Johnson schließlich die Geduld und sagt: «Madam, es waren ebensowenig sechs Pferde wie sechs Phönixe.» Als ich das zum erstenmal las, erschien mir Johnsons liebenswerte Pikiertheit komisch genug, um einen Ausruf und ein Schenkelklatschen zu verdienen; doch dieser Reaktion folgte die Verwirrung auf dem

Fuße, weil ich mir im Moment des Gelächters und in der Echtheit meiner Belustigung sicher gewesen war, daß Johnson in dem Moment irgendwo, abgeschieden, von Reportern vergessen, am Leben sein mußte, damit seine Worte so unmittelbar in Verbindung mit mir hatten treten können. Nun schwand diese Gewißheit, und ich hörte jenen hohl dröhnenden, klagenden Ton, den man erzeugen kann, indem man durch eine Versandröhre summt oder muht, als mir bewußt wurde, nein, Johnson war wirklich tot, und jegliches komische Leben, das ihm innewohnte, war von einer mystischen, phönixgleichen Unbeständigkeit – und wenn ich mir heute seinen Satz wieder ansehe, weiß ich, daß ich ihn zum Teil deshalb so komisch fand, weil eine solche Entrüstung bei toten Autoren witziger wirkt als bei lebenden. Man mußte nicht dabeisein.

Und so gab ich die Barthelme-Sache ganz auf. Doch die diversen Morbiditäten, die sein Tod zeitigte – wie auch der Gedanke an die Zerbrechlichkeit und Kostbarkeit allen Lebens, den unweigerlich schon eine leichte Erkrankung des eigenen Kindes auslöst –, waren alle sehr präsent, als ich an jenem Sonntagmorgen Anfang August, erinnert an Updikes Satz, wie leicht einem die Worte am Morgen kommen, einen Augenblick zögerte. Updike war für mich als Vorbild und Einfluß viel wichtiger als Barthelme, und plötzlich empfand ich das Wissen, daß er lebte und schrieb und mit *Selbst-Bewußtsein* soeben eines seiner besten Bücher veröffentlicht hatte, als ungeheure Fügung. Wie glücklich ich mich schätzen konnte, daß ich lebte, während er lebte! Aber obwohl Updikes Buch sehr gut war – dem Prinzip des Gedächtnisses getreu, Dinge unter Stichworten abzuheften, und auch, wie ich fand, durchaus originell in der Art und Weise, wie es aus abgeschlossenen, themenbezogenen Essays eine Autobiographie aufbaute (wie Harold Nicolson in *Some People* aus den fiktionalisierten Bekannten eine Art Autobiographie geschaffen hatte) –, häuften sich darin auf unangenehme Weise Ahnungen von Vollendung, von letzter Erkenntnis und versagenden Körperfunktionen sowie eine Art distanzierter, fliegenfischender Rückschau, die etwas ganz anderes war als das Bedürfnis des jungen Schriftstellers, die obersten Schichten seiner Erinnerungen an Grundschule und High-School loszuwerden, damit er ohne deren ständige Ablenkung weitergehen kann. Das gerahmte Foto vorn auf dem Umschlag (sein bei weitem bestaussehender Umschlag) war eindeutig dasselbe, das am Anfang von *Auf der Farm* detailliert beschrieben ist – er machte reinen Tisch. Ebensowenig hatte mir eine jüngere Erzählung von ihm über einen Mann Mitte Sechzig gefallen, der Tag für Tag auf dem Weg zum Briefkasten von den Tauben erschreckt wurde, die bei seinem Nahen unvermittelt aufflatterten. Das Bild war toll, aber die Implikation, daß Updike seine Intelligenz auf seine Vergeßlichkeit ansetzte, darauf, was man Neues über den Verlust seiner Kräfte sagen konnte, war sehr verstörend. Wo Barthelme nun tot war, bekam ich plötzlich eine Ahnung davon, wie gebrochen, richtungslos und schlicht beraubt ich sein würde, sollte ich plötzlich durch Associated Press von Updikes Tod erfahren. Alles, was ich wollte, alles, worauf ich zählte, war Updikes Unsterblichkeit: sein unablässig fließender Strom von Büchern, Rezensionen, selbst Gedichten und insbesondere Antworten auf vorlaute Anfragen von *Mademoiselle* und dem *New York Times Book Review.* Ich glaubte mich daran zu erinnern, was er kürzlich als Antwort auf eine Umfrage über Unterhaltungsliteratur in *Esquire* gesagt hatte, nämlich daß «ich am College las, was man mir auftrug, und mir das sehr half». Ich wollte mehr von derlei einzelligen lebendigen Erscheinungen. Mehr Dankesreden bei Preisverleihungen! Meiner Ansicht nach war er der vorbildliche amerikanische Literat des zwanzigsten Jahrhunderts: wenn er stürbe, dann stürbe die persönliche Verbindung meiner Generation zur Literatur ebenfalls, dann würden wir alle endlich mit der beängstigenden, unvermittelten Ungeheuerlichkeit der Sichtbetonuniversitätsbibliothek konfrontiert, deren Antidiebstahltüren beim Verlassen *klick-klick-klick-klick* machen, ein trockenes Gelächter darüber, wie wenig Bücher wir mit nach Hause tragen können.

«Ich sollte», tippte ich an jenem Vormittag, «eine Würdigung Updikes schreiben.» Und «es muß geschehen, solange er noch lebt». Wie bei Barthelme war der Gedanke an einen solchen Essay kein völlig neuer Plan. Seit ich mit dem Projekt begonnen habe, habe ich in meinen Haufen Getipptem etliche frühere Erwähnungen derartiger Exerzitien gefunden – «Ein ganzes Buch über meine Besessenheit von Updike machen» hatte ich im Oktober 1988 getippt und drei Seiten Aufzeichnungen folgen lassen. Am 8. September 1987 hatte ich nach der Lektüre etlicher Rezensionen Updikes über Wilson und Nabokov getippt: «In letzter Zeit habe ich wieder daran gedacht, einen Essay über Updike zu schreiben.» Aber, hatte ich gesagt,

> bei Leuten, denen gegenüber man solch komplizierte Gefühle hegt, sollte man warten, bis sie tot sind, weil man sie dann dadurch, daß sie für einen verloren sind – daß sie nicht mehr potentiell am anderen Ende eines beliebigen Druckwerks stehen –, so viel besser und wahrhaftiger schätzen kann. Jetzt hätte ich eher Grämliches zu sagen …

Aber, wie man sieht, hatte Barthelmes Tod meine Einstellung völlig verändert. Jetzt empfand ich es als nachgerade verachtenswert zu warten, bis ein Schriftsteller gestorben war, um die besten eigenen Fähigkeiten an seinem Werk zu üben – ein solcher Aufschub schien mir, post Barthelme, einem der wesentlichen Ziele des Romans diametral zuwiderzulaufen, nämlich dem, Stücke geistigen Lebens in ihrer Entfaltung so wahrhaft wie möglich einzufangen, wobei all die sie umgebenden Kräfte jener Umstände, die auf eine Blastula des Verstehens einwirken, nur insoweit eindringen dürfen, als sie ein genaueres Bild abgeben. Der Gedenkessay, der voller Trauriger-Clown-Kümmernis ein Jahr nach dem Tod des Romanciers in irgendeiner Zeitschrift erscheint (wie Henry James' Essays über Zola und Trollope oder seine lange Rezension der ersten Emerson-Biographie), ist der feinabgestimmten deskriptiven Fähigkeiten des aktiven Romanciers unwürdig: da hat er es einmal mit einer lebenden Gestalt zu tun, die er nun angesichts der täglichen literarischen Kost und der Vorlieben, die er mit seinem Thema teilt, tatsächlich auch verstehen kann, und statt dessen wartet er faul auf die Endgültigkeit des Autopsietisches, bevor er ein Bild zeichnet. Ein Romancier, der wie ich am Anfang steht, hat den Auftrag, das Leben jetzt zu beschreiben, nicht Geschichtsschreibung zu betreiben, und der riesige

Beitrag, den die Bücher eines dienstälteren lebenden Schriftstellers zu seinem Leben leisten, erfordert angesichts seiner Bedeutung den Versuch einer romanartigen Inklusivantwort.

Ich wußte nun, daß ich eine ernstzunehmende Frist hatte: Ich mußte über Updike schreiben, solange es noch denkbar war, daß man über ihn herziehen könnte, einfach weil er absolute Spitze ist, bevor sich eine falsche Abschiedsehrfurcht vor dem großen alten Mann einschlich, was unausweichlich der Fall sein würde. Die literarische Welt forderte als Preis für ihre Aufmerksamkeit eine Art Fremdheit: mangels geographischer Distanz tat es auch senile Ferne. Doch was sie mit dieser Forderung verlor, war die Möglichkeit wirklicher Selbsterkenntnis, denn man kann keine Wahrheiten von akzeptabler Eindeutigkeit entwickeln, wenn einem das, was man zur Untersuchung auswählt, durch Zeit, Sprache, Umfeld oder durch eine in autoritätsheischendem, langsam redendem Niedergang begriffene Physiognomie entfremdet ist. Ich wollte meine Gefühle Updike gegenüber untersuchen, solange er noch in jener Phase intellektueller Geringschätzung war, die Allgegenwart und Bestseller-Popularität zeitigen.

An jenem Morgen begann ich also damit, Wendungen oder Szenen aus Updikes Werk, an die ich mich erinnerte, niederzuschreiben, wie sie mir gerade einfielen. Die erste war

weites sterbendes Meer

Diejenigen Stellen, wie etwa das Paar, das sich in *Heirate mich* anspuckt, die ich in schlechter Erinnerung hatte, versah ich vorn mit einem Sternchen. Es war ein einzigartiges Gefühl: Ungefähr alle zehn Sekunden kam, nicht ohne einiges Suchen mit geschlossenen Augen, eine bestimmte Stelle hoch, von ihrer Vorgängerin auf der Liste getrennt durch einen geistigen Wusch ähnlich dem schnellen Kameraschwenk, der die Szenen in der alten Batman-Serie voneinander trennte. Mir war, als könnte ich diese losgelösten, oftmals bruchstückhaften Erinnerungen an Updike über Tage hin unendlich weitertippen. Einige andere in der Reihe waren:

2. Mom liest im Hotel *Der weite Weg zu zweit*, als wir eine andere Familie besuchen – vielleicht um die Zeit, als sie und Dad beschlossen hatten, sich scheiden zu lassen
5. Der Chateau Mouton Rotschild [*sic*], den der Mann dem Kind in Updikes erster Erzählung gibt
6. «Das Blau da unten ist ultramarin. Manchmal ist das Blau da unten grün.» Falsch zitiert
7. «Die bulgarische Dichterin», Titel – und eine Vorstellung von ihr: nach hinten gebürstete Haare, «wie ein Hütchen».
10. Der Eiswürfel in *Hasenherz*
14. «und die traurige Zeitkurve, die ihr gegenüberliegt», Widmung in *Problems*
16. *«scheint» oder «schien» – ständig gebrauchtes Wort
17. Blutegel, die in einer Kurzgeschichte Beine hochkriechen
20. Divot von der Größe eines Unterhemdes, über das Mom an jenem Sonntag so sehr lachen mußte.

Ich hatte eine Liste mit rund fünfunddreißig solcher Stellen zusammen, als ich an jenem Vormittag zu schreiben aufhören und mit meiner Familie in den Zoo fahren mußte. Aber ich fing nichts damit an. Statt dessen rezensierte ich eine Biographie über Flann O'Brien und schrieb einen Essay über Modellflugzeuge: die reine Frivolität. Mitte Oktober beging mein Großonkel Dick Selbstmord; vielerlei unheilbare Gebrechen hatten ihn kleingekriegt. Meine Großmutter sagte, sie fühle sich nun, da niemand mehr da sei, dem sie Familienerinnerungen erzählen und der sie mit eigenen ergänzen könne, sehr allein, und sie zitierte Oliver Wendell Holmes: «das letzte Blatt am Baum». Der Brief von ihm, den ich nun nicht mehr beantworten mußte (sein allererster an mich), lag ganz oben auf einem Prioritätenstapel (und warum soll man das Wort nicht verwenden, wenn es nützlich ist?) Korrespondenz, den ich monatelang voller Schuldgefühle beäugt hatte. Er erwähnt darin, er habe mit seinem «sehenden Auge» etwas von mir gelesen, und schließt mit: «Ich bitte für meine schlechte Handschrift nicht um Verzeihung – nur um Verständnis für eine alles andere als leichte Aufgabe.» Meine Frau stand mit großen Augen mitten auf einem anderen Teppich (inzwischen waren wir wieder zu Hause, das Einhüten lag hinter uns) und sagte: «Es tut mir ja so leid, es tut mir ja so leid.» Als Reaktion darauf schätzte ich mich erneut glücklich, Updikes Zeitgenosse zu sein, aber ich fing nichts damit an.

Schließlich las ich etwa eine Woche später, am 24. Oktober 1989, in Henry James' langem Essay über Emerson das Folgende:

> Es war unmöglich, mehr geehrt und geschätzt zu werden, nah und fern, als es ihm während seines langen Aufenthaltes in Concord widerfuhr, oder mehr als der erste Gentleman am Orte angesehen zu werden. Dies wurde dem Verfasser dieser Bemerkungen aus Anlaß des eigentümlichen, geselligen, heiteren öffentlichen Begräbnisses offenbar, das

> ihm im Jahre 1883 vom ganzen Lande bereitet wurde, welches massenhaft, mit der Eisenbahn, per Fuhrwerk, zu Fuß zur letzten Ehrung des ersten Bürgers eintraf. Es war eine volkstümliche Kundgebung, die eindrucksvollste, die ich je durch den Tod eines Literaten veranlaßt gesehen habe.

Sogleich versuchte ich, mir vorzustellen, was für eine «volkstümliche Kundgebung» es bei Updikes Begräbnis geben würde. Würde die tantige Versammlung von Profischreibern von den modernen Äquivalenten des Landvolks aufgebläht werden: das heißt von Sekretärinnen, Lesekassetten-Pendlern, Abonnenten der Franklin Library, Mitgliedern des Quality Paperback Book Club? Die Vorstellung all dieser gedankenvollen, liebenswerten, mäßig intellektuellen, gefurchten und in Trauer geneigten Stirnen wirkte nach dem lebhaften, schockierenden, un-Emersonschen Werk Updikes über Nacktheit, Ficken in Wäschehaufen, Schamhaar wie Seegras, schmutzige Polaroids, die Möse der Nachbarin und so weiter im Augenblick seltsam – aber dann erschien sie mir völlig angemessen. Updike war der erste, der das penile Sensorium unter die Fittiche einer kunstvollen metaphorischen Prosa genommen hatte. Wenn einmal das Gefühl im Innern einer Vagina mit einem Ballettschuh verglichen worden ist (falls mein Gedächtnis dieses unlokalisierbare Simile nicht verzerrt), dann ist die sexuelle Revolution abgeschlossen: Ebenso wie Emerson die Überseele, die strahlende zeitlose Sphäre des reinen Denkens schuf, das dem ernsten, Vorträge besuchenden Landarbeiter zur Verfügung steht, so machte Updike aus den einsamen, taschenbucherzeugten Zuckungen des Lesers eine unkitschige, kultivierte

Errungenschaft. (Ich selbst habe nie mit Erfolg auf ein Updike-Buch masturbiert, wohl aber auf gewisse erinnerte Szenen bei Iris Murdoch; aber eine Bekannte meint, sie habe eine ganze Reihe von Qualitätsorgasmen bei *Ehepaare* erzielt, als sie es erstmals mit dreizehn las.) In ihrer Trauer um Updike würden die trübsinnigen, vornehmlich weiblichen Bürger der sexuellen Vergangenheit ihrer eigenen Jugend nachtrauern, deren Hardcore-Tollereien inzwischen von den Wollsachen und Gänsedaunen nostalgischer Sehnsucht, vager Reue, verschwommener Erinnerungen, ehelicher Vergebung und einem allumfassenden Gefühl unvollkommener Ablösungsversuche wattiert waren; sie würden um den Mann trauern, der, indem er eine ernste, proustonabokovsche, moralisch sensible, literaturpreiswürdige Prosa auf die Mikromechanik der körperlichen Liebe anwandte, zunächst einmal ihr eigenes Gestöhn salonfähig gemacht hat. Doch das konkrete visuelle Bild von Trauernden in zeitgenössischer Kleidung, die um ein reales Grab versammelt sind, war zu mächtig und abgeschmackt, um es länger als einen Augenblick zu betrachten; zurückschaudernd dachte ich: *Aber wenn er stirbt, dann wird er ja gar nicht erfahren, was ich über ihn denke*, und war entsetzt. In jener Nacht schrieb ich auf die Innenseite des hinteren Buchdeckels des Henry-James-Taschenbuchs, in dem ich gerade gelesen hatte: «Updike-Ding zu einem langen Essay machen», und am Tag darauf rief ich zitternd meinen Redakteur beim *Atlantic* an, um es ihm vorzuschlagen.

ZWEI

Doch der Redakteur war nicht da und rief auch nicht zurück. Eine Woche, einschließlich Halloween, verging. Täglich wurde meine Erleichterung größer. Die Aussicht, einen bestellten Artikel über Updike zu schreiben, machte mir große Angst; nicht so sehr wie die Aussicht seines Todes, aber fast – das heißt mehr Angst als die Aussicht meines eigenen Todes. Ich hatte kaum eine Ahnung, was ich würde sagen können, nur daß ich einiges zu sagen hätte. Und Updike könnte antworten, beleidigt sein, mich vernichten, mich ignorieren, mich verklagen. Ein fetziger Literaturprozeß war in der Phantasie durchaus reizvoll, nur wußte ich, ich würde in Tränen ausbrechen, wenn mich ein auch nur halbwegs fähiger Anwalt ins Kreuzverhör nähme. Aber soweit würde es wahrscheinlich gar nicht kommen. Die Ausleger von Updikes wundervoll gefiederten Augenbrauen würden unter der subdermalen Schwellung eines Stirnrunzelns flüchtiger Überlegung ihren Tangentialwinkel verändern, und die Augen, die im Tiefflug über so viele Tausende Meilen von Gedrucktem geflogen waren, würden auch meine Worte einmal überflogen haben, und dann würde eine Antwort – weise, vernünftig, leicht amüsiert, vielleicht mit einem einzigen Ausbruch der Verärgerung, um mir aus reiner Nettigkeit zu demonstrieren, daß meine Klimmzüge tatsächlich seine ungeteilte Aufmerksamkeit erhalten hatten (wie der Ausbruch in Nabokovs Antwort auf Updikes «stilvollen» lobenden Absatz im *TriQuarterly*, wo Nabokov Updike dafür dankte, daß ihm die traurige Prostituierte in *Lolita* gefallen habe, sich jedoch darüber erzürnte, daß Updike gedacht habe, Ada sei «in womöglich mehr als einer Beziehungsdimension» Nabokovs Frau Vera) – beim *Atlantic* einschweben. Oder, was viel, viel schlimmer wäre, sie würde es *nicht* tun. Zumal ich mit meinem Plan, über meine vorzeitigen Befürchtungen bezüglich des unausweichlichen Verfalls und Ablebens eines anderen Schriftstellers zu sprechen, etwas tat, was aus sehr guten Gründen ungehörig, tabu erschien. Wenn ich Mitte Fünfzig bin und voller Pläne und es mir richtig gutgeht, wenn mir sogar die elegischen Dinge gefallen, die ich nun allmählich über das Alter schreibe und darüber, wie die besten Sachen von einem vor dem Berühmtsein entstanden sind, will ich dann, daß ein Autor, der fünfundzwanzig Jahre jünger ist als ich, sich öffentlich darüber Sorgen macht, ich könnte an einem jahrzehntefernen Punkt zu schreiben aufhören und sterben? Nein. In der Vorbemerkung zu *Selbst-Bewußtsein* erwähnt Updike sein Entsetzen, als jemand an ihn herantrat, der seine Biographie schreiben wollte: «mir mein Leben, meine Goldmine, meinen Hort an Erinnerungen wegzunehmen!» Und jemand, Updike oder Anthony Powell, glaube ich [oder womöglich Mailer?], spricht von dem «Argwohn» – ich glaube, das war das Wort –, den ältere Schriftsteller jüngeren gegenüber zunehmend empfinden, ein Argwohn, der, wie ich fand, Respekt verdient. Und dennoch trug ich mich mit dem Gedanken, Updike eben diese Todesfurcht zu stehlen. Es war eine schreckliche Idee. Eine solch anmaßende, unsubtile, allzu freimütige Unbotmäßigkeit bei jungen Schriftstellern fand ich schlimm. Sähe ich im *Atlantic* einen Essay mit dem Titel «U & I», ich würde voll Abscheu mit der Zunge schnalzen und die Zeitschrift absichtlich an einen falschen Platz auf das Zeitungsregal klatschen, hinter *Iron Horse* oder *Needlecraft*. Doch wäre meine verärgerte Reaktion dann rein negativer Natur, oder enthielte sie auch eine Komponente der Anerkennung, den Wunsch, ich hätte mich selbst an etwas Derartigem versucht? Und wenn sie eine solche Komponente der Anerkennung enthielte, wäre das wirklich ein zwingender Grund, es auch selbst zu schreiben, anstatt darauf zu warten, daß jemand, der befähigter und weniger risikoscheu ist als ich, es auf seine oder ihre Weise tat? Warten war vermutlich besser.

Eine volle Woche lang, nachdem ich versucht hatte, den Redakteur beim *Atlantic* zu erreichen, beschäftigte ich mich mit anderen Dingen. Am 31. Oktober machte ich mir ein paar heitere Notizen über Tracy Chapmans Gesang und über Bizets *Carmen*. Am 1. November schrieb ich ausführlich über meinen eingewachsenen Zehennagel. Aber das war einfach nicht genug. Ohne eine gewisse Besorgtheit verliert das Schreiben seinen Reiz. Es gibt die schlichte Spannung, die in eine gewisse Art von Romanen eingebaut ist – eine erstrangige

Handlungsbesorgtheit, die mir oft mißfällt und mir körperliches Unbehagen bereitet –, und dann gibt es die weit wichtigere sekundäre Erregung, bei der der Schriftsteller selbst freudig erzittert, wenn er schreibt: «Junge, Junge, diesmal kommt's wirklich dicke! Die machen mich fertig! Die pulverisieren mich!» (Und dann kommt es wirklich dicke, und er ist verblüfft, wie weh es tut, und er wird diese besondere mahnende Furcht nicht noch einmal so völlig ignorieren.) In meinem Verlangen nach Gefahr blickte ich also am 2. November von meinem pochenden eingewachsenen Zehennagel auf und rief meinen Redakteur beim *Atlantic* erneut an. Diesmal war er da, und nachdem ich ihm mit leiser, besorgter Stimme das Projekt beschrieben hatte, war er ziemlich einverstanden. Er und eine Agentin arbeiteten die Bedingungen aus. Die Agentin rief mich am Nachmittag an und sagte mir, der Redakteur habe ihr gesagt, er finde, ein Essay über Updike, wie ich ihn beschrieben habe, könne gut werden oder auch «sehr gruselig».

Zunächst erschien mir «gruselig» als schwach formuliert, doch als ich ernsthaft daran zu schreiben begann, wurde mir zunehmend klarer, wie treffend das Wort war. Was ich da tat, *war* gruselig. Schließlich lag auch Halloween noch in der Luft. Halloween wird in der Stadt, in der ich lebe, äußerst ernst genommen: Auf der Main Street findet eine Halloween-Parade statt, bei der die Polizei begeistert den Durchgangsverkehr sabotiert, Hunderte von Kindern jedes erhellte Haus aufsuchen und das örtliche Mittelsicherheitsgefängnis sich anbietet, an dem großen Abend bis 23.00 Uhr sämtliche Tüten mit Süßigkeiten auf gefährliche Beigaben hin zu durchleuchten. Meine Frau erzählte mir von der Durchleucht-Anzeige (die sie im kostenlosen Wochenblatt gesehen hatte) am Morgen danach, und ich hätte mich vor Ärger in den Hintern beißen können. Wäre John *Updike* zweiunddreißig Jahre alt und würde in dieser Stadt wohnen, dachte ich, dann hätte er schon vorher von diesem unglaublichen Durchleucht-Angebot gewußt und wäre mit seinen Kindern, nachdem er mit ihnen die Anklopfrunde von Haus zu Haus gemacht hätte, hingefahren, und er hätte sich leutselig mit dem Gefängniswärter über einige der verborgenen Waffen unterhalten, die der Wärter in Geschenken für Häftlinge gefunden hatte, und ob denn tatsächlich schon einmal eine präparierte Süßigkeit aufgetaucht sei oder ob es sich einfach um eine mythische Vorsichtsmaßnahme handele, mit der das Gefängnis den Wunsch demonstriere, zu Zufriedenheit und Wohlergehen der Gemeinde, in der es sich befinde, nach seinen Möglichkeiten beizutragen, und Updike hätte sich listig umgesehen und irgendein ausdrucksstarkes Detail in der Ausstattung des Röntgenraums erblickt, etwa ein Schild, dessen Text mit seinen Kapitälchen komisch aussähe, und vielleicht hätte er sich ein paar Kommentare notiert, die seine Kinder abgegeben hätten, wenn auf dem grauen Schirm das Bild von den Nüssen in den Mini-Snickers-Riegeln und der inneren Segmentierung in den Smarties-Päckchen erschienen wäre, und dann wäre er nach Hause gefahren und hätte in weniger als einer Stunde ein hübsches *Talk-of-the-Town*-Stück geschrieben, das durch den mäßigen Grusel, zu einem Mittelsicherheitsgefängnis zu fahren und die Halloween-Süßigkeiten seiner Kinder auf Rasierklingen durchleuchten zu lassen, subtil funktionierte, und das in einer Zeit, da Äpfel als Halloween-Leckerei *megaout* und alle Schokoriegel in präpariersicheres Papier gewickelt waren. Nein, nein, noch schlimmer: Mit zweiunddreißig hätte er das nicht gemacht; mit *fünfundzwanzig* hätte er es gemacht, und zwar besser, als ich es jetzt könnte. Mit zweiunddreißig wäre es unter seiner Würde gewesen, zu einfach, zu reportagehaft, zu sehr das typische *Talk*-Stück, wohingegen es für mich, dachte ich, das Feeling eines grandiosen Stoffs hat, voll der erregenden Opportunität des nichtliterarischen Magazinschreibens. *Ich* hatte mit zweiunddreißig die Geschichte völlig verpaßt; das einzige Stück (ich mag dieses journalismoide Wort «Stück» nicht, und dennoch schleicht es sich ständig ein), das ich überhaupt nur hätte machen können, handelte von dem Wunsch, ein gescheites kleines Stück über einen Gefängnisbesuch geschrieben zu haben: also davon, wie die Hyperempfänglichkeit des Schriftstellers gegenüber nachrichtenwürdigen Kleinstadtimpressionen unschuldigen Kindern die Feiertage verdirbt – und wer wollte das schon lesen? Ich wünschte mir so sehr die sichere Hand, die adjektivische Findigkeit, die Updike in allen seinen Gelegenheitsarbeiten besaß; denn obwohl er schon früh das «Halbgare an Prosa auf Bestellung» beredt herabsetzte, fanden sich doch in Wahrheit einige seiner besten Momente in den oben erwähnten Einleitungen, Dankesreden, Antworten auf Zeitschriftenumfragen, Schlußsätzen von Rezensionen (wie dem, Nabokovs *Die Mutprobe* betreffend, der einem mit Waschzettel-Drive ins Gedächtnis springt: «Mit ihrem Residuum erfahrenen und ihrer Fülle vermittelten Glücks erweist

Die Mutprobe sich, wenngleich als letzter gekommen, als bei weitem nicht der geringste unter den russischen Romanen dieses glücklichen Mannes» – furchterregende Meisterschaft!), in Vorworten zu eigenen Werken und Widmungen (wie die, an die ich unablässig denke, in *Problems and Other Stories* für seine Kinder, die die Wendung «mit der Kurve der traurigen Zeit, die ihr gegenüberliegt» enthält – daß er High-School-Geometrie in solch vollkommener Figur auf den Schlamassel seiner eigenen Scheidung anwendet!): jenen beiläufigen Formen, die seinen verbalen Takt dazu veranlassen, ein unangenehmes Stückchen Wirklichkeit zu umschließen, während dieses sich anschickt, unser getrübtes Gefühl dafür wiederzuerwecken, warum es gewisse Konventionen (wie Buchwidmungen) oder Standardwendungen (wie «der letzte, aber nicht der geringste») gibt und welch geschmeidiges Leben sich in ihnen finden läßt; jenen Formen, deren Meisterschaft mir als ein überzeugenderer Beweis für die Spontaneität wahren Talents, des unbezähmbaren, überreichen Vorrats daran erscheint als jedes einzelne Meisterwerk; und Formen, die für nacheifernde junge Schriftsteller als Studienobjekte wichtiger sein können als die Schwarten, die sie sprenkeln, weil sie der Schlüssel zu den Kurzwaren des Genies, seiner Etikette, seinen besonderen Berührungspunkten mit den wiedererkennbaren Verpflichtungen des Lebens sind, unabhängig von einer einzelnen glücklichen Wahl des Themas, die größere Formen wie etwa der Roman erfordern. Doch selbst als ich die ungeheure Bedeutung solcher Gelegenheitsarbeiten für die Präsenz, die Färbung, die empfundene Überfülle des Literaten erkannte, merkte ich, daß ich mir immer weniger vorstellen konnte, es auch nur annähernd mit einer so fruchtbaren Frische, wie Updike sie nahezu wöchentlich demonstrierte, zu schreiben. Theoretisch widerstrebt mir das camphafte Halloweenfeiern von Erwachsenen, und theoretisch verwerfe ich Harold Blooms Allegorien des literarischen Einflusses und Vatermords und des Eine-Nasenlänge-Vorausseins (dazu hoffentlich später mehr); doch als ich hörte, daß mein Redakteur beim *Atlantic* gesagt hatte, das, was ich vorhabe, sei «gruselig», und als ich wiederum an einen anderen von Updikes Sätzen aus *Selbst-Bewußtsein* dachte, den jemand in einer Rezension zitierte: «Berühmtheit ist eine Maske, die sich ins Gesicht frißt», erkannte ich, daß ich, ob es mir paßte oder nicht, mit diesem Essay den Vorwurf riskierte, ich ginge selbst nur ein wenig Türenklopfen an Updikes großem weißem Portal.

DREI

«Holla», sagten meine Eltern unabhängig voneinander. «Wenn du über Updike schreibst, mußt du erst einmal alles lesen, was er geschrieben hat!» Doch inmitten meiner diversen Halloween-Ungewißheiten und -Vorahnungen war der Vorsatz, meine Eindrücke *nicht* mit einer neuen Dosis Updike zu ergänzen oder aufzufrischen, das einzige, dessen ich mir absolut sicher war. Ich wollte ja keinen Nachruf oder eine traditionelle kritische Studie schreiben, sondern ich versuchte aufzuzeichnen, welchen Stellenwert ein zunehmend berühmter Schriftsteller und seine Bücher, die gelesenen und ungelesenen, in den rund fünfzehn Jahren meines Lebens faktisch hatten, seit mir seine Existenz erstmals bewußt geworden war, als ich nämlich eines Sonntagnachmittags am Küchentisch saß und voll neidischer Verwirrung mit ansah, wie meine Mutter ausgiebiger lachte, als ich sie jemals hatte lachen sehen (außer über eine Kolumne von Russell Baker ein paar Jahre zuvor), als sie in einer Sondernummer des *New York Times Book*

Review einen Essay von Updike über Golf las. Anders als ihr Lachen über meine Zeitlupenimitationen von Autofahrern während eines Frontalzusammenstoßes oder über die Pantomime meines Vaters von Gewichtheberbewegungen oder über die gespielten jähen Gesichtszuckungen meiner Schwester, wenn sie an der Stange übte, barg die Heiterkeit meiner Mutter an jenem Sonntag keinerlei Freundlichkeit oder Ermunterung: Sie war unfaßlich, dem Nirgendwo eines Druckwerks entsprungen, ungestützt von übertriebenen Manierismen; sie verschüttete dabei sogar ihren Tee. Sie versuchte mir etwas davon vorzulesen – «ein Divot von der Größe … ein Divot von der Größe eines Unterhemds …» –, doch sie schaffte es nicht, es war zu komisch. Nichts ist eindrucksvoller als der Anblick eines komplexen Menschen, der urplötzlich über ein paar Worte in einem ernsthaften Buch oder einer Zeitschrift in Gelächter ausbricht. Von jenem Tag an schenkte ich dem *New York Times Book Review* Beachtung und wollte zunehmend Teil der anscheinend florierenden Welt der Bücher werden (florierend im Gegensatz zu den stipendienabhängigen und spärlich besuchten Konzerten mit Musik lebender Komponisten, deren Reihen ich bis dahin hatte angehören wollen), wo es Geld für schreiende ganzseitige Anzeigen gab und wo der Erfolg sozusagen in den Billboard-Charts quantifiziert war und wo folglich nicht, wie in der Musik, die gewaltige Kluft zwischen populären und elitären Bemühungen zu klaffen schien. Ja, Updike selbst erschien regelmäßig auf der Bestsellerliste! Konnte denn jemand behaupten, daß Elliot Carter oder Morton Subotnick, Walter Piston oder John Cage oder selbst Gian-Carlo

Menotti so ein voller Hochton-Tiefton-Crossover-Erfolg wie Updike war? Es sah aus, als wäre (das war Mitte der siebziger Jahre) die klassische Musik auf einem der allertiefsten Punkte ihres postbarocken Harmoniezyklus angelangt, und ich wußte, daß ich nicht annähernd das Talent hatte, das benötigt würde, wollte einer sie im Alleingang aus ihrer Baisse reißen.

Dagegen war die Literatur eine regelrechte Blockpartei! Offensichtlich hatten manche Leute etwas mit Worten zu sagen, und andere schienen es bereitwillig lesen zu wollen. Von dieser primitiven Beobachtung angetrieben, begann ich im Dezember 1976, ich war neunzehn und in den College-Ferien, Literatur zu schreiben. Zu Weihnachten schenkte meine Mutter mir *Picked-Up Pieces*, eine Sammlung, die auch den Golf-Essay enthielt, über den sie sich ein paar Jahre zuvor kaputtgelacht hatte: Sie meinte, der Umschlag gefalle ihr sehr; er bestand aus einer weitwinkligen Schwarzweißaufnahme von Updike in seinem Vorgarten, abgefallenes Laub in der ausgestreckten Hand haltend. Insgeheim war ich von dem Geschenk enttäuscht, weil ich Taschenbuchliteratur besitzen wollte und nicht gebundene Sammlungen von Buchrezensionen, und ich warf den Schutzumschlag weg, weil ich wollte, daß die gebundenen Bücher, die ich denn doch im Regal hatte, mehr wie die Bücher in Universitätsbibliotheken aussahen, welche, anders als die beschämend knittrigen Insassen öffentlicher Einrichtungen, ohne Schutzumschlag aufgereiht waren. Dennoch aber las ich ein wenig darin, begann mit den Interviews hinten und dem Essay ziemlich am Anfang, der den Titel «On Meeting Writers» trug – darin las ich seine Schilderung, wie er mit Joyce Cary, der beifällig James Joyce und E. E. Cummings erwähnte, Tee trinkt. «Absurderweise schüttelte ich verneinend den Kopf», sagt Updike, und sogleich fragte ich mich, ob ich jemals einen so guten Satz schreiben würde, in dem das Adverb so ökonomisch eingepaßt war. Und seit jenem Weihnachten 1976 lese ich Updike sehr periodisch, denke aber beständig an ihn, vergleiche mich mit ihm, verwende mein Inventar erinnerter Wendungen und Szenen in seinem Werk als Prüfsteine – manche negativ, die meisten aber positiv aufgeladen. Während ich dies schreibe, fällt mir ein anrührender Schnipsel aus dem Vorwort zu Gilbert Murrays *Ancient Greek Literature* ein: «... mindestens während der vergangenen zehn Jahre ist kaum ein Tag vergangen, an dem mich die griechische Lyrik nicht zu einem Großteil meiner Gedanken beschäftigt hat, ist kaum eine tiefe oder wertvolle Gefühlsregung in mein Leben getreten, die von griechischer Lyrik nicht entweder ausgelöst, interpretiert oder verbessert wurde.» Kaum ein Tag ist während der letzten dreizehn Jahre vergangen, an dem Updike mich nicht wenigstens in einem oder zwei Gedanken beschäftigt hat; und obwohl seine beständigen Appelle anfangs weniger durch schlichte Freude als durch skeptischen Ehrgeiz ausgelöst wurden, waren Freude und Bewunderung doch zunehmend auch präsent.

Und dennoch habe ich schockierenderweise weniger als fünf Seiten von

Bessere Verhältnisse
Buchanan Dying
S.

Tossing and Turning und
Telephone Poles

gelesen. Weniger als zwanzig Seiten von:

Das Gottesprogramm. Rogers Version
Der Sonntagsmonat
The Carpentered Hen
*Bech is Back**
Midpoint
Assorted Prose
Ehepaare

Weniger als die Hälfte von:

Die Hexen von Eastwick
Der Coup
*Problems***
Spring doch!

Während ich über die Hälfte gelesen habe von:

Heirate mich!
Henry Bech
Amerikaner und andere Menschen
Der Zentaur
Selbst-Bewußtsein
Picked-Up Pieces

Und das meiste oder alles von:

* auf deutsch in *Henry Bech* enthalten (A.d.Ü.)
** Teile in *Der verwaiste Swimmingpool*

*Pigeon Feathers**
Auf der Farm
Das Fest am Abend
Hasenherz
Unter dem Astronautenmond
*The Music School**
*Museums and Women***
*The Same Door**

Dieser Mann, werden Sie sagen, *trägt seine Ignoranz zur Schau! Dieser Mann beansprucht mit seinem Dingsda über Updike kostbaren Raum und gibt dabei zu, weniger als die Hälfte dessen, was Updike geschrieben hat, gelesen zu haben! Dieses Eingeständnis entwaffnet nicht, es macht wütend!* Doch gerade dieser bruchstückhafte Überblick, zusammen mit den völlig unhaltbaren Verallgemeinerungen, die ihm entspringen, ist eines der wichtigsten Kennzeichen der Gedanken, die wir uns über lebende Schriftsteller machen: Wie bei um die Ecke wohnenden Freunden, die wir selten sehen, gerade weil ihre Nähe uns das drängende Verlangen nimmt, bei ihnen vorbeizuschauen, schwächt auch die anhaltende Produktivität des lebenden Schriftstellers jeglichen dringenden Wunsch, der uns beschleichen könnte, unsere ungelesenen Lücken in seinem Œuvre zu füllen. Wenn er tot ist, haben wir es plötzlich eilig, unsere Kenntnis zu vervollständigen. Ebensowenig impliziert der hohe Anteil des frühen Updike in der oben aufgeführten «Das-meiste-oder-alles»-Liste ein schlichtes Werturteil: Am meisten interessieren mich die Bücher, die Updike schrieb,

* Teile in *Werben um die eigene Frau. Gesammelte Erzählungen*
** Teile in *Der verwaiste Swimmingpool*

als er so alt war wie ich oder jünger, weil das diejenigen sind, deren Probleme zu verstehen ich die größten Chancen habe; je älter ich werde, desto mehr wird es mich vermutlich zu seinen späteren Büchern hinziehen.

Nein, jetzt könnte ich Updike unmöglich chronologisch von vorn bis hinten lesen: Das würde der Topographie meines Verständnisses von ihm irreparable Schäden zufügen. Eine Fülle von Beispielen würde darum wetteifern, einen einzelnen Punkt zu illustrieren, anstelle des einen Beispiels, das den Punkt überhaupt erst hervorhebenswert erscheinen ließ; der Starrsinn der Verpflichtung würde meine Neigungen verzerren; ich würde mit recherchierten Beweisen von Updikes Größe aufwarten statt mit denjenigen, an die ich auch wirklich glaube; in manchen Fällen wäre ich womöglich enttäuscht vom unmittelbaren Kontext eines Satzes, der mir gefiel, als der Kontext verschwommen oder unwesentlich war – ja, gerade die Bereitschaft bestimmter Sätze, ihren Kontext abzuschütteln und ihren Platz als liebgewonnene unabhängige Bewohner meiner privaten Florilegien einzunehmen, war ein Teil dessen, was mir so gut an ihnen gefiel, etwa zu sehen, wie in «Ein Gefühl der Geborgenheit» das unendlich bunte, altehrwürdige Zaubertuch aus dem Tintenfaß gezogen wird, und besonders jene allererste Wendung, die ich am 6. August notiert habe: «weites sterbendes Meer». In einer frühen Erzählung lehnt sich ein Protagonist mit der Stirn gegen ein Bücherregal und sinniert, wie «all die Gedichte, die er einmal gelesen hatte, sich in ihm verflüchtigten, ein weites sterbendes Meer». Ein großartiger Augenblick in der Erzählung, in der Literatur, ideal plaziert (wenigstens habe ich es so in Erinnerung). Dennoch glaube ich, daß seine Großartigkeit sich zum Teil seiner Fähigkeit verdankt, sich tapfer über Wasser zu halten wie ein lebensrettendes Stück von Queequegs Sarg, während der Rest der Erzählung und fast der ganzen Literatur kentert und in tiefen, korrodierenden Ozeanen ruinierten Erinnerungsvermögens zerfällt. Was einmal *Bildnis einer Dame* war, ist für mich nun lediglich eine karierte Schoßdecke, die auf den Wellen tanzt; *Anna Karenina* überlebt als Picknickkorb mit einem Glas Honig darin; *Pnin* ist eine im Wasser treibende aquamarine Schüssel; der Taxameter in *The Rock Pool* tickt noch immer, zeigt eine riesige Summe an, doch das Mittelmeer hat sich den Rest des Badeortes Trou-sur-Mer genommen; eine Antilope in einer ansonsten nichtssagenden Kurzgeschichte von Christopher Isherwood springt wunderbar aus dem Vergessen hervor «wie ein Konzertflügel»; das ausgedehnte Land, das ich, glaube ich, in *Das verlorene Paradies* gesichtet habe, erweist sich lediglich als die «schuppige Rinde» des Leviathans im ersten Canto; und selbst Alan Hollinghursts phantastischer Roman *Die Schwimmbad-Bibliothek*, den ich gerade lese, aber noch nicht ausgelesen habe, und den zu vergessen noch unentschuldbar ist, hängt in meinem ungastlichen Gedächtnis schon als eine bloße Ansammlung aufgeweichter «Heftpflaster» fest, die in Hollinghursts Beschreibung über dem Gitter eines Wasserfilters wie eine Unterwasserpflanze hin und her schweben. Das Wesen meiner Erinnerung mag Bilder durchaus atomistischer horten als manch andere, doch die zweimal-zehntausend-Höhlen-füllende Ausdehnung und Tiefe des «weiten sterbenden Meers» des einmal Gelesenen, über das wir alle, je nach Talent, unablässig und fröhlich rudern, staken und segeln, es sei denn, unser Eindruck von einem bestimmten Werk wird fälschlicherweise stimuliert, etwa vom Rezensionenschreiben, dem Gedenkessay, dem Unterrichten, einer drohenden Prüfung oder dem hastigen Durchlesen, das ein Abendessensgast für nötig befindet, bevor er oder sie dem Schriftsteller nach langer Zeit wieder begegnet, das ist das wichtigste Kennzeichen jedes Leselebens. Und wenn wir wissen wollen, wie wir ohne den Kniff der Vorbereitung über einen Schriftsteller denken, wie wir insbesondere über Updike denken, wenn wir uns *nur dabei ertappen*, daß wir an ihn denken, wenn etwas Bestimmtes aus der Welt oder aus unseren Gedanken uns spontan einen Ton oder Tick aus seinem Werk oder einen flüchtigen Blick hinein in Erinnerung ruft oder lediglich das Bild seines Gesichts auf einem bestimmten Umschlagfoto (wie die Aufnahme von ihm auf der Originalausgabe von *Das Fest am Abend*, wo er auf einer Bank sitzt und, wie meine Mutter fand, zu selbstgefällig aussieht) evoziert oder die Erinnerung an eine Geschichte aus fünfter Hand über ihn, die man gehört oder gelesen hat – wenn wir nach *dieser* Art flüchtigen Wissens suchen, dann wäre selbst das Nachlesen eines Absatzes oder einer Zeile, während unsere Meditation gerade im Gange ist, für unsere Ozeanographie verheerend. Ja, meine gegenwärtige Abneigung, überhaupt ein gedrucktes Wort von Updike zu sehen, hat solch abergläubische Formen angenommen, daß ich so, wie ich vor Jahren einmal *Amerikaner und andere Menschen* beim Register aufschlug und zu mir sagte: «Wenn ich in diesem Register keinen Verweis auf J. K. Huysmans finde, werde ich ein besserer Schriftsteller sein als Updike» (leider fand ich einen), seit kurzem zu mir sage: «Falls ich durch Zufall einen direkten Satz von Updike lese – nicht einen, an den ich mich von selbst erinnert habe, sondern einen richtigen gedruckten Satz in einem Buch oder einer Zeitschrift –, während ich an diesem Essay schreibe, dann wird dieser Essay schrecklich und weder im *Atlantic* noch sonstwo je erscheinen.» Doch als ich vor zwei Wochen eines Abends in einem Secondhand-Buchladen war, zog es mich bedauerlicherweise unwiderstehlich zum Updike-Regal, wo ich eine Franklin-Library-Ausgabe von *Hasenherz* sah. Ich rang mit der Versuchung – noch nie hatte ich mir ein Beispiel der Franklinschen Ausstattung angesehen, und ich war fasziniert gewesen von Updikes «Sonderbotschaft», die der Franklin-Library-Ausgabe von *Heirate mich!* beigefügt und in *Amerikaner und andere Menschen* abgedruckt ist, wo er ein Bücherregal erwähnt, das er gerade fertiggebaut und gestrichen hatte und dessen Dellen und Defekte mit der Zeit unausweichlich und doch ganz hübsch erscheinen würden, ebenso wie die Mängel an *Heirate mich!* selbst einer parallelen Verwandlung unterworfen sein würden, und ich wollte wissen, ob diese Ausgabe von *Hasenherz* irgendwelche einleitenden Worte enthielt, die ich noch nicht gelesen hatte. Schließlich brach mein Widerstand zusammen, und ich zog den gewichtigen Sammlerband aus dem Regal. Der wattierte, leuchtendrote Einband erinnerte ein wenig deutlicher an eine bequeme Ecknische in einem durchgehend geöffneten, durchgehend mit Vinyl ausgeschlagenen Coffeeshop, als man es für ein so aggressiv «klassisches» Unternehmen passend gefunden hätte; gleichwohl ringelte sich ein bibelfertiges schwarzes Stofflesebändchen mit hohem Ernst aus der goldgeränderten, säurefreien Solidität des massigen Buchblocks wie ein getrockneter

Nabel: Ich sagte: «Boa!» – zu gemischten Gefühlen der Zärtlichkeit und strenger Mißbilligung veranlaßt von seinem verfrüht prunkvollen, gequält erbstückhaften, «halbgaren» Aussehen, und ich konnte nicht anders, ich mußte es aufschlagen. Drinnen erblickte ich eine *Reader's-Digest*eske Illustration Basketball spielender Jungen und dann, als ich die Titelseite umblätterte, gewährte meine Iris unbewußt mehreren Wörtern des Anfangssatzes Einlaß, womit sie all meine leisen Hoffnungen auf einen Erfolg dieses Essays zerschlug – es sei denn, *es sei denn*, sagte ich mir schlitzohrig, es bestünde die Möglichkeit, ein Bekenntnis genau dieses Lapsus in den Teil meiner Studie aufzunehmen, in dem stünde, wie geflissentlich und abergläubisch ich ansonsten jegliches Nachlesen vermieden hatte. Damit dürfte dieses schlechte Omen abzuwehren sein! In seiner prompt verfaßten Trauerstudie über Zola (sie erschien im August 1903 im *Atlantic*) zwingt Henry James sich an einer Stelle zu dem Bekenntnis, er sei während seiner Vorbereitung auf die vorliegende Arbeit nicht in der Lage gewesen, jeden einzelnen von Zolas Romanen wieder zu lesen: «Es gibt hier Bemühungen um tüchtige Durchsicht, die ich, offengestanden, nicht durchzuführen vermocht habe», gesteht er. Der Gedanke, daß ich, anders als Henry James, «offen» bekennen müßte, daß ich eben *doch*, ganz entgegen all meinen strengen Vorsätzen, einen einzigen Anfangssatz aus einem von Updikes Romanen wieder gelesen habe, gefiel mir; die Kühnheit dieses Bekenntnisses würde das Siegel über meinen naturgemäß konservierten Langzeit-«sterbendes-Meer»-Erinnerungen an Updike irgendwie doch einigermaßen unverletzt lassen.

(Aber das hier ist nicht *Religio Medici*; Brownes lässiger Umgang mit direkten Zitaten ist heute nicht mehr möglich: als ich den ganzen Essay fertig hatte, stellte ich alle meine Updike-Bücher zusammen, holte mir diejenigen, die ich nicht hatte, aus der Bibliothek und versuchte, jede Wendung, die ich benutzt hatte, zu lokalisieren. In den meisten Fällen korrigierte ich bedauernd meine falschen Zitate – bedauernd deshalb, weil meine Gedächtnisfehlleistungen als solche für mich von gelindem wissenschaftlichem Interesse waren. Während meiner Suche mußte ich mich gegen das starke Verlangen stemmen, die Aussage mit anderen Zitaten, die mir dabei untergekommen waren, zu stützen. Eine überraschende Anzahl Wendungen war nicht da, wo ich sie in Erinnerung hatte – beispielsweise war ich mir sicher gewesen, daß «weites sterbendes Meer», auf das ich 1982 gestoßen war, aus «Wer macht rosa Rosen rosa?» war, doch dann fand ich es schließlich in «Incest». Und ich *wußte*, daß sein Satz, er habe am College gelesen, «was man mir auftrug», in der Sommerlektüre-Ausgabe 1989 des *Esquire* stand – aber nein. Wo meine Aussage in gewissem Grad auf meinen falschen Zitaten aufbaut, habe ich den Irrtum belassen und mich einfach zwischen ekkigen Klammern korrigiert: [ ]. Konnte ich die Wendung nach einer Woche Blätterns und Überfliegens nirgendwo finden, griff ich zu «Updike sagt etwas wie» und verwandten Ausweichmanövern, um anzudeuten, daß das, woran ich mich erinnere, nur paraphrasiert ist und womöglich gar nicht existiert.)

Ich plante definitiv, meine Updike-Gedanken in eine gewisse Ordnung zu bringen – *diese* Ungerechtigkeit wenigstens wollte ich ihnen antun –, doch wie ich so registrierte und spezifizierte und zwischen den Wendungen aus seinen Büchern, an die ich mich erinnerte oder falsch erinnerte, Verbindungen entdeckte, erkannte ich, wieviel Glück ich in einer wichtigen Hinsicht hatte: Obwohl unser Mann schon seinen Platz auf einer Seite in Bartlett's Prominentenlexikon eingenommen hatte, hatte doch noch keine Laune des Ruhms auch nur ein Schlagwort herausgehoben, das sich allzu hartnäckig zwischen meine privaten Erinnerungen an sein Werk und jene ganz allgemeine Bekanntes-Zitat-Erinnerung geschoben hätte, die die Kultur irgendwann als Preis ihrer unablässigen Aufmerksamkeit einfordert oder einfach, damit man nicht von der Unendlichkeit jeder literarischen Persönlichkeit überwältigt wird. Würde ich mir jetzt im Augenblick die Quizfrage stellen: «He, was ist denn mit Henrys Bruder, dem guten William James – was denke ich über den?», dann wäre die ärgerliche Schmeißfliegenwendung «blühendes summendes Durcheinander» die erste, die mein Ansinnen beantworten würde, und einmal herbeigerufen, wäre sie in dieser Gedankensitzung unmöglich wieder zu verscheuchen. Jahre der Reflexion, Fakultätstreffen, Stimmungsschwankungen, Berufswechsel, Europareisen, religiöse Zweifel, Briefe von seinem Bruder, Sinneseindrücke der unterschiedlichsten Art – all das ist in Worte zusammengedrängt, denen heute (durch simple Überzitierung, zu der ich hier schuldbewußt beitrage) kein wesenhafteres Blühen oder Summen oder Durcheinander eignet als einem kugelrunden Kaninchenköttel, der in einem pyramidenförmigen Acrylbriefbeschwerer schwebt. Und dennoch, wenn mir William James unaufgefordert in den

Sinn kommt, denke ich zumeist an die Zeit in New York City während der Pennyknappheit von 1981, als das McDonald's an der Ecke Seventieth und Second, einem riesigen Plakat im Schaufenster zufolge, jedem Gast, der Pennies im Wert von fünf Dollar gegen einen Fünf-Dollar-Schein tauschte, einen Big Mac gratis versprach. Ich schlug auf meinem Bett die Decken zurück und zählte auf der Glätte des Lakens fünf Hundert-Penny-Stapel aus den Kleingeldreserven hin, die ich in kaum einem Jahr gesammelt und in einigen Puddinggläsern und anderen Amphoren in meinem Zimmer aufbewahrt hatte. Die solchermaßen geordneten Pennies schaufelte ich in fünf Plastiktütchen, und mit meinen Pfunden Wechselgeld und einer Anthologie von William James' Schriften, die ich am selben Tag in der Bibliothek ausgeliehen hatte, in der Hand ging ich zu dem McDonald's und wartete, bis ich an der Reihe war. Doch während ich mich langsam der Kasse näherte, begannen mein Hochgefühl und meine Belustigung darüber, daß ich von dem McDonald's-Angebot Gebrauch machte (wodurch ich mit meinen Resteinkünften einen Gewinn von rund $ 1,50 auf $ 5,00 per anno erzielte, der jeden Anlagefonds mit Stolz erfüllt hätte), dahinzuschwinden: ich war mitten in der Abendstoßzeit gekommen, und hinter mir in der Schlange standen viele reich aussehende, in Kaschmir gehüllte Frauen, denen der Geduldsfaden reißen würde, wenn meine Pennies eine weitere Verzögerung verursachten. Wie ich befürchtet hatte, wurde, als ich an die Reihe kam, der Geschäftsführer gerufen, und ungeachtet meiner wiederholten Beteuerungen, er müsse die Pennies nicht nachzählen, es befänden sich tatsächlich fünfhundert darin, schüttete er nacheinander jede Plastiktüte aus und schob ihren Inhalt immer zwei auf einmal von der Theke in seine Hand, wobei ihm Schweißperlen auf die Stirn traten, während die Garmaschinen hinter ihm ihre blutdruckerhöhenden Appelle piepsten, Kassenschubladen aufsprangen und wieder zugehüftet wurden und gehetzte Bestellungsaufnehmer auf diversen zerquetschten Pommes frites unter ihren Füßen umherschlidderten – denn dieser Mensch war bloß der diensthabende Geschäftsführer; er hatte das Gratis-Mac-Angebot nur übernommen, er hatte es nicht erfunden, sondern bestenfalls das Plakat angeklebt, und begriff offenkundig seinen Sinn nicht, der vorrangig im dringenden Bedarf nach Pennies en gros bestand, deren genaue Zahl bei Geschäftsschluß in der Muße des Büros hinten bestimmt werden sollte und nicht, während Dutzende gutsituierter, erschöpfter Eastsider angesichts meiner irgendwie erbärmlichen Knickerigkeit den Mund verzogen, ganz zu schweigen vom Anblick meiner demütigend biederen Plastiksandwichtüten, die dermaßen fehl am Platz, dermaßen hausbacken wirkten, wie sie da so anonym auf der Theke hingesackt lagen, wo jeder Karton, jede Verpackung mit einem ihren Wert bestätigenden Logo bedruckt war, als umhüllten meine Tüten pappige Trouvaillen, die ich beim Durchwühlen des Abfalls nach einem Kirchenkuchenbasar entdeckt hatte, oder uralte konkave Mortadellasandwiches, die meine Mutter mir für die Grundschule gemacht und die ich die ganzen Jahre über in plappernder Sammelwut gehortet hatte – mit anderen Worten, als versuchte ich in meiner bedürftigen Verzweiflung, eine unschöne Privatsammlung, die nur für mich von

Wert war, gegen Nahrung einzutauschen. Als die Pennies schließlich alle gezählt waren und ich den Big Mac gratis mit dem dazugehörigen bezahlten Getränk bekommen hatte, war ich fuchsienrot, nicht nur vor Primärverlegenheit, sondern wegen der noch quälenderen Sekundärdemütigung, daß ich nicht in der Lage gewesen war, diesen wenig anspruchsvollen öffentlichen Augenblick zu überstehen, ohne zu erröten: Ich wankte in den grellgelben «Speiseraum», und um jedweden Blikken auf meine Gesichtsfarbe zu entkommen, beugte ich mich ganz tief über das Buch von William James, das ich willkürlich bei einer Auswahl aus *Pragmatismus. Ein neuer Name für alte Denkmethoden* aufschlug.

Doch in dem Moment, als ich zu essen begann, legte meine Beschämung den Rückwärtsgang ein und verwandelte sich in ein heftiges Verlangen zu grinsen: Ich kaute mich durch etwas Substantielles, Geschichtetes, Süßes, Fleischiges, das alle anderen im Raum Geld gekostet, ich aber gratis erhalten hatte. Ich hatte einen Fünf-Dollar-Schein in der Brieftasche, den ich vorher nicht gehabt hatte: McDonald's *bezahlte mich* dafür, daß ich hier aß! Ich wollte ein böses, gemeines, erbarmungsloses, irres Lachen ausstoßen, so wie manche Penner, die aus irgendwelchen Gründen meinen Anblick schon immer komisch fanden, es oft hilflos, kopfschüttelnd, mit dem Finger auf mich zeigend taten, wenn ihnen meine allzu aufgeschossene, nickelbrillenbewehrte, stecknadelköpfige Gestalt unter die verlebten, untetrahydrozolinbaren Augen kam: Unter Pennern fühlte ich mich wie ein etablierter, wohlbestallter Upper East Sider, unter Upper East Sidern hingegen so, als hätte ich dick geschwollene Knöchel und als würden mir aus mehreren Taschen zerschlissene alte Zeitschriften ragen und das Ende eines verdreckten Verbands ins Gesicht hängen. Und wer wenigstens zur Hälfte zu diesem innerlichen Ausbruch von Freude beitrug, war William James persönlich, der, wie sich herausstellte, *wirklich gut* war: unprätentiös, fröhlich, die Ruhe selbst – genauso schlau wie, aber völlig anders als sein Bruder. Ich kam an eine Seite mit einer Illustration – einige wacklige gekrümmte Linien, die alle auf unterschiedlichen Wegen von einem Punkt *A* zu einem Punkt *Z* liefen –, womit die verschiedenen Pfade, die der unlängst so benannte, prä-Joycesche «Gedankenstrom» auf dem Weg von einer anerkannten Idee zu einer anderen nehmen könnte, anschaulich gemacht werden sollten. Es war ein großartiger Anblick. Der zuversichtliche, unbekümmerte Didaktizismus dieser kleinen Zeichnung ließ mich in sofortiger Zuneigung für William James den Kopf schütteln; ich stellte mir vor, wie er darüber brütete, wie er versuchte, mit dem Zittern in seiner Ausführung die unregelmäßige Einzigartigkeit eines jeden Gedankenweges zu erfassen, und auf dieses Kunstwerk vielleicht stolzer war als auf die Prosa, die dazu hinführte, weil sein erster Wunsch gewesen war, Maler zu werden; und ich dachte an jene diversen zeitgenössischen Illustratoren, deren Stil auf der gleichen zittrigen Dow-Jonesigen Höhenlinie basierte: William Steig beispielsweise und Seymour Chwast und wer auch immer die Zeichentrickwerbung für Alka Seltzer in den sechziger Jahren gemacht hatte, in der (meiner Erinnerung nach) ein jiddisch unglücklicher menschlicher Magen, der auf einem Analytikersofa oder -sessel gestikulierte und dessen Speiseröhre wie eine widerspenstige Stirnlocke wackelte, einem nickenden, murmelnden Arzt seine Beschwerden erzählte; und ich dachte auch an die zerbrechlichen, engelshaargleichen dekorativen Zeichen, die ein Philosophieprofessor in Haverford, Richard Bernstein, immer an der Tafel hinterließ, wenn er einer These bei Popper, Lakatos oder Paul Feyerabend «ein wenig Gestalt gab» – Fädchen schwacher Bezüglichkeit, die den langen meditativen «ee-ee-ee»-Laut, mit dem er seine Lieblingsübergangswendung «auf gewisse Art und Weise» ausdehnte, visuell ergänzten. *Auf gewisse Art und Weise-ee-ee-ee.* Wenn nun also William James unerwartet in mein Denken tritt, nimmt das Begleitbild zumeist diese Form an, so wie der Anblick der Zeichnung auf der rechten Seite an jenem Abend bei McDonald's. Und dennoch schob sich mir die bedeutende Fügung jenes Ereignisses – der explizite Austausch von Pennies gegen Gedanken, die unvermittelte, mit einer Spezialsoße gewürzte Fleischwerdung jener vormals leeren Redensart in der Seventieth Street – erst dieses Jahr ins Bewußtsein, als ich an meinem zweiten Roman arbeitete, in dem Kleingeld gegen meinen Willen zu einem Nebenthema wurde, und ich schließlich mit Enttäuschung, verbunden mit Dankbarkeit, erkannte, daß diese vormalige William-Jamessche Erinnerung bis zu einem gewissen Grad erklärte, *warum* Pennies und ihre Brüder in mir seltsamerweise soviel wachriefen; Enttäuschung natürlich, weil man immer möchte, daß die eigenen Faszinationen ihren Ursprung nicht in der Bibliothek, sondern im Leben haben. Und als ich, ebenfalls dieses Jahr, in Verbindung mit meinem ersten Roman ein paar mickrige Werbeauftritte hatte und mich typisch, amerikanisch schlecht ausdrückte – ja, schlimmer als typisch: keinen Ton herausbrachte, «ähm» sagte, Jargon haspelte, Vokale quetschte; als ich sah, wie die Augen der Rundfunkinterviewerin vor Bestürzung über die zunehmende Länge toter Sendezeit immer größer wurden, und ich mich niedergeschlagen mit einem eindrucksvollen Auftritt Updikes bei Dick Cavett Ende der siebziger Jahre verglich, an den ich mich erinnerte, wo er in weit ausholenden, dichten, komplexen Absätzen unzögernder Intelligenz sprach, denen er jeweils am Ende gestattete, mit einem kleinen, hinunterschluckenden Schlußlächeln am Bordstein zur Ruhe zu kommen, als hätte er fast das Gefühl gehabt, er müsse sich für seine Unfähigkeit, das Bedürfnis, nach einem Ausdruck zu suchen, auch nur vorzuspielen, ebenso entschuldigen wie dafür, daß er der Auslöser für Cavetts etwas verzweifelte Bemühungen war, mit dieser unoratorischen, ungedrechselten, *großzügigen* Präzision schelmisch mitzuhalten; und als ich meine unbeholfene öffentliche Selbstbeförderung auch noch mit einer Dokumentation über Updike verglich, die ich 1983 im öffentlichen Fernsehen, glaube ich, gesehen hatte, in der er in einer Szene, die Kamera folgte ihm, wie er eine Leiter am Haus seiner Mutter hochsteigt, um einige Schutzfenster anzubringen oder abzunehmen, mitten in dieser kniffligen körperlichen Handlung eine verblüffend hellsichtige gelungene kleine Wendung zu uns herabwirft, etwas über «Solche kleinen jährlichen Pflichten, die bla bla bla», und ich fassungslos erkennen mußte, daß wir es bei Updike mit einem Mann zu tun haben, der auf so natürliche Weise sprachlich ist, daß er seine Scheißmemoiren *auf einer Leiter* schreiben könnte! –, als ich mich, wie gesagt, nach meinem Funkdesaster (ich hörte mich im Autoradio und mußte in einer Seitenstraße rechts ranfahren, aussteigen und die Tür hinter meiner Provinzstimme, die ich auf Kassette aufnahm, zuschlagen) sehr ungünstig mit Updikes Auftreten in der Öffentlichkeit verglich, tröstete ich mich wieder und wieder mit einem Ausspruch gegen gesprochene Eloquenz von Addison, den ich bei Boswell gelesen hatte: «Ich habe nur neun Pence in der Tasche», heißt es da ungefähr, «doch ich kann mich auf tausend Pfund stützen»; und das fiskalische Simile heftete sich hier ebenfalls an mein Bild von William James, den ich mir, zweifellos fälschlicherweise, als um den rechten Ausdruck oder wenigstens um eine Form, die seinem Argumentationsstil entsprach, ringend vorstellte, während sein heiterer Bruder seiner Schreibkraft unstockend Satz um unglaublichen Satz diktierte.

«Blühendes summendes Durcheinander». «Harte, blendende Flamme». «Kobold kleiner Geister». «Das schreckliche *Fließen* der Selbstoffenbarung». «Das widerlege ich solchermaßen.» Alle sind sie tot und gut sortiert abgelegt in dem dicken, verschossenen Harper Torchbook der Geistesgeschichte, erschlossen durch eine oder zwei dieser handlichen Zugschlaufen. Doch Updike ist nicht nur körperlich lebendig, auch seine Schriften wirken lebendig: Sie sind nach wie vor in beständiger demokratischer Bewegung, unlehrbar, nicht im Gleichgewicht, frei, sich um jegliche Szene oder Äußerung, um jegliches Bild herum aufzubauen, und noch baumelt keine standardisierte Kennwendung von einem vorstehenden Zeh im Leichenschauhaus. Ich ertappe mich sogar dabei, wie ich darüber spekuliere, welche Wendung wohl zu dem Jingle werden wird, an dem wir uns irgendwann in der Zukunft einmal vorbeikämpfen müssen, um unser wahres Vergnügen an Updike wiederzuerwecken. Aus *Selbst-Bewußtsein* zitierten Rezensenten «Berühmtheit ist eine Maske, die sich ins Gesicht frißt», und darin liegt auch ein gewisser einprägsamer Schock, aber das ist zu düster, um seinen Ton adäquat wiederzugeben. Als ich meine Mutter fragte, woran sie sich bei Updike erinnere, nannte sie als erstes den Satz über Scheidung aus dem Vorwort zu *Der weite Weg zu zweit*: «Daß eine Ehe endet, ist alles andere als ideal. Aber alle Dinge unter dem Himmel gehen zu Ende, und wenn zeitliche Begrenztheit einer Sache ihren Wert nähme, dann könnte nichts im Leben wirklich gelingen.» Sie hat völlig recht, das sollte in der nächsten Ausgabe des Bartlett's stehen. Und Nabokov zitierte vor langer Zeit einmal voller Bewunderung einen schönen, schönen Satz aus einer Erzählung: «Ihre Unterhaltung war wie ein Korb, der unter Wasser um einen nutzlosen Stein gewoben war.» [Nein nein nein – der Satz geht in Wirklichkeit so: «Das Wichtige war unsere Unterhaltung selbst, nicht ihr Gegenstand, die raschen Zustimmungen, das langsame Nicken, die Verflechtung verschiedener Erinnerungen; das kam einem dieser Panamakörbe gleich, die unter Wasser um einen wertlosen Stein geformt werden.»] Vielleicht wird auch das einmal eines von Updikes Etiketten werden, da dieses Bild durch sein Beispiel die lästige Kritik, er habe nichts – das heißt keinen nutzlosen Stein [nein, *wertlosen* Stein – das ist ein Unterschied] exotischer Erfahrung –, worüber er schreiben könnte, so hübsch entschärft.

Doch noch gibt es zum Glück für mich keinen aphoristischen Konsens, der die zaghaften idiosynkratischen Bahnen, die jeder von uns auf dem Weg aufspüren mag, den das Bild von Updike durch unser Bewußtsein genommen hat, verfälschen und verziehen kann.

VIER

Eine solche Spurensuche könnte beispielsweise auf der Party zum 125. Jubiläum des *Atlantic* beginnen, die im Herbst 1982 stattfand. Ich hatte mir einen Smoking geliehen und ging mit meiner jetzigen Frau hin. Wir standen auf dem schwarzweiß gefliesten Souterrainboden des Marriott Long Wharf, erleichtert darüber, daß die Menge viel zu groß war, als daß man von uns erwartet hätte, uns mit jemandem zu unterhalten. Ich sagte Sachen wie «Sind das da die sogenannten Spaghettiträger?», wobei ich mit dem Kinn auf eine Frau deutete, die mit dem Rücken zu uns stand, und meine jetzige Frau sagte Sachen wie «Fast; das da drüben sind welche» – und wir nickten und lachten übertrieben, als wären wir nicht zusammen mit dem Taxi hergekommen, sondern uns zum erstenmal nach Jahren auf dieser großen Veranstaltung wieder begegnet. Und dennoch veranlaßte mich nach einer Dreiviertelstunde der Druck, gering zunächst, aber wachsend, wenigstens eine außerdyadische Unterhaltung zu führen, die ich in späteren Berichten dazu nutzen konnte, stundenlanges, ausgelassenes geselliges Treiben anzudeuten, mich zielgerichteter umzusehen. Allmählich geriet ich ein wenig in Panik. Wir wurden mit vorgehaltenem Tablett gezwungen, in Scheiben geschnittene und gefüllte Dinge zu essen: Jedesmal, wenn das Tablett zu uns kam, hatte ich das Gefühl, daß der Träger seinem Argwohn, wir hätten uns seit unserem Eintreffen ausschließlich mit uns selbst unterhalten, ein weiteres Ja-Häkchen hinzufügte. Schließlich stellte ein Redaktionsassistent uns die Kolumnistin Judith Martin vor, «Miss Manners», die in ein wirkliches, ungeheucheltes Gespräch mit jemand anderem vertieft war. Verständlicherweise abgestoßen von unseren törichten, strahlenden, flehenden, elenden Gesichtern und gestört von dem an der Grenze zur Grobheit liegenden Verhalten des Menschen, der die Vorstellung vorgenommen hatte, ohne zu berücksichtigen, wie ungeheuer tief ihre vorangegangene Unterhaltung gewesen war, meinte sie anscheinend, es sei ihre Pflicht als in zahlreichen Blättern gedruckte Wahrerin sozialer Normen, erst dann mit uns zu reden oder uns freundlich zuzunicken oder uns überhaupt nur anzusehen, wenn wir demonstrieren konnten, daß wir uns bei dieser Art teurer Literaturzeremonie wohl fühlten und ihr gewachsen waren – vielleicht beim 130. Jubiläum des *Atlantic* (zu dem ich ohnehin nicht eingeladen war). Ich betrachtete ihr intelligentes, attraktives Profil, und inmitten meines aufrichtigen Unbehagens («vor Angst scheißen und pissen», wie William Burroughs sagen würde) war ich ihr dankbar, denn nun hatten meine jetzige Frau und ich etwas zu erzählen: Miss Manners hatte uns total geschnitten. Wir zogen uns zurück. Ich entdeckte Tim O'Brien.

«Da ist Tim O'Brien!» zischte ich. «Endlich einer, den ich kenne!» Wir drängelten uns zu ihm durch. Er hatte mich vergessen. Er (*Going after Cacciato*, National Book Award 1979) hatte bei einer zweiwöchigen Schriftstellertagung 1981 in Berkeley zum Lehrkörper gehört; bei der Tagung hatte ich an Donald Barthelmes Seminar teilgenommen. «Und warum sind Sie hier?» fragte Tim O'Brien ziemlich brutal.

Ich erzählte ihm, daß wir in Boston wohnten und ich ein paar Sachen im *Atlantic* hätte. Er nickte. Wir schauten uns alle um, nickten beifällig über die Hors-d'œuvres, schauten uns wieder um. Ein Hauch von bedeutender literarischer Macht lag im Raum, doch es war schwierig, ihn an einer bestimmten Person festzumachen. «Ist Updike da?» fragte ich.

Tim O'Brien sagte etwas wie: «Ich weiß nicht. Ich habe ihn nicht gesehen.»

«Ich auch nicht.»

Meine jetzige Frau schüttelte den Kopf; sie hatte ihn auch nicht gesehen.

«Bellow soll dasein», sagte Tim O'Brien.

«Ja, das habe ich auch gehört», sagte ich. «Ich habe aber gedacht, daß Updike vielleicht da wäre. Die hätten ihn doch eingeladen, meinen Sie nicht? Schließlich hatte er erst kürzlich eine Erzählung im Blatt, ‹Pygmalion›.»

Tim O'Brien meinte, vermutlich sei Updike eingeladen. Und dann ließ er die Bombe platzen. «Ich spiele Golf mit Updike.»

«Tatsächlich?»

«Ja, wir spielen Golf. Ist ganz nett. Aber er hat einen Grundsatz: Bücher sind kein Thema.»

Wir nickten – weise, sehr weise. Updike zeigte sich auf der Party nicht, doch dieses kurze Gespräch mit Tim O'Brien, zumal es noch unmittelbar auf unser verheerendes, aber essenseinladungsträchtiges Scheitern bei Miss Manners (die für mich die allegorische Funktion des Rausschmeißers an der *porte cochère* des Kulturestablishments hatte) gefolgt war, war mehr als genügend literarisches Ferment für einen Abend. Natürlich war ich sehr verletzt, daß Updike sich unter all den jüngeren Schriftstellern, die in und um Boston lebten, Tim O'Brien und nicht mich als Golfpartner ausgesucht hatte. Es spielte keine Rolle, daß ich kein Buch geschrieben hatte, das den National Book Award bekommen hatte, ja überhaupt noch kein Buch geschrieben hatte und auch nicht Golf spielen konnte: dennoch war ich durchaus der Ansicht, daß Updike nicht Tim O'Brien, sondern mich hätte fragen sollen. Denn jener «verblüffte» Ball und das «Divot von der Größe eines Unterhemds» in Updikes Golf-Essay, über das meine Mutter so hatte lachen müssen, hatte meine Aufmerksamkeit überhaupt erst von der Musik zur Literatur gelenkt. Ich war gesellschaftsfähig! Und ich wußte, daß er mich gelesen hatte, denn im Jahr zuvor hatte mir ein Redakteur des *New Yorker* geschrieben, Updike habe meine Erzählung dort gesehen und gefragt, wer ich sei. Und damals, 1982, nachdem ich ganze vier Erzählungen veröffentlicht hatte, fand ich, daß mein Schreiben durchaus plausibel einen metaphorischen Spitzeninfusionswert für sich in Anspruch nehmen konnte, der dem Updikes näher war als der Tim O'Briens (obwohl ich O'Brien da kaum gelesen hatte). Zwar hatte ich in der Hinsicht nichts annähernd so Gutes wie Updikes

Beschreibung des großen Eisblocks in *Hasenherz* geleistet, wo die Radierspuren das Auge tief in den weißen explodierenden Stern in der Mitte führen, oder die «kühlen Ufer des Bettes» in *Der Zentaur*, doch das und nicht das gekonnte Erzähltempo von *Going after Cacciato* war eindeutig die Richtung, in die ich mich verbessern würde, wenn überhaupt. Die Metaphern, die mir einfielen, mochten sich gut und gern als «gezwungen» erweisen, in genau dem beunruhigenden Adjektiv, das Updike in einer Rezension von *Blue Highways* verwendet hatte, doch es sollte viele davon geben, zumindest am Anfang. (Die metaphorische Bedeutung verliert zusammen mit der flöhehütenden visuellen Schärfe, die sie im wesentlichen beseelt, während der meisten Schriftstellerlaufbahnen an Gewicht und wird mit Glück durch eine feinere soziale Abstimmung ersetzt – wenngleich Updike in einer Erzählung aus dem Jahr 1987 [oder vielmehr 1986 – «Jenseits»] eine hingeworfene Beschreibung des «gelatinösen» Augapfels eines erregbaren Pferdes hat, die noch immer jeden anderen Schreibenden an Einsicht übertrifft.) Aber war denn nicht gerade die tiefe Kluft in der Methode, die O'Brien von Updike trennte, das Entscheidende? fragte ich mich. Wenn Updike sich einen Golfkumpel aus den Reihen lebender Schriftsteller auswählte, einmal abgesehen von relativer Anerkennung oder Meriten oder Hoffnungen, wählte er sich dann aller Wahrscheinlichkeit nach nicht einen aus, dessen Trickkiste sich so von seiner eigenen unterschied, daß jene natürliche Rivalität, jener «Argwohn», soweit wie möglich im Zaum gehalten wurde?

Es mag unglaublich erscheinen angesichts dessen,

wie wenig ich veröffentlicht hatte und wie schlecht es war, daß ich auch nur müßig hätte theoretisieren können, warum Updike nicht den Versuch unternahm, mich ausfindig zu machen, und dennoch tat ich es. Auch war ich verblüfft darüber, daß er überhaupt mit einem Schriftsteller Golf spielen mußte. Eines der Dinge, die ich an ihm bewundert hatte, war seine bewußte Selbstentfernung von New York und seine Abneigung, an Schriftstellerkongressen teilzunehmen, akademische Posten anzunehmen oder sich in diesen ganzen tragischen, talentzehrenden Prozeß einbinden zu lassen, in dem Schriftsteller sich zusammenscharen, um Aspiranten anzulocken, die als Gegenleistung für Kumpelei und Rat einen Haufen Geld zahlen (gemein von mir, das tragisch zu nennen, wo ich doch sehr bereitwillig einen Scheck über Hunderte von Dollars ausgeschrieben hatte, um mir die Audienz bei Donald Barthelme zu verschaffen, die ich sehr genossen hatte!): und dennoch suchte Updike sich hier einen anderen Schriftsteller zum Golfspielen. Das war bloß dieser beschissene National Book Award, dachte ich: der Schlüssel zu seiner Wertschätzung. Aber das war doch lächerlich. Es gab viele Erklärungen, ganz abgesehen von Tim O'Briens Umgänglichkeit. Vielleicht hatte Updike da ja schon an dem Essay über seine Pro-Vietnamkrieg-Aktivitäten gearbeitet, und er mochte durchaus daran interessiert sein, jemand Eloquentes kennenzulernen, der so viel aus erster Hand über Vietnam wußte wie Tim O'Brien. Er konnte die nichtliterarische Golfkumpel-Geschichte schon *aufgegeben* und gemerkt haben, daß selbst bei einem strikten Verbot von Buchgeplauder, selbst wenn sie nur über Autos oder den

Wiederverkaufsmarkt für zutage geförderte Golfbälle oder Stadterneuerungsprogramme geredet hätten, ein Schriftsteller, mit dem man von Loch zu Loch stapfte, doch ein anregenderer Begleiter war als irgendein Abteilungsleiter bei Digital. Dennoch war es diese Anti-Buchgeplauder-Regel, gegen die sich mein Groll besonders richtete. «Also, wir tun einfach so, als wären wir zwei ganz normale Kerle» – so hatte ich sie zuerst interpretiert. Man stelle sich vor, Gesprächs*regeln* zu haben. Ojemine, nein! Wäre ich jetzt gerade draußen auf dem Fairway mit Updike und er hätte diese Regel aufgestellt, ich käme zwischen den Bogeys mit nervösen, kichernden Anspielungen auf Richard Yates, Patrick Süskind und Julian Barnes an, nur um zu testen, wie er mich als Golfpartner tolerierte – nur um zu sehen, ob er *für mich eine Ausnahme machen würde.*

Und dennoch sah ich natürlich ein, daß das Verbot notwendig war. Wenn man ziemlich viel Zeit damit verbringt, über anderer Leute Bücher zu schreiben oder sicherzustellen, daß man sich in den eigenen von Bildern und Szenen fernhält, die man aus denjenigen anderer in Erinnerung hat, dann ist es ganz selbstverständlich, daß man bei der ganzen beeinträchtigenden Hemdsärmeligkeit und Ungenauigkeit der Unterhaltung nicht auch noch in seiner Freizeit dasselbe Feld beackern will. Man versucht, so anders wie möglich als andere zu sein, wie Frost mehr oder weniger sagte, und man möchte nicht, daß noch vor den nachweislichen Einflüssen, die man in der öffentlichen Welt des Gedruckten liefert und empfängt, Einflüsse hin und her pendeln. (Zudem mag es auch ein klein wenig erregend sein, wenn man die Macht in sich spürt, eine Gesprächsregel aufzustellen: die verunsichernde Autorität zu spüren, wenn man sagt: «Ach, Tim, ich finde, eine Regel sollten wir beachten …») Würde *ich* diese Woche mit Updike Golf spielen, ich würde zu ihm sagen: «He, ich lese gerade Alan Hollinghursts *Die Schwimmbad-Bibliothek*, und wissen Sie was, wenn man sich einmal an die anfangs noch irgendwie eklige Ebene des Homosex gewöhnt hat, der aber als eine Art Ethnographie schnell richtig interessant wird, dann stellt man fest, daß das wirklich einer der besten Erstlingsromane seit ewigen Zeiten ist! Der Mann macht alles – Dialog, prachtvolle Szenerie, Witz, Pathos, alles!» Das würde ich ihm gern sagen wollen, würde es dann, glaube ich, aber doch nicht tun, denn was wäre, wenn Updike Hollinghurst durch irgendeinen Zufall noch nicht gelesen hätte, und was wäre, wenn mein Diktum, das letzte von vielen, gerade ausreichte, daß sein Blick im Vintage-Katalog auf diesem Buch verharrte und er es bestellte, und was wäre, wenn er es läse und dessen Präsenz in seinem Kopf bewirkte, daß sich sein Schreiben, wie unmerklich auch immer, in eine bestimmte Richtung – darauf zu oder davon weg – verlagerte? Oder aber, was wäre, wenn Updike mich als Menschen so lästig fände, daß meine Schwärmerei über Hollinghurst seine eigene anfängliche Begeisterung für das Buch schmälerte? Würde ich wollen, Hollinghurst auf diese Weise beiläufig in seine literarische Entwicklung, sein *Schicksal* hineingepfuscht zu haben? Und was wäre, wenn er erwähnte, er habe Shaftesbury wieder gelesen, und es habe ihm gefallen, oder Wallace Stevens, und es habe ihm weniger gefallen? Noch monatelang wäre dieses Stück Insiderinformation das erste, woran ich in Verbindung mit diesen Künstlern denken würde: Ich würde sie mit einem leicht veränderten Blick lesen und möglicherweise daraufhin anders schreiben. Also nicht über Bücher reden. Aber es war ja noch viel schlimmer. Könnten John Updike und ich denn über Autos oder Selbstzweifel oder das Wetter reden? Über die Psoriasis, die wir gemein haben?

Angenommen, er und ich würden Golf spielen und ich würde es ein bißchen besser hinkriegen und die Vögel würden ihre räumlichen Illusionen zum Soundtrack beisteuern und ich würde plötzlich folgendes ablassen: «Boa, John – *Golf*. Jetzt begreife ich, warum Sie das so gern spielen. Es ist ein externalisierter Kampf mit der Haut. Sie müssen als Golfer und als Psoriatiker zusehen, daß Sie nicht ins Rauhe kommen, stimmt's? Sie wollen so reibungslos wie möglich auf die beste, glatteste Rasenfläche gelangen!» Angenommen, ich würde diesen ziemlichen Quatsch an einem lauen Nachmittag zu ihm sagen. (Wobei ich mir die Daumen drücke in der Hoffnung, er selbst habe nichts dergleichen geschrieben, was ich schon längst vergessen hätte.) Und was wäre, wenn er ein paar Jahre später Gelegenheit hätte, eine weitere Golferzählung zu schreiben – etwas meisterlich Pastorales in der Art von Byezhin Meadows –, und ihm dann die Golfplatz / Psoriasis-Parallele einfiele und er sie an eine ideale Stelle setzte, ohne das Ausrufezeichen, fast zur Unkenntlichkeit verbessert. Würde ich das gern lesen? Irgendwann einmal vielleicht, aber ich müßte mich darauf einstellen. Wie gesagt, auch ich habe Psoriasis, und obwohl Updike dazu, was zu dieser Behinderung zu sagen wäre, eine Menge gesagt hat, gibt es doch noch mehr, und es könnte die

Zeit kommen, da ich wollte, daß eine schuppenrindige Figur sich als glatt wie ein Golfplatz vorstellt. Also nein – mit Updike könnte ich nicht über Psoriasis reden: Ich hätte zuviel Angst davor, von ihm etwas zu hören, das zu verwenden, bevor er es täte, mich jucken würde, oder davor, ihn mit der einen oder anderen Schuppe meiner Erfahrung, die ich gern für mich behalten würde, in Versuchung zu führen, oder davor, daß ich ihn etwas Ähnliches über etwas, das ich mir schon notiert und zur Verwendung vorgesehen hatte, sagen hörte, wodurch meine Notiz mit einer beiläufigen Erwähnung hinfällig würde. Und ich würde spüren, daß er diese ganze lächerliche Zurückhaltung meinerseits durchschauen würde: Ich würde sehen, wie er in sich hineinlächelte, nachdem ich begonnen hätte, lebhaft etwas zu sagen, und dann abrupt innegehalten und auf eine konventionelle Formel umgeschaltet hätte, weil ich mittendrin gemerkt hätte, daß das, was ich hätte sagen wollen, für mich möglicherweise interessant genug gewesen wäre, um es irgendwo zu verwenden, oder weil ich ihn zu der Annahme verleiten wollte, ich sei beschränkter und konventioneller, als ich es tatsächlich war, damit er sich entspannte und zwangloser redete und damit ich ihn dann später überraschen und ihn, wenn er etwas von mir *Verfaßtes* läse, dazu veranlassen könnte zu denken: «Hm, dieser Nick Baker ist wohl doch nicht zu unterschätzen.» Gerade unsere Zurückhaltung und unser gegenseitiger Argwohn oder wenigstens mein Argwohn (oder eher meine Hoffnung), daß der Argwohn auf Gegenseitigkeit beruhte, verliehe der Golfrunde etwas Unterschwelliges, auf das wir beide insgeheim achteten, um zu sehen, ob denn etwas daran wäre, was einen unausgesprochenen Gehalt besäße, der wirkungsvoll in Gedrucktes umgewandelt werden könnte. Vielleicht würde ich einfach einmal darauf anspielen, daß mir sein potentieller Argwohn mir gegenüber bewußt sei, nur um zu sehen, was passierte, und er würde antworten, wenn es denn einen Argwohn gäbe, dann wäre es eine Übergangsphase und ginge ebenso vorüber wie der spezifischere Haß, den man jungen, aufgeweckten, unbetrübten Leuten gegenüber empfindet, die (in Forsters Worten) die Aluleiter in ihrem Innern rauf- und runterrennen, ohne daß sie schon ein Schutzfenster anzubringen hätten, ohne daß Pflichten oder Sünden ihren ausgelassenen Ehrgeiz auf interessante Weise verbögen, und daß es einem allmählich sogar eine richtiggehend nostalgische Freude bereite, wenn man sich ansehe, wie diese ungeschliffene, unweise, reputationslose Unerfahrenheit sich so langsam über sich selber klarzuwerden beginne, und auch ein gewisses Vergnügen, so einen jungen Schriftsteller dabei zu beobachten, wie er sich anschicke, die kleine Kühnheit in Gegenwart des älteren zu wagen, so wie ich es gerade mit der Anspielung auf seinen Argwohn getan hätte, und daß er, wenn ich mit vorgeblichem Weitblick über meinen egoistischen Gedanken schriebe, er habe den sehnsüchtigen Wunsch, ich zu sein, damit kontern würde, er schreibe über seinen Selbstekel angesichts der gespielten Großzügigkeit, die er so flugs zur Schau gestellt habe, indem er so tat, als sei es ihm egal, ob ich mir die Vielschichtigkeit jener nachmittäglichen Golfpartie zu Bewußtsein geführt hätte oder nicht, sowie über das Gefühl, das man haben könne, ein Stück Erfahrung an jemanden zu *delegieren*, glücklich in dem Wissen, daß zwar der Gedanke, eine Biographie würde über einen geschrieben, entsetzlich, der Gedanke aber, jemand beobachte einen bei seinem Tun aus einem Blickwinkel, den man selbst nie hätte, angenehm sei. Schnell würde da ein Feedback schrillen, und die ganze Diskussion müßte abgekürzt und ich würde schnell davongekarrt oder -gecaddiet werden. Wie es scheint, ist literarische Freundschaft unmöglich, zumindest für mich. Ja, alle Männerfreundschaften außerhalb der Arbeit scheinen zuweilen unmöglich: man sieht sich im Restaurant an irgendeinem Punkt in der Unterhaltung an und weiß, daß beide denken, Mensch, das ist doch sinnlos, warum sind wir hier überhaupt, alles nur Zeitverschwendung, wir haben uns nichts zu sagen, wir haben kein gemeinsames Projekt, über das wir lästern können, wir können nicht flirten, wir kommen uns vor wie Idioten, die über Filme und Bücher diskutieren, wir stecken nicht in einer moralischen Klemme mit einer Frau, die wir beichten müßten, wir haben beide schon mehrmals gesagt, daß der andere ein Genie ist, und das Ganze ist deprimierend und der Ton stimmt nicht, da könnten wir ebensogut nach Hause zu Frau und Kindern gehen und uns Kumpelfilme ausleihen wie *Midnight Run* oder *Planes, Trains & Automobiles* oder *The Pope of Greenwich Village*, wenn wir eine Dosis alte Kameradschaft brauchen. (Updike fängt einiges von der falschen Fröhlichkeit solcher Wiedersehen in einer Geschichte von zwei ehemaligen Harvard-Lampoon-Typen in New York, von denen einer hinter einem Job her ist, in «Wer macht rosa Rosen rosa?» ein.) Und dennoch will ich jetzt Updikes Freund sein! Weg mit der Reserviertheit! Helen Vendler befragte ihn einmal in einem Interview zu Schicklichkeit, Anstand und Geschmack in der Lyrik und im besonderen zu den sexuellen Gedichten in einer bestimmten Sammlung, die ein wenig unanständig wirken. Updike erwiderte, Lyrik werde im Privaten erlebt, und *das Leben sei zu kurz*, um sich über Anstand Gedanken zu machen. [Seine genauen Worte, die meine schludrige Paraphrase meilenweit überragen, lauten: «Ich glaube, Geschmack ist kein künstlerischer Begriff, sondern ein gesellschaftlicher. Ich bin gern bereit, bei jemandem im Wohnzimmer guten Geschmack zu zeigen, wenn ich kann, doch unser Leseleben ist zu kurz, als daß ein Schriftsteller in irgendeiner Weise höflich sein könnte. Da seine Worte das Gehirn eines anderen in Stille und Intimität betreten, sollte er so ehrlich und explizit sein, wie wir uns selbst gegenüber sind.»] Tja, das Leben ist zu kurz, um sich über eine Menge Sachen Gedanken zu machen – Reserve, Takt, die Ratsamkeit, in einem Essay zu sagen, daß man mit seinen Erkenntnissen so knausert, daß man Hemmungen hat, sich vorzustellen, wie man mit einem anderen Schriftsteller Golf spielt, aus lauter Angst, er würde etwas verwenden, was man gesagt hat, und daß man trotzdem sehr gern mit ihm befreundet wäre. Ich *bin* mit Updike befreundet – genau das finde ich nämlich –, ich habe, was ich als Kind nie hatte, einen imaginären Freund, den ich mir aus durchweichten, kreuz und quer übereinandergepappten Streifen von Rivalität und Dankbarkeit über einem Gerüst aus erinnerten falschen Zitaten gebastelt habe. Was mich zu einem Argument führt, das anzubringen mir lohnend scheint. Freunde, die imaginären, die man sich aus Wendungen, die man von einem lebenden Schriftsteller genommen hat, zusammenbaut, wie auch wirkliche vom College oder Verwandte, sind trotz der ganzen Verschwendung an Förmlichkeiten und Schwindeleien und der Tatsache, daß auf eine Stunde Gespräch vielleicht ganze fünf Minuten kommen, in denen die alte Entente wieder aufscheint, die einzig wirklichen Mittler, über die fremde Ideen ins Gehirn gelangen können. Wenn Hippokrates oder Seneca, über die ich rein gar nichts weiß, sagen, die Kunst sei lang und das Leben kurz, dann sagt mir das wenig: Es ist lediglich eine Meinung, die irgendwelche Fremden hatten und andere nichtssagend zitiert haben. Wenn jedoch Updike sagt, das Leben sei kurz, dann empfinde ich die Kraft dessen nahezu als Schock. Die Wucht der Wahrheit also, die eine Aussage mitteilt, ihre Bedeutung, die sie über die Horden aufgezeichneter Beobachtungen, die ich optional auf mein eigenes Leben anwenden kann, heraushebt, hängt daher, zusätzlich zu dem Gefühl, sie sei argumentativ verfechtbar, von dem Gefühl ab, daß einer wie ich und auch einer, den ich mag, dessen Stimme hörbar ist und der sich zumindest gedanklich mit mir in einem Zimmer befindet, sie tatsächlich oder möglicherweise für zwingend wahr hält. Erst wenn ein Freund oder ein Verwandter ein bestimmtes Sprichwort auf mein Leben angewandt hat oder ich gesehen habe, wie er das Sprichwort auf sein Leben angewandt hat, hat es die Macht, mich zu beeinflussen.

Indem ich dies niederschreibe – allerdings mit der üblichen Enttäuschung angesichts der Blässe, die ein vormals drängender Gedanke letztlich auf dem Papier annimmt –, fällt mir auf, daß mein Bericht unvollständig ist: In Wirklichkeit gab es nämlich eine Vorstufe zu meiner Würdigung von Updikes Wahrheit, daß das Leben kurz sei. Im Jahr 1985 setzte ein ehemaliger Professor meinen Namen auf die Adressenliste der Schriftsteller, die Anmeldeformulare für ein Guggenheim-Stipendium bekommen sollten. Ich nahm die Sendung aus cremefarbenem Papier, die mit der Post kam, sehr ernst, weil das Guggenheim das einzige philanthropische Stipendium war, von dem Updike Gebrauch gemacht hatte: mit seiner Hilfe hatte er *Der Zentaur* geschrieben. (Und ich kann mir nicht helfen, ich habe einfach den Verdacht, daß die seltsam gekünstelten mythologischen Kapitel in dem Buch, in dem es sonst von visuellen Freuden nur so wimmelt, nicht nur dazu da sind, das zu eröffnen, was er den «Raum des Romans» nannte, jenes Gefühl, wie ich den Begriff verstehe, zwei oder mehr Prozesse gleichzeitig ablaufen zu lassen, zwischen denen der Leser dann hin- und hergeführt wird, so daß er, während er den anderen Prozessen ausgesetzt ist, ein wenig von dem jeweils vorausgehenden vergißt und dann die Freude des Wiedererkennens hat und daher nicht so schnell rebelliert, sondern auch dazu, der Guggenheimschen Welt zu zeigen, daß dieses Buch nicht lediglich von einem Kind handelt, das sich während eines Kälteeinbruchs um die Gesundheit seines Vaters sorgt, was wir wohl *kaum* als das Ergebnis einer finanziellen Zuerkennung ernst nehmen könnten, sondern daß es auch ein Buch ist, das die Mythoskritik, die den Literaturmenschen der fünfziger Jahre so ansprach, voll mitreflektiert. [Falscher konnte ich mit dieser Theorie gar nicht liegen: Wie ich sehe, war *Hasenherz* und überhaupt nicht *Der Zentaur* das Buch, das er mit einem

Guggenheim schrieb.]) Doch ich war sicher, ich würde das Stipendium nicht erhalten, und ich hatte große Zweifel an meinem Schreiben im allgemeinen und fand wenig Gefallen an der Vorstellung, mehrere Leute um ein Empfehlungsschreiben zu bitten – der Vorstellung des schrecklichen Augenblicks während des Telefonats, da der Austausch von Neuigkeiten ins Stocken kommt und man sagt: «Warum ich Sie auch noch angerufen habe …», und plötzlich die wahren Beweggründe offenliegen: Du *brauchst eine Empfehlung*, sonst nichts, du schmeichlerischer Wicht, du vermißt den Professor ja gar nicht und willst ihm auch nicht sagen, wie oft du noch an sein Seminar denkst, du willst nur weitere Hilfe bei deinem ehrlosen kleinen Kampf den Grashalm hoch zu irgendeinem Ansehen. Zudem wäre die Bewerbung in meinen Augen nur dann vollständig und abschikkenswert, wenn unter denen, die eine Empfehlung geschrieben haben, auch Updike wäre, und es war ausgeschlossen, Updike anzuschreiben und ihn zu bitten, mir auf der Grundlage dessen, was ich veröffentlicht hatte, eine Empfehlung zu schreiben. Also rief ich meinen Schwiegervater an (der zwei Guggenheims in Geschichte bekommen hatte), um ihn zu fragen, was er davon halte, die Bewerbung durchzuziehen. Ich sagte ihm, wie schrecklich ich es fände, Leute um Empfehlungen zu bitten, und daß ich bezweifelte, daß Updike mir eine schreiben würde und ich zudem (an der Stelle nahm meine Stimme einen überernsten Flötenton an) noch immer in einem sehr frühen Stadium sei und noch nicht so recht wisse, worin ich gut genug sei, um schon ein Guggenheim zu verdienen. Er sagte, es sei tugendsam von mir, so zu denken (und erinnerte großmütigerweise nicht daran, daß ich beim Eintreffen dieser Bewerbungsunterlagen mit der Post viel erfreuter und unverblüffter gewesen war, als ich vorgab, obwohl er dabei einen fast unmerklichen zurechtweisenden Unterton, wenn ich ihn denn hören wollte, bezüglich meiner, wie er unschwer erkannte, durchsichtig falschen Bescheidenheit einfließen ließ), doch er sagte auch, wenn ich zu lange darüber nachdächte, käme ich noch «in den Himmel». Ich lachte, spürte aber auch einen Augenblick lang Panik oder Tadel – mein Schwiegervater hatte immer gesagt, daß mir alles früh und leicht zugefallen sei, und nun teilte er mir durch die Blume mit, daß ich älter wurde und Sachen hinausschob und vorgab, meine unvollkommene Lehrzeit zu bejammern. Seine Stimme, die im wesentlichen sagte: «Aber wenn du mit deiner Bewerbung für ein Guggenheim zu lange wartest, dann ist dein Leben vorbei und du hast nichts erreicht», hatte die Kraft, die sie hatte, weil sie *seine* Stimme war und weil ich mir einbildete, darin den stets bezwingenden Anstrich verhüllten Selbsttadels zu erkennen: Er bedauerte, nicht selbst mehr zu schreiben (wie ich das krude interpretierte), bedauerte den aufwendigen Rhythmus des akademischen Jahres, der verlangt, daß man den halben Sommer damit verbringt, sich mit der Erregung über das gewählte Projekt, die man am Ende des vergangenen Semesters so gerade allmählich gespürt hatte, wieder vertraut zu machen, bedauerte, wie extrem viel Freude ihm das Lehren selbst bereitete, auch wenn er wußte, daß die dabei abgesonderten statistischen Funken der Redekunst ihm einiges von der gespeicherten Spannung raubten, die notwendig war, um sein nächstes Geschichtswerk zu vollenden; und seine Stimme in dieser erlebten, gespeicherten und überinterpretierten Version mischte ich dann in die Stimme, die ich ein paar Jahre später hörte, als ich las, wie Updike mit jenem Ton fast ungeduldiger Ermüdung, die oft den Höhepunkt eines Interviews mit einem Schriftsteller markiert, sagte, das Leben sei zu kurz, um sich über Anstand Gedanken zu machen: In einem momentanen synthetischen Gleichklang pflanzten mir diese beiden Männer, der eine am Telefon und der andere auf einer Seite von *Amerikaner und andere Menschen*, eine konstruktive Todesfurcht ein. (Aber trotzdem bewarb ich mich nicht um ein Guggenheim.) Bevor man etwas als wahr akzeptieren kann, braucht man die Empfindung, die Illusion, daß es direkt *zu einem* gesagt wird oder daß der Gedanke jemandem gekommen ist, der einem selbst so ähnelt, daß er einem als emotionaler Mandatar dienen kann. Und der Autor eines Essays wie des vorliegenden versucht, so erscheint es mir nun, in gewisser Weise in diesem Prozeß zu mogeln: Ich versuche, den Leser davon zu überzeugen, ich sei so stone-washed, daß ich auch ohne einen anerkannten Korpus oder eine Biographie oder eine erinnerte Geschichte von Studentenheim-Cafeteria-Gesprächen oder überhaupt ein bekanntes Ich, abgesehen von dem einen Stück, das hier ausgebreitet wird, einer bin, den Sie kennen: Wir haben zusammen so einiges durchgemacht, haben bei McDonald's gegessen, niederen Beweggründen nachgegeben, uns durch gesellschaftliche Ereignisse geschwitzt, und wenn ich nun also die Absicht habe, Ihnen beispielsweise zu sagen, daß John Updike ein Genie ist, dann wird meine Behauptung von vertrauenswürdiger Glaubhaftigkeit getragen sein.

FUENF

Mir ist bewußt, daß ich es, indem ich Updike und meinen Schwiegervater durch das eben Gesagte so explizit verbunden habe, möglicherweise darauf anlege, daß Harold Bloom mit seinen Schablonen des literarischen Patrimoniums mein Leben zuversichtlich an die Hand nimmt. Doch ich habe nichts von Harold Bloom gelesen, und während der ganzen Zeit, die ich an diesem Essay geschrieben habe, hatte ich Angstausbrüche bezüglich meiner Unkenntnis von *Einflußangst.* Wiederhole ich einfach nur noch, was er schon gesagt hat? Füge ich «Substanz» hinzu? «Fehldeutung» kenne ich nur aus Buchkritiken – Buchkritiken, nicht Bücher, sind ja die wesentlichen Motoren des Wandels in der Geschichte des Denkens und steuern in dieser notwendigen Rolle zu dem Vorwärtsfluß auch eine bestimmte Form von Verzerrungen bei, indem sie zulassen, daß die Werke, die in Kritiken leicht zu resümierende Handlungen und Aussagen enthalten, ein Ausmaß an kultureller Bedeutung und Bedrohung annehmen können, das den Büchern selbst nicht unbedingt zukommen mag. Die Behauptung, ich hätte nichts von Bloom gelesen, stimmt nicht ganz: 1982 habe ich tatsächlich etwas von ihm gelesen, eine sehr persönliche und (wie ich jetzt finde) reizvoll ärgerliche Einleitung zu den *Selected Writings of Walter Pater*, in der er behauptet, Paters «einziger Erzeuger» sei Ruskin gewesen, dessen angstauslösende Wirkung «im ganzen Werk Paters, häufig auch in der Negation, nachgelesen werden kann». Die Beherrschung verlor ich schließlich («Du blöder Hund», hatte ich, glaube ich, gesagt und mit Schlitzaugen auf die Seite gestarrt), als ich auf den folgenden, hinterfotzig psychoanalytischen Satz stieß: «Der offensichtliche Einfluß [Ruskins], den Pater tief vergrub». Doch meine Abneigung gegen «Pater tief vergrub» markierte dies in meinem Gedächtnis für die Langzeitlagerung, rettete es vor einer ansonsten sicheren Überflutung – und nun möchte ich, als Reaktion auf den in der Luft liegenden Bloom, in diesem Essay meine Schuld ihm gegenüber ausgraben und anerkennen; doch ebensowenig, wie ich nun Updike wieder lesen kann aus Angst, die einzige Gelegenheit zu verpassen, so genau wie möglich darzustellen, was ich von ihm denke, wenn er mir in den Sinn kommt und nicht, wenn ich ihn mir in den Sinn rufe, kann ich nun *Einflußangst* studieren aus Furcht, das Buch könnte Besitz von mir ergreifen, mir die Dringlichkeit dessen, was ich hier aufzeichne, nehmen, die Besonderheiten meiner Beziehung zu Updike in ein ziemlich uninteressantes Beispiel eines machtvollen und schon bewiesenen allgemeingültigen Gesetzes verwandeln – zwangsläufig weniger interessant als das Verhältnis zwischen Ruskin und Pater oder Ruskin und Proust oder

Henry James und Proust oder Proust und Beckett oder Proust und Nabokov oder Nabokov und Updike, weil ich im Gegensatz zu jenen anderen illustren Teilen in diesen Vergleichen ein Niemand bin: Ruhm (von Talent ganz zu schweigen) hat meinen Verrenkungen keinerlei äußeres Interesse zuteil werden lassen. «Illustre Beispiele» schrieb Edward Young 1760 in einer Passage, die Bloom oder seine Schüler zweifellos als eine interessante Prolepsis der Ansichten des Meisters ausgemacht haben, «*nehmen gefangen, beeinflussen* und *schüchtern ein*. Sie *nehmen* unsere Aufmerksamkeit *gefangen* und verhindern somit eine nötige Prüfung unserer selbst; sie *beeinflussen* unser Urteil zugunsten ihrer Fähigkeiten und vermindern so das Gefühl für unsere eigenen; und sie *schüchtern* uns mit dem Glanz ihres Ansehens *ein* und vergraben daher unsere Stärke unter Verzagtheit.» Nun, ich werde nicht verzagt sein – ich werde sogar so weit gehen zu sagen, daß ich in der Frage des Umgangs damit, wie ein Mensch sich der Tradition anpaßt, die ihm vorausgeht, ebenso von David Dremans *Contrarian Investment Strategy* (ein Buch, das ich *tatsächlich* gelesen habe) beeinflußt bin wie von den Ansichten Harold Blooms, die in allgemeinem unsichtbarem Umlauf sind. Doch warum gegen das Mißtrauen aller ankämpfen? Ich schreibe *contra* Harold Bloom, ob es mir paßt oder nicht, ob ich sein Werk kenne oder nicht, und indem ich damit so offen bin, muß ich zugeben, daß ich mich Updike, der einen früheren Interviewer damit verblüffte, daß er Jack Kerouac als Inspiration nannte, ein klein wenig überlegen fühle. [Eigentlich sagte er nur, daß unter seinen Zeitgenossen Kerouac «versuchte, alles zu kriegen; irgendwie alles zu kriegen: Ich mag ihn.»] Kerouac? sagte der Interviewer denn auch – genau wie Updike es gewollt hatte. Das ist aber *interessant*. Und womöglich war der Umstand, daß Kerouac *Unterwegs* auf eine Papierrolle oder eine Pianorolle oder wie der Mythos es auch will getippt hatte, ein Ansporn für Updike, der den Verdacht hatte, daß sein deskriptiver Schliff ihn auch bei Vollgas nicht verlassen würde, und nach vier Jahren des üblichen College-Geschwafels über die Heiligkeit der Überarbeitung seine Grenzen testen wollte. Aber ich glaube, wir müssen sagen, daß Kerouac *nicht* der große Einfluß ist, ebensowenig wie Salinger, den Updike nach ein paar Erzählungen abschüttelte («Janny!» ruft ein sehr salingereskes Mädchen in der ersten Erzählung, die er veröffentlichte) – die wahren Einflüsse (andernorts offen zugegeben) sind, ungeachtet ihres jeweiligen Alters, Nabokov, Proust und später, vielleicht, nachdem er eine wie auch immer romantisch / religiös / inspiratorisch geartete Krise durchlaufen hat – wenn ich mich recht erinnere, sagte er, es sei um 1961 gewesen –, Iris Murdoch. Seine Buchkritiken sind im Ton von Edmund Wilson und Henry James gehalten. In den imaginären Interviews, die ich manchmal dem *Paris Review* gebe, stelle ich mir immer voll Vergnügen vor, daß ich lange, heterogene Listen von Vorläufern als Antwort auf jene unvermeidliche Frage vorbereitet hätte: «Meine dauerhaften literarischen Einflüsse?» würde ich sagen. «Ähm – *The Tailor of Gloucester*, Harold Nicolson, Richard Pryor, Seuss' *If I Ran the Circus*, Edmund Burke, Nabokov, Boswell, Tintin, Iris Murdoch, Hopkins, Michael Polanyi, Henry und William James, John Candy, na *ja*, das Übliche eben.» Doch das hieße, Updike tief zu vergraben, und ich reagiere ja auf Bloom und kann Updike daher nicht so tief vergraben, wie man möglicherweise erwarten könnte, daß ich es wollte.

Allerdings geht hier etwas durcheinander. Ich habe zwei verschiedene Klassen von Einflüssen auf mich so erwähnt, als wären sie von gleichem Gewicht – Blooms Einfluß und Updikes Einfluß. Einer jedoch ist nur von Einfluß auf diesen Essay; der andere ist ein permanenter Einfluß auf mein Leben. Es scheint daher so (und bestimmt haben Baby-Bloomer schon darauf hingewiesen), daß es *kontingente* und *chronische* Einflüsse gibt. Ein kontingenter Einfluß kommt einem in den Sinn, wenn man versucht, die Probleme zu lösen, die sich bei einem gewählten Thema stellen, und geht dann wieder weg: Im Falle dieses Essays, in dem das Thema ein Schriftsteller ist, der über einen älteren Schriftsteller nachdenkt, sind die bewußten kontingenten Einflüsse, denen man sich irgendwie stellen muß, zusätzlich zu Harold Bloom Henry James' «The Figure in the Carpet», Frederick Exleys *A Fan's Notes* und *Pages from a Cold Island* (worin er viel über Edmund Wilson nachdenkt), Janet Malcolms tolles neues Ding über journalistischen Betrug, James Atlas' *The Great Pretender*, ein paar Tagebucheinträge von Louis Simpson (glaube ich), die ich vor Jahren einmal in einer Literaturzeitschrift gelesen habe und in denen er das Auf und Ab seiner Haltung zu einem Roman von Trollope verfolgte, den er gerade las, Prousts *Gegen Sainte-Beuve*, Barnes' *Flauberts Papagei* sowie Cyril Connollys *Enemies of Promise*. Dies ist die Aufstellung von Bajonetten und Blasrohren, deren Geisel ich gegenwärtig bin und deren exakten Mittelpunkt, so weit entfernt von jedweder Einzelgefahr des Übergriffs wie möglich, ich beim Schreiben zu finden versuche; doch wenn ich fertig bin, werden diese Bedrohungen genauso schnell, wie sie gekommen sind, davonhuschen, und wenn ich sehe, welche Form mein Essay schließlich annimmt, werde ich mich überrascht daran erinnern, wie unwohl und bedrängt ich mich durch sie gefühlt habe. Als ich beispielsweise unlängst Exleys *Pages from a Cold Island* überflog, bereitete es mir Kummer, daß sein Buch damit beginnt, daß er vom Tod Edmund Wilsons in der Zeitung gelesen hat, ebenso wie dieser Essay damit beginnt, daß ich von Barthelmes Tod hörte, und ich beruhigte mich, indem ich mir sagte, ja, aber genau da versuchst *du* doch, einen Schritt weiterzugehen, denn Exley beschäftigt sich dann damit, mit Edmund Wilsons Tochter zu reden und seine Literatur wieder zu lesen, wohingegen du Barthelme hinter dir läßt und dich einem zuwendest, dessen Hinterbliebene noch nicht so furchtbar wichtig sind, weil der Mann ja noch lebt! Ebenfalls fällt mir auf, daß Exley nicht findet, er müsse Harold Bloom erwähnen, nur weil er ein Buch über den literarischen Einfluß schreibt, und ich vermisse es auch nicht, daß er Harold Bloom nicht erwähnt, und dennoch muß ich ihn, weil irgendein Selbstbetrugsgang knirscht, erwähnen: Vielleicht ist es das, was mein Großvater, der liebend gern Romane geschrieben hätte und sich sogar in seinem Alkoholismus an den Gewohnheiten Fitzgeralds und Norman Douglas' orientiert hatte, «den eingewachsenen Zehennagel des Quäkergewissens» nannte.

Anders als kontingente Einflüsse, von denen man immer hofft, daß sie sich als verschiedener von einem selbst erweisen werden, als man zu dem Zeitpunkt, da sie sich bemerkbar machten, von ihnen geglaubt hat, machen einen permanente Einflüsse wie Updike (und in geringerem Maße Nabokov) sehr unglücklich, wenn sie drohen, einem menschlich unähnlicher zu sein, als man gemeint hatte. In einer Kritik oder Ansprache lobt Updike die Fähigkeit zu lügen als die wichtigste aller Charaktereigenschaften für den Romancier. Als ich das las, merkte ich, daß ich so völlig anderer Meinung war, daß meine ganze imaginäre Freundschaft mit Updike vorübergehend gestört war: Zunächst einmal war das ein Klischee amerikanischer Schreibseminare und Buchkritiken und lief allem total zuwider, woran ich glaubte (nämlich daß der Drang, bezüglich dessen, was ist, *nicht* zu lügen, ihm gegenüber *nicht* unfair zu sein, es *nicht* Lügen zu strafen, der beherrschende Antrieb war und daß der Wunsch, frühere Lügen von uns oder anderen aufzudecken, dasjenige war, was uns anspornte weiterzuschreiben, und daß absichtliches Lügen nur an den immer unbefriedigenden Stellen ins Spiel kam, wo das vergebliche Streben nach Kohärenz oder Ökonomie vorübergehend die Oberhand gewann); darüber hinaus aber schien es dem zuwiderzulaufen, was Updike selbst tausendmal als seine Überzeugung offenbart hatte – indem er beispielsweise sagte, die Komödie sei eine unbefriedigende Form, weil sie einen dazu zwinge, zu verfälschen und zu übertreiben, und indem er im Vorwort zu den *Olinger Stories* so wunderbar schrieb: «Nicht eine Autobiographie, sondern sie [die Erzählungen] haben einen unmöglich gemacht» (obwohl es sich zeigt, was ich ja schon gewußt hatte, daß das nicht stimmt – siehe *Selbst-Bewußtsein*), und indem er (in einer Rezension von *Vorlesungen über russische Li-*

teratur) mit überraschter und amüsierter Neutralität Nabokovs naiv klingende (aber korrekte) Behauptung zitiert, die Literatur sei das allmählich sich entwickelnde Bemühen, mit dem Leben genauer zu sein. Da man sich beständig an einem permanenten Einfluß mißt, nimmt jede Divergenz zwischen einem selbst und ihm die Ausmaße einer kleinen Krise an, ist jede Konvergenz ein Anlaß, zu nicken, als wäre alles schon sonnenklar: Als Updike Henry Bech (in einem vorgeblichen Interview) selbstgefällig berichten ließ, daß Updike noch immer alle Haare auf dem Kopf habe, dachte ich: Wie kann man nur so was Fieses sagen – fies insofern, als es von einem solchen öffentlich zur Schau getragenen Hochmut darüber zeugt, daß er vom Schrecken des Haarausfalls verschont ist, und fies insofern, als es beweist, daß er und ich in dieser entscheidenden Hinsicht verschieden sind. Als andererseits meine Psoriasis schlimm zu werden begann, hatte ich ihre Ausbreitung zunächst begrüßt – da die Krankheit bei mir erst spät aufgetreten war (Phase 1 betraf nur Kopfhaut und Penis) und fünf Jahre lang, verglichen mit Updikes Beschwerden, geringfügig gewesen war (einen bedauernswerten fiktionalen Stellvertreter ließ er jeden Morgen das Bett *aussaugen*), hatte ich die Sorge gehabt, ich verfügte demnach implizit über ein Schreibtalent, das in seiner mitotischen Unaufhaltsamkeit weniger verschwenderisch war als Updikes. Wenn ich etwas lese, was ich falsch finde, habe ich es normalerweise zwei Tage später wieder vergessen (außer in ungewöhnlichen Fällen wie Blooms Vergrabesatz oben); wenn ich jedoch bei Updike mit etwas nicht übereinstimme, ist da ein Element des Schmerzes, des emotionalen

Bruchs, das mir mein Anderssein in Erinnerung ruft, und infolgedessen komme ich in meinem Unglück über Jahre darauf zurück und sehe nach, ob die Unstimmigkeit noch Bestand hat – und da ich jedesmal, wenn ich nachsehe, Gründe finden muß, die mich in meiner anhaltenden Weigerung, mich von dem, was er sagte, überzeugen zu lassen, noch immer bestätigen, kann ich auch meine Ansichten in einer Weise verfeinern, wie es mir nie möglich wäre, wenn ich in allem mit ihm einverstanden wäre. Beispielsweise teste ich oft, ob ich noch immer nicht mit etwas übereinstimme, was ich 1984 in *Amerikaner und andere Menschen* las, als ich im Paperback Booksmith, wie es da noch hieß, in der Boylston Street in Boston stand. (Das Taschenbuch kaufte ich erst 1987.) Updike rezensierte da eines von Wilsons Tagebüchern, glaube ich. Er sagt, mit Tagebuchführen könne man keine Romane schreiben – wenn man Romane schreibe, könne man sich nicht aus Tagebüchern bedienen, man müsse die Vergangenheit hochsteigen lassen. Naipaul hatte etwas Ähnliches gesagt, ebenso Anthony Powell, aber das waren keine imaginären Freunde wie Updike, also berührte mich deren Meinung auch nicht. Doch Updike zitierte dann eine Passage aus Wilsons Tagebuch über einen Sonnenuntergang oder etwas dergleichen [ja, ein Sonnenuntergang in Provincetown – unglaublich, daß ich mich an ihren Gegenstand erinnerte!] und meinte, daß man das nicht in der Literatur verwenden könne, da es «jeden Erzählfluß verstopfe». Diese Worte bereiteten und bereiten mir noch immer Kummer. Ich lehne seine rezensorische Gewißheit hier ab, und insbesondere lehne ich seinen Gebrauch des Wortes «verstopfen» ab, welches in diesem Zusammenhang allzu farbig und häuslich wirkt, ohne originell zu sein. Wie in seiner Behauptung über das Lügen in der Literatur lag auch hierin eine Ablehnung seiner selbst, denn viele seiner – wie auch Nabokovs – besten Stellen verstopfen den Erzählfluß eben *auch*: die Beschreibung des regennassen Fliegengitters in *Auf der Farm*, «wie ein halb ausgeführtes Stickmuster»; und die Beschreibung der schlafenden Peggy nach dem langen Gespräch zwischen dem Helden und der Mutter und wie ihre Schuhe «neben ihren Füßen liegen, wie abgeworfen bei einer unvermittelten, schwungvollen Bewegung»; und das Innere des Benzintanks in *Der Zentaur* [nein, *Auf der Farm*] und die Reifenspuren auf dem verschneiten Parkplatz in «Ein Gefühl der Geborgenheit» und, das Beste von allen, die großartige Passage in *Auf der Farm*, in der der Held das Feld mäht: eine Beschreibung, die auch noch die Bürde trägt, den Preis zu bezeichnen, den man fürs Beschreiben bezahlt, während immer mehr vom Leben abgemäht wird und die nunmehr unbehausten hoppelnden Wesen Zuflucht in den unregelmäßigen Dreiecken und Rechtecken des Rauhs suchen, die noch geblieben sind. Was er sagen wollte, dachte, hoffte ich, war, daß Edmund Wilsons Abschnitt einfach nicht gut war, und nicht, daß es das Ziel sein sollte zu vermeiden, daß man einen Erzählfluß mit Beschreibung verstopfte. Die Verstopfungen sind doch das einzige, was ich mag – und wenn, in den meisten Romanen spät, keine mehr darauf warten, die Sache langsamer zu machen, dann werde ich ganz zappelig und fange an, den geschmeidigen Rest des Buchs zu biegen, damit es ein ploppendes Geräusch gibt, und ich zupfe das Preisschildchen hintendrauf ab und bereue es gleich wieder und klebe es wieder an, weil das eine Information ist, die ich immer haben möchte (ein Vergnügen – wie Updike denkwürdigerweise das Knibbeln an einer Psoriasisstelle nennt, womit er eine ganze Welt der Flüchtigkeit einfängt, von der wir sonst nichts wissen würden –, das «man erlebt haben muß, um es zu verzeihen»). Ich wollte, daß mein erster Roman ein wahrer Infarkt narrativer Verstopfer würde; wobei der Trick der war, daß man sich durch jede Blockade hindurchfühlte, indem man sie aufstocherte, bis ihre Hinderlichkeit dann nicht blanke Masse, sondern ungeahnte Sickerstellen enthüllte, durch die man hindurchgelangte.

Im August, wo ich gerade von Verstopfungen spreche, als ich über diesen Essay nachdachte und ihn nicht schrieb, war das Abwasserrohr im Haus meiner Schwiegereltern plötzlich verstopft. Der Service mit dem ansprechenden Namen Rohr Frei! mußte zweimal gerufen werden. Als Ursache erwiesen sich schließlich Tampons: Ihre Schnürchen hatten sich in einer büschelig hereinragenden Wurzel verfangen, und sie hatten sich zu ihrem ganzen Volumen ausgedehnt, insgesamt etwa dreißig. Darin hatten sich dann Regenwürmer eingerichtet – eine bizarre Glosse zu Andrew Marvell. «Ich hab Ihr Problem gefunden», rief der Rohrbefreier nonchalant herauf und winkte mich zu einer edengleichen Szene im unteren Garten beim Steigrohr herab: Um die Sonde seines Apparats schlang sich ein Wirbel aus Wurzeln, schwarzen Tamponfrüchten und rosa, wohlgenährten Regenwürmern. «Am besten schneiden Sie die Schnürchen ab», riet er und schrieb «Intiembinden» auf die Rechnung – unser Vokabular hinkt der

Wirklichkeit eben immer hinterher. Und warum sollte diese Verstopfung nicht auch einen Erzählfluß von mir verstopfen? Für die Würmer war sie nicht hinderlich, nicht ekelerregend, sie war das Leben selbst. Sie ist das Leben selbst. Ich finde die Vorstellung wunderbar, daß diese Tampons (mit denen die Benutzerin genauso verfuhr wie Elvis Presley gegen Ende seiner Zeit mit seinen Halstüchern, die er kaum richtig um den Hals legte, sondern dem Publikum gleich mechanisch als Souvenirs hinwarf) dieses grauslige Purgatorium draußen im Garten durchliefen.

Doch auch hier wieder glaube ich zu verstehen, was Updike tat, wenn er Verstopfungen rügte. Als er die Rezension von Edmund Wilsons Tagebüchern schrieb, hatte er das proustsche, nabokovsche und *Auf-der-Farm*-sche Stereotyp satt. Er hatte das Gefühl satt, ständig diese Zylinder in sich ankurbeln zu müssen. Die fruchtbarsten inneren Fluren lyrischer Betrachtung waren schon abgemäht. Zunehmend interessierten ihn die anderen Dinge, die man von einem Romancier erwartet. Selbst das Wort «Verstopfung» zeigt seine Ungeduld mit seinem alten Ich. Von einem gewissen Punkt an wird die Verwaltung des eigenen vergangenen Vokabulars, das Vermeiden von Wiederholungen zu einer großen Last. Die eigenen früheren Formulierungen werden zu kontingenten Einflüssen – und sitzen einem unerbittlich im Nacken. Ein Interviewer fragte ihn, ob er beim Schreiben denn Angst habe, sich zu wiederholen, worauf er etwas in der Art sagte: allerdings bekommt man nach einer Weile das Gefühl, schon einmal an derselben Stelle gewesen zu sein.» Ah! Als ich das vor Jahren erstmals las, wollte ich dieses Gefühl so gern kennen! Wenn man bei einem Dutzend früherer Erzählgelegenheiten den Erzählfluß *blockiert* hat, den Erzählfluß *lahmgelegt*, erreicht hat, daß er *eine läppische Embouchure überwindet* usw., dann macht es einen Riesenspaß, das Wort zu benutzen, das man die ganzen Jahre zurückgehalten hat – für einen selbst ist es frisch, denn was abgegriffen wirkt, sind die eigenen früheren Bemühungen um Frische. Die schiere Menge an Erinnerungsvermögen, die es beim Schreiben braucht, wenn man bei einer Benennentscheidung innehält und die Möglichkeiten Revue passieren läßt, und diejenigen, die man im Geist durchgeht, eine nach der anderen verwirft, weil man sich deutlich erinnert oder vage argwöhnt, daß man schon früher einmal eine Heimstatt dafür gefunden hat; die schiere wachsende Anstrengung dessen, ähnlich der Anstrengung eines Schachspielers, der jeden Zug einer jeden Partie, die er je gespielt hat, zur unmittelbaren Prüfung bereithalten muß – das muß erschöpfen. (Updike führt das Thema des Vorstadtehebruchs an, das ihn seit *Heirate mich!* beschäftigt hat, «ein Thema, das, wenn ich es nicht erschöpft habe, mich erschöpft hat». Cleverer Hund!) Fast schon erleichtert glauben wir hin und wieder, daß wir einem schon einmal genossenen Bild über den Weg gelaufen sind, wie etwa den weißen Zebrastreifen auf der Fahrbahn, die in *Auf der Farm* und einem anderen Buch von darüberfahrenden Autos jeweils in Fahrtrichtung gedehnt werden. (Übrigens hält sich das Bild unter dieser vereinten Obhut gut [wenn es denn eine vereinte Obhut ist: Ich dachte, das zweite Bild des Fußgängerüberwegs sei in *Der Zentaur*, konnte es dort aber nicht finden] – obwohl wir es zum Teil deshalb liebgewinnen, weil wir, des Maßes von Updikes

Hingabe ungewiß, Zärtlichkeit dafür empfinden: Ja, er mochte es genug, um sich dafür zu entscheiden, als es das erste Mal in einer Straßenszene auftauchte, und dennoch mochte er es nicht so sehr, daß sein Gedächtnis ihn vor einem zweiten Einsatz warnte.) Wie viele *Hunderte* von Rezensionen hat er in Angriff genommen – und selbst in jenem streng konventionalisierten ersten oder auch zweiten Satz dieser anspruchsvollen Etüden immer wieder eine Neigung, einen Druck der Nadel gefunden, der Eingang in jenes vernarbte und spurenzerpflügte Territorium literarischer Synopse, Korrelation und Urteilskraft gewährt? Trotz seiner Bekundungen relativer Coolheit seinen nichtliterarischen Leistungen gegenüber spüre ich seinen Stolz, wenn er im Vorwort zu *Amerikaner und andere Menschen* gelassen sagt, *x*, *y* und *z* seien erstmals im *New Yorker* erschienen wie auch weitere «zweiundneunzig der Rezensionen». Welch eine erstaunliche Zahl! Man weiß einfach, daß er ein klein wenig stolz darauf ist: Er hatte keinen Grund, sie zu zählen.

An einem Punkt, an mehreren Punkten muß Updike also jene Panik erlebt haben, die der Gründer eines jeden äußerst erfolgreichen Unternehmens erlebt, wenn sein Betrieb so groß geworden ist, daß er sich nicht mehr alle Namen seiner Angestellten merken kann. Allein schon die Wahrnehmung jener allzu fruchtbaren Senkgrube der eigenen früheren Anwendungen, ein ganz eigenes weites sterbendes Meer – vom Rest der Meereswelt nicht zu reden –, drängt einen nach und nach zur Einfachheit hin: die Auswirkungen dieses Drangs lassen sich beispielsweise in einem Essay über das Radiohören erkennen, den Updike 1987 für den *Esquire* schrieb. (Ich erinnere mich gut an diesen Essay, weil er, obwohl er nicht das sagte, was ich sagen wollte, dennoch einem Essay, den ich über das gleiche Thema schrieb, so nahe kam, daß ich meinen nicht abschließen konnte.) Darin erinnert Updike sich, wie er sich im kalten Wagen seiner Kindheit (der gleiche Wagen wie in *Der Zentaur*) «in den matten Schein der Radioskala wie in Wärme hineinbeugte», und er aktualisiert seine Radiozuneigungen, indem er sagt, ihm gefalle ein bestimmtes Stück von Madonna [«True Blue»], und er schließt diesen beifälligen Satz mit einem Doppelpunkt und einem einzigen Wort: «eingängig». Ein dreißigjähriger Updike hätte sich dieses Worts niemals bedient, weil ein Lied «eingängig» zu nennen in sich nicht interessant genug ist: der Updike jener Zeit hätte sich angestrengt, ein strahlenderes Schnuckelchen von Adjektiv zu finden, so eifrig, wie Whitney Balliet, jenes unermüdliche Wunderkind, es in seinen Schriften über Musik noch immer tut. Updike jedoch hat «eingängig» gewählt, und in seinem Rahmen befriedigt es uns, weil er, ebenso wie wir, die Umkehrung der Worthäufigkeit spürt, die im Verlauf lebenslangen sorgfältigen Schreibens eintritt, indem das Naheliegende und das oberflächlich Uninteressante durch relative Geringschätzung interessant werden. Beginnt man gewissermaßen als Manierist und Wortdrechsler, dann läßt man sich die Hoffnung, sich ganz allmählich zu Reinheit und Redlichkeit durchzuekeln; wenn man andererseits damit beginnt, sich einer unumwundenen angelsächsischen Geschrubbtheit zu befleißigen, und vielleicht zehn Jahre später endlich soweit ist, die mitbekommenen Ideen zu durchdringen und etwas Wahres zu sagen, dann wird die Schlichtheit verbraucht und abscheulich klingen, und man wirft sich jammernd auf das *Oxford English Dictionary* und fördert handvollweise große, tropfende Wortungeheuer zutage, über welche die vormaligen Bewunderer bedauernd den Chignon schütteln. Ich weiß sehr wohl, daß ich in meinem Alter (geb. 1957) keine Affektiertheiten wie «Florilegien», wenn ich «Sammlung» meine, und «Mandatar», wenn ich «Bevollmächtigter» meine, verwenden sollte – und obwohl mir diese lateinischen Rekruten wirklich als erste in den Sinn kamen, als ich diese Sätze tippte, schaute ich sie da auf dem Bildschirm, gleich nachdem ich sie verwendet hatte, doch ein Weilchen schief an, und zwar aus zwei Gründen. Zum einen, weil ihre eifrige Scholastik in mir die Frage aufwarf, ob andere sich fragten, ob meine Wahl einem Thesaurus oder einem jener ärgerlichen Blockkalender entsprungen waren, die jeden Tag ein neues Vokabularwort anbieten. (Ich finde das entwurzelte Nebeneinander im Thesaurus *noch immer* störend, benutze daher nie einen und fühle mich schuldig, wenn ich versuche, ein Wörterbuch diesem liederlichen Zweck dienen zu lassen, und ich bin nur dann versucht, in der Abteilung Nachschlagewerke nach einem zu forschen, wenn ich den starken Verdacht habe, ein Leser könnte sagen: «Florilegien? – aha, klar, da hat er einfach unter *Anthologie* geguckt, der Schwindler», und ich mich versichern muß, daß das Wort, das ich verwende, nicht gleich drei Wörter von demjenigen entfernt steht, von dem der Leser spöttelnd vermuten würde, ich hätte es vermeiden wollen, und selbst dann widerstehe ich dem Drang, weil ich in der Tat finde, daß ich auch noch dann unter dem Einfluß von Rogets Thesaurus arbeite, wenn das Wort, das ich verwenden möchte, da steht und ich es vermeide. Gleichzeitig jedoch finde ich diese ganze Überpingeligkeit schrecklich und fühle mich zu Updikes ehrlichem Bild von sich selbst hingezogen, das ihn in «Über die Schwierigkeit, die Worte herauszubringen» als Wörterbücher und Thesaurusse «durchkämmen[d]» charakterisiert, und in ähnlicher Weise bewunderte ich Barthelme, als er auf der Schriftstellertagung in Berkeley in einer Frage-Antwort-Sitzung beiläufig sagte, *natürlich* benutze er einen Thesaurus, *aber sicher*, und Leonard Michaels daraufhin völlig von den – hellgelben – Sokken war; mir gefiel, wie implizit gelangweilt Updike und Barthelme von der Puristenheuchelei waren, jedes Wort, das man benutze, müsse auf natürliche Weise aus einer früheren Passage gewonnen worden sein. Ich stimme daher mit Updike überein, daß ein Thesaurus nicht wesensmäßig schlimm ist, und dennoch kann ich keinen benutzen – und ich fühle mich sogar ein wenig schuldig, wenn ich ein bestimmtes Wort, dessen Anwendung ich in einem Text von Updike bewundert habe, ganz ähnlich benutze, wie er es benutzt hat: Beispielsweise schrieb ich in meinen zweiten Roman die Wendung: «in den nahen Vestibülen meiner Aufmerksamkeit harmonierten», wobei ich das Wort «harmonierten» deshalb benutzt hatte, weil ich eines Vormittags in *Hugging the Shore* die Rezension eines Romans (ich weiß nicht mehr, welcher) gelesen hatte und mir ein hübscher Gebrauch von «harmonieren» aufgefallen war [«... harmoniert besser mit unserer Vorstellung davon, was ein Schriftsteller sein sollte ...» – in einer Rezension von Becketts *Mercier und Camier*] und ich wieder, so wie all die Jahre zuvor, als ich «absurderweise schüttelte ich verneinend den Kopf» gelesen hatte, Angst hatte, ich würde nie so gut wie Updike schreiben. Doch da ich nun aus *Selbst-Bewußtsein* weiß, daß Updike regelmäßig Thesauren benutzt, neige ich jüngst zu derselben Abschätzigkeit gegenüber «harmonieren», die, so meine Sorge, andere gegen meinen Gebrauch von «Florilegien» richten werden: Es – ich meine «harmonieren» – wirkt nun, als habe er es unter «Nebeneinander» oder einer ähnlich großen Rubrik gefunden, wo er es doch wirklich an tausend anderen Orten hätte finden können – Henry James beispielsweise ist ein häufiger Harmonierer. Zum anderen sah ich «Florilegien» und «Mandatar» schief an, weil ich spürte, wie die Nadel in meinem Déja-vu-Messer ausschlug, was bedeuten könnte, daß ich beide schon früher benutzt hatte, und es wäre mir nicht recht gewesen, wenn die Leute (d. h. Updike) dachten: «Schon *wieder* Florilegien? So toll war das auch schon beim ersten Mal nicht! Er tut so, als wäre sein Vokabular so ein Drück-mich-wo-du-willst-und-ich-sondere-ein-mot-juste-ab-Ding, wo es doch eigentlich so ein abgeschriebener kleiner Zirkel von Lieblingsmonstren ist, die er ständig anbringt, in der Hoffnung, das keiner was merkt!» Also muß ich nun auf den beiden Disketten, auf denen meine beiden Romane abgespeichert sind, die Wörter «Florilegien» und «Mandatar» suchen – ein Vorgang, der zwangsläufig ebenso künstlich ist wie eine Suche im Thesaurus. Jeder Roman, den ich schreibe, wird eine neue Schicht dieser vokabularistischen Panik mit sich bringen, und in zunehmendem Maße werde ich den Nutzen von Wörtern und Wendungen erkennen, die keine Wellen schlagen, da ihre schiere Gewöhnlichkeit sie nicht als Ereignisse, die unabsichtlich wiederholt werden können oder auch nicht, heraushebt; und irgendwann eines Morgens, wenn ich fünfzig bin oder so, werde ich versuchen, meine lange vernachlässigten Notizen für einen Essay über Popmusik auszuarbeiten, und ich werde einfach sagen wollen, daß ein bestimmter Song gut ist, und die Adjektive werden sich zum Casting aufreihen, und einem nach dem anderen werde ich zunicken, während sie auf der halberleuchteten Bühne vorüberwirbeln, und sagen, dich habe ich schon benutzt, zu alt, zu jung, dich habe ich schon benutzt, dich auch, dich wegen x nicht, dich wegen y nicht, und schließlich, wie die Hoffnung, die auf alle Übel folgt, die der Büchse der Pandora entfliegen, wird das Wort «eingängig» aufflattern «like a virgin, touched for the very first time», wie Madonna sagen würde, und ich werde denken: Holla! – aber dann werde ich mich, weil ich es zitiert habe, um das Gesamtproblem des Vokabularmanagements zu illustrieren, daran erinnern, daß Updike es schon verwendet hatte und daß es daher tabu ist, und in einem sehnsüchtigen Non-sequitur werde ich dann wünschen, ich wäre Updikes Freund gewesen. Eingängig, eingängig: es *ist* aber auch ein schönes Wort.

Doch natürlich möchte ich Updike nicht unterstellen, daß sein Entwicklungsgang ihn von obskurer Latinität zu angelsächsischer Schlichtheit geführt hat: Von Anfang an ist er ein Sultan des Einsilbers und der einsilbigen Umgebungen für Richesse, etwa wenn er in *Auf der Farm* «die Samenköpfe des Löwenzahns» erwähnt, wobei «Köpfe» hier für das weißliche kugelförmige Gekräusel legoesker Samen stehen soll, eine botanische Bedeutung des Wortes, die mir interessanterweise unvertraut ist, oder wenn er in einem seiner frühen Gedichte über den Blick von Bord eines Schiffes spricht:

> The blue below
> Is Aquamarine
> Sometimes the blue below
> Is green

[Tatsächlich lauten die Zeilen aus «Shipbored»:

> That line is the horizon line.
> The blue above it is divine.
> The blue below it is marine.
> Sometimes the blue below is green.]

Die komische Bewegung der Strophe hängt [in meiner entstellten und verarmten, nicht in Updikes richtiger Version] an dem Gegensatz zwischen der zeilenfüllenden Latinität von «aquamarine», die zu der widersprüchlichen Überraschung «green» gedemütigt wird. Das beste Beispiel dieser Art syllabischer Eloquenz jedoch, an das ich mich erinnern kann, findet sich am Ende der Einleitung zu *Hugging the Shore*, wo er, nachdem er sich über die Gefahren des Rezensionsschreibens beklagt hat, sagt, daß das Geld, das er für ihre Abfassung erhalten habe, «ungefähr einer monatlichen Alimentezahlung entsprach, die zu leisten mir oblag». «Zu leisten mir oblag» ist schrecklich gut: ein Zustand der Buße, vom King-Jamesschen Ring der Pflichten als Privileg übertragen; eine ganze Bibel voller Reue zu einer einzigen Kadenz «verkürzt» (wie King Henry

James sagen würde). Nabokov mag in der Lage gewesen sein, Hundeurin im Schnee bombastisch als «xanthische Löcher» zu beschreiben, doch war er nicht Muttersprachler genug, um die Zu-leisten-mir-oblag-Melodie hinzukriegen.

Nein, die Verwechslung verbaler Wunderlichkeit mit Übermaß und von Neologismus (insbesondere des Substantiv / Adjektiv- und Adjektiv / Substantiv-Transvestizismus) mit fester Überzeugung ist mein Problem, nicht Updikes. Ich will «Florilegien» *nicht* verwenden, aber ich kann nicht anders. Ich habe Angst vor kleinen reinen Wörtern wie «Himmel» oder «Wasser» oder «blau» oder «grün»: sie führen zu schnell zu einer autosuggestiven Trance der Zustimmung und Unterwerfung, in der man (wie beim obigen «eingängig») sagt: «Ah, einfach, schön, schön, einfach!»; und in weniger als fünfzehn Sekunden hat sich diese isolierte Vokabel ausgedehnt und alles andere ausgelöscht – jegliche Intelligenz, jegliches Bewußtsein, jegliches Gespräch, jegliche Bibliotheken –

Himmel

Und es ist zuviel! Man verliert die Orientierung! Jedes konkrete Substantiv wirkt willkürlich lyrisch! Man braucht gar keine Absätze, Thesen oder sorgsame Beschreibung! Um sich vor dem agoraphobischen Gefühl, in ein bodenloses und letztlich toxisches Wort zu fallen, zu schützen, braucht man ein dumpferes, häßlicheres und deutlicher viktorianisches Vokabular drum herum, voller *nahezu* und *wahrlich* und *gar* und *selbst* – Begriffe von annähernder, aber nicht vollkommener Transparenz, die fast in jedem fünften Satz angebracht werden können, ohne daß es einer merkt, aber eben nicht ganz –, damit man die Sprache *frei benutzen* kann, ohne vor der Heiligkeit der Wörter, die man zuerst gelernt hat, in stummer und törichter verbaler Unmündigkeit zu erstarren.

SECHS

Wie befürchtet, hat «Himmel» mich aus dem Konzept gebracht. Denn mit dem Abschluß des letzten Kapitels und dem Beginn des vorliegenden hatte ich ausdrücken wollen, daß ich noch einiges mehr über das ganze Problem der Selbstwiederholung und der Selbstbeeinflussung zu sagen gehabt hätte (ein Problem, bei dem wir sicher sein können, daß Updike es ernst nimmt, da er in einer Rezension einer späten Borges-Sammlung darauf hinweist, daß der blinde Belletrist dieselbe Passage aus Chesterton an drei verschiedenen Stellen zitiert), wenn mir nicht meine Frau Thomas Mallons nagelneues *Stolen Words* zu Weihnachten geschenkt hätte (ja, wir haben schon den 28. Dezember 1989, und ich bin mit diesem Essay erst so weit vorangekommen!), das auch eine kurze Erörterung des Themas der Selbstwiederholung enthält (S. 140), die zwar unvollständig ist, mein beschränktes Gefühl, etwas Neues gedacht zu haben, aber neutralisierte; überdies (wollte ich sagen) begriff ich allmählich, indem ich Updikes Vorstellung vom

Raum des Romans auf die weitere Dimension des Raums des *Œuvres* ausdehnte, daß ich nicht alles, was ich unter einer bestimmten Rubrik angehäuft hatte, um es zu sagen, auch an einer einzigen Stelle sagen mußte: Manche Bilder oder Beobachtungen mußte ich nicht mit hineinzwängen, sondern konnte darauf vertrauen, daß sie ihre unerwartete Sachdienlichkeit auch noch später lautstark einfordern würden; später in demselben Essay oder Buch oder später in einem anderen Essay oder Buch – wenngleich ich auch allmählich erkannte, daß man sich, indem man manches von dem, was man zu sagen hatte, für später zurückstellte (aus simpler Rücksicht auf die sich schon dem roten Bereich nähernde Schwelle der Verärgerung und Verwirrung des Lesers und aus dem Wunsch heraus zu demonstrieren, daß man nicht so zwanghaft war, um Erzählverstopfungen nicht auch vermeiden zu können, wenn man wollte), zu einer anderen Form von Zwang verdammte, insofern als der Leser garantiert annehmen würde, daß die späteren Rückwendungen auf das Thema deshalb geschähen, weil es einen *unerbittlich* zu einem bestimmten Thema hinzöge, wo man doch in Wahrheit glücklich gewesen wäre, es nie wieder erwähnen zu müssen, wenn es eine einigermaßen charmante Art gegeben hätte, alles auf ein einziges langgestrecktes Schisch Kebab zu spießen. Beispielsweise (wollte ich deutlich machen) war mir bei der Niederschrift meines zweiten Romans aufgefallen, daß ich über Modellflugzeuge und Münzen mehr zu sagen hatte, als ich auf seinem schon überladenen Chassis beim besten Willen unterbringen konnte: diese Einsicht bestürzte mich; ich mußte mir immer wieder sagen, daß es noch andere Anlässe dafür geben würde – und tatsächlich fand ich einen Weg, in dem Essay, den ich schrieb, kurz bevor ich mit diesem Wahnsinnsstück über Updike anfing, das ganze Modellflugzeuglager leer zu räumen; und in dem nämlichen Ding über Updike habe ich mir eine der Münzsequenzen, die beim Roman übriggeblieben waren, mit Erfolg vom Hals geschafft. Aber um einen gewissen Preis: Jetzt wird es so aussehen, als wären Modellflugzeuge und Münzen eine Obsession von mir, wo doch beide auf meiner Obsessionsskala sehr weit unten rangieren. (Sogar Updike eine Obsession zu nennen – meine Frau benutzte dieses Wort 1987 in dem Zusammenhang mir gegenüber – wäre übertrieben, denn zwar denke ich viel über Updike nach, doch lese ich ihn selten: ein wahrhaft Besessener würde doch bestimmt alles Verfügbare von ihm lesen.)

Was mich noch mehr entmutigt: Indem ich eine stabile Umgebung für die letzte Münzsequenz gefunden habe (ich bei McDonald's, nach den fünfhundert Pennies James lesend), merke ich, daß ich dem Leser auch die Gelegenheit biete, mir den Vorwurf zu machen, an Szenen, in denen ein Mensch gleichzeitig *ißt und denkt*, ein allzu großes Interesse zu haben. Mein erstes Buch beschreibt eine nachdenkliche Mittagspause, und mein zweites handelt von einem Mann, der einem Kleinkind die Flasche gibt, wobei auch er so vor sich hin denkt, und nun habe ich hier einen (dieses Mal wirklich und tatsächlich ich, wenn auch nur eine kleine Querschnitte von mir), der an einem Big Mac kaut und dabei über James' Gedankenstrom schreibt. Ich möchte nicht, daß mein Werk ein so hervorstechendes «philosophischer-

Imbiß»-Motiv hat! Und dennoch war die Wiederholung dieses Momenttypus unvermeidlich: Ich mußte die Erleichterung, einen großen Haufen meiner restlichen Münzenmomente diesem Essay zu übergeben (glücklicherweise kommt jetzt nur noch ein weiterer, großer), gegen den möglichen Schaden an meiner Karriere abwägen, indem ich nämlich den Anschein erweckte, durch diese Wiederholung zu implizieren, daß ich vor allem mit dem Akt des Kauens in Erinnerung bleiben wollte. In diesem Fall behielt die Erleichterung die Oberhand. Doch bin ich an einem sehr empfindlichen Punkt in meiner Entwicklung angelangt, wie mir nun auffällt: dem Punkt, an dem man beschließt, daß manche thematische Wiederholungen nicht als unwillkommener Beweis dafür betrachtet werden, daß man es nicht geschafft hat, neue Wege einzuschlagen, sondern als lebenslange Themen: wie die «Ninas», die in jedem Hirschfeld verborgen sind, oder die Nachtfalter und Perlmutterfalter, die bei Nabokov immer wiederkehren, oder Updikes reizend plastische sexuelle Betrügereien oder Melvilles Meer. Die Frage ist: Wird Essen-und-Denken zu meiner «Nina» oder nicht? Hoffentlich nicht.

Das also wollte ich dann weiter über die Wiederholung sagen und es ein wenig ausführlicher behandeln, als ich es konnte, indem ich darauf verzichtete, es zu behandeln, doch das Wort «Himmel» hatte den Vorwärtsfluß meines Essays unerwartet gestoppt: Eigentlich nicht mit der tödlichen Unergründlichkeit des schlichten konkreten Wortes, sondern mit jener allgemeineren hypertrophen Wort- und Wendungsreverenz, die viel mit Merkkärtchen zu tun hat und die sich tatsächlich als eine der schlimmsten Gefahren für die Art von Updike-Kritik erwiesen hat, an der ich hier arbeite, ein Buchplauderstil, der für den unwahrscheinlichen Fall, daß er noch nicht anerkannt ist und noch gar keinen Namen hat, eine sexy Bezeichnung wie *Erinnerungskritik*, *Satzfiltrierung* oder *Closed-book-Betrachtung* tragen könnte. Falls es nur eine Teilmenge der «Leserreaktion»-Schule ist (über die ich nichts weiß) oder eine Variante der alten Paterschen impressionistischen Kritik oder von Arnolds Prüfsteintechnik, schön – aber falls es etwas Neues ist, dann pflanze ich jetzt meine Fahne auf! Niemand kann mir diesen großen Augenblick nehmen, wenn es denn ein Augenblick ist! («Ein ganz Schlauer» ist ein Vorwurf, den ich nie verstanden habe. Wer ist darauf gekommen, und warum hat seine unehrgeizige Ratio es so nachhaltig vermocht, unsere wildesten Aufwallungen allesamt so mühelos zu verurteilen?) Die anderen Eigenheiten in diesem Essay, wie das Durchschießen mit Autobiographischem (vielleicht einigermaßen vertraut) und das Beharren darauf, daß das, was ich unternehme, an einem lebenden Schriftsteller unternommen werden soll, einmal beiseite: Erinnerungskritik, verstanden als eine Form des Kommentars, der gänzlich auf dem fußt, was im Kopf eines Lesers in wenigstens zehn Jahren punktueller Lektüre von einem bestimmten Schriftsteller hängengeblieben ist, ist möglicherweise eine neue und nützliche Form der Literaturdiskussion. Ihre Risiken bestehen 1. darin, daß sie in einem ungewöhnlichen Ausmaß davon abhängt, ob Sie mich mögen und folglich auch einigermaßen darauf vertrauen, daß Sie, obwohl ich mich vielleicht an eine völlig andere Kollektion von Updike-Sätzen erinnere, es für durchaus denkbar halten, diese ebenfalls in Erinnerung behalten zu haben, wenn Sie das, was ich von Updike gelesen habe, in derselben Reihenfolge wie ich gelesen hätten und wenn Updike Ihnen ebenso wichtig wäre, wie er offenbar mir ist. Und 2., sollte es sich tatsächlich um einen neuen Interpretationsstil handeln, dann verspricht er, einer deprimierenden Flut schlechter Arbeiten, in denen ein paar Dreiwortsätze eines bestimmten Schriftstellers und einige «Also, *ich* erinnere mich» aneinandergereiht werden, Tür und Tor zu öffnen. Und 3. wird dieser Mißbrauch mit der Zeit eine weitere tödliche Welle des werkimmanenten Lesens auslösen, denn statt zu den zur Diskussion stehenden Büchern zurückzuführen, führt dieser Ansatz natürlich weg davon, indem er fordert, daß man sie erst wieder befragt, wenn man sich über seine Gedanken klargeworden ist. Und 4. geht er davon aus, daß die Filtrierprozesse des Gedächtnisses weniger zufällig und verläßlicher in sich stimmig sind, als es tatsächlich der Fall ist. Das sind die Risiken. Aber es macht eine Menge Spaß und erzeugt eine nette pseudowissenschaftliche Erregung, wenn man anfängt, seine willkürlichen Bucherinnerungen als Datenschatz zu behandeln, mit dem man arbeitet, und es kostet nichts, erfordert nicht viel Lesen und verlangt dem Kritiker einen Grad an Ehrlichkeit ab, der für ungefähr fünf Minuten segensreich sein könnte. Aber nein, nein – ich will nicht, daß das geschieht: Der Ruhm, der daher kommt, daß man einen humanistischen Trend ausgelöst oder verstärkt hat, und besonders daher, daß man eine Wendung geliefert hat, die den ganzen Ansatz allzu bündig zusammenfaßt, ist nicht der langsam brennende Ruhm, den ein Romanautor für seine Entwicklung braucht. Manifestruhm ist tödlich. Ich *will* gar nicht, daß die Technik der «Closed-book-Betrachtung» auf einen anderen Romanautor angewandt wird. Ich will, daß sie mit diesem Essay zu Ende ist. Ich finde es schrecklich, daß ich auch nur im Scherz versucht habe, ihre Durchsetzung auf dem Markt mit einem billigen Namen voranzutreiben. Das Ganze erinnert mich an Gilbert Ryles Verwendung des Begriffs «Kategoriefehler», wenn er die Existenz gedanklicher Einheiten als Popanz entlarvt – die Wendung war zu stark für sich selber, sie geriet in falsche Hände, breitete sich zu schnell aus und zerstörte jeglichen Nutzen, zu dessen Verbreitung sie anfangs beigetragen haben mag. Sexy Bezeichnungen sind ganz häufig germanische Substantivpaare oder -trios: *Kategoriefehler, Paradigmenwechsel, Katastrophentheorie, Leserreaktionskritik*. Und nun auch noch *blockierte Erinnerungsanalyse*? Nein! Bekämpfen! Wenn ein Schnipsel wie «weites sterbendes Meer» im Gedächtnis haftenbleibt, selbst wenn er seines Rahmens beraubt ist, dann ist diese Haltbarkeit etwas Gutes, weil die Wendung an sich interessant und komisch ist – der Findling überlebt aufgrund eigener Vorzüge und nicht seiner Verheißungen. Der «Paradigmenwechsel» andererseits hat noch niemanden zu Tränen gerührt (und ich gebe sofort zu, daß er um einiges zündender, eingängiger ist als meine eigenen versuchten Schlagwörter): er war *die* große Verheißung, er eröffnete die Aussicht auf unendliche Anwendbarkeit durch gewöhnlich zurückhaltende Kollegen aus hundert verschiedenen Disziplinen, die alle in einen großen, munteren Chor einstimmten. Das Schicksal von «Paradigmenwechsel» entscheidet sich bei jeder feinen oder groben Anwendung der Theorie, für die er steht, während «weites sterbendes Meer» für sich selbst steht und nur durch meine unerbittliche Überzitierung beschädigt werden kann. Aber wäre ich ein amerikanischer Akademiker, dann könnte ich wohl kaum der Versuchung widerstehen, meinen erinnerungsgefilterten Updike-Ansatz zu einer Methode zu erheben. Ich würde eilends nachsehen, ob Walter Benjamin oder einer der Franzosen nicht schon alles gemacht hätte, und wenn es dann so aussähe, als wäre es tatsächlich genügend neu, würde ich eine erste Fußnote skizzieren, die Hinweise auf meinen neuen Ansatz bei Updike selbst entdeckte, wenn er sagt, daß Eliots Stücke verblassen «wie die meisten Stücke», Zeilen seiner Lyrik dagegen die grimmige Fähigkeit besäßen, haftenzubleiben [«... welche Lyrikzeilen zwischen Yeats' letzten Gedichten und den Versen, die Roethke und Sylvia Plath aus dem Schatten des Todes heraus schrieben, brennen sich tiefer ein, bleiben besser in Erinnerung als die Eliots?»]; und bei Henry James, wenn er mitten in seiner Studie über Hawthorne plötzlich schildert, wie er als Junge erstmals den Titel *Der scharlachrote Buchstabe* hörte und seine Kraft spürte, und wie später einmal jemand in einem Museum auf ein Gemälde über das Thema von *Der scharlachrote Buchstabe* zeigte und ihm sagte, es handle von einem Buch, das er eines Tages lesen werde, und wie er erstmals, als Halbwüchsiger, in Paris am Kamin die ersten Seiten einer mittleren Fortsetzungsfolge von *Madame Bovary: Etude des mœurs* las und den Sog dieses Titels und Stils spürte, bevor sie geadelt auf dem Präsentierteller des Ruhms lagen; und bei George Saintsbury, als er sich Sorgen machte, daß er die zufälligen Zitate und beiläufigen Erwähnungen Smolletts, die in der Welt der Literatur die wesentlichen uns zur Verfügung stehenden Mittel sind, um den Grad der «Sempervireszenz» eines Schriftstellers zu erkennen, letztens gar nicht bemerkt hatte; und bei Anthony Burgess, als er Szenen in Isherwoods *Der Einzelgänger* wegen ihrer verblüffenden Fähigkeit lobte, haftenzubleiben; und bei Frost in den gehaltvollen Worten über die Aufgabe des Dichters, sich Wörter einfallen zu lassen, die sich im Gedächtnis «einnisten» – und ich würde noch andere, obskurere Beispiele finden, die ich geeignet fände, und sie dazuwerfen und vielleicht die Reihenfolge durcheinanderbringen, damit Updike und James nicht schon wieder ganz vorn wären, und ich würde sagen: Ah, alle hatten sie so eine Ahnung, alle spürten sie instinktiv, daß die «Closed-book-Betrachtung» in der Literatur von primärer Bedeutung ist, doch keiner dachte daran, daraus eine Methode zu machen. Das könnte ich sagen. Aber ich bin ja kein amerikanischer Akademiker. (1981 lehnte das philosophische Seminar von Harvard meine Bewerbung für ein Graduiertenstudium ab – und warum? Weil ich am College nur drei Philosophiekurse belegt hatte, zwei davon während meines ersten Semesters an der Musikhochschule? Weil ich im Logik- und Argumentationsteil des GRE-Triviums nur eine trilobitische Punktzahl erreicht hatte? Weil mein Bewerbungsessay ein einziges, zehn Seiten langes schwülstiges Plädoyer war, das damit endete, daß ich «Elenchus» falsch schrieb und falsch verwendete? Das sind doch keine *Gründe*.) Ich schätze mich glücklich, daß ich die scheingelehrte Lust, die ich brauche, aus meiner Methode ziehen kann, ohne sie anderen aufzudrängen.

Tatsächlich liegt jetzt im Moment links neben mir ein gummibandumschnürtes Päckchen Karteikarten, und auf jeder steht ein Satz von Updike, an den ich mich erinnere, alphabetisch nach Hauptbegriff sortiert. Meine Vorlage ist Nabokovs liebenswerter Pnin, der sich mit einer Schublade aus dem Kartenkatalog in eine Arbeitsnische verzieht wie ein Eichhörnchen mit einer Nuß – und natürlich Nabokov selbst, der über seine Karteikartenmethode der Literaturkomposition so umfassend berichtet hat, daß Gore Vidal in einem Essay sagte, er könne es nicht mehr hören. Ich muß nur wahllos eine Wendungskarte herausziehen, wie etwa «beherrscht von einer heiteren und wechselseitigen Taubheit», Updikes vollendete Charakterisierung von Nabokovs und Wilsons brieflicher Auseinandersetzung über das lyrische Metrum, um zu spüren, daß es noch Pünktchen gibt, die ich miteinander verbinden muß, und daß ich die Sache der Selbsterkenntnis schön vorantreibe. [Das korrekte Zitat lautet allerdings: «einer heiteren und wechselseitigen Taubheit verdankt».] Doch als ich ans Ende jenes letzten Kapitels kam und durch den Riß darin die Weite des offenen Himmels sichtbar wurde, ging ich die Karteikarten vergeblich durch: Ich merkte, daß mir kein einfacher Weg zurück zu Updike offenstand. Ich konnte eine atmosphärische Beschreibung einfügen, die ich aus *Heirate mich!* kannte und die (in meiner falsch erinnerten Version) lautet:

> Sally wurde ein Vogel, eine Heldin. Die Wolken kochten unter ihr, strahlend, reglos. Zwanzig Seiten Camus lang, während die Düse der Klimaanlage in ihren Haaren wisperte, und so weiter und so weiter.

[und in Updikes richtiger Version:

> Dann flog Sally; sie wurde ein Vogel, eine Heldin. Sie nahm es mit dem Himmel auf, schmiegte sich der wolkenlosen Prärie über den Wolken an – wallend, strahlend, bewegungslos – und hielt über zwanzig Seiten Camus hin den Atem an, während das Ventil der Klimaanlage ihr ins Haar tuschelte.]

woran ich mich einfach deswegen erinnere, weil ich 1987 bekümmert auf die beiläufige Erwähnung der Luftdüse bei Updike stieß, nachdem ich mich entschlossen hatte, detailliert über meine eigene Bewunderung für sie zu schreiben. (Die einzige andere mir bekannte Erwähnung findet sich in John Dickson Carrs *The Nine Wrong Answers* aus dem Jahr 1951, wo sie ein «kleiner Ventilator» heißt, der «einen Strahl kühler Luft auf das Gesicht [der Hauptfigur] leitet».) Doch diese Himmel-*Heirate-mich!*-Verbindung brachte mir nichts Brauchbares. Ich konnte auch eine schroffe Form der modernen Überleitung machen, indem ich zunächst Updikes Erwähnung von etwas zitierte, was John Hawkes ihm einmal gesagt hatte und was (ungefähr) folgendermaßen ging: «Wenn ich eine Figur fliegen lassen will, dann sage ich einfach: ‹Er flog›» (und diesen Ratschlag hätte ich mir nie zu Herzen genommen, wenn Hawkes das zu mir selbst gesagt hätte, weil Hawkes' literarische Bildersprache zu grausig ist, als daß er ein möglicher Freund sein könnte, doch vermittelt durch Updike finde ich ihn sehr sinnvoll), und indem ich danach verkündete, daß ich Hawkes via Updike adaptierte, indem ich sagte: «Wenn ich eine Überleitung machen will, dann sage ich einfach: ‹Jetzt mache ich eine Überleitung»» – doch auch das wäre kein glücklicher Wurf gewesen. Oder ich konnte einfach weiter über Einfluß quasseln, doch ich fand, daß ich dringend Abstand davon brauchte.

Ich blieb also bei dem Wort «Himmel» hängen – und als alles, was ich noch zu sagen hatte, sich immer dichter um dieses plötzliche Loch in meinem Essay scharte, Ratschläge brüllte und nachdrücklich in unterschiedliche Richtungen zeigte, fiel mir auf, daß das Gefühl, über ein Wort wie «Himmel» zu stolpern, nicht viel anders war als das Gefühl, das ich schon mehrere Male gehabt hatte, als ich die eine oder andere Wendung von Updike überdachte: auf Karteikarten hervorgehoben, bildeten sie nun mein Universum oder vielmehr mein Wörterbuch, und folglich neigte jede zu einer besorgniserregenden Inflation. Auf einer Karte habe ich eine leicht entstellte Version von Updikes *Picked-Up-Pieces*-Politesse gegenüber seinen Korrektoren: «Manche Unwahrheit stillschweigend gezügelt, die Rechtschreibfehler unsichtbar behoben.» *Stillschweigend gezügelt* – einfach, schön, schön, einfach! Ich habe Updikes Millionen Wörter auf diese wenigen Merkkärtchen reduziert, und gleich den körperlosen Redewendungen, die in *Stop Making Sense* hinter die Talking Heads projiziert werden, können die Einzelbegriffe, die ich mit dem Gummiband zusammengeschnürt habe, schnell zu zauberkräftig werden, um sich ihren Rang als Muster an Anmut zu bewahren.

Aber ich kann ja jederzeit aufhören, darin herumzublättern; ich kann das Gummiband jederzeit unberührt lassen: eigentlich brauche ich nur die konkrete Verfügbarkeit des Karteikartenstapels, das Faktum, daß er neben mir liegt, da er die vorübergehend angenehme Illusion aufrechterhält, ich sei ein Student in einem wunderbar schmalen (aber voll anerkannten) Studien- und Forschungsgang. Tatsächlich hatte ich in der Nacht, in der mir erstmals in den Sinn kam, meine Updike-Erinnerungen vernünftig auf Karteikarten zu ordnen (5. Dezember 1989), einen ungewöhnlich vollständigen Traum, in dem ich mich in ein hochklassiges Melville-Seminar an einer Prestige-Universität eintrug. Am Tag der Anmeldung sah ich kurz einige der anderen Seminarteilnehmer: Es waren alles junge Frauen, sympathisch, wie es schien, unansehnlich, verstörend intelligent und belesen. Ich eilte in die Buchhandlung des Traums, weil ich fast nichts über Melville wußte und eine Demütigung fürchtete, und dort entdeckte ich die Schuber-Ausgabe einer schmalen, grün-schwarzen Biographie des Autors von V. S. Pritchett, die zu meiner Verblüffung zu der längst eingestellten «English-Men-of-Letters»-Reihe gehörte. Als ich sie aus dem Schuber zog und aufschlug, sah ich ein Copyright-Datum von 1888, doch nach kurzem Überlegen wußte ich, daß ich das Jahrhundert falsch gelesen haben mußte, denn Pritchett lebt ja noch, und wenn er ein solches Buch 1888 geschrieben hätte, wäre er jetzt mindestens hundertzwanzig Jahre alt. Beim Blättern kam ich an eine Seite, die sehr dick war, wie jene Scheinbücher, die man bei Barnes & Noble kaufen kann, in deren Innerem ein großes Loch ausgeschnitten ist, worin man Wertsachen aufbewahren kann: darauf stand die gedruckte Warnung «Geöst», und ich erkannte, daß ich etwas vor mir hatte, was der Rückseite einer hochklappbaren oder «Beim-Umblättern-lernen»-Kinderbuchseite ähnelte, wo die Nieten, Laschen und Schiebemechanismen des darunterliegenden Gefüges voll enthüllt sind. Als ich mich daranmachte, diese widerstrebende Seite umzuschlagen, sah ich einen weichen weißen Walschwanz, bestehend aus einem zweieinhalb Zentimeter dicken, zu einer Schwanzform geschnittenen Stapel Kleenextücher, auftauchen; als ich sie weiter öffnete, erhob sich die schräg gefaltete, aus der gleichen Dicke nagelneuen Kleenex gefertigte Cetacea aus dem Buch und glättete sich. Es wirkte seltsam, daß der junge Pritchett es für nötig befunden haben sollte, ausgerechnet mittels eines *Ausklappbilds* zu zeigen, wie ein Weißer Wal aussah, gleichwohl bewunderte ich die Kuriosität, und ich dachte, daß das Buch zwar teuer war (neununddreißig Dollar), wegen dieser Besonderheit aber dramatisch an Wert gewinnen würde. Ich beschloß, es zu kaufen: die Aussicht auf Pritchetts sorgfältige, unbarocke Prosa, auf einen schludrigen, aber brillanten Amerikaner wie Melville angewandt, war sehr erregend, und ihr Mangel an Kritikerjargon würde als nützliches Korrektiv zum Melville-Seminar dienen, in dem lauter superkluge Studenten saßen, die zehnmal mehr als ich gelesen hatten. Es bereitete mir einige Mühe, den Kleenexwal wieder ordentlich in das Buch zurückgefaltet zu bekommen, und wieder einmal verspürte ich die vertraute Trauer über Ausstellungsstücke, die in ihrer Unterstützung des Verkaufs identischer, aber versiegelter Versionen ihrer selbst von den Kunden so achtlos behandelt werden, daß sie selbst nie einen Käufer finden, weswegen ich beschloß, das Ansichtsexemplar *nicht* wieder ins Regal zurückzustellen und das ungeöffnete zu kaufen, sondern trotz des verkrumpelten Schwanzes genau das, was ich schon in den Fingern gehabt hatte. Wie aufregend, nach all den Jahren und all der Verachtung, die ich dem akademischen Studium der Literatur gegenüber empfunden hatte, wieder ein Englischseminar zu beginnen! Und wie aufregend, daß all die klugen Studenten die neueste amerikanische Biographie gelesen haben würden, während ich die wichtigsten, durch den schmucken englischen Geist des guten Pritchett geschleusten Ereignisse in Melvilles Leben parat hätte! Während ich zur Kasse ging, erwachte ich ausnahmsweise einmal mit dem Gefühl, daß der Begriff «gut ausgeruht» eine Bedeutung hatte. Und an jenem Vormittag entdeckte ich, noch immer unter dem Graduiertenbann, in meinem Büro ein ungeöffnetes Päckchen Karteikarten, das ich mehrere Jahre zuvor gekauft hatte, nachdem ich sie in einem Schreibwarenladen gesehen und gedacht hatte, mit den Dingern fängst du nie was an, aber haben mußt du sie doch. Als ich zwölf war, sah ich, wie meine Mutter für ein Seminar, das sie für ihren M.A. belegt hatte, eine grüne Metallbox mit Karteikarten benutzte, und als der Lehrer meiner Lektüregruppe in der Sechsten sagte, wir sollten anfangen, unser Vokabular «aufzubauen», indem wir die Definitionen unbekannter Wörter aufschrieben, gleich wenn sie uns begegneten, bat ich meine Mutter um eine ähnliche grüne Box und ein paar Karten dazu, die sie mir dann auch kaufte. Ich stellte die Box oben auf mein Pult in der Schule in dem eindeutigen Gefühl, mit einem Projekt zu beginnen: Zwei Wochen hatte das Münzensammeln als Hobby gedauert, das Modellflugzeugbauen zwei Jahre – nun aber glaubte ich (fälschlicherweise), mit dem Wörtersammeln etwas Höheres, Dauerhafteres als jene beiden gefunden zu haben. Mehrere Tage lang nahm ich die grüne Box immer im Schulbus mit, für den Fall, daß ich zu Hause einem auffallenden Wort begegnete, aber sie war ziemlich unhandlich, und ich stellte ohnehin fest, daß ich sehr wählerisch bezüglich der Wörter war, die ich darin aufheben wollte. Bis dahin waren die einzigen, die mir der Box würdig erschienen, «aesthetic» und «antidisestablishmentarianism», und letzteres schrieb ich nur widerstrebend hin, weil es so ein abgedroschenes Langwort war. Ich erzählte meinem Vater von meinem neuen Hobby und fragte ihn, ob *er* irgendwelche interessanten Wörter wisse. Ich aß gerade eine Orange, glaube ich. Er sagte: «Na klar! Und du fängst bei *a* an? Schön. Da wäre ein Wort, das ähnlich wie «aesthetic» klingt: *ascetic.* Kennst du das?»

«Ich glaube, ja», sagte ich. Was aber nicht stimmte.

«*Ascetic* heißt *selbstverleugnend.* Man verzichtet auf Freuden. Und dann gibt es ein Wort, das ähnlich wie *ascetic* klingt, nämlich *acidic*, sauer, säurehaltig.» Das war einfach; ihm zuliebe schrieb ich es trotzdem auf. Mehr wollte ich nicht. Aber er war nicht mehr zu bremsen. «Und es gibt noch ein Wort, das wiederum ähnlich wie *acidic* klingt – auch eines, das du interessant finden könntest», sagte er. Und dann sagte er es mir. Noch Jahre später stellte ich mir gelegentlich diese verloren geglaubte grüne Box mit dem Scharnier vor (das ganze Schuljahr hatte sie auf meinem Pult gestanden, doch meine Vision, daß sie prallvoll mit schön abgegriffenen Vokabelkärtchen sein würde, wurde nie Wirklichkeit – die Karten blieben leer; nach den Beiträgen meines Vaters nahm ich fast nichts mehr auf) und rief mir in Erinnerung, wie mein Vater mir jene gestufte Reihe von Beinahe-Homonymen genannt hatte, und ich versuchte, darauf zu kommen, welches das letzte Wort gewesen war. *Hassidic? Asymptotic?* Wenn man sich einmal für einen Beruf entschieden hat, blättert man durch die Vergangenheit zurück, um frühe willkürliche Anzeichen einer Neigung zu dem gewählten Interessensgebiet zu suchen, und man bläht sie zu einer falschen Bedeutsamkeit auf: Als werdendem Schriftsteller war es mir daher naturgemäß sehr wichtig, diese vokabularistische Erinnerung aus der Sechsten in ihrer vollständigen Form zu haben. Allerdings war sie noch immer unvollständig, als ich am 5. Dezember das ungeöffnete, plastikverschweißte Päckchen Oxford Index Cards («100 Karten, 8 Pkt. Standard, Herstellung und Vertrieb: Esselte Pendaflex Corporation, Made in USA, Artikel Nr. 31») entdeckte und mich mit dem unmäßigen Vergnügen des Sechstkläßlers daranmachte, einen Vorrat an erinnerten Updike-Wendungen niederzuschreiben. Oberhalb der einzelnen magentaroten Linie schrieb ich das Zitat hin, so gut ich mich erinnern konnte; darunter, auf die blauen Nadelstreifen, die Quelle, falls ich sie kannte, Datum und Uhrzeit der Erstellung der Karte, welche Nummer sie in der Gesamtfolge hatte, sowie alle möglichen weiteren Notizen, die zu machen ich mich verpflichtet fühlte. Ich sah mich dieses Kartenspiel auf knifflige Arten sortieren; mischte es wiederholt, um einen glaubwürdigen Stochastizismus zu erhalten; markierte einzelne Karten mit unterschiedlichen Farben und unterschiedlichen, reizvoll kryptischen Kontrollzeichen (Grün umkreiste x, kleine blaue Spiralen, lange und kurze Pfeile, um Verbindungen mit anderen Karten anzuzeigen); ließ sie in Augenblicken der Muße mit hoher Geschwindigkeit zurückschnellen wie ein Sprachenstudent, der für eine Abschlußprüfung lernt; legte sie alle nebeneinander auf dem Teppich aus und machte eine Art Konzentrationsspiel damit. Ich wollte zu gern, daß sie Eselsohren bekamen. Ich wollte gut darin werden, das Gummiband handgelenkig doppelt um sie herumzuschlingen, wenn ich für den Tag mit ihnen fertig war. Doch schwante mir gleich von Beginn an, daß sie sich als weniger nützlich erweisen würden, als das anfängliche Vergnügen, sie auszufüllen, mich glauben gemacht hatte – und tatsächlich waren sie auch nicht hilfreich außer, wie gesagt, dadurch, daß sie eben da waren. Viele der Zitate, die ich hier verwende, hatte ich nicht auf die Karten geschrieben, und für viele derjenigen, die ich auf eine Karte schrieb, fand ich dann keinen Platz.

Aber egal! Genau an diesem Tag, dem 5. Dezember, nachdem ich fast den ganzen Vormittag damit verplempert hatte, Karten zusammenzustellen und wieder zu lesen, was ich bis dahin von dem ganzen Essay geschrieben hatte, war ich schließlich mit Updikes Hilfe in der Lage, die Erinnerung an die drei Vokabelwörter meines Vaters zu vervollständigen. Das geschah folgendermaßen. Ich stand in einem Zustand wachsender Enttäuschung und Selbstzweifel vor dem Mikrowellenherd in der Küche, mir gewiß, daß dieser Essay gescheitert war. Zum einen war er viel zu lang. Der Redakteur beim *Atlantic* hatte eine Länge von 25 bis 35 Seiten akzeptiert und besonders betont, falls ich ihnen etwa 70 oder 100 Seiten schickte, wüßten sie schlicht nicht, was sie damit anfangen sollten. «Ein langes Stück nimmt so viel Platz in der Zeitschrift ein», sagte er. «Und wenn es über ein Thema geht, das den Leser nicht interessiert, glaubt er den ganzen Monat, er sei gelinkt worden.» Den Leser linken? Damit wollte ich nun wirklich nichts zu tun haben! Also würde der *Atlantic* ihn wahrscheinlich ablehnen. Großmütig würde ich meinerseits das Ausfallhonorar ablehnen, da ich meinen Teil der Vereinbarung nicht erfüllt hatte. Aber vielleicht konnte ich es mir auch gar nicht leisten, so großmütig zu sein. Zweifellos würde ich in eine schwere Depression verfallen. Ich brauchte einen Reserveplan. Ich könnte einen Buchverlag dazu überreden, «U & I» zusammen mit dem Modellflugzeugessay und drei quasiphilosophischen Essays, die '82, '83 und '84 im *Atlantic* erschienen waren, herauszubringen, solange ich im Inhaltsverzeichnis eine Art Dementi abgeben könnte, daß die drei philosophischen Essays *seeehr* frühe Arbeiten seien (vielleicht «Drei frühe Essays», dazu jeweils dahinter in Klammern kursiv ihr Erscheinungsdatum wie bei Updikes *Museums and Women*, und mein Geburtsdatum kreischend auffällig in der Notiz über den Autor auf dem Umschlag?), oder wenn «U & I» sich auf seinem Weg von A nach Z lange genug wand und schlängelte, könnte ich versuchen, daß ein Verlag es für sich als eines jener Bücher herausbrachte, für das nicht einmal Gesualdo-Bänder abspielende Buchhandlungen ein annehmbar standardisiertes Regal haben: «Essay und Belletristik» oder «Kritik» oder «Biographie». [Der Redakteur des *Atlantic* las den fertigen Essay im Februar 1990 und rief mich an. «Ich bin befugt, ein so langes Stück zu bringen», sagte er. «Aber ebensogut könnte man sagen, daß der Kapitän einer Pan Am 747 befugt ist, seine Familie mal schnell auf einen kurzen Rundflug mitzunehmen.» Einen Monat später schickte er mir die Fahnen, in denen der Essay unter Beibehaltung der großen Linie fachmännisch von hundertsechzig auf fünfundvierzig Seiten kondensiert war. Ich rief ihn von einem Münztelefon in der Nähe meines Hautarztes an; mir war von PUVA-Therapiepillen übel und flau zumute, und ich sagte nein: Auch wenn seine Version keine Brüche aufwies, waren doch die meisten Sachen, derentwegen es sich gelohnt hatte, den Essay zu schreiben, nun entweder verschwunden oder folgten unangenehm dicht aufeinander. Statt dessen einigten wir uns also darauf, daß der *Atlantic* ein fünfseitiges Fragment brachte, eine Lösung, die mir gefiel, weil ich so das allzu großzügige Ausfallhonorar für den ursprünglichen Essay nicht direkt abzulehnen brauchte, was Unstimmigkeiten mit meiner Agentin gegeben hätte, die nämlich sagte, ein Ausfallhonorar könne ich einfach nicht ablehnen – «Wenn du das tust, lachen dich alle aus», eine verstörende Aussicht –, und der Redakteur mußte in seiner höflichen Art nicht darauf bestehen, daß ich das Ausfallhonorar annahm, und meine Beziehung zum *Atlantic* blieb einigermaßen intakt. Aber *warum* war ich nicht gut genug gewesen, jene transatlantische 747 zu kidnappen? Warum hatten sie nicht alles gebracht, eine Ausnahme für mich, und nur für mich, gemacht – so wie der *New Yorker* eine Ausnahme für Barthelme gemacht und das ganze *Schneewittchen* in einer Nummer gebracht hatte?]

Natürlich war die Länge nicht das einzige Problem des Essays. Da war auch noch die verstörende Frage des Tons. Becketts frühe kurze Abhandlung über Proust war mir beim Schreiben mehrmals in den Sinn gekommen (ich hatte sie im Juli oder August in einem anderen Kontext nachgeschlagen und Teile daraus gelesen), und nun fragte ich mich, ob der eigentümliche Klugscheißerton, den ich hier gelegentlich angeschlagen habe, sein Unbehagen mit Becketts Buch teilt – ein Unbehagen, das aus intensiver, rivalisierender, empfindlicher Bewunderung in Verbindung mit Ungeduld gegenüber der Kritik als literarischer Form entstand. Updike selbst hatte sich, wie ich mich erinnerte, in einem Essay hübsch an Becketts Exegese von Proust vorbeimanövriert: «rather acerb», «ziemlich säuerlich», hatte er sie genannt. (Dieser Essay enthält übrigens eine meiner Lieblingsstellen im ganzen Updike, wo er erwähnt, daß eine oder zwei Seiten seiner Proust-Ausgabe in Moncrieffs Übersetzung mit Tropfen des Sonnenöls seiner nunmehr alimentierten Frau befleckt sind: Sonnenöl, das dickere Exstillat aus Sommer und Muße, aus Wallace Stevens' «The Palm at the End of the Mind» gepreßt – und ich frage mich, ob dieser Stevenssche Sinn von «Palm» die Erklärung dafür ist, daß Updike den Titel einer seiner besten frühen Erzählungen in einer neuen Taschenbuchausgabe aus den achtziger Jahren rätselhafterweise von «Walter Briggs» zu dem weniger guten «Walter Palm» änderte? –, Sonnenöl hat, wie ich finde, eine Proustsche Viskosität; ich stelle mir die Fast-Transparenz, die die Lotiontropfen auf dem Papier geschaffen haben müssen, als Methylparaben-Bullaugen in Marcels Prosa vor, durch die wir einen kurzen Blick auf das faßbare, verifizierbare Leben, das wir heute in Amerika führen, erhaschen können, samt Eheleuten, Liegestühlen und heilendem Sonnenlicht, im Gegensatz zu dem nicht mehr faßbaren Leben eines homosexuellen Genies in Frankreich vor dem Ersten Weltkrieg.) Und dann berührten sich zwei Nervenstränge, und ich spürte ein Summen kurzgeschlossener Kreisläufe, denn *acerbic* war das lange verloren geglaubte Vokabelwort, das mir mein Vater genannt hatte: *aesthetic, ascetic, acidic, acerbic.*

Das sorbetartige Zusammenziehen des Mundes bei «acerbic» macht das Wort in manchen Sätzen besser als das eher neutral gestimmte «acidic» – das sah ich ein; doch nachdem der Höhepunkt meiner heftigen Freude darüber, mich endlich des Inhalts meiner Vokabelbox aus der Sechsten entsonnen zu haben, überschritten war, interessierte mich mehr, daß Updike die elegant verknappte Version des Wortes benutzt hatte: *acerb.* Es ist so typisch für ihn, Wörter wie *acerb* und *curbed* zu bevorzugen, die mehr mentale Silben einschließen, als sie metrisch darstellen. Natürlich kann ich nicht das Datum überprüfen, weil das bedeuten würde, *Picked-Up Pieces* aufzuschlagen, aber ich habe den Verdacht, daß Updikes Gebrauch von *acerb* in dem Satz ungefähr in die gleiche Zeit (ein Jahr hin oder her) fiel wie der Vorschlag meines Vaters, als ich in der Sechsten war, *acerbic* in meine Sammlung aufzunehmen. (Das Zusammentreffen ist allerdings reiner Zufall: Mein Vater liest Updike nicht.) Und diese Form von Zeitliniendeckung ist, wenigstens für mich, eine der Grundaktivitäten, die mit der Bewunderung von Schriftstellern einhergehen, welche der unmittelbar meiner vorausgehenden Generation angehören: Ich gestatte mir, mich von der gluckernden Kaffeemaschine des gegenwärtigen Augenblicks an den zahlreichen zusammengesteckten Verlängerungskabeln der persönlichen Identität entlang (knisternde, zehn

Meter lange orange Industrieware, die weh tut, wenn man mit nacktem Fuß drauftritt, mit schwerem Dreizinkenstecker; und auch die dünnere, spiralige, weiße oder braune Sorte, aus billigerem Plastik geformt, mit einer facettierten Mehrfachkupplungsdose wie ein ausgebranntes Mehrfamilienhaus, die sich hartnäckig dem Eindringen des Durchschnittssteckers widersetzt), die in den Souterrain meines einfältigen jüngeren Ichs hinabführen, in jene Zeiten zurückzuhangeln, als ich aus der Rückseite von Comicheften geschnittene Coupons an Charles Atlas, den Bodybuilder, schickte und Pläne des dreieckigen Hauses-auf-Rädern zeichnete, in dem ich einmal wohnen wollte (mit der winzigen Küche und dem Schlafzimmer / Fahrersitz in der vorderen Spitze, während das riesige Chemielabor alles übrige ausfüllte); und in die überzähligen Dosen entlang dieser notgetakelten linearen Kontinuität stecke ich dann nacheinander die blinkenden Daten und Titel der Meisterwerke jener Jahre – *Revolutionary Road, Auf der Farm, Maskenspiel, Der Einzelgänger* usw.; und wenn sie dann alle in Vegas-Farben erstrahlen, erscheint es wundersam, daß ich ebendiesen Zeitabschnitt durchlebt haben konnte, ohne auch nur eines dieser summenden Zeichen gesehen oder gespürt zu haben. Vielleicht gibt man die vergebliche Hoffnung nie auf, sein früheres unwissendes Ich doch so neu verkabeln zu können, daß es gleich von Anfang an mit all diesen Hochspannungsparallelismen verbunden ist. Von den relativ wenigen schriftlichen Notizen, die ich mir über Updike gemacht habe, unternimmt die erste, die ich finden konnte (aufgeschrieben, als ich fünfundzwanzig war, in der dritten Person, teilweise angeregt von der Updike-Erzählung

[«Flügge»] über den gehemmten Siebzehnjährigen, der «an [sich] selber immer nur in der dritten Person [dachte»]), genau diesen Versuch der Neuverkabelung. Ich gebe sie hier genau wieder, samt falschem Gebrauch von «umfassen» und so weiter, mit einer in Klammern beigefügten Klärung:

> 21. 6. 82. Harold verliebte sich beim Lesen von Updikes Der Zentaur in die Kurzgeschichte, die Kapitel zwei umfaßte – er dachte an 1963, als das Buch erschienen war: die Nostalgie für Updikes Gefühle am Beginn seiner Laufbahn, vermischt mit seinen eigenen frühen Erinnerungen an das Haus, in das sie 1963 gezogen waren, an seine Familie; er erinnerte sich daran, wie er oben im Badezimmer auf dem Fußboden gesessen und einen Kalender des Metropolitan Museum durchgeblättert hatte (eine der Tanten seiner Mutter schickte jedes Jahr einen); die Zahl 1963 hatte ihm damals Eindruck gemacht: durch ihre besondere Lage in einer solchen Flut von Millennien – er hatte dagesessen, den Mund aufs Knie gepreßt, das merkwürdig schmeckte; jetzt war er so steif, daß er sein Knie schon über zehn Jahre nicht mehr geschmeckt hatte –, durch ihre Datierbarkeit als Erinnerung und als Erinnerung daran, daß Daten Offenbarungen sein konnten, fast als markierte jener Augenblick eine Piagetsche Phase. Das Interessante jedoch war die Verbindung dieser Erinnerung mit Updikes Durchleben seiner eigenen Kindheitserinnerungen und die wehe Sehnsucht, 1963 er [d. h. Updike] gewesen sein zu wollen und ihm jetzt ebenbürtig zu sein – ungeachtet des Wissens, daß er mit fünfundzwanzig viel brillanter gewesen war als Harold; und diese Traurigkeit vermischte sich wiederum mit dem Vergleich von Updikes Mutter im zweiten Kapitel und ihrem Erscheinen in den anderen Erzählungen («Flügge») mit seiner eigenen Mutter – ein ganz ähnliches Verhältnis, und dennoch das Gefühl, daß, während Updike mit fünfundzwanzig seine besondere Bestimmung erfüllte und den Stolz seiner Eltern mit einer Erzählung nach der anderen

befriedigte, Harolds Weg auf einem steileren, steinigeren Hang verlief: er merkte, daß er sich im Vergleich von Monat zu Monat mehr auf die Verliererseite stellte.

Die allgemeine Jammerigkeit meiner Passage in Verbindung mit dem Rückgriff auf zweitklassige Metaphern wie «Flut von Millennien» und «wehe», um die Prosa auf einer höheren Sprachebene zu halten, als ihre Gedanken selbst es können, klingt nach einem vulgarisierten frühen Updike, dessen Knabenhelden zuweilen auch sensibler und mit einem empfindlicheren Magen versehen sind, als man es gern hätte. Wenn wieder einmal der Magen-Darm-Trakt eines seiner jungen Männer als Reaktion auf ein Element sozialer Unzufriedenheit unvorteilhafte Klimmzüge macht, hat man das Gefühl, daß ein Lehrer für kreatives Schreiben in Harvard ihm gesagt haben muß, es wäre gut, wenn der Leser seine Stimmungsinformation durch alle Sinne erhielte, und daß er diesem verzerrenden Diktum getreulich bis zum Exzeß folgt; genau wie der Drehbuchautor in zahllosen Filmen die Figur, wenn sie eine schreckliche Nachricht erhält, in der Taille einknicken, die vordere Stoßstange packen und (um eine Wendung zu gebrauchen, die Edmund Wilson verständlicherweise aufhorchen ließ) «rückwärts frühstücken» läßt – womit er aus reiner Faulheit auf eine brutal externalisierte Physiologie zurückgreift, weil jede subtilere Form des Sich-ausschüttens filmisch wie literarisch so schwierig hinzukriegen ist; und dennoch wage ich diese kleine Kritik kaum, wenn ich an einen späteren Protagonisten denke, ich glaube, aus «Zweibettzimmer in Rom», dem in einem für seine Ehe entscheidenden Urlaub viel glaubwürdiger als seinen Vorgängern schlecht wird und der am Beginn seiner Übelkeit die ganze Form seines Magens als «eine wenig einnehmende Knolle» in sich spüren kann – eine großartige Trope, die ein häßliches, erdiges, kaum eßbar klingendes Dings zur Beschreibung des Ortes jener Beschwerden verwendet, welche es, wenn es gegessen würde, verursachen würde, und die ihre Existenz ausschließlich der ganzen unbefriedigenden vorangegangenen Serie jugendlicher Verdauungsbeschwerden verdanken könnte. [Zu meiner Verblüffung habe ich «Knolle» weder in «Zweibettzimmer in Rom» noch sonst irgendwo, wo ich nachgesehen habe, gefunden; könnte es sein, daß ich das erfunden habe? Daß es mein eigenes Bild ist? Zweifelhaft. Jedenfalls funktioniert die vorübergehende Übelkeit in dieser Erzählung auf eine andere Weise als das Bauchweh in *Der Zentaur.*] «Dem mit Naschwerk übersättigten Magen», sagte Lyly, «sind alle Kleinigkeiten eklig»; und die Lehre, die wir aus Updikes früher Prosa ziehen könnten, ist die, daß der völlig nachvollziehbare, vom Stilwillen beflügelte Wunsch, jeden faulen Apfel zu karamelisieren und jeden Käse zu überbacken, nicht von einem allzu gesteigerten Interesse am emotio-gastrischen Zustand des Helden begleitet sein sollte. (Selbstredend schreibe ich dies in den Ferien.)

Aber auch hier, auch hier muß ich die Aufmerksamkeit wieder auf das Problem des Tons lenken. Ist es nicht typisch für mich, daß ich jemanden wie John Lyly in diesen Kontext hineinzerre? Nein. Vielmehr *doch*, aber nur, wenn ich den Verweis durch einen nachfolgenden Selbsttadel sogleich in Frage stellen kann. Als Beckett zuließ, daß seine Nervosität bezüglich Prousts sich auf seine Haltung übertrug, machte ihn das *«acerb»*, wie Updike denn auch erkannte; wenn mich jedoch das bloßstellt, was ich für eine ähnlich geartete Nervosität halte – ein Gefühl, daß sehr viel auf dem Spiel steht, daß alles von der Qualität meines Denkens hier und jetzt abhängt, daß dieser Essay der Testfall dafür ist, ob ich überhaupt Schriftsteller sein sollte oder nicht, zugleich aber auch das Gefühl, daß es verheerend voreilig wäre, die Dinge so hinzustellen, da Jüngerschaft und Konkurrenz auf diese Weise zu einem peinlichen Aufeinanderprallen gezwungen sind, während sie sonst im Lauf der Zeit doch zu einem subtileren, gelasseneren Verhältnis gelangt wären –, dann nimmt diese Bloßstellung die Form eines Grinsens und klugscheißerischer Verfälschungen an wie etwa, als ich weiter oben davon sprach, ich wolle versuchen, Updike auf dem Golfplatz zu der Annahme zu «verleiten», ich sei weniger scharfsinnig, als ich es bin, oder wenn ich falsch-naive Ausrufe wie «Ojemine!» benutzte oder mich einen «werdenden» Schriftsteller nannte. Ich muß wirklich, sobald ich das hier zu Ende geschrieben habe, *Einflußangst* lesen, weil die fragmentarische Vorstellung, die ich davon habe, meinen Ansatz ständig zu grober Vereinfachung tendieren läßt. Es könnte sogar sein, daß zwei von Updikes frühen Figuren weitgehend Schuld an meinem fehlgeleiteten großspurigen Ton haben – weil nämlich vermischt kontingente und chronische Einflüsse besonders schwer abzuschütteln sind. In der Erzählung «Das Gepfeif des Jungen» stört ein Junge die kreative Konzentration des Geschäftsführers eines Einzelhandelsgeschäfts, indem er fröhlich vor sich hin pfeift, während der zunehmend verärgerte Geschäftsführer versucht, ein Schild fertigzuschreiben, auf dem so etwas wie «Schöne Ferien!» [eigentlich «Toyland»] in buntem Glitzerzeug auf Leim [«Silberstaub» auf Plakatfarbe] stehen soll. (Ich las die Erzählung 1987 wieder, zehn Jahre nachdem ich sie erstmals gelesen hatte – ich hatte nur noch den Titel in Erinnerung –, um sicherzugehen, daß Updikes Verwendung des Gepfeifs sich nicht mit einer Szene meines ersten Romans überschnitt. Solche Überprüfungen, mit denen Überschneidungen vorgebeugt werden soll, sind meiner Erfahrung nach die Hauptgründe für die vielseitige Lektüre von Schriftstellern.) Und in einer anderen frühen Erzählung, die ich um 1978 las und deren Titel ich nicht mehr weiß [«Intercession»], vermasselt eine allzu aufgedrehte kindliche Nervensäge einem etwas älteren, ernsthafteren Sportsmann das Golfspiel durch ihre ständigen Kommentare. Das Bugs-Bunny / Elmer-Fudd-Muster beider Erzählungen ist, wenngleich es fraglos nur einen Bruchteil der wahren Natur meiner Haltung Updike gegenüber erfaßt, viel zu einfach, um es übertrieben auszuwalzen – und mir ist auch klar, daß man mich wahrscheinlich lieber als Klugscheißer hören will, wodurch ich mir mein eigenes Grab schaufle und den guten Updike gleichzeitig die eine oder andere Stufe herunterhole, als dankbar und in duseliger Verehrung.

Und insofern, als mein großspuriger Ton vielleicht Updike selbst nützt – ebenso wie das Gepfeif sich in der ersten Erzählung als wesentliche Ablenkung für den Einzelhandelskaufmann erweist und wie der nervensägende Golfjunge dem älteren Golfspieler in der zweiten letztlich zu einem entfernteren Philosophiegrün verhilft, das ich nicht mehr präsent habe –, behalte ich ihn gern bei, wobei ich allerdings seit kurzem ungewöhnlich auf der Hut bin vor diesem Fehler, wegen einer Sache nämlich, die sich erst vergangenen September ereignet hat. Ich hatte die Kopie der Rezension eines Romans von Iris Murdoch zugeschickt bekommen, die äußerst ungewöhnlich begann, nämlich so: «Das Erscheinen dieses großen Wurfs [Murdochs *The Message to the Planet*] unterbrach mich in meiner Lektüre von –» und dann folgte *mein erster Roman*. Die Rezensentin, Jan Morris, sah Murdoch und mich als ausgesprochenen Gegensatz: Für sie repräsentierte ich sozusagen das Gelbe vom Ei, während Murdoch für eine Tradition stand, die ausgereizt war und beendet werden sollte. Seit 1985 bin ich literarisch in Murdoch verknallt, und so jagte ich einen Brief an sie los, in dem ich ihr schrieb, wie entsetzt ich über den ersten Satz der Rezension sei und daß ich sie für die beste Romanschriftstellerin hielte, die wir hätten. (Ich sagte die Wahrheit: Updike ist mir der liebste lebende *Schriftsteller*; Murdoch ist mir die liebste lebende *Romanautorin* – wenngleich ich mich bei dieser Unterscheidung deutlich daran erinnere, wie ungern ich einen Essay von John Leonard, glaube ich, im *New York Times Book Review* aus dem Jahre 1978 las, in dem er Updike einen der besten fünf lebenden amerikanischen Schriftsteller nannte, dies dann aber häßlicherweise dadurch einschränkte, daß Updike als Essayist besser denn als Romancier sei. So geht das nicht: die Romane und die Essays verleihen einander eine reziproke Autorität, und Tatsache ist, daß kein Essay *Auf der Farm* übertrifft.) Ich schloß den Brief mit der Bemerkung: «Nun haben Sie es ja nicht nötig, daß ein spießiger Schmock wie ich Ihnen sagt, wie gut Sie sind, aber ich versichere Ihnen, daß nicht ein Satz in meinen schmalen Miszellen, auf die Ms. Morris Bezug nimmt, ohne Ihre großartigen und unübertrefflichen geistigen Höhenflüge denkbar gewesen wäre und daß es wahrlich ein Witz ist, Sie und mich in einem Atemzug zu nennen.» Auf diese peinliche Lobhudelei hin schrieb Murdoch mir eine prompte und liebenswürdige Antwort: Sie sagte, sie habe die Rezension ohnehin nicht gelesen. Mich schmerzte ebenso wie alle, die schwärmerische Briefe an Schriftsteller schreiben, daß es mir, als ich sie lobte, nicht gelungen war, *mich* zu einem besseren Menschen zu machen, und nachdem ich mir meine Scham ein paar Tage lang vor Augen geführt hatte, ortete ich, während ich von einem Zimmer ins andere wanderte, die wahre Quelle. Die Gräßlichkeit von «Nun haben Sie es ja nicht nötig, daß ein spießiger Schmock wie ich …» hatte, wie sich herausstellte, einen unmittelbaren Vorgänger: Ich hatte, das gebe ich jetzt zu, meinen Brief dem Beispiel einer derben amerikanischen Frauenfigur mittleren Alters in Murdochs seltsamem Stück *Der schwarze Prinz* nachempfunden. Die Figur redete unverblümt, benutzte viele Wörter der «Schmock»-Kategorie und hatte (wie Ms. Deborah Norton sie letzten August am Aldwych Theatre in London spielte) eine beeindruckend laute, theatralische, wiehernde Lache. Als ich Murdoch schrieb, kam ich mir unangenehm amerikanisch vor und überspielte daher das Amerikanische an mir in dem Brief, *indem ich einen Ton anschlug, den ich unmittelbar von ihrer eigenen amerikanischen Figur übernommen hatte.* Und hier bei Updike habe ich an mehreren Stellen den gleichen Fehler auch gemacht.

Ich kämpfe gegen die Unverschämtheit an, die meine essayistische Haltung formal zu verlangen scheint, aber da ich die Person Updike immerzu auf die Helden seiner Erzählungen projiziere, muß ich meiner *eigenen* projizierten Person die verbleibenden Rollen zuweisen – nervender jugendlicher Pfeifer, lästiger Golfjunge oder gar, im Falle von *Auf der Farm*, die unmittelbare Rolle des oberschlauen Stiefsohns. Als ich den Roman 1978 erstmals las, war mir das geistige Leben des Erzählers nahezu gleichgültig; statt dessen stellte ich mich dem aufgeweckten elfjährigen, Science-fiction lesenden Kind seiner neuen Frau gleich und beneidete es. Zehn Jahre danach ist dieselbe Verwirrung offenkundig noch immer da, und sie erklärt, daß ich «Ojemine» sage und vorgebe, ein geradliniger, begeisterter, leicht verrückter, aber sachlicher, wenngleich peripherer Idiotengelehrter zu sein, der gegen Updikes einzigartige, gepflegte, vornehme Mainstream-Klarheit aufbegehrt, wo wir doch alle ganz genau wissen, daß es ungerecht ist, Updike vornehm zu nennen (ich glaube, ein Kurzkritiker in 7 *Days* hat dieses befrachtete Wort erst vor kurzem auf ihn angewandt): dafür ist er nämlich viel zu schlau, zu raffiniert, zu sexualisiert und zu *gemein*.

SIEBEN

Gemein? Ja, er ist gemein. Zuweilen scheint er das Gemeine richtig zu bewundern – ich denke da beispielsweise an jenen rätselhaften Satz von ihm, der immer auf Taschenbüchern von Anne Tyler steht: «Anne Tyler ist nicht nur gut, sie ist *boshaft* gut.» Er bevorzugt die plötzlichen, vernichtenden Hämmer, die Leute in Augenblicken des Zorns aufeinander loslassen. (In der Szene, derentwegen ich *Heirate mich!* nicht mehr weiterlas, spucken der Ehemann und die Ehefrau einander sogar an. [Eigentlich sagt der Ehemann: «Du blöde Fotze», worauf die Ehefrau ihm ins Gesicht spuckt.]) Die Mutter in *Auf der Farm* zischt Joey, dem geschiedenen Erzähler, außerordentlich scharfe Sachen zu, etwa «Du kannst eine Frau unterhalten, aber nicht zwei» und «Du hast mir meine Enkel gestohlen». (Vor allem der zweite Satz, den es wie den ersten vielleicht gar nicht gibt, beeindruckte meine Mutter. Eigentlich erinnere ich mich gar nicht, ihn selbst gelesen zu haben; ich erinnere mich nur daran, daß meine Mutter ihn mir vor Jahren einmal als ein Beispiel für Updikes Hellsichtigkeit bezüglich Scheidungen zitiert hat.) Ebenfalls in *Heirate mich!* läßt er den Protagonisten mitten im Abendessen [genauer: mitten im Tischgebet] an einer knirschend psychologischen Stelle à la «die Scheidung auf dem Rücken der Kinder austragen» einem seiner Söhne auf den Schädel schlagen. Ich finde das schrecklich. In der sorgfältig modulierten dynamischen Skala eines psychologischen Romans durchtrennt ein Schlag auf den Schädel oder Spucke im Gesicht (und Murdochs *Maskenspiel* kann diesbezüglich gut und gern nach *Heirate mich!* und *Ehepaare* kommen) das Band zum Leser auf ebenso unerfreuliche Weise wie etwas aus einem Splatterfilm. Vielleicht war's ja tatsächlich so geschehen – um so schlimmer für meine Meinung von Updike. Die erste Gemeinheit jedoch, die mich gestört hatte, als ich vor zehn Jahren, lange vor meiner Hochzeit, darauf stieß, war in einer Short story aus *Werben um die eigene Frau*, wo ein junger Ehemann mit Hamburgern heimkommt, sie gutgelaunt mit seiner Familie vor dem Kamin verzehrt und dabei liebevoll an die joyceschen «knallwarmen» Schenkel seiner Frau denkt und dann, im nächsten Absatz, als Erzähler sagt (das «du» an seine Frau gerichtet): «Am Morgen bist du zu meiner Erleichterung häßlich ... Die Haut zwischen deinen Brüsten ist traurig gelb.» Und etwas später: «Sieben Jahre haben diese Frau verbraucht.» Das fand ich unentschuldbar brutal, als ich es las. Ich konnte mir nicht vorstellen, daß Updikes echte, nichtfiktionale Frau das las und darüber nicht sehr unglücklich wurde. Aber man weiß ja nie; die inneren Abläufe von Ehen sind uns verborgen, und vielleicht war es für die beiden jedesmal, wenn sie in den Monaten nach dem Erscheinen dieser Erzählung auf eine Party gingen und sie ein hochgeschlossenes Kleid trug und sie bemerkten, wie der Blick eines Gesprächspartners auf ihre Brüste fiel, und sie beide sahen, wie ihm der kleine wissende Blick über die unangenehm anzüglichen Züge huschte, als er bei sich dachte: Hö, hö, hochgeschlossenes Kleid, um das ganze Kanariengelb zu verdecken, hm?, ein trockener intimer Witz, über den sie sich amüsierten. Updike weiß, daß die Leute vermuten werden, die fiktive Frau einer Updike-ähnlichen männlichen Figur entspräche weitgehend seiner eigenen realen Frau – schließlich hat er selbst Nabokov verärgert, indem er meinte, Ada könnte Vera sein. Wie kann Updike nur so, na ja, so uneinfühlsam sein, fragte ich mich häufig und frage es mich auch jetzt, zu veröffentlichen, daß seine Frau ihm an jenem Morgen häßlich erschien, und das auch noch auf so plastische Art und Weise? So was geht doch nicht! Da stellen wir Leser uns doch vor, wie sie spekulierte, als sie das las: «An welchem Morgen hat er das gedacht? Er saß am Küchentisch, frühstückte und dachte, ich sei häßlich und verbraucht! Und ich hatte keine Ahnung davon.» Da genügt es nicht, wenn Updike sagt, daß er den Erzähler am Morgen mißbilligend zeichnen mußte, um ihn vor dem Vorwurf «knallwarmer» Übersentimentalität, den die vorangegangene Passage herausfordert (aber nicht verdient), in Schutz zu nehmen. Wenn ein Gefühl glaubhaft ist, dann ist es auch keine Belastung; ebensowenig würde unnötige Grausamkeit auf einer späteren Seite echte Zuckersüße ausgleichen. Wenn Updike dies bewußt und in dem Glauben tut, eine hochkünstlerische Absicht sanktioniere es, dann ist das genauso schlimm, wie wenn er es unwissentlich, dessen unbewußt tut, daß so etwas verletzen könnte.

Das andere, noch eindeutigere Beispiel, an das ich in dem Zusammenhang häufig denke, ist, daß Updike Phaedra, den Kleinverlag, der Nabokovs *Der Späher* und *Nabokov's Quartet* herausbrachte (welches die herausragende Beschreibung eines Tauwetters in Ithaka enthält, «halb Juwel, halb Matsch», wo die Schatten der Eiszapfen aufstiegen, den Zapfen selbst entgegen, und die Mülltonnen eine «bescheidene Kannelierung» aufwiesen), eine «elende kleine Buchbinderei» nannte. Eine solche Schroffheit ist natürlich nabokovianisch (wenngleich Nabokov, der laut protestierte, das anders sah): Updike bezeichnete Nabokovs «reflexive Verachtung» als das mit am wenigsten Ansprechende bei ihm (und, Mensch, wie ich dieses perfekte Adjektiv für mich wiederholte, als ich es 1981 in der Bibliothek von Berkeley las; ich versuchte, es in jedem Satz, den ich von mir gab, anzubringen: «reflexive» Akronyme, «reflexive» Dämonologien, «reflexive» Autoverfolgungsjagden) – doch Nabokovs Haßgefühle richteten sich überwiegend gegen Tote: Freud, Dostojewskij, Zola usw. Viel schmerzlicher ist es, meine ich, Phaedra «eine elende kleine Buchbinderei» genannt als Freud als «Wiener Quacksalber» abgetan zu sehen. Stellen wir uns nur einen Augenblick die Angestellten dieser Firma vor (ich weiß nicht, ob sie noch besteht oder nicht), stolz auf den Dusel, Nabokov herausbringen zu dürfen und das auch völlig akzeptabel zu erledigen: Stellen wir uns vor, wie sie am Tag nachdem sie Updikes unnötig harsches Epitaph gelesen haben, mit hängenden Köpfen zur Arbeit kommen. Dafür, daß sie so eine wichtige

Rolle in Nabokovs Publikationsgeschichte gespielt haben, müßten sie gelobt und angespornt und nicht von einem in der Janson gesetzten Edelverlagsautor, der glaubt, er wisse über das Büchermachen Bescheid, weil er einmal an einer Linotype gearbeitet hat und Hurenkinder und Schusterjungen kennt, der Lächerlichkeit preisgegeben werden. Was mich übrigens hauptsächlich beschäftigte, als ich weiter oben in diesem Essay über die Franklin Library schrieb, war die Sorge, im Begriff zu stehen, jenem Verlag eine gleichermaßen tödliche Abfuhr zu erteilen, wie Updike sie Phaedra hatte angedeihen lassen, worauf ich meine Worte ein wenig abschwächte (allerdings nicht genug), denn, meine Güte, was soll das denn? Wer die Franklin Library mag, der soll auch das Recht haben, die Scheiß-Franklin-Library zu mögen – warum sollte ich ihm Anlaß geben, bei einem Blick auf sein Regal mit den monatlich gesammelten Klassikern plötzlich daran zu zweifeln? Und diejenigen, die bei der Franklin Library arbeiten, sollten auch das Recht haben, stolz darauf zu sein. Denken wir nur an die Tausende hilfreicher Dollar, die die verschiedenen Franklin-Betriebe – Münzstätten, Porzellan, was auch immer – für Zeitschriftenwerbung ausgeben: Allein wegen dieses Vermögenstransfers verdienen sie unsere Unterstützung. Allerdings möchte ich doch behaupten, daß es ein klein wenig vertretbarer ist, sich über den Einband und die Goldprägung der Franklin Library lustig zu machen (bitte nicht: «darüber herzuziehen»), als Phaedra elend zu nennen, weil Phaedra einige Bücher Nabokovs als einziger Verlag herausgebracht hat, wohingegen der einzige Daseinsgrund der Franklin Library der ist, teure Luxusausgaben von

Werken feilzubieten, die überwiegend in anderen Ausgaben erhältlich sind.

Gut. Aber würde ich der Franklin Library gegenüber nachsichtig sein können, wenn Updike nicht so streng mit Phaedra gewesen wäre? Selbst in seinen Verstößen lehrt er. Würde ich immer versuchen können, Updike seine Makel zu verzeihen, wenn er mit seinem einstmaligen Idol Nabokov nicht so herrisch umgesprungen wäre? In einer Rezension von *Verzweiflung* kritisiert Updike Nabokov dafür, daß er seine Zeit mit derlei Übersetzungen früher Werke verplempere, wo die Welt doch auf ein neues Meisterwerk warte [vielmehr handelt es sich um eine Rezension von *Erinnerung, sprich*: «... statt den köstlichen, teuflischen und unvorstellbaren Nachfolger von *Fahles Feuer* zu verfassen, gibt er sich mit rückwärtsgewandten Projekten ab ...»] – und Updikes Schelte zeugt von bestürzend geringer Einsicht, wenn man bedenkt, daß er da schon mindestens fünfzehn Jahre im Geschäft war und sich der Vielfalt des Kummers (einschließlich des von Rezensenten ausgelösten Kummers) und schlichter Ruhelosigkeit, Langeweile oder Müdigkeit, die den Rhythmus der Romanproduktion stören können, vermutlich wohl bewußt war, zumal wenn man berücksichtigt, daß er um 1961 selbst, wie wir aus verschiedenen Anspielungen hier und da, wie etwa in seiner Vorbemerkung zu *Heirate mich!* [nein, seiner Vorbemerkung zu einer Erzählung in Burnetts *This Is My Best*, abgedruckt in *Amerikaner und andere Menschen*], wissen, eine Zeit der Angst, er würde nie wieder schreiben, durchgemacht hatte. (Die sexuelle Revolution störte und bereicherte die Mitte von Updikes Schriftstellerlaufbahn; dasselbe könnte man von den Emigrationen, Pausen und Neuanfängen sagen, die die bolschewistische Revolution Nabokov aufgezwungen hatte – doch das ist die Art achtzigprozentiger rhetorischer Rezensentenvergleich, den ich nie gern lese; aber ihn zu ziehen ist schön, das muß ich sagen.) Und als *Ada* dann doch kam, haute Updike das Buch in seiner Rezension dermaßen in die Pfanne, daß er sich bemüßigt fühlte, in der Einleitung zu *Picked-Up Pieces* zu erklären, er schreibe schneller, als er lese (ich bin mir nicht ganz sicher, was diese Gnomistik bedeuten soll, aber sie gefällt mir), und sei daher bei einigen längeren Büchern wie *Ada*, die er habe behandeln müssen, möglicherweise ungeduldig geworden. Selbst in der relativ guten «Grund zum Feiern»-[nein, «Freuen-wir-uns alle»-]Rezension von *Die Mutprobe* lesen wir plötzlich den Vorwurf, daß das Buch «sich seiner Stellung als Roman, seiner Verpflichtung, Spannung zu erzeugen, nie so recht bewußt wird». Kann man sich vorstellen, wie Nabokov genüßlich in seiner Genfer Badewanne liegt, sich einen Schwamm warmes Wasser über dem Kopf ausdrückt, eine Beschäftigung, die, wie er (in derselben Sondernummer des *Tri-Quarterly*) über sich sagte, eines der größten Vergnügen seiner späten Jahre war, und wie ihm dann, während das Wasser auf seinem Gesicht abkühlt und der Moment betröpfelten Glücks vergeht, plötzlich die Erinnerung daran, wie dieses Würstchen Updike sagte, keines der Werke von ihm und seinem übersetzenden Sohn Dmitri erzeuge *Spannung*, seiner verdienten Wonne den Stöpsel herauszieht? Und wir wissen ja, daß Updike selbst nicht gerade ein Meister des Nervenkitzels ist. Doch ich glaube, irgendwann an einem bestimmten

Punkt, nachdem man selbst genügend schlechte, alberne, unerhebliche Rezensionen bekommen hat, denkt man sich, ich versuch's selber mal – ich *sehe einfach mal, wie es ist*, jemandem so etwas Idiotisches wie das Unvermögen, spannend zu sein, vorzuwerfen. Updike mag geglaubt haben, es sei ein Ausweis altgedienten Profitums, seines Status als narbenübersäter und schlachtenerprobter Dugong, Nabokov einmal wegen Spannungslosigkeit eins auf die Nase zu geben. Ich kann mir sogar fast vorstellen, wie er kurz zögerte, bevor er «elende kleine Buchbinderei» hintippte und sich dann, befreiend, amoralisch, an eine besonders schmerzhafte Wendung erinnerte, die ein Rezensent ihm gegenüber gebraucht hatte, und wie er dachte: «Dieses dreckige kleine Arschgesicht! Na, ich hab' auch schon einiges einstecken müssen! Und *The Eye* ist ein schlecht gemachtes Buch, und es ist meine Aufgabe, die Wahrheit zu sagen – also ‹elende kleine Buchbinderei›!» Doch wir sehen, wie Grausamkeit Grausamkeit gebiert: Nabokovs unnachsichtiger Zug ergriff von Updike Besitz, als er über Nabokov schrieb; Updikes geborgte Bosheit infiziert nun mich in meiner Kritik Updikes.

Auden sagte einmal etwas Bemerkenswertes (ich las es in einer Rezension von Cyril Connolly in *The Evening Colonnade*, und ich paraphrasiere und betone hier), man solle über keinen Schriftsteller, ob lebendig oder tot, schlecht reden, außer seinen engsten Freunden gegenüber, und gedruckt schon gar nicht. Sprich einfach nicht über Dinge, die du nicht magst, räume ihnen keinen Platz ein. Ich glaube, ich finde das auch, nur nicht in Fällen, wo der Schriftsteller zur Kritik einlädt, indem er selbst übermäßig kritisch war. Daher befand ich mich im Unrecht, als ich mich etwas weiter oben über Updikes übelkeitsanfällige jugendliche Figuren erregte (es mag ex-übelkeitsanfällige Jugendliche geben, die diese Eigenart des frühen Updike mehr als jede andere mögen: Warum sollte ich also eine künstliche Unzufriedenheit einführen?), zu Recht habe ich ihn aber dafür fertiggemacht, daß er Nabokov fertigmachte, weil der keine Spannung biete, oder dafür, daß er seine fiktive Frau am Morgen gelbhäutig nannte. Wir möchten nicht, daß die Summe allen Schmerzes oder aller Unzufriedenheit durch den gedruckten Weg eines Schriftstellers um die Welt gesteigert wird. Seine Aufgabe besteht einfach darin, zu erfreuen und zu belehren, so gut er kann. Ja, ich meine jetzt zu erkennen, daß die Behauptung, seine fiktive Frau sei frühmorgens häßlich, und die Behauptung, *Die Mutprobe* erzeuge keine Spannung, ein und derselben Schwäche in Updikes Persönlichkeit erwachsen: Er vermag bei den Dingen, die er liebt, zu säuberlich zwischen Makel und Schönheit zu unterscheiden. Wenn man *Die Mutprobe* liebt oder wenigstens mag, dann bewirkt das Buch zwangsläufig etwas – und die einzige Spannung, die ein Buch braucht, wie Updike inzwischen wissen muß, nachdem er uns zuliebe Dutzende weit experimentellerer schlechter Romane ganz duldsam durchgenudelt hat, ist doch nicht: «Was passiert als nächstes?», sondern einfach: «Will ich denn jemals mit Lesen aufhören?» Genausowenig verfällt man, wenn man seine Frau liebt, bei ihrer gelben Brusthaut so unvermittelt auf die Zuschreibung eines kraftvollen Prädikats wie «häßlich». Hat man andererseits aber eine Abneigung gegen ein Wesen oder ist man ihm gegenüber gleichgültig, dann sind alle möglichen elegant schattierten Unterscheidungen möglich.

Aus dieser Distanz, außerstande, etwas nachzuschlagen, da die ganze Updike-Literatur seit anderthalb Jahren in Kisten verstaut ist und das meiste, wenn gelesen, dann Jahre zuvor gelesen wurde, merke ich, daß ich jedesmal, wenn ich versuche, auf einen Makel in seinem Werk hinzuweisen, scheitere. Zum Beispiel, also gut, hier ist ein richtiger Makel – klein, aber erwähnenswert. Jeder seiner männlichen Figuren gibt er einen Beruf, und dann läßt er sie in Metaphern denken, die sich aus diesem Beruf ableiten. Das ist nicht korrekt. Am Anfang einer Erzählung mit dem Titel «Der Tag, an dem das Kaninchen starb» glaubt ein Mann, ein Berufsfotograf, sein Baby habe f/2-Augen und eine Haut wie ein unbelichteter Film. (Haut, was angesichts von Updikes Schwäche nicht überrascht, kommt in seiner Literatur ständig vor: Dennoch ist neben der oben erwähnten Gelbheit und der Babyhaut hier das einzige Beispiel, das mir einfällt, um das zu erhärten, der Fall des Stiefsohns in *Auf der Farm*, der, wie wir erfahren, die «frische, kühle Haut» von seinem Vater geerbt hat.) Ein Fotograf würde in den Metaphern, die er auf seine unmittelbare Umgebung anwendet, seine Berufsausrüstung nicht so direkt einsetzen – er würde sie *manchmal* einsetzen, aber nicht gleich im ersten Absatz der Geschichte, die er erzählt. Filme und Blenden sind für ihn außerordentlich naheliegend und können daher nicht so leicht als Merkmale eines Vergleichs gehandhabt werden. In ähnlicher Weise arbeitet der Erzähler in *Auf der Farm* in der Werbung [oder «Präsentation eines Konzern-‹Image›»], und an einer Stelle denkt er, während er ein Feld betrachtet, sehr schön: *«Blumen ... die erste Werbung.»* Unglaubwürdig. In Wirklichkeit ereignet sich bei den Metapherngesinnten, die einer bestimmten spezialisierten Berufung verhaftet sind, etwas ganz anderes. Wenn sie etwas im täglichen Leben beschreiben wollen wie etwa ihr Kind oder ein Blumenfeld, greifen sie nicht zu einer berufsbezogenen Bildersprache; vielmehr beginnt die jeweilige Ausrüstung, mit der sie arbeiten, den Rest der Welt *in sich selbst* zu integrieren – wenn sie auf einer Party etwa die Werbebranche verteidigen, werden sie zu einer Analogie zur bienenanlockenden Blüte greifen oder sie werden, wenn sie in der Dunkelkammer stehen, den Film in Händen, verblüfft denken, wie ähnlich der Film der Haut ihres Babys ist. Ihr Beruf deckt die Welt nicht zu; die Welt speist ihre Spezifika in ihn ein. Doch Updikes einziger Beruf war und ist das Schreiben, dessen Grundausrüstung die Metapher selbst ist, und folglich ist er bei der Ausrichtung des Metaphernstroms für den Schreibtischarbeiter weniger überzeugend, als er es sein könnte. (Sein Werkzeug ist die Schreibmaschine; und man beachte, daß er in *Der Sonntagsmonat* ein hübsches Bild von einem Farbband hat, das sich vor und zurück windet [«Eine kleine ausgefranste Stelle im Farbband wandert wie ein Wachposten hin und her.»], während er, glaube ich, einen Schal, die Wicklungen einer Mumie oder einen Schnellverband nicht mit einem Farbband vergleicht.) Ich bin einen Augenblick lang versucht, diese Angewohnheit von ihm, Berufsmetaphern zu gebrauchen, einen Makel zu nennen – aber möchte ich denn wirklich, daß «Der Tag, an dem das Kaninchen starb» anders anfängt, als er es tut, mit den f/2-Augen und der filmigen Haut? Nein, weil der schöne letzte Satz, in dem das sterbende Kaninchen mit dem Absenken des Photopapiers in eine Entwicklerschale verglichen wird, gänzlich davon abhängt. Ein großartiger Schluß! Und möchte ich, daß in *Auf der Farm* der Held *nicht* bei sich denkt: *Blumen, die erste Werbung*? Nein, denn ohne Updikes Entschlossenheit, seinen beständigen instinktiven Drang, ein Simile abzulassen, dessen Entsprechungen er durch die im Hintergrund gehaltenen fiktiven Berufe der Figuren filtert, einigermaßen in den Griff zu kriegen, wäre er wahrscheinlich nicht auf dieses hübsche kleine Ding gekommen, das er da mitten im Absatz hat fallen lassen. Meine «Neins» verweisen natürlich auf die bestimmende Eigenschaft des bedeutenden Schriftstellers: Er existiert oberhalb der Schwelle der Billigung, jener dünnen, magentaroten Linie, über der nichts, was er tun mag, auch nur ansatzweise als Fehler angesehen werden kann. Alles, was Zweifel weckt, wird entweder vergessen oder als sperrigerer und mithin frischerer Beweis der Größe in einen weiteren Kreislauf des Vergebens umgeleitet. «Ich erinnere mich», sagt Henry James über seine erste befriedigte Lektüre von Zolas *La Débâcle*, «daß ich im Schein meiner Bewunderung jegliche Vorbehalte, welche ich einmal hatte, bereitwillig zurückgenommen habe.» Das ist die richtige Einstellung. Es ist nicht so, wie Coleridge und andere Shakespeare-Verehrer behaupteten, daß «kein Wort» des Barden geändert werden könne, ohne das Ganze zu zerstören – vielmehr waren diese speziellen Wörter diejenigen, die Shakespeare nun einmal gewählt hat, und Shakespeare ist ein großer Mann (auch wenn die Stücke zugegebenermaßen im Fernsehen oder auf der Bühne schwer erträglich sind), und jeder Schnitzer, den wir anführen könnten, verschwindet im allgemeinen Rentenfonds der Bewunderung oder wird, wenn richtig grauenhaft, lediglich interessant, aufschlußreich, nie einfach schlecht. In einer in vielen Schmonzen zu lesenden Zeile lobte Updike einmal Nabokov dafür, Prosa «in der einzigen Weise, in der sie geschrieben werden sollte – nämlich ekstatisch» zu schreiben: Wenn diese Aussage stimmt, müßte sie auch für kritische Prosa gelten – und dennoch, wenn ich mich dazu zwingen kann, einen feststehenden Zweifel an Updike zu äußern, dann paradoxerweise den, daß er nicht genügend ekstatisch und maßlos gegenüber den Schriftstellern ist, die er liebt. Er vermag es allzu gut, eine begeisterte Kritik zu schreiben, die aber gleichwohl den obligatorischen vorletzten Absatz mit irgendwelchen Spitzfindigkeiten enthält; insbesondere seine Unfähigkeit, die Augen vor Nabokovs vielen Schwächen zu verschließen und diese so sehr als Teil von Nabokovs prädestiniertem Ich zu betrachten, daß sie sogleich als Teil des Komplexes von Eigenschaften hinwegerklärt werden müssen, die zum Entstehen dessen, was in all jenen Büchern gut ist, beigetragen haben – das genau ist die Schwäche Updikes, die zu vergeben mir die größten Schwierigkeiten bereitet. Bücher und Leben durchdringen einander – wie der Tropfen Sonnenöl auf einer Seite Proust –, und dennoch ist der gehetzte, unüberraschbare Ton in vielen von Updikes Buchrezensionen unvereinbar mit dem Leid und dem Kuddelmuddel und dem Kopulieren in seinen Romanen. Doch er ist praktizierender Berufskritiker und nicht so ein einmaliger Closed-book-

Betrachter wie ich, und die Pflicht des praktizierenden Kritikers ist es, über Schriftsteller eben nicht im Rhythmus seiner flüchtigen Neigungen und Ausbrüchen dankbarer Zuneigung zu schreiben – Ekstase und das zugeteilte Leseexemplar fallen nur bei wenigen glücklichen Gelegenheiten in perfekten Gleichschritt. Auch berücksichtige ich nicht genügend die Möglichkeit, daß Updike, indem er einen Makel bei einem Schriftsteller, den er liebt, öffentlich hervorhebt, einfach nur versucht, seine Bewunderung gegen die Anfechtungen näherer Überlegungen zu behaupten: Wie der Kater mit dem Hut, der bei Dr. Seuss die Badewanne schrubbt, lädt er bei uns anderen ein Wissen um diesen Makel ab, um damit seine eigene Wertschätzung auf einer höheren Ebene der Reinheit wiederherzustellen. Vielleicht ist es auch einfach so, daß er nicht zu jenen Schriftstellern gehört, die schwärmen können, ohne sich gleich darauf wieder zu korrigieren: Mit amüsiertem Beifall nimmt er Nabokovs Äußerung (über Joyce), die ungefähr «Gott, kann der Mann schreiben!» lautet [das konnte ich nicht finden], zur Kenntnis; doch Updike ist vielleicht besser bei Fehlschlägen und mittelmäßigen Leistungen – wenn er erkennt, was an im Grunde nicht so tollen Sachen dennoch gut ist. Vielleicht ist seine vorherrschende Coolheit auch ein eindeutiger Beweis eines enormen geheimen Stolzes, der bewußten inneren Reserviertheit eines Mannes, der darauf bedacht ist, sich die ganzen Jahre hindurch, in denen er seine Meinungen zur Literatur gegen Geld verkauft hat, seine Eigenheiten zu bewahren.

Aus dieser letzten Sicht bin *ich* derjenige, der den großen Fehler macht, indem ich meine Beschränkungen verbreite und so *un*reserviert verkünde, daß Updike ein Genie ist. Ich will nicht hören, daß ich das sage. Wie peinlich! Niemand will das im Augenblick hören. Doch es gehört zu den aufschlußreichen Eigenschaften von Jungspunden, die glauben, sie hätten eine Außenseiterchance, einmal von späteren, ebenso vorlauten Jungspunden Genie genannt zu werden, daß sie das Wort «Genie» gebrauchen, als hätte es eine sinnvolle Bedeutung. Und die hat es nicht. Das Wort ist wie das Goldkonfetti [nein, der «Silberstaub»], mit dem Updikes Einzelhandelskaufmann sein Urlaubsplakat machte: Es ist eine Art, einen schlichten Ausdruck der Begeisterung mit veredelten, funkelnden Materialien und Farbtönen zu schmücken. Ich aber gebrauche ihn in diesem Essay, weil wir zuweilen ein kleines Gefunkel brauchen. Ich finde es enttäuschend, wenn dieses Etikett auf naheliegende Kandidaten wie Flaubert oder Henry James beschränkt bleibt. Nehmen wir doch einmal an, daß es gerade jetzt, 1990, besser nicht mehr werden kann. Probieren wir *Genie* doch an Updike aus!

Im Juni 1984 war ich mal im Paperback Booksmith (jetzt Buddenbrooks) in der Boylston Street, wo mir ein Roman von einem gewissen Spackman in die Hände fiel, der 1905 geboren, aber neu am Horizont war. Darin stand eine Einführung von Edmund White, glaube ich, dem ich trotz meiner damaligen Homophobie Beachtung schenkte, weil Nabokov (wie ich von einem Waschzettel schwach in Erinnerung hatte) ihn gelobt hatte. Ich las ein wenig in der Einführung: Edmund White sagte, daß etwas am Ton von Spackmans Essays die Autorität eines Menschen wie Nabokov habe, «der weiß, daß er ein Genie ist». Das war ein interessanter Gedanke, daß Nabokov, Spackman oder wer auch immer eine solche bedeutsame Wahrheit über sich selbst *wissen* konnte, und das auf so entschiedene Art und Weise. Sagte Edmund White dies von Nabokov, weil er, White, wußte, daß er selbst ein Genie war, oder weil er wußte, daß er keines war, oder weil er sich nicht ganz sicher war? Die Möglichkeit eines solchen Wissens machte mich beklommen, weil ich natürlich selbst einmal unbedingt ein Genie sein wollte und noch nicht annähernd eine solch felsenfeste Gewißheit empfand. Den Ton jedoch, den White meinte, erkannte ich: Yeats hatte ihn vielleicht, Schriftsteller entwickeln ihn mit den Jahren, so eine gewisse weiträumige Sicherheit, die auf dem Wissen gründet, daß es jede Menge Leute gibt, die sich für das interessieren, was der betreffende Mensch bis dato gesagt hat, und daß es unwahrscheinlich ist, daß die Stille, die seine vergangenen Veröffentlichungen umgab, in absehbarer Zeit durch Gleichgültigkeit ersetzt wird, egal, was er tut. Diese feste Gewißheit, das Gefühl, ganz schön überheblich zu sein, den ewig Dankbaren, die sich um das Podium scharen, ein paar Brosamen hinzuwerfen, das mag bei manchen Persönlichkeiten für die Vollendung großer, komplexer Werke nötig sein. Aber ist es denn richtig, zu sagen, Nabokov habe in dem Sinne, daß er einen generalbaßartigen Glauben hatte, der unter allem wummerte, was er tat, gewußt, daß er ein Genie ist? Er begehrte den Nobel einen Tick zu aufrichtig, finde ich, um einer solchen Unerschütterlichkeit geziehen zu werden. (Immerhin stand in einem Nachruf, den ich in Rochester in der Zeitung gelesen hatte, es sei eine der Enttäuschungen seiner späteren Jahre gewesen, den

Preis nicht erhalten zu haben.) Die unangenehme Überheblichkeit in seinen späten Vorworten ist für meine apologetische Wenigkeit ein Zeichen von Sicherheit und deren grämlichem Gegenteil, die einander bekriegen, wie es auch in Henry James' Vorworten der Fall ist – selbst die Megalomanie des nach zwei Schlaganfällen wahnhaften und zusehends schwächer werdenden James, der Briefe an seine Familie diktierte, in denen er seine Pläne für sagenhafte Renovierungen an seinen imaginären napoleonischen Palästen ankündigte, sind mir genügend Beweis dafür, daß die Entscheidung, sich für ein Genie zu halten, ein Willensakt war, ein kaiserliches Edikt an sich selbst, das beständige pingelige Erneuerung, Pflege und Mästung erforderte, damit es nicht dem Zweifel erlag. Zweifel, Besorgtheit, die zerbissene Unterlippe müssen das Medium für die meisten großen Werke bilden: Nabokovs Emigration in die Staaten und seine Mühen, die Sprache zu wechseln und sich hier seinen Lebensunterhalt zu verdienen, und das alles in einem Maße, daß es die Unsicherheit eines von Natur aus äußerst selbstsicheren Mannes vorübergehend erhöhte – das war es, was *Pnin* und *Erinnerung, sprich*, meine beiden Lieblingsbücher, möglich machte. Wenn, so dachte ich, während ich Spackman wieder ins Regal zurückstellte, Nabokov schon damals, als er mit dreißig *Die Mutprobe* schrieb, wußte, daß er ein Genie war, dann wußte er es nur periodisch: Es war ein flüchtiger Verdacht, kein sicheres Wissen, etwas unglaublich Erregendes und Verhexendes und Undenkbares, das ihn immer wieder über das Aufgehen seiner besten Passagen hinweg anblickte, ganz anders als Arroganz, durchmischt von Wahrscheinlich-nichts und leuchtenden, hüpfenden Vielleichts. «Vielleicht bin ich ja eines, vielleicht bin ich ja eines!» Und müssen Sie nicht zugeben, welche Zweifel Sie auch an der Nützlichkeit des Wortes haben, daß es erfreulich, ja, fast erregend ist, sich vorzustellen, wie unser ureigener, lebender Updike mit ungefähr zweiunddreißig schrieb: «Ihre spitzen gelben Schuhe mit den hohen Absätzen lagen neben ihren Füßen, wie abgeworfen bei einer unvermittelten, schwungvollen Bewegung», und, als er auf die Worte blickte, die er soeben so glücklich und beiläufig verbunden hatte, dieselbe verwirrte, eigentümliche, überraschte Empfindung hatte – «Vielleicht bin ich ja eines!»? Es wäre übertrieben, würde ich im Zusammenhang mit einem so liebevollen, genau beobachteten und unauffälligen häuslichen Augenblick wie dieser Momentaufnahme seiner bestrumpft schlafenden Frau behaupten wollen, die unvermittelte, schwungvolle Bewegung, die er anführt, sei ein fernes, umgewandeltes Nachbeben der ungeheuren geophysischen Katastrophe der Scheidung – das ginge wohl doch ein wenig zu weit. Aber *etwas* Großes, Refraktierendes und vage Furchterregendes stahl sich an jenem Abend Anfang der sechziger Jahre doch perlend durchs Wohnzimmer, und wenn es nicht die Scheidung war, dann muß es das Genie gewesen sein.

Dabei ist mir weniger wichtig, ob Updike aus enzyklopädischer Sicht des Wortes würdig ist oder nicht; was ich will, auch tautologisch, wenn es denn sein muß, ist, zu meiner eigenen Befriedigung herauszufinden, ob er sich schon in seinen Anfängen, als er die frühen Romane und Erzählungen schrieb, zu seiner Verblüffung immer mal wieder in einem untätigen Augenblick dabei ertappte, daß er sich mit jenem goldenen Finger ans Brustbein klopfte, weil ich wissen muß, was einer, der auf überzeugende Weise zu einem solchen Schluß über sich selbst gelangt ist, wie flüchtig auch immer, in einem Land und einer Zeit, die ich verstand, damit *anfangen* konnte und es auch tat. Kam die Erzählung «Leaves», auf die er zu Recht stolz ist (als Verteidigung gegen den Vorwurf, es handele sich dabei lediglich um «Spitzenklöppelei», sagte er: «Na ja, wenn ‹Leaves› Spitzen sind, dann sind es straffe und symmetrische Spitzen fast ohne einen losen Faden» – und dieser Augenblick schlauen, leicht gereizten Selbstvertrauens gefiel mir so gut, daß ich mir das merkte), vor oder nach einer solchen Entdeckung, oder war gerade die Erzählung der ursprüngliche Auslöser dafür? Wenn ich, vermittelt durch Updike, erfahren könnte, wie sich dieser kurze, auslösende Fingerzeig anfühlte, und etwaige bescheidene Äquivalenzen bei mir entsprechend pflegen könnte, wenn ich meinen strengsten inneren Tribunalen demonstrieren könnte, daß ich Updike in gewissen wichtigen Hinsichten ähnelte, dann könnte ich mich, solchermaßen beflügelt, an dem geheiligten mimetischen Kontinuum einfach ein, zwei Sprossen höher hangeln. In Wahrheit aber bin ich Updike viel weniger ähnlich, als ich immer gemeint habe. Wir sind beide Weiße, aus dem Osten Amerikas, gehobene Mittelschicht, haben Psoriasis und sind heterosexuell – na und? Zu dieser Klasse gehören Millionen. Ich fühle mich ihm einfach deshalb näher als jedem anderen lebenden Schriftsteller, weil ich über ihn mehr als über jeden anderen lebenden Schriftsteller weiß, aber *er schreibt besser als ich und ist schlauer als ich*, und das zählt.

Diese Beobachtung wird keinen überraschen; mich hingegen hat sie ziemlich schockiert. Vor zehn Jahren, in meinem letzten College-Semester, saß ich einmal in einer Wohnheimcafeteria am Bryn Mawr College und blätterte nach dem Lunch mit meiner jetzigen Frau in *Der Zentaur*, den ich mir ausgeliehen hatte. Wir machten einander auf Stellen aufmerksam, die uns gefielen, und andere, die wir nicht gut fanden. Um uns herum wischten Werkstudenten in weißer Uniform die Tische ab. «Da, da macht er es wieder kaputt!» sagte ich kopfschüttelnd. Verächtlich zeigte ich auf einen Satz, in dem Benzin in einen Motor zittert [«Er pumpte zitterndes Benzin in den hungrigen Motor»], und fing an, Updikes Angewohnheit zu kritisieren, Wörter wie «zitternd» zu verwenden, die für ihren Kontext eine Spur zu clever anthropomorphisierten. (Auch im ersten Rabbit-Buch findet sich, wie ich mich zu erinnern scheine, eine erkleckliche Menge Gehoppel und Geschleiche und dergleichen, aber das stört mich heute alles nicht mehr ... doch *wie seltsam*. Als ich diesen erinnerungsabhängigen Essay begann, schwor ich mir, die verführerische Wendung «mich zu erinnern scheine», die Updike ein-, zweimal in *Selbst-Bewußtsein* gebraucht und die auch auf Seite 209 von *Erinnerung, sprich* erscheint sowie an etlichen Stellen beim späten James, nicht zu gebrauchen, weil Updike die Befriedigung genießen können sollte, sie im Alleingang wenigstens für ein Jahr oder zwei wieder gebrauchsfähig gemacht zu haben, und weil «scheinen» schon für sich ein so tückisch verführerischer Updikeanismus ist, insbesondere in dem charakteristischen frühen Rhythmus der ungekoppelten Kopulae von «ihre *Lücke* schien in ihrer *lackigen Lückheit* und *gelückten Lackheit* nahezu *lekkig* in dem spätnachmittäglichen *Leck*», daß ich immer einen leisen Stich des Nachgeahmthabens spüre, wenn ich ihn verwende, obwohl Updike auf etwas so Weitverbreitetes kaum ein Patent haben kann, und weil «mich zu erinnern scheine» ohnehin eine Nebel-der-Zeit-hafte Vagheit und Wolkigkeit hat, die es, wie ich noch vor zwei Monaten glaubte, für mich unbrauchbar machte – aber jetzt dieses: es hat sich meinen tippenden Fingerspitzen angeboten, und sie haben es angenommen!) Nachdem ich meine Kritik vorgebracht hatte, fiel mir mein verärgerter Ton auf, und ich fragte mich unvermittelt, ob meine jetzige Frau wohl dachte: Was hat er denn schon Großes geleistet, daß er glaubt, Updike so ungehemmt kritisieren zu können? Also fragte ich sie: «Findest du, daß ich ein besserer Schriftsteller als Updike bin?»

«Ich finde, du bist schlauer als er, aber er ist der bessere Schriftsteller», sagte sie.

Ich nickte langsam, verwundet, aber erfreut über ihre tapfere Bereitwilligkeit, mir im Namen der Wahrheit eine solche Wunde beizubringen und sie so schlau mit einem dicken, ablenkenden Kompliment zu umhüllen. Sie fand mich schlauer als Updike – damit konnte ich leben! Schmerzen, reines Oktan. Damit schaffte ich es bis zum Mond. Aber dann, ein paar Monate später, es war zu Hause, bevor ich meine Stelle antrat, quälte mich ein identischer Zweifel, nachdem ich in *The Same Door* herumgelesen hatte. War ich nicht doch ein besserer Schriftsteller, als Updike in meinem Alter gewesen war? Ich fragte meine Mutter.

Stille trat ein.

«Aber das *mußt* du finden!» sagte ich. «Das ist wichtig für mich.»

«Ich finde, du *wirst* einmal ein besserer Schriftsteller als John Updike – ich glaube fest daran, daß du einmal ein besserer Schriftsteller als John Updike wirst.»

Doch das war mir da nicht so wichtig; entscheidend war der jetzige Test. Ich ging weg, legte mich für drei Minuten in akuter Verzweiflung auf den Boden neben die Lautsprecher und ließ die Wahrheit auf mich einwirken. Dann ging ich wieder in die Küche und sagte meiner Mutter, was meine jetzige Frau gesagt hatte, als ich ihr dieselbe Frage stellte.

«Doch, ja!» sagte meine Mutter darauf mit offenkundiger Erleichterung. «Schön für sie. Das ist eine schöne Art, das zu sehen.»

Und so verschaffte mir der Gedanke, ich sei zwar kein besserer Schriftsteller, aber doch wenigstens schlauer als Updike, mehrere Jahre des Selbstantriebs. Als meine Psoriasis sich nach innen wandte und zunächst ein Knie und dann eine Hüfte und ein Knöchelgelenk arthritisierte, verstand ich das als eine Manifestation unserer Verschiedenheit: Sein Engagement lag in der Oberfläche – dem Stil –, meines hingegen in der tiefenstrukturellen, unbeweglich machenden Synovialauftreibung eines überlegenen Geistes. Diese psoriatische Opposition hilft mir zuweilen noch immer beim Weitermachen, doch werde ich mir zunehmend unsicherer, was das alles bedeutet. Etwas bedeutet es: Entgegen allen Behauptungen (wie etwa von Trollope), Intelligenz sei beim Romancier ein Sekundärmerkmal, stelle ich fest, daß ich viel eher die Ohren spitze, wenn ich höre, dieses oder jenes Buch weise die besagte Eigenschaft auf, als wenn ihm Lyrismus, Humor, Mitgefühl, Atmosphäre, Detailtreue usw. zugeschrieben werden. Kein anderes Wort verstärkt meine bestehenden Sympathien so unmittelbar: Fast schrie ich auf vor Freude, als ich vor einigen Jahren im *Times Literary Supplement* jemanden völlig glaubwürdig dahingehend zitiert las, Proust sei «der intelligenteste Mensch gewesen, der je einen Roman geschrieben hat». Und ich bestellte Alan Hollinghursts *Die Schwimmbad-Bibliothek* ausschließlich auf eine weitere *TLS*-Rezension hin, die mit dem Satz endete: «Nur wenige Romane der letzten Jahre sind besser geschrieben, und kein mir bekannter ist intelligenter.» Der Roman ist die größte aller literarischen Formen – die vielseitigste, subspezialitätsumspannendste, geräumigste und selbstloseste in dem Sinne, daß sie denen, die sie benutzen, keine Künstlichkeiten auferlegt und sich vom Streben nach Wahrheit leiten läßt –, woraus die Einsicht folgt, daß dies notwendig eine bestimmte Vielfalt an begleitender Intelligenz voraussetzt, die selbst wiederum vielseitiger, multiplaner, nachlässiger, ungeduldiger formalen Mustern gegenüber, geräumiger und mehr zur Wahrheit hingezogen ist als andere Arten, eine Vielfalt, von der beispielsweise Proust eine ganze Menge hat. Was ich aber während der vergangenen fünf Jahre nur ganz allmählich erkannt habe, ist der gräßliche Grad an Ineffizienz und nachgerade Verschwendung, der in der Umwandlung dieser unsichtbaren und schwer zu fassenden, aber realen Intelligenz in lesbare Prosa steckt. Man muß im Innern wenigstens doppelt so schlau sein, als man hoffen kann, in seinem Geschriebenen zu demonstrieren. Daher griff meine jetzige Frau, als sie an jenem Nachmittag in der Cafeteria Updikes Begabungen bewertete, bei deren wahrer Größe um einiges zu kurz. Updike ist der bessere Schriftsteller, *und* er ist schlauer als ich – nicht weil Intelligenz außerhalb der geschriebenen oder gesprochenen Verhaltensform, die sie annimmt, keine Bedeutung hätte, sondern weil allen Geistern, den dummen wie den schlauen, die Transsubstantiation ihrer Sachen in lineare Sätze so schwer fällt.

Dennoch gibt es eine bestimmte Ähnlichkeit zwischen Updike und mir, die, vom Standpunkt meiner Romanambitionen aus gesehen, wichtiger ist als die anderen (Klassenzugehörigkeit, geographische Herkunft, Rasse usw.). Die meisten guten Romanciers sind seit jeher Frauen oder Homosexuelle. Der Roman ist, wie man zunehmend glauben muß, *die* triumphale Schöpfung, die sich bei diesen beiden Gruppen herausgebildet hat, und in diesem Bereich haben sie vielleicht enger zusammengearbeitet als in allen anderen. Diese bedeutende Wahrheit konnte erst in jüngster Zeit einschlagen: Meine Generation war die erste, die mit siebzehn lediglich eine Fahrradfahrt entfernt von Porno-Stars wie Annette Haven aufwuchs; wichtiger aber ist, daß wir die erste Generation waren, die sich mit dem Umfang, der Feinheit und Komplexität spezifisch schwuler Interessen und Handlungsweisen konfrontiert sah. Diese erlangten allgemeine Bekanntheit: Sie waren nicht mehr nur die sexuelle Signalsprache einer schwulen Elite, sondern nunmehr ein beständiger Gegenstand der Diskussion, Freude, Abscheu, Belustigung und Aufklärung der gesamten gebildeten Mittelschicht. Man kann, glaube ich, mit Fug und Recht behaupten, daß unsere Generation über die *mœurs* des Schwulseins mehr zu wissen glaubt, als jede gleichermaßen große und gemischte Gruppe zuvor wußte, und bewaffnet mit diesem unwesentlich verfeinerteren und weniger kichernden Wissen, gewahren wir bei der Lektüre von Gesellenstücken und Meisterwerken aus der Vergangenheit Andeutungen und ziehen vorschnelle Schlüsse mit einer Sicherheit, die edwardianische JunggesellInnen entsetzt hätte. Und ganz allmählich erkennen wir mit dämmernder Verwunderung, während die Ergebnisse unserer diversen informellen Untersuchungen hereinkommen, wie atemberaubend unverhältnismäßig unsere Schuld dem Schwulentum gegenüber auf jedem nur denkbaren Gebiet des literarischen Gebarens ist, besonders aber beim Roman; und wir vermengen dieses Wissen mit der längst erkannten überragenden Bedeutung der Frau für die Erfindung und Vervollkommnung dieser Form, und langsam beschleicht uns das unbehagliche Gefühl, daß wir, wenn wir *nicht* schwul oder eine Frau sind, ein Gebiet gewählt haben, das wir nicht ganz meistern können. In ihrer Mehrzahl *kapieren* heterosexuelle Romanschriftsteller es instinktiv nicht: Sie stimmen mit Jane Austen darin überein, daß der Roman etwas Großartiges ist, dessen Dimension alle anderen Formen des Schreibens, ja, der Kunst, anstreben, und diese Wahnsinnsgröße zieht sie an, doch zu ihrer großen Verblüffung stellen sie fest, daß sie seine Eigenheiten doch nicht so ganz mit der unangestrengten, unbewußten Direktheit, mit der sie frühere intellektuelle Herausforderungen fröhlich angegangen sind, internalisieren und verfeinern können. Zunächst schieben sie die Schuld an ihren Fehlstarts und Überspanntheiten auf ihre Unerfahrenheit und noch andauernde Lehrzeit, und sie verdoppeln ihre Anstrengungen, doch nach und nach erkennen sie, anfangs niedergeschlagen und dann bald einsichtig, daß sie «außerhalb der Tradition stehen» – daß diese ihnen auf fundamentale Weise fremd ist. Aber sie *sind* doch schlau und ehrgeizig und arbeiten hart, einige jedenfalls, und sie merken, daß sie manche ihrer anderen Fertigkeiten anzapfen und anders ausrichten können, um das zentrale Romanverständnis, das sie so dringend suchen und das ihnen nicht natürlich gegeben ist, künstlich aufzublähen. Sie dehnen die dehnbarste aller Formen, damit sie das umschließt und trägt, was sie gut können. Und dann schreiben sie Sachen, die zwar großartig, aber dennoch Kuriositäten sind: *Ulysses, Krieg und Frieden, Pnin.* Auf einem Gebiet also, auf dem Heterosexuelle so häufig – als Rechtsberater, trunkener Rezensent, nachahmender Anhänger, Kodifizierer, Interpret, akademischer Apologet – an der Peripherie homosexueller Größe landen, wird ein Mensch wie Updike, der so *tarabiscoté* wie George Saintsbury oder Henry James sein kann, so verschlagen ironisch wie Lytton Strachey, stilistisch so picobello wie Pater, metaphorisch so mutterwitzig wie Proust, thematisch so emsig wie Melville, und der daher das Format wenigstens eines Gesellen unter den Meistern der Geschichte hat, für einen Schriftsteller wie mich von größter Bedeutung, nämlich als Muster eines Mannes, dem es in seiner Kunst gelungen ist, die Grenzen seines fleischlichen Schaltplans zu überwinden.

Ich lege diese Argumentationskette mit aller Vorsicht und in der Erwartung vor, dafür, daß ich an eine so primitive Form des sexuellen Determinismus glaube, ausgelacht zu werden; allerdings erscheint sie mir gegenwärtig ungewöhnlich überzeugend, weil vielen der Romane, die mir in letzter Zeit gefallen haben *(The Beautiful Room Is Empty, Die Schwimmbad-Bibliothek, Der Einzelgänger)*, so unmittelbar das Schwulsein zugrunde liegt: Man spürt, wie ihre Schöpfer darüber jubeln, daß ihnen jetzt so vieles, was nicht sagbar war, endlich zur Analyse verfügbar ist, und man spürt, daß der plötzliche ungehemmte Spielraum, der dem Drang, die Wahrheit zu sagen, in der östlichen Homosphäre gegeben wird, auch den nonsexuellen Beobachtungen dieser Künstler Energie und Genauigkeit verliehen hat, als dächten sie bei sich: Ach, scheiß drauf, wenn ich mich schon auf diesem Freimütigkeitslevel tummle, warum dann noch die ganzen anderen überkommenen Betulichkeiten fortsetzen? Aus allen Richtungen springen mich Wahrheiten an! Meine Überbetonung des Sex führt mich zu subtileren Enthüllungen auf dem traditionellen Feld des Romans, nämlich dem des Sozialverhaltens, zum Donner! (Wird übrigens überhaupt über den auslösenden Einfluß geredet, den Angus Wilsons *Hemlock and After* womöglich auf *Lolita* hatte? Nabokov muß dieses schwule Buch aus dem Jahr 1952, in dem der einzige reine Böse der heterosexuelle Kinderschänder ist, gekannt und gedacht haben, daß es nun endlich möglich sei, seine widerstrebend dem Feuer übergebene Kurzgeschichte zu erweitern und, wo ja nun das Schwulsein bis zu einem gewissen Grad fiktional normalisiert war, zu zeigen, daß selbst Humberts unvorstellbare Perversion komplizierter und reueerfüllter war, als Wilson es hingestellt hatte. Nabokov muß gemerkt haben, wie der unverhohlen schwule Angriffswinkel den alten, in zu vielen Romanen verschlissenen Moralkodex aus neuen Winkeln beleuchtete und daß ein ähnlich neubelebtes Gefühl für Nanositten aus einer fiktionalen Situation heraus entstehen könnte, deren nagende Unvorstellbarkeit seine endokrinen Drüsen noch mehr anregte.) Natürlich wäre Edmund Whites Apostrophe zum Hintern des Freundes des Erzählers (in einer unlängst in *Granta* erschienenen Erzählung) ohne Updikes Breitwandbeschreibung der Möse einer Nachbarin nicht möglich gewesen; gleichwohl aber scheint der homosexuelle Roman zur Zeit, vielleicht in ungewöhnlichem Maße, uns alle zu Fortschritten und Verbesserungen hinzuleiten.

ACHT

«Auch haben Homosexuelle», erklärte meine Mutter einmal sehr peinlich berührt, als ich sie um 1965 fragte, was das sei, nachdem ich eine Dear-Abby-Kolumne gelesen hatte, «oft eine ungewöhnlich intensive Beziehung zu ihrer Mutter.» Diese Bemerkung, die noch immer durchaus wahr zu sein scheint, bereitete mir Kummer, bis mir durch Updikes Beispiel langsam klar wurde, daß auch Heteros stark auf ihre Mutter angewiesen sein konnten. Meine Mutter ist für mein Schreibleben sehr wichtig. Sie erzählte mir als erste, als ich noch in der Grundschule war und lange bevor ich von Fitzgerald, Hemingway oder Mailer gehört hatte, von einem mysteriösen Verbund von Kräften namens «die Feinde der Verheißung», die Schriftsteller, zumal in Amerika, fertigmachten; und als ich dann schließlich, ein paar Monate nachdem der *Atlantic* und der *New Yorker* Erzählungen von mir angenommen hatten, Cyril Connollys gleichnamiges Buch las, entschlossen (in Erwartung meiner sofortigen Berühmtheit), vor «den schleimigen Malven» des Erfolgs, dem «blauen Borretsch» des Journalismus, den «nickenden Mohnblumen» der Disziplinlosigkeit, der chemisch erzeugten Sucht und all den anderen bedrängenden Gefahren für die Berufung, die es so einnehmend aufführt, auf der Hut zu sein, fühlte ich mich an ein moralisches Universum erinnert, das älter und elementarer war als Äsop. Noch heute, wenn ich die Anchor-Taschenbuchausgabe von 1960 mit dem verlockenden Untertitel «Eine Autobiographie von Ideen» wieder lese, die mir damals mein Großvater gekauft hatte und die nun von einer transparenten Flüssigkeit befleckt ist, die aus dem erschlaffenden Mund eines schmalen Kürbisses gesickert war, den ich einmal an Halloween schützend auf einen Stapel Bücher am Fenster gesetzt hatte, als es in den sechziger Jahren noch Mode war, sie kaputtzuschlagen, und den ich dann wochenlang nicht weggeworfen hatte (von demselben Halloween-Sirup war auch das gebundene *Welt ohne Sonne* von Cousteau arg wellig geworden, und eine aufwendig gedruckte, signierte Bibliographie von Bernard Berenson hatte leichte Stockflecken bekommen – und jedesmal, wenn ich in den Regalen meiner Mutter auf ein Buch stoße, das die Rolle, die es als Sockel meines einen Zimmerkürbisses spielte, deutlich belegt, empfinde ich eine besondere Dankbarkeit und Affinität dazu, als wäre der Stapel gar nicht rein zufällig gewesen, sondern verwiese auf Verbindungen und Einflüsse, die mir, indem sie ihre zeitverzögerten Spuren auf mir zurückließen, gestattet hatten, auch meine zerstörerischen Spuren auf ihnen zurückzulassen) –, wenn ich diese Ausgabe heute wieder lese, stelle ich mit Überraschung fest, daß Connollys witziger, verkaterter, entschiedener, freundlicher Stil sowie die beängstigend chronologische Liste von Büchern, die er aus dem ersten Drittel des Jahrhunderts (also aus der Zeit seiner Jugend) aufführt, und der Kampf zwischen den hochsprachlichen Bonzen und den deftigeren Freibauern, den er beschreibt («Besteht denn noch Hoffnung? Besteht denn die Möglichkeit einer neuartigen Prosa, die sich aus einer Synthese von Orlando und dem *tough guy* entwickelt?»), und die gelegentlichen Einsprengsel aus seinem Leben (wie die Platane in dem schwülen Garten, unter der er mit dem ersten Kapitel beginnt, und die Beschreibung seiner selbst als «träger, unentschlossener Mensch, allzu eitel und allzu bescheiden, unsicher im Urteil und unfähig, das, was ich angefangen habe, auch zu vollenden»), daß mich das alles in einem unerwartet intensiven Maß bewegt. Ich wünschte, ich hätte ihn gekannt. Ich wünschte, er hätte über Updike und Nabokov geschrieben. Ich wünschte, es gäbe Dinge wie ältere und jüngere Generationen nicht und auch nicht die unausweichlichen Tode, die bei einem den Eindruck erwekken, man habe eine besondere Verbindung zu einem Schriftsteller, nur weil einmal auf dessen Buch ein Kürbis verfault ist. Ich scheine wohl zu glauben, daß ich, wenn ich nicht so wie Updike werde, der sich erfolgreich an jedem einzelnen Feind der Verheißung, der sich ihm stellte, vorbeifintiert hat (wenngleich der «Schatten des Ackersenfs», d. h. Sex – in seinem Fall Ehebruch – ihm wohl doch etwas Schlaflosigkeit bereitete ... ah! – wieder eine Verbindung zwischen Nabokov und Updike und Updike und mir; Schlaflosigkeit!), ein pittoresker Versager wie Connolly werde. Doch nein, ich bin noch weniger wie Connolly, als ich wie Updike bin: Ich bin kein Trinker und habe sogar eine wachsende Paranoia gegenüber Alkohol, bei mir reihte sich an der High-School nicht Erfolg an Erfolg, was mein weiteres Leben antiklimaktisch verlaufen ließ, und ich habe mich nicht vom Bücherrezensieren auffressen lassen. Wenn Ruhm und die anderen Feinde mich aber doch noch aufspüren sollten, und seltsamerweise scheint das noch immer nicht zu geschehen, werde ich auf ihre Schrecken wohlvorbereitet sein, dank meiner Mutter und Cyril Connollys. Updikes Mutter, vielmehr ihr fiktives Äquivalent in der Erzählung «Flügge», sagt zu ihm, als sie auf einem Hügel stehen und über ihre Stadt blicken, daß alle anderen dort festsitzen, aber «du wirst fortfliegen» – und hierin liegt vielleicht einer der bedeutendsten Unterschiede (von Schreibtalent und Intelligenz einmal abgesehen) zwischen Updike und mir: Updikes Mutter sagt ihm, was für große Dinge er einmal erreichen wird, nach Harvard fortfliegen und zum *Nuevo Yorker*, wohingegen meine die großen Dinge lediglich vermutete und schon deren negative Konsequenzen vorausbedachte. Als ich heranwuchs, hatten wir weder den *Atlantic* noch den *New Yorker* abonniert; ich las *Look, Life, Advertising Age, Car & Driver* und *Popular Photography.* «Verheißung ist Schuld – Verheißung ist die Fähigkeit, andere zu enttäuschen» – vielleicht klangen diese Worte von Connolly meiner Mutter im Ohr, als sie in dem Willen, daß ich ein gutes Leben führe und ein guter Mensch werde und mir nicht zu viele Sorgen über enttäuschte Erwartungen mache, weitsichtige Prophezeiungen und andere Anspielungen auf meine Verheißung vermied, außer daß sie mir mehr als einmal davon erzählte, wie ich in der Vorschule ein Bild von den drei Bären gemalt hatte, auf dem das Trio nicht nebeneinander in abnehmender Größe stehend abgebildet war, sondern sich, einer vor dem anderen stehend, überlagerte, was (für sie) Fähigkeiten in räumlicher Gestaltung erkennen ließ, die über den Rahmen des Vorschulüblichen hinausgingen, und von einem anderen Mal in demselben Vorschuljahr, als ich eine dreistufige Orgeltastatur bastelte, indem ich drei gefranste Streifen Papier ausschnitt und sie, jeweils übereinander gestuft, zusammenklebte. «Du warst ein besonderer kleiner Junge», sagte sie einmal. Warum dann so tun, als wäre man wie Rabbit? [«Vom Intellekt her bin ich nicht wesentlich weiter als Harry Angstrom», sagte Updike in einem Interview.] Er wußte, daß er fortfliegen würde! Und ich wußte, daß ich ein besonderer kleiner Junge war! Wir hatten tolle Mütter! So oder so wußten wir beide, daß wir eine Verheißung hatten! (Man beachte die phonetische Ähnlichkeit von *The Enemies of Promise* und *The Anxiety of Influence**.) Und dann enttäuschte Updike – nicht uns, sondern seine Mutter: Irgendwo sagte er einmal, seiner Mutter gefielen von allem, was er geschrieben habe, die frühen Erzählungen [vielmehr: seine erste *New-Yorker*-Erzählung] am besten; und ich erinnere mich, daß mir eine Stelle in «Midpoint» aufgefallen war, einem langen autobiographischen Gedicht, das mit bewußt unscharfen Bildern von Updike und seiner Mutter operiert, in denen sie oder jedenfalls eine mutterartige Frau ihm

* der Originaltitel von *Einflußangst*

vorwirft, er schreibe über häßliche Dinge. [«Du gabst mir Tomaten, bis ich mich erbrach / weil du wolltest, daß ich wachse, und du / sagtest, was ich schreibe, sei ‹Schrott› über ‹schreckliche Leute›.»] Doch obwohl er sie mit einigen seiner späteren Werke enttäuscht hatte, was unvermeidlich war, blieb er dran: Und genau das macht ihn zu einem so großartigen Vorbild für uns. Er weiß, daß einige seiner Bücher besser sind als andere, und er ist sogar so weit gegangen zu sagen (erstmals hörte ich das 1983 in dem PBS-Rundfunkporträt über ihn, aber ich glaube, diese Meinung taucht auch in *Selbst-Bewußtsein* auf), daß seine besten Sachen, sein Schlüssel zur Unsterblichkeit, möglicherweise seine frühen Kurzgeschichten sind; und dennoch, obwohl er das weiß, schreibt er weiter. Zustimmend zitiert er einen erfrischenden Satz von Iris Murdoch, der ungefähr so ging, daß ein Schriftsteller sich an den nächsten Roman setzt, um den vorangegangenen rasch wiedergutzumachen. Er hat Brillanz und Langlebigkeit.

Doch seine Mutter ist, wie ich eben letzte Woche erfuhr, inzwischen tot. Sie starb im Oktober. Meine Frau sagte mir, in der *New York Times Book Review* (14. Januar 1990) stehe eine Besprechung ihres letzten Romans, die ich nicht lesen kann, weil sie in einem Kasten Updike dazu interviewt haben, und ich weiß, wenn ich diese Seite aufschlage, dann könnte ich nicht widerstehen und müßte nachlesen, was Updike über seine Mutter gesagt hat, und dann müßte ich mich wieder dafür entschuldigen, daß ich mich nicht an das Prinzip der Closed-book-Betrachtung gehalten habe. Überdies würden mich zutiefst unwillkommene Vorstellungen davon heimsuchen, wie das Leben sein wird, wenn (*falls*, denke ich noch) meine Mutter stirbt. Erstmals hörte ich Updikes Stimme 1977 in einer Rundfunksendung auf PBS, die ich zufällig einschaltete – und was las er da? Er verlas eine Lobrede auf den Muttertag vor Müttern bei einer nationalen Müttervereinigung. (*Wo ist diese Rede?* Ich habe sie in keiner seiner Sammlungen entdeckt.) Ich weiß noch, wie ich überrascht dachte: Na, das ist aber ganz schön peinlich für ihn! Doch mit der Zeit empfand ich die Rede als mutig und stark. Genauso mutig und stark wie Proust, als er schrieb, wie er darauf wartete, daß Mama hochkam und ihn zudeckte; doch Prousts Beispiel hätte für mich einfach kein großes Gewicht gehabt. Erst nachdem einer wie Updike (d. h. lebend, talentiert und heterosexuell) über seine Mutter geschrieben hatte, insbesondere in «Museen und Musen» (eine meiner Lieblingserzählungen), konnte ich über meine schreiben – und, noch naheliegender, kann ich über meine hier schreiben. Ohne Updikes Beispiel könnte ich hier nicht angeben, wie oft meine Mutter und ich während der vergangenen zehn Jahre über Updike geredet haben – *lange* sonntagnachmittägliche Telefonate zwischen Boston und Rochester, bei denen wir, nachdem wir «ich weiß ja, das haben wir schon mal gesagt, aber ...» gesagt hatten, wieder einmal eines unserer drei Updike-Hauptthemen abhandelten. Es waren, wie meine Mutter sie formulierte: 1. Es tue mir gut, mich mit Jobs abzurackern, die nichts mit Schreiben zu tun hätten – Updike würde von dieser Notwendigkeit auch profitiert haben; 2. Updike habe sein unwiderstehliches Prestige als junger Schriftsteller ungerechtfertigt sexuell ausgenutzt, indem er in Vorstadtehen gewildert habe, während der Mann bei der Arbeit war; und 3. meine

Abneigung, in den ganzen schlechten Sachen meiner Kindheit – die elterlichen Kräche wegen Geld, die Schuldeneintreiber, die an der Tür klingelten, die Unordnung und der samstagmorgendliche Krach wegen der *wahren* Ursache der Unordnung usw. – herumzuwühlen, sei bewundernswert und nett von mir, aber schlecht für mein Schreiben, weil dies mein Material ernsthaft beschränke: Ich solle versuchen, sagte sie, es mehr wie Updike zu halten, das Schlimme ruhig aussprechen und mir keine Gedanken über die Verletzungen machen, die dieser Vertrauensbruch nach sich zöge. «Papa, Rache [meine Schwester Rachel] und ich werden sehr tapfer sein», sagte sie dann. Und ich antwortete darauf: «Aber da gibt's doch gar nichts Schlimmes zu sagen! Die paar Streitereien ums Geld – na und!»

Am wichtigsten aber war: Ohne Updikes Beispiel könnte ich nicht beschreiben, wie ich ihm, Ende 1981 im Xerox Auditorium in Rochester, zum erstenmal persönlich begegnete. Er war gekommen, um für die Freunde der Public Library in Rochester einen Vortrag über Melville zu halten. *Ich ging mit meiner Mutter hin.* (Noch jetzt sehe ich mich genötigt zu erklären, warum ein junger Mann von vierundzwanzig Jahren eine solche Veranstaltung mit seiner Mutter besuchte – daß ich nämlich gerade wieder zurück war, nachdem ich ein paar Monate mit meiner jetzigen Frau in Berkeley verbracht hatte, und daß ich darauf wartete, daß sie ihren Abschluß am Bryn Mawr machte und sich entschied, wo sie leben wollte, damit ich ihr dorthin folgen konnte.) An jenem Abend fühlte ich mich zum Bersten erhaben und unprovinziell, wo ich doch keine zwei Wochen zuvor zum erstenmal in der Redaktion des

New Yorker gewesen war, nachdem ich einer Redakteurin prätentiöserweise erklärt hatte (ich hatte kurz vorher einige Briefe von Evelyn Waugh überflogen), daß das Telefon «mich nervös mache» und ich meine Erzählung daher persönlich mit ihr durchgehen *müsse*. Wegen meines Besuchs beim *New Yorker* bekam Updikes plötzliches Erscheinen in meiner wenig einnehmenden Heimatstadt für mich den seltsamen Wert fast einer erwiderten Höflichkeit. Ich erinnerte mich an seine Schilderung (irgendwo), wie E. B. White einmal bei ihm vor der Tür stand und ihm eine Stelle als Pauschalist anbot, und ich konnte mich nicht so recht davon überzeugen, daß sein Vortrag über Melville nicht lediglich ein Vorwand dafür war, insgeheim meine Herkunft aus dem Norden des Staates abzuchecken, bevor er dem Oberkommando das endgültige O.K. für meine Einstellung gab. Das ganze Publikum wirkte ebenso hektisch und aufgekratzt wie ich, viel begieriger als das Konzertpublikum, das mir vertraut war, so als dächten wir alle, wir müßten uns gleich einer subtilen, aber entscheidenden Prüfung unterziehen: Was für Dinge wir wissend belächelten und in welchem Winkel wir den Kopf hielten und ob wir durch unsere unbekümmerte Lotterigkeit und unser hörbares Kopfkratzen und unser gespielt ungeduldiges Hämmern mit dem aufgerollten Programm auf die Kniescheibe deutlich machen konnten, daß wir nicht aus der billigsten, niedersten Lust auf Nähe, sondern rein aus ehrlichem Interesse hier waren – das alles würde uns definitiv als der ewigen Aufmerksamkeit der Überseele wert erweisen oder eben nicht.

Updike trat aufs Podium und begann zu lesen. Seit

Selbst-Bewußtsein erwarten wir ja alle, daß er stottert (als er die Mutterschaftsansprache, die ich im Radio hörte, vortrug, stotterte er aber nicht); für mein noch unschuldiges Ohr war es aber ein so seltsam beherrschtes und kultiviertes Stocken – ein gemessenes «Pop, pop, pop» vor einem «p»-Wort in einem Anfangssatz [«populär»] wie das dreimalige Aufprallen eines Tischtennisballs, bevor es schnell wird –, daß ich es weniger als Behinderung denn als eine Form nichtthesaurischer Ornamentik interpretierte; ja, zunächst nahm ich sogar an, irgend etwas Halliges stimme nicht mit dem Mikrofon oder Updike lege, gelangweilt von der Vorstellung, einen Vortrag zu halten, eine Pause ein, um nachdenklich Rauchringe zu blasen. Das Ploppen trat während des Vortrags nicht öfter als dreimal auf; vielleicht nur zweimal. Als ich es zum letztenmal hörte, befand ich, daß man es genaugenommen als ein Stottern bezeichnen konnte, und war verblüfft: Ausgerechnet Rochester im Staate New York machte Updike nervös. *Ich* machte ihn nervös.

In diesem Wissen entspannte ich mich und hörte mir das, was er sagte, ein wenig genauer an. Er versuchte zu ergründen, was mit Melvilles späteren Romanen «schiefgelaufen» war. Ich weiß nicht, ob er genau dieses Wort in dem Vortrag gebrauchte, auf jeden Fall aber in einem Interview mit dem Titel «Bech interviewt mich», das ich mehrere Monate zuvor gelesen hatte. Am Ende fragte Bech ihn, was er nun vorhabe, und Updike antwortet (in der *New York Times Book Review*): «Ich habe in letzter Zeit den späten Melville gelesen, um zu sehen, was da, wenn überhaupt, schiefgelaufen ist.» Daß ein Schriftsteller so beiläufig vorab und schwarz auf weiß bekanntmachte, was er las, worüber er nachdachte und woran er arbeitete, und damit alle Konkurrenten lässig herausforderte, ihm damit zuvorzukommen, und allen Miesmachern die Zeit gab, noch ausgiebiger als normal zu gähnen, war mir an jenem früheren Sonntag als äußerst eindrucksvoller Schritt erschienen; dazu kam noch die bewundernswerte Sorglosigkeit, das gewählte Thema so zu formulieren, daß die zu Hohn Neigenden es gewiß sofort auf Updikes eigene Entwicklung münzen würden. Wir konnten nicht sicher sein, ob er spielerisch *so tat*, als bemühte er sich, aus dem Beispiel von Melvilles vorzeitigem Absturz Gewinn zu ziehen, oder ob er ernstlich glaubte, er selbst stehe, post *Bessere Verhältnisse*, an einem analogen kritischen Punkt. Ich weiß es noch immer nicht. Als er da gleich einem Wunder im Zentrum meiner Stadt stand und das versprochene Thema abhandelte, hielt er sich selbst völlig aus der Diskussion heraus und vermied zeitgenössische Bezüge – nur einmal machte das Publikum, nach Schmutz lechzend, «Ooooh!», als Norman Mailers Name als Beispiel eines Schriftstellers erwähnt wurde, der sehr früh ungeheuren Erfolg gehabt hatte und in Schwierigkeiten geraten war, als er noch mehr wollte. Dieses oberschülerhafte «Ooooh!» meines Rochester – das mich mit seiner enttäuschten Sehnsucht danach, exklusiv in die imaginäre Arena gehobener Gehässigkeit eines Autors eingeladen zu werden, anekelte – ist das erste, woran ich mich nach den Anfangsplopps erinnere; wahrscheinlich mißfiel es mir vornehmlich deshalb, weil dem Rest des Publikums schneller als mir aufgegangen war, daß Updike etwas gesagt hatte, was als Seitenhieb verstanden werden konnte. Das dritte, woran ich mich erinnere, ist, daß Updike sagte, eines von Melvilles Büchern, vielleicht *Billy Budd* [nein, *Ein sehr vertrauenswürdiger Herr*] sei «das homosexuellste von Melvilles Werken». Und ich hatte nicht einmal gewußt, daß Melville schwul war! Wie dumm war ich nur gewesen! Im *Bett* mit Queequeg? Eine Weile stellte ich mich auf diese Tatsache ein und begann dann, kleine Theorien über Conrad und auch Defoe (nicht nur Freitag – auch der Papagei: Gehör-Narzißmus) sowie über die Handelsmarine im allgemeinen abzuspulen. Er zitierte eine Passage aus *Pierre*, glaube ich, um nachzuweisen, daß Melvilles Hochseegeist sogar in einem Buch mit einem absoluten Landthema [nein, *Clarel*, ein Gedicht über das Heilige Land] bei der Beschreibung dessen, was er sah, unerschütterlich zu Meeresgleichnissen griff. Der bei weitem beste Augenblick aber war, als Updike ausrechnete, wieviel Melville in heutigen Dollar für seine Werke bezahlt bekommen hatte, und mit Hilfe dieser geringen Zahl die beglückende Feststellung traf, daß die Vereinigten Staaten damals – glücklicherweise im Gegensatz zu heute – schlicht nicht einwohnerstark und gebildet genug gewesen waren, um einen Schriftsteller selbst von Melvilles Schwierigkeitsgrad zu ernähren. [«Die Vereinigten Staaten jener Tage scheinen ähnlich gewesen zu sein wie heutige Länder der Dritten Welt – zwar konnten sie eine ansehnliche literarische Gemeinde heranziehen, doch war das Lesepublikum bei weitem nicht groß genug, um einen freien Autor zu erhalten.»]

Es war ein flüssiger Vortrag ... aber «flüssig» klingt gönnerhaft. Er befriedigte mich damals nicht, weil er nicht teuflisch genug war – er griff keinen von Melvilles

Sätzen, keines seiner Bilder heraus, um die Nummer mit dem verrückten Wissenschaftler abzuziehen, indem er die Analyseinstrumente, noch dampfend vom Autoklaven, schwang, auf jedwedem verbotenen oder fragwürdigen Gebiet der Forensik auftrumpfte und die ausgesuchte Seite mit einer lupenbewehrten Forschungswut packte und schüttelte, die allein die Worte des untergegangenen Mannes wiederauferstehen lassen konnte. Heute jedoch glaube ich, besser zu verstehen, daß, wie Manie, auch Gleichmut eine Kritikertugend ist; was mich an dem Vortrag heute, wenn ich darüber nachdenke, enttäuscht, ist einfach, daß zuviel Melville und zuwenig Updike darin war. Das einzige von Updike war jenes stilisierte Stottern. Doch Roland Collins, der damalige Leiter des Englischen Seminars der Universität Rochester, der Updike eingeladen hatte, schwärmte anschließend meiner Mutter und mir vor: «Als ich hörte, daß er über Melville reden wollte, dachte ich: ‹O Gott, nein›, aber es war wirklich *ungeheuer* gut.»

«O ja, o ja», stimmten wir zu; und ich habe den Verdacht, daß ich, würde ich den Vortrag jetzt wieder lesen (wovon ich mich nur mit Mühe abhalten kann: *Amerikaner und andere Menschen*, worin er, ebenso wie ein Essay über Hawthorne, den ich ebenfalls nicht gelesen habe, aufgenommen ist, steckt irgendwo hier im Zimmer in einem Bücherstapel und brennt rund um die Uhr nur so darauf, meine Argumente zu widerlegen und mir meine Ungenauigkeiten vorzuführen, sobald ich es aufschlage; und ich habe sogar *Assorted Prose* bestellt, den Sammelband von Updikes erster Schriftstellerdekade, mit seinen Rezensionen von Kierkegaard und Tillich und dem witzigen Einleitungssatz über die Zeit damals am Anfang, als Updike Gefahr lief, zum Hausexperten des *New Yorker* für philosophische und theologische Spekulationen zu werden, so daß jedesmal, wenn eines der «schmalen, würdig aussehenden Bändchen» von Tillich oder Heidegger auf dem Schreibtisch des Rezensionsredakteurs landete, es sogleich zu ihm weitersauste – oder steht das alles in *Picked-Up Pieces*? [ja] –, damit es, wenn ich meine falschen Zitate korrigieren muß, als Referenz ebenfalls vorhanden ist: Ich will mit dieser Studie *endlich* fertig werden!), würde ich ihn jetzt also wieder lesen, ihn viel besser fände als damals, weil ich jetzt nachvollziehen kann, wie schwierig es ist, sich auf dieser idealen wohlwollenden Höhe zu halten, von wo aus jedes Buch die Größe eines Countys hat, dessen Überlandstraßen, Stadtgebiete, Schandflecke und Terrains leicht erkennbar sind, und von wo aus der weitsichtige Leser mit einem Blick ein Bild oder eine Begebenheit als Beispiel eines allgemeinen Typus erfassen kann, was mich ein Vierteljahr lang beschäftigt hätte.

An einer Seite des Auditoriums, in der Nähe der Bühne, stand ein kleiner Tisch; dort nahm Updike Platz und machte sich daran, Bücher zu signieren. Im Mittelgang bildete sich eine Schlange, in die meine Mutter und ich uns schließlich auch einreihten; sie bewegte sich verblüffend schnell voran. Die Frau vor uns hatte einen Armvoll Bücher, vielleicht fünfzehn, die meisten Taschenbücher: Als sie an den Tisch gelangte, an dem Updike saß, reichte sie sie ihm in Packen von vier oder fünf. Höflich signierte er sie alle und nickte ihr dankend zu. Dann waren wir an der Reihe. Mit einem dümmlichen Lächeln reichte ich ihm ein nagelneues Exemplar von *Bessere Verhältnisse*, das ich an dem Tag gekauft hatte. Dieser Akt war das Ergebnis ernsten Nachdenkens. Ich hatte mir überlegt, ob ich ihn überhaupt etwas signieren lassen sollte, da dieser Brauch so blödsinnig war – völlig Fremde wollten, daß einer ihnen etwas in ihre Bücher schrieb, Leib und Blut eben. (Ach, aber das ist es auch wert, weil Updike in *Selbst-Bewußtsein* durch Brillanz entschädigt, wenn er eine seltsame Stockung im Signiervorgang zwischen dem «p» und dem «d» in seinem Nachnamen erwähnt, die nach all den Jahren des Büchersignierens nicht ab-, sondern zugenommen hat – den Schluckauf im Schreibfluß, den er hübsch mit dem Stottern verbindet. [Nein, überraschenderweise zieht er diese Verbindung in «Ein Selbst, für immer» *nicht.*]) Wäre es nicht, so reflektierte ich, eher eine Geste dessen, daß ich verstand, wie sein Leben war, wenn ich ihm bewußt nicht seine Zeit stahl, indem ich nicht zu ihm hinging und ihn sein Buch signieren ließ? Jahre später könnte ich dann sagen, wenn ich ihm doch endlich begegnete: «Ich habe Sie in Rochester gesehen, wollte Sie aber dann doch nicht Ihr Buch signieren lassen.» Nein, ich mußte an dem Tag zu ihm hin. Als Kompromiß erwog ich, ein relativ ungewöhnliches Buch von ihm zum Signieren mitzubringen; doch damit ihn das beeindruckte, hätte es schon sehr speziell gewesen sein müssen: nicht bloß *The Carpentered Hen* (das ich ohnehin nicht besaß) oder die frühe Taschenbuchausgabe von *Auf der Farm*, auf der der Mann mit dem Van-Heusen-Hemd gedankenschwer eine «Christina's-World»-Frau im Arm hält, sondern etwas richtig *Ungewöhnliches* wie die rätselhafte

Ausgabe des ersten Kapitels von *Heirate mich!*, die irgendein Kleinverlag mit einem Namen wie Abandocali oder Adobacondi oder Abacondai [Er heißt Albondocani] herausgebracht hatte. Übrigens kenne ich diese Version gar nicht; dennoch habe ich mich über die Jahre immer, wenn ich die Copyright-Seite von *Heirate mich!* betrachtete und sie da zitiert sah, gefragt, welche Beweggründe er wohl für diese beschränkte Ausgabe gehabt hatte – war es ein Geschenk, und wenn ja, angesichts des in so liebevollen Details beschriebenen Stelldicheins in den Dünen, *für wen*? Die Copyright-Seite liegt, wenn ich, Harold Bloom zuliebe, einen weiteren Augenblick von der Szene im Xerox Auditorium abschweifen darf, im geschmolzenen Zentrum der Einflußangst des Novizen: insbesondere die ritualistische, durch Kommata abgetrennte Wendung «in etwas anderer Form». «Teile dieses Buches erschienen erstmals, in etwas anderer Form, in [Zeitschrift].» – «Die folgenden Erzählungen erschienen erstmals, in etwas anderer [oder ‹leicht veränderter›] Form, in [Zeitschrift].» Habe ich recht, wenn ich finde, daß meine Generation Updike wie wild plagiiert, indem wir alle Bücher mit diesem klassischen Beispiel des Updikeschen Rhythmus, der auf unseren Copyright-Seiten murmelnd seine Vaterschaft verrät, veröffentlichen? Selbst wenn er ihn einfach von irgendeinem Vorgänger übernommen hat, steht er mittlerweile doch vollkommen für Updikes Prosodie. Bei meinem ersten Roman ging ich kein Risiko ein: Ich warf einen Blick auf die Copyright-Seite von *Der Zentaur* und kopierte sie. Bei meinem zweiten Roman jedoch war ich entschlossen, mir auf dem Gebiet etwas Eigenes einfallen zu lassen.

Das Wort «portions» wirkte nun doch (wie «Heim» statt «Haus»), im snobistischen Mitfordschen Sinn, eindeutig unvornehm, und ich beschloß, es mit dem vornehmeren Wort «parts» zu versuchen. Nach vielem Radieren und Fahnenüberdenken lautet der Abschnitt auf meiner Copyright-Seite also folgendermaßen: «Chapter 1 and *parts* of chapters 3 and 4 first appeared in *The New Yorker.* A brief passage in chapter 9 first appeared, *in different form*, in *The Atlantic*» (Hervorhebungen von mir). [Zumindest steht es so in der britischen Ausgabe (Granta / Penguin), die zuerst erschien. Eine Woche vor Drucklegung formulierte der amerikanische Verlag Grove Weidenfeld den ersten Satz vollständig um, ohne mir etwas davon zu sagen, und *setzte wieder «portions» ein*, jenes Wort, das ich so sorgsam vermieden hatte.] Indem ich das «somewhat» zwischen dem «in» und dem «different» in dem Quellenverweis auf den *Atlantic* wegließ, wollte ich Bände vermitteln: Ich wollte andeuten, daß ich jene Passage von 1984 generalüberholt hatte; ich wollte deutlich machen, daß ich seitdem als Schriftsteller besser geworden war – obwohl ich mir eigentlich nicht sicher bin, ob es in der zweiten Version *tatsächlich* besser ist: Umschreibungen, selbst winzige Veränderungen (z. B. Walter «Palm», die manierierten Rückgriffe auf James, Nabokovs Lappalisierung von *Schlüssige Beweise*, wie Updike sie in einer interessanten Rezension für uns kollationiert hat), sind immer gefährlich; doch Verbesserung hin oder her, es mußte anders sein, damit ich mich so weit dafür interessierte, daß ich es einarbeitete. Don DeLillo ging auf der Copyright-Seite seines ersten Romans, über Football, sogar noch weiter: Er sagte «in *sehr* anderer Form» (Hervorhebung von mir), was ich unbegründetermaßen als Indiz dafür heranzog, daß er über das Maß an redaktionellen Eingriffen im *New Yorker* sauer war und das «sehr» der endgültigen Fassung als seine kleine Rache einsetzte. [Komischerweise stimmt nichts davon: *End Zone* ist nicht DeLillos erster Roman, und das «in sehr anderer Form», das ich in den Quellenangaben meinte gelesen zu haben, kommt überhaupt nicht vor. Was ist los mit mir?] (Von den beiden Träumen über Updike, die ich gehabt habe, enthält einer eine auffällige Copyright-Seite. Er ereignete sich am 31. Mai 1986 morgens um 5.30 Uhr. Ich zog ein gebundenes Exemplar von *The Same Door* aus dem Regal eines Pauschalisten. Sogleich schlug ich die Copyright-Seite auf und sah

Copyright © 1954, 1955, 1956, 1934 by John Updike

Ich hatte gewußt, daß mich der Anblick dieses Buches unglücklich machen würde, doch als ich das letzte Datum sah, empfand ich vorübergehend einen schäbigen Triumph, da ich nämlich dachte, daß der arme junge Updike nicht einmal seine Copyright-Seite von Druckfehlern freihalten konnte – so war es mir im richtigen Leben schon einmal ergangen, als ich Iris Murdoch im Register von *Picked-Up Pieces* als «Murdock» aufgeführt sah. Doch dann sah ich noch einmal hin, und das «34» verschwamm und formte sich zu «39», was, wie ich glaubte, das Jahr war, in dem Updike achtundzwanzig war, und ich ließ den Buchrücken in meine Hand sakken, so daß sich das Buch schloß; in dem Moment, als das geschah, schloß ich auch die Augen und spürte, wie mir ein Schluchzer aufs Gesicht kam, weil Updike am

Ende immer, immer recht behielt. Dann wachte ich auf. Im zweiten Traum, der sich am 22. September 1986 morgens um 2.20 Uhr ereignete, erschien Updike betrunken und mit schief sitzendem Fedora in New Orleans und mußte die Rückfahrt nach New York als Zugschaffner abarbeiten. Ich machte mir Sorgen um ihn, ganz überrascht, daß er ein solcher Trinker war, aber auch beeindruckt von seiner Fähigkeit, sich als Zugschaffner durchzubluffen, und ich überlegte, ob er sich diese Fähigkeit in all den Jahren des Romaneschreibens angeeignet hatte oder ob sie lediglich das Ergebnis eines ganz natürlichen Charmes war. Irgendwo hatte er gesagt, so erinnerte ich mich in dem Traum, daß der Schriftsteller immer auch etwas vom Verkäufer habe, was ihn dazu befähige, öffentliche Auftritte zu machen oder Bücher zu signieren. [In Wirklichkeit hatte er gesagt: «Ich mag das Herausspritzen und Hervorzaubern von Meinungen nicht. Das ist Showbusiness, und in dieses Geschäft kommt man nicht ohne entsprechende Schmierendramatik. Doch als Praktiker, der in einem Zeitalter der Publicity weiterzuarbeiten sucht, kann ich nur den Niedergang des Verstandes beklagen ...» usw.])

Jedenfalls beschloß ich schließlich, an dem Abend nichts Ausgefallenes zu versuchen: Ich wollte ihn kennenlernen, und das ging nur, wenn ich ein Buch von ihm hatte, das er signieren konnte, und es sollte einfach ein nagelneues Exemplar seines neuesten sein, *Bessere Verhältnisse*. Ich reichte es ihm, und er senkte den Kopf, um sich seiner Aufgabe zu entledigen. Ich sah zu, wie sein Füller das Wort «John» formte – es sah eher aus wie «Jon» –, und ich sagte zu seinem außergewöhnlich vollen Haarwuchs: «Letzte Woche war ich in der Redaktion des *New Yorker* – ich habe gesehen, daß Sie sehr bald eine Erzählung drin haben!»

«Ja.» Er blinzelte. Und dann fragte er, wissend, daß ich das von ihm erwartete, sehr höflich: «Und was haben Sie beim *New Yorker* gemacht?»

«Von mir kommt auch ziemlich bald eine Erzählung. Wir sind also Kollegen.»

«Und wie heißen Sie?»

Ich sagte es ihm.

«Und in welcher Ausgabe kommt sie?»

Ich sagte es ihm.

«Schön», sagte er.

«Und ich bin seine Mutter!» sagte meine Mutter und winkte. (Warum habe ich sie nicht vorgestellt, wie es sich gehört?)

Updike nickte uns beiden zu. «Ich freue mich darauf, sie zu lesen», sagte er und gab uns seinen Roman zurück. Meine Mutter und ich lächelten ihm zum Abschied zu und zogen mit geröteten Was-kostet-die-Welt?-Gesichtern von dannen. «Hui!» sagte meine Mutter. «Mann! Das war jetzt aber toll! Meinst du, es war in Ordnung so?»

«Ja, ich glaube, es war gut», sagte ich.

Hinter uns signierte Updike weiter und weiter.

Als ich die Geschichte dieser Begegnung vor einem Jahr meiner Frau erzählte, versank sie im Sessel, die Hände in tiefster Beschämung vor dem Gesicht. «Das hätte ich nie gemacht», sagte sie. «Aber du bist da halt anders als ich.»

NEUN

Ich hätte es auch nie getan – den Namen des *New Yorker* so offensichtlich ins Spiel zu bringen, um seine Aufmerksamkeit zu wecken –, nur: *Das Leben war zu kurz*, um es nicht zu tun. Jene tickenden Sekunden des Signierens mochten die einzige Chance sein, die ich je bekam, mich in seiner Gegenwart zu blamieren. Wenn die extrem Schüchternen sich zwingen, dreist zu sein, sind sie häufig verblüffend unsubtil, zu direkt und sogar grob: Sie haben eine extreme Region jenseits ihrer normalen Persönlichkeit betreten, einen Bereich des sozialen Verbrechens, wo Abstufungen nicht zählen; unerreichbar sind für sie die Instinkte und Tabus, auf die sich die dröhnenden Extrovertierten, die sich auf dem Territorium der Selbstbeförderung viel besser auskennen, verlassen können. Dasselbe gilt für die von Natur aus Zartbesaiteten, die sich dazu antreiben, etwas nicht ganz Stubenreines einzuwerfen: Indem sie es vorziehen mitzuhalten, betreten sie eine Welt, die mit Ekel so gesättigt ist, daß sie ihre ästhetische Struktur unmöglich erkennen können, und infolgedessen platzen sie mit einem schrecklichen, unopportunen Gesprächsstopper heraus, der häufig aus einem Wort wie «pickeltreibend» besteht, wohingegen in der Wolle gefärbte Rabelaisianer – die hinterher wissende Blicke von der Sorte «Traurig; *völlig* daneben, der Mann» wechseln – ihre Kolostomiesäckchen vorläufig bedeckt zu halten wissen. Und diese erwähnten Säckchen führen uns zu meiner zweiten Begegnung mit Updike – denn ich erhielt tatsächlich eine weitere Gelegenheit, mich zu blamieren.

Im November 1984 sprang ich in den Redaktionsräumen der *Harvard Lampoon* nahe einer Platte mit Schinkenaufschnitt auf ihn los, als er die nach dem Spiel Harvard gegen Yale angesetzte Party gerade eilends verlassen wollte. Ein Freund (soweit Männerfreundschaften möglich sind) hatte gemeint, ich solle zu dieser Party mitkommen, weil das Gebäude sehenswert sei. Während er mich herumführte, wobei er meine gereizte innere Bereitschaft spürte, nur die Mängel der Lampoon und ihre Selbstzufriedenheit zu sehen, zog er heftig über die Institution her – bis auf Updike sei hier niemand richtig Gutes gewesen, sagte er, wobei er auf die Bibliothek im ersten Stock zeigte, wo die ganzen Benchleys und auch jüngere Genies standen. Und es stimmte auch, daß es mir in Haverford nie in den Sinn gekommen wäre, an einer College-Zeitschrift mitzuarbeiten. (Das heißt, nein – in Wahrheit schickte ich der Literaturzeitschrift einmal zwei Gedichte, die abgelehnt wurden.) Warum Wochen auf eine Arbeit an etwas verschwenden, was nur intern vertrieben wird, was in keinem Studienbuch erscheint; etwas, was gar nicht zählt?

Vergleichbar damit wäre es, ein Stück für die eigene Familie zu inszenieren; das ist Grundschulkram. Die *Harvard Lampoon* jedoch zählte in New York eindeutig: Updike selbst sagte einmal (glaube ich), einem Redakteur des *New Yorker* sei einmal etwas von ihm in der *Lampoon* aufgefallen, heitere Gedichte vielleicht, worauf dieser ihn um mehr gebeten habe. Und er hatte die Einleitung zu einer Anthologie von *Lampoon*-Humor geschrieben – offenbar hielt er sie für bedenkenswert, selbst nachdem er schon seinen Abschluß gemacht hatte. Doch seine tatsächliche Anwesenheit an dem Tag war, jedenfalls für mich, völlig unerwartet. *Kam er denn jedesmal, wenn das Spiel im Cambridge stattfand?* War er sogar beim Spiel Harvard–Yale *dabei*gewesen? Gott, hoffentlich nicht. Es war mir sehr wichtig, daß dieser Lampoon-Besuch nach dem Spiel keine typische Updikesche Gewohnheit war – ich wollte nicht, daß er etwas mit Schriftstellertagungen, Literaturpreisjurys, Collegetreffen, Zeitschriftenjubiläen und idiotischem, flaggenwedelndem Unigeist zu tun hatte: Ich glaube, ich dachte – aufgrund meiner Zurückgezogenheit und Isolation selbst ein Purist wie Carlyle in Craigenputtock –, daß seine einzige Treue den isolierten Schriftstellern gelten sollte, die er mochte: Henry Green, Nabokov, Tyler, Proust, Murdoch, Melville. Und dennoch, hätte er nicht genügend Zuneigung für seine alte College-Zeitschrift empfunden, um an dem Tag zu erscheinen, hätte ich nicht die Möglichkeit gehabt, bei den Schinkenleckereien auf ihn zu warten und allen Mut zusammenzunehmen, um penetrant zu sein. Ich wußte, daß es sinnlos war, aber mehr als mit jedem anderen, den ich nicht kannte, wollte ich mit ihm reden.

Ich bespitzelte ihn, wie er in einem rückwärtigen Raum stand und einem äußerst hochgewachsenen Menschen, der in dem Jahr Herausgeber oder Präsident der Lampoon war, ernste Ratschläge gab. Dann verabschiedete er sich von allen und ging forsch den langen neomittelalterlichen Tisch mit dem zerhackten Essen entlang Richtung Tür. Er hatte genug vom Geselligsein; das konnte ich sehen. Aber dennoch sprang ich auf ihn los. Ich verstellte ihm den Weg, die Hand zum Schütteln ausgestreckt. Ja, der Herausgeber / Präsident, mit dem er ins Gespräch vertieft gewesen war, war sehr groß und dünn; aber *ich* war auch sehr groß und dünn – vielleicht größer, dünner! Ich brauchte mein Außenseitermoment!

«Hallo, ich bin Nick Baker.»

«Ich bin John Updike.»

«Ich weiß.» (Dieses «Ich weiß» ist mir heute ein feiner Quell der Scham, aber so habe ich es nun einmal gesagt.) «Wir sind uns einmal in Rochester begegnet, aber nur ganz flüchtig.»

Er nickte, noch immer in dem Glauben, er könne fliehen, indem er sich den allgemeinen Anschein von Eile gab. Aber ich hatte nicht vor, ihn gehen zu lassen. «Ich, ähm, hatte vor längerer Zeit eine Erzählung im *New Yorker.*»

Er ergab sich in diesen Standardaustausch («Leute, die etwas von mir wollen» ist eine der Kategorien von Menschen, die er in «Über die Schwierigkeit, die Worte herauszubringen» als diejenigen aufführt, bei denen er nicht stottert) und fragte mich, worum es in der Erzählung gehe. Ich sagte es ihm, und er sagte: «Mmm», sah aber nicht so aus, als erinnerte er sich. Wieder fragte er mich nach meinem Namen. Ich sagte ihn ihm und erwähnte auch noch die lange Erzählung, die ich im *Atlantic* gehabt hatte. Er schloß die Augen, preßte Zeigefinger und Daumen gegen die Stirn und zwang sich so, sich daran zu erinnern, wer ich war. «Haben Sie nicht auch eine Erzählung über ein paar Musiker an der Westküste geschrieben?» fragte er unvermittelt.

So überraschend das jetzt klingen mag, ich mußte einen Moment lang überlegen. Es war eine Arbeit, von der ich nicht wollte, daß es sie gab. Sowohl der *Atlantic* als auch der *New Yorker* hatten sie abgelehnt, ebenso viele kleine Zeitschriften; schließlich war sie in eine Publikation mit dem emblematischen Namen *The Little Magazine* erschienen, wo John Gardner sie gelesen und in die 1982er Ausgabe von *Best American Short Stories* aufgenommen hatte, die er edierte, bis er auf seinem Motorrad ums Leben kam, zu früh, als daß ich noch Gelegenheit gefunden hätte, ihm ein Dankeschön zu schreiben. In seiner Einleitung nannte Gardner meine Erzählung «sehr zart» (er nannte sie auch «schön», aber dem schenkte ich natürlich keine Beachtung); fast entschuldigte er sich dafür, daß er sie und nicht andere «bedeutende» Einsendungen aufgenommen hatte. Das verbitterte mich – ich wollte kein Leichtgewicht sein. Doch der Hauptgrund dafür, daß ich versucht hatte, die Erzählung zu vergessen, war, daß sie mit nur einer Haaresbreite Abstand meine erste veröffentlichte Arbeit gewesen war; sie war wenige Wochen vor der Erzählung im *New Yorker* erschienen, und damals war ich äußerst empfänglich für die schicksalhafte Progression, der zufolge (siehe Updike, Helprin, Gill und andere) ein Schriftsteller seine erste Erzählung im *New Yorker* hat und von da aus zu einer Serie von Erfolgen abhebt. Als *The Little Magazine* an jenem Novembertag 1981 in der Post lag, unumkehrbar die erste Publikation, war das ein böses Omen: Mit einem Schlag verurteilte mich das zum Spätentwickler, zu einem, der durch die Hintertür kommt. Wenn ich nun dereinst meine Erzählungen in einem Buch sammelte (falls ich überhaupt weitere Erzählungen veröffentlichen sollte, was 1984, als ich da im Lampoon-Gebäude stand, zweifelhaft war, da ich zu der Zeit kaum etwas schrieb und der *New Yorker* und der *Atlantic* das bißchen Literatur, das ich losgeschickt hatte, entweder abgelehnt oder gekauft und beiseite gelegt hatten), würde ich die *Little-Magazine*-Erzählung entweder ganz weglassen oder das Buch damit *beginnen* müssen, da ich, ein weiterer Fall von Copyright-Angst, entschlossen war, ebenso wie Updike [auf der Copyright-Seite von *The Same Door* und *The Music School*] zu verfahren und zu erklären, daß «sie [die Erzählungen] in der Reihenfolge, in der sie hier stehen, geschrieben wurden». Ich hatte mich schon mehr oder weniger dafür entschieden, die Erzählung wegzulassen. Heute ist mir klar, wie ungeheuer kindisch meine Haltung damals war, denn wenn man einmal ein Buch veröffentlicht hat, wird man in seiner Würde von Zeitschriften vorübergehend unabhängig, doch damals drohte mich die kolumbariumartige Ansammlung von Vierteljahresschriften zu ersticken, wie sie da auf schrägen Stahlregalböden, in Stapeln auf Tischen oder in widerhallender Alphabetisierung an Orten wie dem Zeitschriftenlesesaal der Universität Rochester ausgestellt waren und abonniert wurden oder, wenn nötig, neu bestellt, mit dem Eingangsstempel versehen, eingelagert und irgendwann in die Binderei geschickt und in andere, noch unzugänglichere Regale verbracht, deren Beleuchtung oft von kleinen Kurzzeitmessern gesteuert wurde, die man drehen mußte und deren drängendes Mahlen einen zur nächsten Signaturnummer hetzte. Die ganzen willkürlich evokativen Namen (einst gaben Popgruppen unter dem Einfluß poetischer Betitelungsgewohnheiten sich, ihren Winzfirmen und ihren Alben bunte, konkrete Substantivnamen, doch von einem bestimmten Zeitpunkt an verkehrte sich das Ganze, und nun wirkten die Namen kleiner Zeitschriften wie den Poppraktiken nachempfunden) und die ganzen regionalen Preise, die ganzen Verlag-sucht-Autoren-Kleinanzeigen in *Coda* (jetzt *Poets and Writers*), das ganze gräßliche, gräßliche junge Geschreibsel wie meines, das niemals hätte erscheinen dürfen, und die Autoren, die da auf der Titelseite prangten, als wären sie die großen Zugnummern, wo sie doch, wie ich, völlig unbekannt waren, und die allgemeine Überzeugung, daß die meisten dieser Publikationen, sogar mehr noch als die *Harvard Lampoon*, Organe waren, die einfach nicht zählten, nicht gelesen wurden, keine Existenzberechtigung hatten – all das brachte mich zu dem Entschluß, zu allen gleichermaßen Abstand zu halten. Als Updike sich also aufgrund dieser *Little-Magazine*-Erzählung schließlich erinnerte, wer ich war, war ich perplex – einen Moment lang wußte ich nicht, wovon er redete. «Musiker an der Westküste?» sagte ich verwirrt, und dann, als ich merkte, daß er womöglich den Eindruck bekam, ich gäbe bloß vor, mich nur mit Mühe an etwas zu erinnern, was ich in Wirklichkeit natürlich sofort wüßte: «Ja! Genau! Doch!»

«Sehr hübsch», sagte Updike. Er lobte auch noch etwas anderes von mir, was im *Atlantic* erschienen war. Und *er sagte, ich solle weiterschreiben, weil ich begabt sei.* Sollte ich diese Äußerung hier nicht wiedergeben? Ist das eigennützig? Nein, weil sie vor allem zeigt, daß Updike als Mensch zuvorkommend und großzügig ist, was gut zu wissen ist, und weil sie leicht nichts weiter als das «bloße Geplapper der Höflichkeit» sein könnte, als das Henry James einige seiner Briefe bezeichnete, und weil meine offenkundig eigennützige Wiedergabe dessen mich noch weniger liebenswert erscheinen läßt, als ich möglicherweise sonst gewirkt haben könnte. (Wer wird das Eigennützige an der Selbstbescheidung herausfieseln?) Jedenfalls, wie kann ich Updikes Augenblick der Ermutigung nicht festhalten, wo er doch eines der ganz wenigen *Ereignisse* ist, die ich in diesem ganzen Plasmodium zu bieten habe? Es ist ja auch nicht so, als hätte Updike gesagt: «Nick *Baker*! Alle Wetter! Gratuliere, daß Sie sind, wer Sie sind! Sie werden *fortfliegen*!» Es ist ja auch nicht so, als hätte er annähernd das gesagt, was Schumann über Brahms sagte. Aber immerhin, «sehr hübsch» war hübsch von ihm gesagt – es half mir; es änderte meine Meinung zu jener Erzählung, die ich nun auf jeden Fall aufnehmen werde, sollte ich je einen Erzählband herausbringen. Aber ließ sie ihn nicht auch, bei der Frage ertappe ich mich jetzt – und schon die Andeutung einer solchen Möglichkeit sollte alle bedeutenden und toleranten Schriftsteller davor warnen, zu Leuten, die sich auf Partys auf sie stürzen, nicht nett zu sein –, ließ sie ihn damit nicht auch ein ganz klein wenig, auf die alte Groucho-Marxsche Weise, in meiner Achtung sinken, da ich jetzt, wo ich die Erzählung wieder lese, sehe, daß sie von falschen Tönen nur so strotzt? Warum hat er das nicht durchschaut? möchte ich wissen; indem ich das selbst durchschaue, habe ich kurz den Verdacht, bezüglich der Billigkeit, die sie an den Tag legt, eine Schwachstelle bei ihm ausgemacht zu haben – wo er doch eigentlich nur getan hat, was ich, wie er wußte, von ihm wollte, nämlich meine Existenz als Schriftsteller anzuerkennen, mir dadurch, daß er sich erinnerte, wer ich war, seinen Segen zu geben.

Er fragte mich, wie ich meinen Lebensunterhalt verdiene, und ich sagte es ihm. «Als ich mit dem College fertig war ...», hub ich an.

«College *hier*?» unterbrach er mich, wobei er, als wollte er eine wichtige Frage klären, die Augenbrauen hochzog und auf den Boden zeigte.

«Mja», sagte ich. Eine Lüge! Eine jämmerliche Lüge! Wieder hatte er mich auf dem falschen Fuß erwischt; ich wußte, daß er es eilig hatte und mir nur noch eine Minute blieb, um mit ihm zu reden, und im Augenblick der Entscheidung scheute ich mich davor, ihm zu erklären, daß ich nur mit jemandem mitgekommen war und mir die traditionelle Verschwiegenheit bei der Lampoon nicht klar gewesen sei und daß ich eigentlich am Haverford College gewesen und vom philosophischen Institut in Harvard abgelehnt worden sei und mich nicht zum Studium in Harvard beworben hätte, weil ich Frank Conroys *Alle Zeit der Welt* gelesen hätte, in dem der Held schließlich in Haverford aus dem Paoli Local steigt, und weil diverse Verwandte in Haverford gewesen seien, und weil meine Mutter in Bryn Mawr gewesen sei, und weil ich ohnehin Angst gehabt hätte, Harvard würde mich als Uniwechsler von der Eastman nicht annehmen. Statt das alles zu erklären oder einfach zu sagen: «Nein, ich bin hier nur zu Gast», was genügt hätte, log ich nach dem klassischen, unentschuldbaren Singlebar-Schema, indem ich John Updike glauben machte, ich sei in Harvard gewesen. (In meiner Kurzbio hinten in *Best American Short Stories 1982* stand «Haverford».) Ich redete weiter darüber, wo ich überall gearbeitet hatte. Er sagte, sein Sohn überlege, ob er Lehrer werden solle, aber er, Updike, wisse nicht so recht, ob das so sinnvoll sei. «Schwierig», sagte er und meinte, schwierig, sich mit Schreiben den Lebensunterhalt zu verdienen.

«Schwierig», sagte ich. «Aber wenn mir die Luft ausgeht, lese ich eine von Ihren frühen Erzählungen, und ich stehe wieder voll unter Dampf!»

Da war er schon ein wenig zurückgewichen, denn er wußte, nun würde die obligatorische Lobhudel- und Speichelleckszene kommen; auf meinen Satz hin schüttelte er den Kopf, winkte und ging hinaus. Hatte ich ihn beleidigt, als ich «frühe Erzählungen» sagte? Ich hatte es doch als Anspielung auf seine eigene Aussage in der PBS-Sendung, seine frühen Erzählungen würden noch am ehesten überdauern, verstanden, und ich meinte auch, daß ich sie besonders deswegen wieder las, weil er diese Erzählungen geschrieben hatte, als er in meinem Alter war. (1984 war ich siebenundzwanzig.) Was ich da aber nicht begriff, war, daß er die eigene Bewertung seines Werkes womöglich nicht so wörtlich genommen wissen wollte. Möchte ich denn, wenn ich sage, meine *Little-Magazine*-Erzählung sei «billig», daß andere mir aus vollem Herzen zustimmen? Keineswegs. Ebensowenig möchte ich, daß sie mir energisch das Gegenteil ins Gesicht sagen – ganz so unverblümt fische ich nicht –, allerdings würde ich mir gern vorstellen, daß es Leute gibt, die, wenn sie sie lesen, bei sich denken: Aber nein! Ich finde die Erzählung überhaupt nicht billig! Vielleicht müßte es das Korollarium zu Audens Regel geben – zu der, daß man seine negative Meinung über einen Schriftsteller für sich behalten sollte –, daß man die eigenen früheren Erzeugnisse nie schlechtmachen darf, da jedwede guten Elemente darin (und meine erste veröffentlichte Erzählung enthält *durchaus* ein paar ordentliche Sachen) im Überschwang des Rundum-Abtuns Schaden nehmen. Was passiert denn, wenn man Pynchons Einleitung zu seinen frühen Erzählungen in *Spätzünder* liest – er spricht von den Bedenken, die er ihnen gegenüber hegt, wie er Sachen in alten Baedekern nachschlug und alles Erdenkliche unternahm, um eindrucksvoll obskur zu bleiben, und wenn man sie liest, denkt man: Wie sympathisch bescheiden, daß er uns das erzählt, aber nach ein paar Jahren gewinnt das, was er da sagte, einfach zu viel Autorität – seine tugendhafte Selbstkritik hat die Fähigkeit des Lesers, Restmeriten zu würdigen, beschädigt. Im höheren Alter fand Joyce, wie ich mich erinnere, das *Porträt des Künstlers als junger Mann* sei sein bestes Buch; die Folge ist, daß ich *Ulysses* wohl nie zu Ende lesen werde. Und Updikes hohe Bewertung seiner eigenen frühen Erzählungen mag es mir durchaus zu leicht gemacht haben, zumal ich ohnehin schon weniger Lust hatte, seine Romane zu lesen, mir die kleine zusätzliche Mühe diesbezüglich zu erlassen, wo einen da doch bestimmt viel Lohnendes erwarten würde.

An jenem Tag bei der Harvard Lampoon hatte ich

ein paar Pickel auf der Stirn. (Bei Synalar, einem aktuellen Steroid, mit dem ich meine Psoriasis behandelte, kippte meine Stirnhaut oft ins andere, öligere Extrem.) Als ein paar Jahre später [1986] *Das Gottesprogramm* mit seinem hübschen hellblauen Umschlag mit den schwach unterlegten Kreuzen erschien, stand ich bei Lauriat's in der Bostoner Innenstadt und las die ersten paar Seiten. Meine einzige, überwältigende Reaktion war: *Ich war Dale*. Updike beschrieb mich. Ich glaubte tatsächlich (und glaube es noch, wenn auch mit weniger Überzeugung), daß Updike Dales extreme, schlaksige Größe, sein schütteres Haar, seine schlechte Haut, seine übereifrige, zu technischen Fachausdrücken neigende, nachlässige, aber kluge Art zu reden sowie Rogers sofortiges Gefühl, von Dale bedroht zu sein und ihn nicht besonders zu mögen, daß er das alles von jener einen winzigen Begegnung mit mir hatte. Updike hatte sich, so stellte ich es mir vor, meinem Plaudergriff entwunden, war, etwas über aufdringliche junge Schriftsteller murmelnd, nach Hause gegangen, am nächsten Morgen aufgestanden und hatte mich als Computerfuzzi in die erste Szene seines Romans eingebaut. Ein paar Jahre später erwähnte ich diese Theorie meiner Mutter gegenüber, die das Buch gerade gelesen hatte, im Gegensatz zu mir. Sie fand das überhaupt nicht gut. «Du die Vorlage für diesen gräßlichen Dale? Nein.»

Man stelle sich vor, wie schwer es mir jetzt eben fällt, ihr *Gottesprogramm* nicht herauszusuchen (sie hat es uns geliehen) und jene ersten Seiten wieder zu lesen, um sicherzugehen, daß Updike Dales schlechte Haut und seine Größe tatsächlich erwähnt – daß ich die Parallele nicht nur hineingewünscht habe. [Dale ist «genau der

Typ von jungem Mann, den ich am wenigsten ausstehen kann: großgewachsen, sehr viel größer als ich, von der Blässe des leidenschaftlichen Stubenhockers. Sein wächserner Teint war unter dem Kinn von Aknepikkeln verfärbt ... Sein schmuddeliges, leicht gelocktes braunes Haar begann, wie ich an den Schläfen sehen konnte, bereits dünn zu werden.»] Doch selbst wenn die kritische Quarantäne aufgehoben ist, lese ich wahrscheinlich eher noch einmal *Auf der Farm*, bevor ich *Das Gottesprogramm* ganz durchlese. Ich sträube mich gegen die Bücher, für die Updike viel und eindrucksvoll recherchiert hat, wie *Das Gottesprogramm* oder *Der Coup*, und als ich letztes Jahr auf der Rückseite der Taschenbuchausgabe von Patrick Süskinds *Das Parfüm* Updikes (berechtigtes) Lob, es sei «hervorragend recherchiert», gelesen hatte, ließ mich eine gereizte Eifersucht derartige Vorbereitungsmühen entschiedener denn je ablehnen, obwohl ich selbst nicht zögerte, unter jedem Vorwand in der Bibliothek vorbeizuschauen. Süskinds Folgeroman nach *Parfüm*, *Die Taube*, kam gerade um die Zeit heraus, als Auszüge aus meinem ersten Roman erschienen: In einer Rezension sprach Updike ganz allgemein über Schriftsteller, die in ihrem Bemühen, Geschehnisse und Gegenstände zu finden, die nicht schon zu Tode beschrieben wurden, zur Vergrößerung greifen. Auch hier war ich mir wieder ziemlich sicher, daß das eine verhüllte Anspielung auf mich war. Die Frage, ob er nun auch eine direktere Rezension meines Buches bringen würde (im *New Yorker* wäre das nicht gegangen, sondern nur anderswo, da «portions» davon dort erschienen waren, und in den letzten Jahren hatte er kaum anderswo rezensiert) – eine kluge, unüberraschte, ermutigende Rezension –, war in meinen schlaflosen Nächten Ende 1987, als ich daran schrieb, sehr oft Gegenstand von Gebet und Grauen; und dieser Zeitraum bezeichnete auch den absoluten Höhepunkt meiner «Besessenheit» von Updike.

Er sagte, er habe *Das Fest am Abend* binnen eines halben Jahres geschrieben, also gab ich meine Stelle auf und mir die gleiche Spanne, um mein erstes Buch zu beenden. Währnd ich schrieb, las ich, mehr oder weniger in dieser Reihenfolge, einige der Tagebücher der Brüder Goncourt zum erstenmal, einiges aus *Flauberts Papagei* zum erstenmal, einiges aus Huysmans *Gegen den Strich* zum erstenmal, einiges von Chapmans *William Lloyd Garrison* zum erstenmal, ganz Edmund Gosses *Father and Son* zum erstenmal, ganz Roths *Mein Leben als Mann* zum erstenmal, einiges aus Nabokovs *Die Mutprobe* zum zwanzigstenmal, die Hälfte von Exleys *A Fan's Notes* zum erstenmal, einiges aus *The Collected Prose* von Elizabeth Bishop zum erstenmal, einiges aus Edna O'Briens *Nacht* zum erstenmal, und dann las ich noch einmal ein wenig von Isherwoods *Mr. Norris steigt um*. Aber nichts davon, nicht einmal *Die Mutprobe*, empfand ich als mir nahe genug. Schließlich nahm ich *Auf der Farm* heraus: Es war kurz, wie auch mein Roman sein sollte, und ich wußte schon, wie gut es war. (1989 lobte Updike Mulischs *Das Attentat* als «kurzen, perfekten Roman». Ja, diese Beschreibung trifft auch auf *Auf der Farm* zu – wenn Perfektion jene oben erwähnten Sekundärkreisläufe des Verzeihens berücksichtigen kann –, doch insgeheim bedauerte ich, daß Updike diese hübsche Wendung schon für Mulisch verbraucht hatte, bevor ich mit einem Buch herauskam, auf das er sie anwenden konnte. Und dennoch, sollte er je etwas dergleichen über mich sagen, dann würde das Lob zum Feind Nummer eins der Verheißung werden.) In jenem Herbst las ich *Auf der Farm* sehr langsam durch, jeden Morgen ein paar Seiten, bevor ich mich an mein Manuskript setzte. Es war das erste Mal seit 1978, daß ich eines von Updikes Büchern von vorn bis hinten ohne Unterbrechung durchgelesen hatte, ohne hin und her zu springen oder es wegzulegen, bevor ich am Ende angekommen war. Ich ließ es einwirken. Ich rechnete aus, wie viele Wörter es hatte, und verglich diese Zahl mit den Teilsummen meiner Kapitel. Es wurde das Maß allen Werts. Mehr als einmal schrie ich auf: «Scheiße, er ist ein Maestro!» Mehr als einmal hatte ich Tränen in den Augen. Beispielsweise weinte ich bei der oben erwähnten Beschreibung der Regentropfen auf dem Fenstergitter als Kreuzworträtsel oder als «halb ausgeführtes Stickmuster»: Sie verdarb mir vorübergehend eine eigene Beschreibung einer Gitterfläche, aber das machte nichts, weil Updikes Passage so gut war, daß mein Konkurrenzgeist zerrann; und als ich entdeckte, daß auch in Elizabeth Bishops 1948 im *New Yorker* erschienener Erzählung mit dem Titel «The Housekeeper» ein solches Gitter vorkam, wo die daran haftenden Regentropfen «die Felder mit Kreuzsticheffekten füll[t]en, die kamen und gingen», demonstrierte mir diese Parallele nur, wieviel mehr Updike aus demselben Stück Realität machen konnte: Er hatte es aus dem Zustand zufälligen Soseins herausgehoben und seine Eigenschaften zu einem Teil der moralischen Kraft und Permanenz des Hauses seiner Mutter gemacht; nein, ich gehe noch weiter und sage in typisch verständnisseliger Überhitztheit, daß dieses Fenstergitter der Roman *selbst* ist – jenes geometrische, formale, konventionelle, antimalarische Fliegendrahtgitter, durch das man in Daumiers Dritter-Klasse-Abteil des gesellschaftlichen Lebens blickt (der Bezug hier ist gequält obskur: Ich will damit nur sagen, daß Daumiers Gemälde, vermutlich weil es unvollendet blieb, mit einer Matrix vertikaler und horizontaler Linien überzogen ist – doch nun quält mich die Frage: Spricht Updike in seinem druckfrischen *Just Looking* über Daumier?), was einen jedoch beim Weiterschreiben ablenkt mit seinen interessanten vergrößerten Tröpfchen, den winzigen Rissen und dem wohlriechenden Roststaub und der Angewohnheit, im Luftzug leicht zu wackeln, bis der «junge Sticker vor der Leinwand des Lebens», wie Henry James in einer verwandten Passage im Nachwort zu *Roderick Hudson*, das ich gerade gelesen habe, sagt,

> angesichts des riesigen Ausmaßes dieser Fläche und der für die Nadel unendlichen Zahl deutlich erkennbarer Löcher sowie der den vielfarbigen Blumen und Figuren innewohnenden Neigung, von den kleinen Löchern so viele wie möglich zu füllen und zu bedecken, bei seiner Arbeit bald von einem heiligen Schrecken erfüllt wurde.

Was mir an *Auf der Farm* so gefiel, war, daß Updikes Schrecken kontrolliert war; das Verhältnis zwischen gefüllten und ungefüllten Löchern war genau richtig; man konnte durch das Gewebe des Gitters noch immer *hindurchsehen*, doch die daran haftenden metaphorischen Figuren wie das Tröpfchen-Handarbeitsbild selbst waren in schielender, sorgfältiger Fülle vorhanden.

Leider hatte ich *Auf der Farm*, ein paar Wochen bevor ich mein Buch zu Ende geschrieben hatte, zu Ende gelesen; auf der Suche nach mehr Updike, um das hilfreiche Hoch zu verlängern, las ich die Dankesreden, die er in *Amerikaner und andere Menschen* aufgenommen hat. Das Ergebnis war, daß ich zwei Nächte wach lag und die Dankesrede plante, die ich halten würde, wenn ich für meinen Roman den National Book Award erhielte. Bezüglich der Rede stellten sich zwei Probleme. Zunächst hatte Updike einen Standard glücklich formulierter Dankbarkeit gesetzt, den ich niemals verbessern konnte. Sollte ich deshalb nun düster oder wirr und ratlos sein oder mich schüchtern-debütantisch kurz fassen? Sollte ich mich für die ganzen schlechten Stellen in meinem Buch entschuldigen – der lorgnettetragenden Versammlung gar ein paar allerletzte Textkorrekturen liefern? «Und auf Seite achtundsechzig, wenn Sie mir noch eine Änderung gestatten wollen, die sechste Zeile von unten, da müßte das Wort ‹twiddle› richtigerweise ‹fiddle› lauten.» Sollte ich Updike für seine Inspiration danken? Sollte ich einfach sagen, wie schwierig es sei, nach der Lektüre der Castiglionischen Modelle, die er in *Amerikaner und andere Menschen* bereitstellte, eine Dankesrede zu schreiben? Ich konnte einfach keinen ersten Satz formulieren, der interessant und angemessen heterogen und dennoch einigermaßen frei von Updikes Einfluß war. Das zweite Problem war, angenommen, ich kriegte eine Rede hin, die der Sache gerecht wurde, und ich hielte sie ohne Zwischenfall, und die Jahre vergingen – was sollte ich dann mit dem Text *machen*? Updike nahm die seinen zu Recht in einen Prosaband auf – Dankesreden waren eine Literaturform für sich, verwandt mit Trinksprüchen und Briefen, doch mit ganz eigenen Erfordernissen und Anlässen –, doch dies zu tun war etwas ungewöhnlich und an sich schon ein Teil von Updikes Originalität, oder? Wenn ich meine Rede aufnähme, hätte ich das Gefühl, Updike sklavisch zu kopieren, mehr noch als bei der Quellenangabe auf der Copyright-Seite. Andererseits wollte ich auch keine Rede halten, die ich einer dauerhaften Veröffentlichung nicht für wert hielt. Und der Gedanke, daß Updike sich *Picked-Up Pieces* oder *Amerikaner und andere Menschen* ansehen und wissen konnte, daß sie sein ganzes nichtfiktionales Ich aus jener Dekade enthielten, gefiel mir sehr. Dennoch wäre es eigentlich ganz nett, auch ansprechend bescheiden, ein Bündel Miszellen von annehmbarer Qualität für den posthumen Lumpensammler übrig zu haben. Oder nein – die Arroganz, den eigenen Anschein von Bescheidenheit zu arrangieren, war allein schon von schillernder Fiesheit. Das einzige, was ich tun konnte, war, den Preis gleich abzulehnen. Doch dieses Extrem wäre lediglich ein Abklatsch von Pasternak und Sartre, beide Nobel-Verweigerer.

Zum Glück bekam ich ihn ohnehin nicht. Ich war nicht einmal unter den fünf Nominierten. Mein Verlag hatte mein Buch gar nicht erst eingereicht. Ich bekam überhaupt keinen Preis – weder den NBA noch den PEN / Faulkner, den PEN / Hemingway, den der Whiting Foundation, den Joe Savago New Voice Award, den des National Book Critics Circle, nicht einmal einen Big Mac. Nicht einen einzigen mickrigen Preis! Verrecken sollen sie alle! Aber nein, ist schon gut, schon gut, es ist besser so: So imitieren mich nur wenige, weil damit eindeutig kein Blumentopf zu gewinnen ist, und meine relativ unanerkannte und ungefeierte Stellung erlaubt es mir gerade so, diese Art von Ans-Schaufenster-gedrückte-Nase-Buch über Updike zu schreiben, wenn es denn ein Buch wird. Doch, ich habe einige sehr gute Rezensionen bekommen – aber das Interessanteste an diesen Jubelausbrüchen war, daß, obwohl mir Updike unablässig durch den Kopf ging, während ich mein Buch schrieb, kein einziger Rezensent ihn als einen möglichen Bezug erwähnte. Ich erinnerte an, verdankte viel oder reichte nicht heran an Abish, Barth, Borges, Bove, Calvino, Friedman, Joyce, Lem, O'Brien (Flann, nicht Tim oder Edna), Perec, Ponge, Proust, Robbe-Grillet, Sterne, Tati und Trow – nie Updike. Was mag das bedeuten? Daß ich glaube, ich sei beeinflußt, wo ich es gar nicht bin? Oder daß es Unterschiede zwischen einem rollenbildartigen Einfluß und einem rein stilistischen gibt? [In ein paar Rezensionen meines zweiten Romans allerdings tauchte Updike auf, aber da hatte ich schon in mehreren Interviews gesagt, er und Nabokov seien Idole von mir.]

Ich *fühlte* mich aber stilistisch beeinflußt – und zwar tief. Selbst was die Haut betraf, war ich sein plagiaristischer Schüler: Kurz nachdem ich das Buch beendet und mich endlich unter die Romanciers eingereiht hatte, wurde meine Psoriasis plötzlich viel schlimmer. Sie bedeckte meine gesamte Gesäßpartie, glanzlackleuchtend wie bei einem Pavian, und nahezu meine ganzen Beine, einen Großteil des Rückens, des Nakkens, der Arme. Mein Nabel war eine Katastrophe. Ich vaselinte mich wie ein Kanalschwimmer. Ich wollte weder angefaßt noch gesehen werden. Auf allen Hosen und allen Kissenbezügen waren Fettflecken und Bluttupfer – ich hatte Ohrenbluten. Ich mußte den Hörer am Münztelefon nach Gebrauch mit dem Hemdzipfel abwischen. Und wirklich keinen hat es je mehr gejuckt als mich – es war ein Hyperjucken, eine tiefe, wimmelnde Art innerer Zahnstocherskulptur, ein subkutanes «blühendes, summendes Durcheinander». Vom zwanghaften Kratzen hatte ich blutige Haut unter den Fingernägeln, die ich beim Lesen reinigte, indem die Ecke eines Zehnseitenpackens von *Auf der Farm* oder *Amerikaner und andere Menschen* unter dem Rand des Nagels durchzog und damit den rosaroten Exzeß wegwischte. Allerdings verzögerte ich den Besuch beim Hautarzt, der mir, wie ich wußte, bevorstand, weil ich sehen wollte, ob meine Krankheit das Zeug dazu hatte, schlimmer, verzehrender zu sein als Updikes Krankheit – nicht nur in den strukturellen arthritischen Symptomen, mit denen ich zu leben gelernt hatte, sondern auch auf der Oberfläche. Wessen Prosazellen teilten sich unkontrollierbarer? Wessen Leinwand des sichtbaren Ich war erythemisch elaborierter? Ich wollte jenen mystischen Augenblick erreichen, den er beschreibt, da «ich den Kopf nicht ohne Schmerzen drehen konnte». Und ich erreichte ihn. Eines Nachmittags stand ich nackt, die Arme ausgestreckt, mitten in meinem Arbeitszimmer und merkte, daß ich nicht gehen, mich setzen, mich anziehen, lesen, denken oder leben wollte. Ich wurde zu einer einzigen riesigen Läsion. Ich ging zum Arzt. Er schickte mich zur Phototherapie und ließ mir die Wahl zwischen zwei Krankenhäusern, dem Mass General und dem Beth Israel; ich entschied mich für das Beth Israel, weil es etwas näher lag, aber als ich nach Hause fuhr, stöhnte ich auf, weil mir einfiel, daß Updike geschrieben hatte, er sei ins Mass General gegangen: Womöglich wäre ich wieder auf ihn losgesprungen, wenn er zur Behandlung erschien, die verschriebene komisch rock-'n'-rollige, retinaschützende, enganliegende NoIr-Sonnenbrille auf der Nase. Doch ich dachte, nein, inzwischen (1988) hatte er sich bestimmt für dreißigtausend seine eigene PUVA-Kabine gekauft, womit er sich die lange Anreise und die unangenehme Wechselwirkung mit den Hautschuppen anderer, die solche Besuche kennzeichnet, ersparte. Ich hingegen ging gern hin, jedenfalls im ersten Jahr: Seit ich meine Stelle gekündigt hatte, hatte ich keine beruflichen Verpflichtungen, keine in einem Zeitmanagement-System eingetragenen Treffen, überhaupt keinerlei Zeitplan mehr, und meine Bestrahlungen dreimal die Woche waren mir ein willkommenes externes Getriebe. Als ich dann von Boston weggezogen war und mir *Selbst-Bewußtsein* gekauft hatte, in dem der Psoriasis-Essay in überarbeiteter Form steht, war Updike mir schon wieder voraus: Er hatte zu dem Generalmedikament Methotrexat, dem Leberschrumpfer, gewechselt, während ich bei PUVA stagnierte, so daß ich, selbst wenn ich das Mass General gewählt hätte, das wurde mir da klar, ihm nie über den Weg gelaufen und sein Freund geworden wäre und in den Harvard Gardens in der Cambridge St. abstoßende plaque-tektonische Anekdoten mit ihm ausgetauscht hätte und schließlich an jenem selbst als Möglichkeit unvorstellbaren Punkt angelangt wäre, da er, angeregt durch die clubartige Umkleideraumatmosphäre bei der Phototherapie mit ihren Schutzbrillen, Handtüchern,

Sonnenschutzsalben und hastigem Ankleiden, mich gefragt hätte: «Spielen Sie Golf?»

Aber das ist schon recht so. Ich muß nicht sein psoriatischer Freund und Leidensgenosse sein. Wenigstens in einem winzigen und typischerweise dermalen Fall habe ich auf dauerhafte Weise mit ihm kommuniziert. Damit meine ich nicht meine halbgaren Theorien, ich sei Dale im *Gottesprogramm* oder daß er in der Rezension von *Die Taube* eigentlich von mir rede. In jener Erzählung über die Musiker an der Westküste aus dem Jahr 1981, die ihm, wie er mir gesagt hatte, gefallen hatte, schrieb ich:

> Der erste Geiger ... begann, seinen linken Zeigefinger zu untersuchen, wobei er ihn sanft mit dem rechten Daumen drückte.
> «Was macht deine Schwiele?» fragte der Cellist.
> «Professor Belanyi meinte, ich solle sie abfeilen, also habe ich mir eine Nagelfeile genommen und den harten Teil abgefatzt.» Er streckte den Finger aus. An der Spitze war eine gelbliche Fläche, die von einer Feile eingeebnet worden war. «Am Anfang, wenn ich spiele, tut es noch weh, aber dann erwärmt sich die Haut und wird flexibel.»
> Der Cellist sagte: «Weißt du, daß Miriams Schwiele am Mittelfinger einmal kurz vor einem Konzert aufgeplatzt ist und sie das ganze Lalo-Concerto mit einem Pflaster darauf spielen mußte?»

In Updikes Roman *Die Hexen von Eastwick* aus dem Jahr 1984 lobt Darryl in einer Passage, die ich nun endlich nachschlagen und genau zitieren kann, weil mein Buch fast fertig ist, Janes Cellospiel:

> «Sie haben Präzision ... Ohne Präzision, *beaucoup de rien*, hm? Nehmen wir nur mal Ihren Daumen, Ihre Daumenhaltung: Sie halten den Druck wirklich durch, viele Männer schaffen das nicht, es tut zu weh.» Er zog ihre linke Hand näher an sein Gesicht heran und streichelte die Seite ihres Daumens. «Sehen Sie das?» sagte er zu Alexandra und hielt ihr Janes Hand hin, als sei sie abgetrennt, etwas Totes, das es zu bewundern galt. «Das nenne ich eine Schwiele!»

Lachhaft winzig, sagen Sie? Kaum zuzuschreiben? Mag sein. Dennoch habe ich den Verdacht, daß Updike nicht über Janes schönes Cellospiel geschrieben hätte, wenn ich nicht vorher über eine Musikerschwiele geschrieben hätte, die ich einmal in Südkalifornien gesehen und berührt hatte. Weil es mich gedruckt gibt, ist Updikes Buch, glaube ich, ein ganz klein wenig anders. Ein, zwei Minuten lang, irgendwann 1983, war die Richtung der Verpflichtung umgekehrt. *Ich* habe *ihn* beeinflußt. Und mehr imaginäre Freundschaft brauche ich nicht.

Essays

Wie groß sind die Gedanken?

Für meine Schwester Rachel

Sinneswandel Denken

Wenn Ihr Leben wie meines ist, dann finden sich darin kurze Abschnitte, gewöhnlich eine Woche bis zehn Tage lang, in denen Ihr Verstand eine geschliffene und freistehende Kohärenz erreicht. Die psalmodierenden Bandschleifen von Lyrikanthologien, die bröckeligen Stücke Philosophie, die unverschlackten Barbarismen, der bei gewaltigen Kollisionen verworfener Theorien herausgerissene Abfall – dieser ganze nomadische, suborbitale Müll fügt sich unvermittelt, gleich einer wogenden Menschenmenge in einem Musicalfilm, zu einem stolzen Gemeinwesen in Nadelstreifen und Zylinder. Ihre Meinungen werden klar und unzausbar. Aus jedem neuen Spielzeugmodell, jedem Mißbrauch von Privilegien oder philanthropischen Gesten, jedem beobachteten Streit an der Supermarktkasse wird reibungslos ein neuer Beweis für fünf oder sechs soziologische Wahrheiten. Hinreichend hochgemut, um nachsichtig zu sein, lassen Sie davon ab, Ihr Argument mit fuchtelnden Stößen Ihrer Gabel vorzutragen; gern stecken Sie in der Auseinandersetzung, die Sie eigentlich für sich entscheiden könnten, zurück, um Ihre Freunde nicht verletzen zu müssen; Ihr Vorrat an Sinnsprüchen von Samuel Johnson wirkt in jedem Kontext passend und elegant; Sie sind gefestigt, Sie denken schnell, Sie geben fein formulierten Rat.

An einem Donnerstag dann gelangen Sie während einer kleineren Besorgung unerklärlicherweise zu einem neuen Schluß («Das Keynesianische Wirtschaftsmodell ist verbraucht»), und gleich dem verlockenden Plastikei, das, wie grausame Experimentierer herausgefunden haben, eine Vogelmutter veranlaßt, ihre eigenen warmen, gefleckten aus dem Nest zu werfen, bringt Sie das aus dem Gleichgewicht. Die Gemeinschaft der Überzeugungen fliegt auseinander, Sie spüren ungeahnte Widersprüche, es folgen Dementis, Reibereien, vertieftes Nachdenken, Appelle weiterzubeobachten; Sie starren in neuerlicher Verwirrung aus dem Fenster des Waschsalons, während Ihr verklumpter Bibliotheksausweis hinter Ihnen in der Brusttasche eines rotierenden Hemds trocknet.

Derlei vollbewußte Brüche ereignen sich jedoch nur selten: Meistens befinden wir uns in einer unentschiedenen Phase, in der wir unsere Meinung zu vielen, wenn nicht allen Dingen ändern. Wir haben keine Wahl. Unsere Meinungen, sanft von den Umständen angestupst, revidieren sich im Schutz der Unaufmerksamkeit. Mit fester Stimme sagen wir zu ihnen: Nein, ich bin momentan an keinem Wandel interessiert. Doch Meinungen lassen sich nicht aufhalten. Es kümmert sie nicht, ob wir sie vertreten wollen oder nicht; sie gehen unbeirrt ihren Weg.

Und noch schwerwiegender ist, daß uns zuweilen überhaupt nur rudimentär bewußt ist, welche neuen Überzeugungen wir da angenommen haben. Wenn eine der Nachrichtenagenturen jeden Abonnenten mit einem Persönliche-Meinung-Ausdruck versorgen könnte, der morgens mit der Zeitung angeliefert wird, wäre das eine große Hilfe: dann könnten wir unsere Ansichten über präraffaelitische Möbel, die Einflüsse der Verstädterung auf die Höflichkeit, das inhäusige Tragen von Sonnenbrillen oder die Auswirkung des Juristenkauderwelschs auf Traditionen des Vertrauens regelmäßig überprüfen, während wir ihnen unsere Gedanken Woche für Woche anpaßten, so wie wir Nischenaktien beiläufig im Auge behalten. Statt dessen ziehen wir in die Diskussion, unsere Truppen ungeprüfter Meinungen unschuldig im Gefolge – und sobald wir entdecken, daß uns, sagen wir, Grundwassernutzungsrechte, die unbemannte Raumforschung oder die Ernte von Meeresschwämmen doch sehr wichtig sind, packen wir die relevante Meinung und schleudern sie ohne Generalprobe in die Hörbarkeit hinaus («*Flieg*, du Mistding»), nur um Sekunden später ihrer radikalen Unzulänglichkeit gewahr zu werden.

Ich möchte Ihnen nun gern von einem Vorfall erzählen, in dessen Folge ich meine Meinung geändert habe. Ich fuhr einmal mit dem Bus von New York nach Rochester. An der Haltestelle Binghamton bemerkte der Fahrer einen Schuh, der auf der Ablage unterhalb der Windschutzscheibe lag. Der Anblick störte ihn. Er hielt ihn hoch und fragte alle: «Gehört der jemand?» Er bekam keine Antwort, worauf er kurz den Bus verließ und den Schuh in einen Abfalleimer in der Nähe warf. Wir fuhren weiter Richtung Rochester.

Müßig begann ich mich mit einem kleinen Plan zu befassen, wie ich meine zukünftige Wohnung möblieren wollte: ich würde gelbe Gabelstapler und orangefarbene Schaufelbagger kaufen, *reihenweise*, und sie polstern, so daß meine Gäste in den Schaufeln oder auf zwischen den Gabeln geschlungenen Schlingen sitzen konnten, wenn sie wollten. Ich hatte gerade angefangen zu berechnen, wie viele Gabelstapler ein durchschnittlicher Fußboden tragen würde, als ein Mann mit wirren Haaren durch den Bus nach vorn ging; er trug zwei Socken und einen Schuh. «Haben Sie zufällig einen Schuh gesehen?» fragte er den Fahrer. Der Fahrer sagte: «Ich habe in Binghamton wegen dem Schuh gefragt. Jetzt ist er weg.» Der Mann entschuldigte sich dafür, daß er geschlafen hatte, und kehrte zu seinem Sitz zurück.

Seit dieser Busfahrt vor fünf Jahren habe ich, ohne daß es mir bewußt war, meine Meinung geändert: Ich möchte nicht mehr in einer Wohnung wohnen, die mit Gabelstaplern und Schaufelbaggern möbliert ist. Irgendwo warf ich dies Interesse ebenso unwiderruflich über Bord, wie der Busfahrer den rechten Schuh des traurigen Fremden hinausgeworfen hatte. Dabei war ich in der Zwischenzeit kein einziges Mal unsicher oder grübelte darüber nach, ob ich nicht vielleicht doch einen Schaufelbagger wollte. Fünf Jahre bin ich in Städten umhergelaufen, habe Samenkataloge durchgeblättert, habe bei Behauptungen, die mir gegen den Strich gingen, «Oho!» gesagt – und geblieben ist mir die Abneigung dagegen, schwere Maschinen als Einrichtungsgegenstände zu verwenden.

Multiplizieren Sie nun dieses Beispiel mit tausend,

hunderttausend unangekündigten Meinungsänderungen: ein irrer Strom umspült das Pfahlwerk unserer Persönlichkeit. Eine Zeitlang versuchte ich, von meinen Meinungen in ihrer natürlichen Umgebung Amateurfilme zu machen, wie sie, Präriehunden gleich, ungestört auf Feldern der Untersuchung grasten und tollten, dabei allmählich Ton und Farbe änderten, sich paarten, einen Bau gruben und starben, doch vor meiner Kamera verhielten sie sich steif und befangen – was uns zu einer, wie ich doch finde, wichtigen Einsicht über die Zeit und ihr Verstreichen führt: Der Sinneswandel sollte von der Entscheidung unterschieden werden, denn die Entscheidung scheint keck in der Gegenwart ansässig zu sein, wohingegen ein Sinneswandel Denkgewohnheiten impliziert, ein langsames Ausfällen der Wahrheit, eine emphatisch erlebte, dichte Vergangenheit. Beispielsweise könnte ich mich dazu entscheiden, meine Hose, wenn ich sie ausziehe, nicht über die Lautsprecherboxen zu drapieren, wie ich es normalerweise tue, sondern mich durchzuringen, sie an irgendeinem Haken oder Bügel aufzuhängen. Ich könnte mich dazu entscheiden, die Person, die mir gegenüber am Tisch sitzt, zu bitten, nicht das schwammige Innere ihres Brötchens herauszurupfen und zwischen den Handflächen zu kleinen Kügelchen zusammenzurollen. Wir treffen zwangsläufig eine Menge solcher zukunftsorientierten Wahlen: sie sind der Grund für die Existenz der Risiko-Nutzen-Analyse. Gleichzeitig aber haben am Rande unserer Aufmerksamkeit Scharen von grauäugigen Meinungen mit leuchtenden Speeren geraschelt, rochiert, geplänkelt. «Was ich über Piaget denke» ist darunter, wird weiser, melancholischer; zynischer, daneben eine Art Antwort auf «Was macht ein tugendhaftes Leben aus?» Nur wenn ich ungewöhnlich berechnend bin, *entscheide* ich mich, mit jemandem Freundschaft zu schließen, und dasselbe gilt für eine Überzeugung: ganz allmählich beginne ich mich ihrer Gesellschaft zu erfreuen, respektiere ihren Rat, stütze mich auf ihre Bestätigung; ich merke, wie ich ihre Schwächen oder Exzesse übersehe – und wenn die Freundschaft dann vorbei ist, läßt sich das wahrscheinlich nicht auf einen plötzlichen Bruch zurückführen, sondern auf die Überwucherung durch nahezu unbedeutende Klagen.

Selten wird daher bei etwas wirklich Interessantem oder Wichtigem ein einzelnes Argument einen Sinneswandel herbeiführen. Ja, logisches Denken und Argumente zählen beim alluvialen Triumph eines Gedankens überraschend wenig – nicht mehr als 12 bis 15 Prozent. Die Gründe, die wir dann doch anführen, sind oftmals nur das letzte Aufblitzen eines leuchtenden Gefieders, ein kleines Zeremoniell, mit dem wir die Auflösung eines Kuddelmuddels von Neigungen feiern, die einander zu sehr zuwiderliefen, als daß wir sie rekapitulieren könnten. Ein willkürliches Aufflackern von Erinnerungen; ein unerheblicher Kummer; eine Anekdote in der Zeitung; eine Wendung in einem Gespräch, die einen winzigen Zweifel anstupst: vermittels solch unablässiger Erschütterungen baut sich die rationale Seele um – unser Sinneswandel geht einher mit charakterlichem Wandel. Jahre vergehen, ohne daß diese Bewegung erkennbar wird: «Ich war mir dessen nicht bewußt, aber meine ganze Einstellung zu Fahrgemeinschaftsspuren (oder zu geplanten Gemeinwesen, windigen Argumenten, Reimen, Schostakowitsch oder dazu, ob alles besser oder schlechter wird) ist damals generalüberholt worden.» Plötzliche Konversionen und alles ändernde Einsichten dürfen nicht außer acht gelassen werden, doch gemeinhin klammern wir uns daran erst im nachhinein und übertreiben sie um des Erzählens willen – ein Werkzeug, das von den großen Romanschriftstellern des neunzehnten Jahrhunderts perfektioniert wurde: die setzten ihre Heldinnen eine unglückliche Nacht lang hin und ließen sie sich über die Unerträglichkeit ihrer Lage Gedanken machen, während das Feuer im Kamin allmählich verglühte.

Schauen wir uns «ob alles besser oder schlechter wird» einmal genauer an. So unwahrscheinlich vage und gewaltig das ist, die meisten von uns glauben gleichwohl, daß es sich dabei um eine Frage handelt, die eines periodischen Einholens der eigenen Meinung wert ist. Hier nun ein paar der nur begrenzt rationalen Dinge, die von einer Reifezeit zur nächsten zu meiner Haltung bezüglich des allgemeinen Fortschritts beitragen könnten: Das atmosphärische Rauschen bei Ferngesprächen ist stärker als noch vor einer Weile. Der Beton von Wonder Bread, den sie heute für Gehwege verwenden, ist ein echter Rückschritt gegenüber der dunkleren, kieseligeren Substanz, die sie früher verwendet haben, und die wiederum war eine Verschlechterung gegenüber den welligen, verwitterten blauen Schieferplatten, die es, von den Wurzeln eines in der Nähe stehenden Baums zu Schrägen und Gipfeln aufgeworfen, in meiner Straße gab, als ich ein Kind war. Artischockenherzen von Progresso haben jetzt häufig scharfe, distelartige Stückchen daran, was früher nie der

Fall war. Wenn ich dem Zeitungsjungen heutzutage ein Trinkgeld gebe, bedankt er sich nicht. Friedhofsstatuen werden zunehmend Opfer von Vandalismus. Andererseits gibt es Teflon II. Reflektierende Verkehrsschilder. Das Wah-wah-Pedal. Kostenlose Büchereien für jedermann. Die Zentralheizung. Brandvorschriften. Federal Express. Stevie Wonder. Vladimir Nabokov. Der Ontariosee ist sauberer. Meinen Freunden gefällt mein neuer blauer Mantel. Irgendwie gelangt das Denken zu einem bewegenden gewogenen Mittel dieser Äpfel und Birnen.

Zuweilen folgt ein Sinneswandel Ausweichstrecken. Eine Überzeugung, bei der ich anfangs keinen Zweifel zuließ, schien mit der Zeit immer poröser und strukturell verzwickter zu werden, doch statt meine Ansicht entsprechend zu mäßigen und die Existenzberechtigung mehrerer Meinungen anzuerkennen, verlor ich schlicht das Interesse daran und nicke nun abwesend, wenn das Thema beim Mittagessen aufkommt. Ein andermal wurde eine mir teure Meinung schwächer, als mir die drei Beispiele, die Befürworter ständig zu ihrer Untermauerung heranzogen, allzu vertraut wurden. Im grellen Licht dieser Wiederholung verblaßten die Sekundärdetails, das dichtere Hintergrundgesumm der Meinung; ich hatte sie offenbar einmal zu oft vertreten. Ich versuchte, den rhetorischen oder figurativen Dreh, der sie wiederbelebt hätte, hinzubekommen, schaffte es aber nicht. Unmerklich schlich ich mich zur entgegengesetzten Ansicht davon.

Wie kommt es, daß ganze Kulturen und Zivilisationen ihren «Sinn» auf eine Weise ändern können, die einer synoptischen Erklärung so zugänglich ist? Aus der

Distanz des Ideengeschichtlers verschwimmt alles ganz nett: Man sieht, wie ein Dogma mitsamt seinem Vokabular von Disziplin zu Disziplin, von Seminar zu Seminar sickert; läßt man das Spezifische einmal beiseite, kann man Splittergruppen ausmachen, Grundseen der Opposition, rivalisierende und revivalisierende Denkschulen. Die Glattheit und der Schwung sind atemberaubend, die Metaphern allesamt vorgefertigt.

Doch wenn ich im Waschsalon bin und versuche, das Zusammenwirken von Einflüssen, Ekelgefühlen, Fehlern und Leidenschaften zu rekonstruieren, die mich zu einem schlichten Meinungswandel gegenüber Gabelstaplern getrieben haben, bedrängen mich die Variablen, stockt die Beschreibung und versinkt in Details, und die Vorstellungskraft hüpft mit wenig Erfolg auf einem Schuh auf und ab. Ich konsultiere erfolgreichere Versuche der großen geistigen Autobiographen – Augustinus, Gibbon, Mill, Newman, Männer vom gleichen Schlag –, doch selbst deren brillante Berichte bleiben unbefriedigend: Ich will nicht die Geschichte vom gefürchteten, aber geliebten Lehrer, vom Buch, das wie ein Blitz einschlug, von den Jahren strengen Studiums, denen ein visionärer Zusammenbruch folgte, vom festen Griff der Buße; ich will der Reihe nach jeden Sinneswandel in seiner wahren, verknoteten, geronnenen, rankig wuchernden Mannigfaltigkeit, an der noch all die farbenfrohen Intelligenzfähnchen kleben und im Wind flattern.

(1982)

Wie groß
sind die Gedanken?

Denken

Jeder Gedanke hat eine Größe, und die meisten sind ungefähr einen Meter groß und besitzen das Komplexitätsniveau eines Rasenmähermotors, eines Feuerzeuges oder jener Zahnpastatuben, die, indem sie mehrere verborgene Pasten und Gele zusammenmischen, ein angenehm gestreiftes Produkt erzeugen. Ab und zu kommt einem vielleicht mal ein Gedanke, der in seinem wirren, geschichteten Aufbau ungefähr so groß wie der eigene Dielenwandschrank erscheint. Ein richtig *großer* Gedanke dagegen, ein Gedanke, angesichts dessen ganze Stadtzentren aufstehen und lauthals ihre Dankbarkeit und Verbundenheit zum Ausdruck bringen würden; ein Gedanke voller Erhabenheit, voller alles durchweichender, faßverachtender Katarakte und voller Detonationen geballter Hoffnung, untermalt von Hunderten von Celli; ein Gedanke, der Telefonbücher zerreißen kann und an den Eisenknoten der Erfahrung klopft, bis es von jedem blauen Strang widerhallt; ein Gedanke, der eines Tages alles Edle und

Gute in seine Aktenmappe packen, sich an den Verwaltern der Vergeblichkeit vorbeidrängen, über Nacht zur Wahrheit gelangen und sie an den gleichgültigen Marmorschultern rütteln könnte, bis sie endlich ihre kühle Zustimmung wispert – dessen Größe ist des Nachdenkens wert.

So lange schon will ich wenigstens ein paar gewaltige, ineinandergreifende Gedanken hegen und pflegen, daß ich, nachdem ich legitimere Methoden erschöpft, unlängst auf die theoretische Spekulation zurückgegriffen habe. Wäre es wohl möglich, die Eigenschaften aufzuführen, die, zusammengenommen, einem Gedanken solch hehren Glanz verleihen? Was *macht* ihn überhaupt so groß? Meine eitle Folgehoffnung dabei ist, daß eine systematische und rigorose Kodifzierung nach dem Vorbild derer Hammurabis oder Napoleons große Gedanken vielleicht billig und en gros für die Allgemeinheit verfügbar machen könnte, wodurch der Traum des neunzehnten Jahrhunderts von einer liberalen Demokratie zu retten wäre. In erster Linie aber hoffe ich, daß ich, wenn ich den großen Gedanken erst einmal die fruchtbaren Impulse ihrer Macht zu entlocken vermag, sie Abend für Abend in meiner Einsamkeit denken kann, während ich mit ausgestreckten Armen in kleinen Kreisen auf dem Teppich herumgehe.

Bei meinem ersten Versuch, ein objektives Maß für die Größe von Gedanken zu ermitteln, stellte ich (wie es die meisten irgendwann einmal getan haben) die Theorie auf, daß ich lediglich die schmalen Stufen zu meiner Mansarde erklimmen, in der Hypotenuse der Sonnenstrahlen, die dort im tiefen Winter durchs Fenster kamen, mich konzentrieren und einmal fest auf den fraglichen Gedanken schlagen müßte wie auf ein Kissen. Die Gesamtzahl der winzigen goldenen Staubmonaden, die dann aus der gebeutelten Füllung des Gedankens herausstiebten, würde, so glaubte ich, seine ewige, essentielle Größe anzeigen.

Ich befand dies als eine zu grobe Methode und verwarf sie. Als nächstes sah ich mich, beeinflußt von Sir John Eccles, dem Neurophysiologen, der mit Hilfe des Axons des Riesenkalmar-Neurons zu Wahrheiten über die Chemie menschlicher Nervenfasern gelangt war (selbstredend kleine Wahrheiten; alle wissenschaftlichen Wahrheiten sind klein), nach einem Gedanken von geeigneter Größe um, der in einer Form existierte, die kompakt genug war, daß ich intensiv damit experimentieren konnte. Ich versuchte es mit einer Zeile von Wordsworth:

> ... Schritte
> Fast so lautlos wie der Rasen, auf dem sie gingen.

Doch das war für meine Zwecke nicht ganz groß genug. Ich versuchte es mit Keats'

> Ach, für einen Becher voll des warmen Südens,
> Voll der wahren, der schamesroten Hippocrene,

doch jedesmal, wenn ich das las, übermannte mich die Rührung, und ich erreichte gar nichts. Schließlich beschloß ich, über den Satz von Henry James nachzudenken: «Was ist Tugendhaftigkeit anderes als hohe Intelligenz?» Das erschien mir so passend weit, auf so ideale Weise geräumig, daß ich den Satz mehrere Tage lang hin und her wendete, als wäre er ein üppig figurierter, aus Speckstein geschnitzter Gegenstand; und als er mir nach diesem Zeitraum das Geheimnis seiner Größe noch immer nicht verraten wollte, erkannte ich, daß ich indirekt bei meinem ersten Theorem bezüglich großer Gedanken angelangt war, nämlich dem folgenden:

1. *Alle großen Gedanken sind widerständig.* Ich glaube nicht, daß das in ihrer Absicht liegt. Es ergibt sich aus dem unübereilten, flüssigen Tempo menschlichen Denkens. Kippen Sie als Experiment doch mal ein halbes Glas Wein auf einem frisch gestärkten Tischtuch um. Beobachten Sie, völlig absorbiert, wie die Ränder des Flecks ihren Weg nach außen suchen, dabei jede ausgedörrte Baumwollkapillare Fädchen um Fädchen sättigen und dann weiterziehen – eine lautlose, glückliche Explosion ohne bewegliche Teile. Ein Gedanke bewegt sich mit der Geschwindigkeit dieses Flecks voran. Und wenngleich ein großer Gedanke anscheinend gern noch viel mehr Schößlinge und Flaumfedern der Erfahrung, von denen einige nach langer Vernachlässigung geschrumpft sind, durchdringen, erfüllen und wieder auffrischen möchte (denn jeder Gedanke, selbst der größte, ermüdet, erlahmt, verfällt als beliebiges Partygeplauder in die Winterstarre und wird so zum reinen Platzhalter für wahres Verstehen, es sei denn, er wird durch vertieftes Nachdenken und das Bewußtsein seiner eigenen Vorläufigkeit zu endloser, geschmeidiger Bewegung getrimmt und dabei durch die vielen halbdurchlässigen Membranen, die Lernen, Leiden, Ehrgeiz, Höflichkeit und Verwirrung voneinander isolieren, hin und her geschleust), wird das Raunen seiner Großartigkeit zwangsläufig durch zahlreiche inter-

stitielle Verzagtheiten verzögert, gedämpft und gedehnt – man hält inne, blickt von der Seite auf, wartet; die Augen bewegen sich, die Gestalt meditativer Vielecke nachzeichnend, durch ihre Höhlen; und irgendwie wird dann *mehr* von dem Gedanken in die Seele entlassen – das bekräftigende Läuten einer neuen, fernen Glocke –, bis er sie zur Gänze ausgefüllt hat, so wie dikker Ton sich in einer komplizierten Form absetzt oder wie ein Schöpflöffel voll Teig Zelle um Zelle des Waffeleisens besiedelt oder wie, später dann, der Geruch der Waffel durch die erwachenden Zimmer des Hauses gezogen sein wird.

Doch ich spürte, daß Widerständigkeit nicht genügte. Was mußte ein großer Gedanke noch haben? Von einer gewissen ehrgeizigen Sehnsucht erfüllt, riß ich die Tür des Inselhäuschens auf, in dem ich wohnte, nickte dem Mond zu und begann, den Fairway eines Golfplatzes entlangzugehen, wobei ich zum Rhythmus meiner unsichtbaren Füße einen großen Gedanken von Tennyson aufsagte, an dem ein paar Experimente durchzuführen ich beschlossen hatte:

> Bergulmen, die den Boden dieses flachen Rasens
> Sprenkeln mit Dämmerung und Licht

Die Bunker, gespenstische, wie weiße Blutkörperchen geformte Gebilde, trieben langsam vorbei. Endlich erreichte ich das letzte Grün, das mondfarbene Grün, wo eine dunkle Fahne schlackerte, und blickte hinaus auf das warme, weiße Meer. Ich breitete die Arme aus und wartete. Und genau da hätte mein zweites Theorem bezüglich großer Gedanken sich in silbernen Lettern am fernen Horizont abzeichnen sollen, tatsächlich aber erreichte es mich erst ein paar Wochen später, in einer öffentlichen Bücherei:

2. *Große Gedanken sind Schattenwesen.* Nicht unbedingt solche des tiefen Schattens, sondern des durchmischten und laubigen Schattens auf dem Boden großer Wälder. Kleine Gedanken laufen gern in ihrem farbenfrohen Badekleid in der brutalsten Mittagshitze umher, große dagegen brauchen wirklich beträchtliche Mengen kühler, stiller Luft, damit genügend Raum für die Annäherung und Ankoppelung ihrer Komponenten der Traurigkeit bleibt. Niemand kann, auf dem Boden eines großen Waldes sitzend, über einer heiklen Aufgabe angestrengt die Stirn runzeln, und auch große Gedanken entziehen sich der Betontheit und Zielgerichtetheit eines Stirnrunzelns; statt dessen machen sie sich mit allgemeinem Druck bemerkbar, sind der Streitlust abhold und beschränken sich auf die Andeutung, daß es nicht weit entfernt, gar nicht weit entfernt, gänzlich überzeugende Marginalien noch unentdeckten Gefühls gibt, die gleich geschichteten Teppichen in unbeleuchteten Gewölben lagern: Sie weisen demnach eine üppige Schattigkeit auf, ähnlich den dunkelroten Festungen der Lunge oder dem getriebenen, diamantbesetzten Innern wasserdichter Uhren. Auch sind alle großen Gedanken vom Laubschatten leisen Zögerns und leichter Unsicherheit gefleckt und umspielt: diese Unschlüssigkeit verleiht dem Gedanken gerade genug Demut, daß er wahr sein kann. (Alles, was unwahr ist, ist klein.) Ja, die Dämmerung – der Augenblick des planetarischen Schattens – ist die Zeit, in der man großen Gedanken am wahrscheinlichsten begegnen kann. We-

gen irgendeines Machtkampfs zwischen den Zapfen und Stäbchen der Netzhaut, der mit dem Nahen der Dunkelheit ausbricht, gibt es ungefähr eine Viertelstunde, in der die Farben, wenngleich weniger deutlich, ungeheuer pigmentiert erscheinen und die wichtigen Dinge, Gesichter und insbesondere die Zähne eines Lächelns, zu Quellen warmen Lichts werden; genau dann können große Gedanken am besten dabei beobachtet werden, wie sie über ihre düsteren Veranden schlendern und aus ihren Kodizes rezitieren.

Wie Sie sich vorstellen können, hatte ich, als ich dieses zweite Theorem dann schließlich formuliert hatte, gründlich die Nase voll von großen Gedanken. Wenn ich bei einer Seite Tolstoj merkte, daß einer drohte, rannte ich davon; ich versteckte mich. Die Party schien gelaufen: Dave Peters und sein Orchester hatten eingepackt, und die entkräfteten Ballons rutschten über den Tanzboden.

Ich setzte mich. Mehr als alles andere wünschte ich mir den Minzehauch der einen oder anderen schmächtigeren Wahrheit im Ohr. Etwa eine kleinere botanische Entdeckung bei einer ungewöhnlichen Farnart; ein Paradox oder ein Aperçu hätte genügt; leise Cembalomusik; Münzen- oder Kartentricks; witzige Biographien viktorianischer Randfiguren. Was war an den kleinen Gedanken denn so verachtenswert? Ja, wo wären wir denn ohne kornische Kampfhühner wie «Eines der wesentlichen Verdienste von Beweisen ist es, daß sie einen in bezug auf das bewiesene Ergebnis mit einer gewissen Skepsis erfüllen», das eines Tages in Bertrand Russells glücklichem Geist nistete? Oder Charles Churchills kleiner Twostep:

Mit seltner Kunst stellt das Gehirn, zu fein gewirkt
Sich selber nach und wird vom Denken dann erwürgt.

Oder das, von Pater: «Es gibt eine gewisse Nuance der Gleichgültigkeit, die vollkommene Haltung des achtzehnten Jahrhunderts, die man für ein Zeichen vollendeter Kultur bei der Behandlung abstrakter Fragen halten kann» – ein Gedanke, der einen Augenblick lang strahlend, leuchtend gen Himmel springt, dann aber, wie viele kleine Gedanken, beim zweiten Aufprall von einer papiernen Abordnung von Gegenbeispielen ausgelöscht wird. Würden wir alles Flotte, Unbekümmerte, kraß Übertriebene, Leichtfüßige, Verletzliche oder umsichtig Gewürzte aus unserer geistigen Landschaft vertreiben, dann befänden wir uns in einem schlimmen Zustand. Ich schalt mich wegen meiner Herzlosigkeit dem Kleinen gegenüber. «Wir müssen alle Epen zu Epigrammen verfeinern!» sagte ich. «Wir dürfen nur das Flimmern und Schimmern der Welt messen, Fingerhutvoll um unvergleichlichen Fingerhutvoll, und nicht einmal dem Knispeln eines Glühbirnenfädchens dürfen wir das Schweigen eines verzückten Kontinents mißgönnen!»

Doch diese extreme Reaktion ging an der Sache vorbei, die, wie ich nicht lange danach herausfand, die folgende war:

3. *Große Gedanken hängen stärker von kleinen Gedanken ab, als man meinen könnte.* Warum fühlt sich Samt glatter an als Chrom? Weil Glattheit eine sekundäre Folgerung seitens der verwirrten Fingerspitze ist, basierend auf der Wahrnehmung vieler flüchtiger Rauheiten, die zu schnell unter ihr vorbeilaufen, um einzeln berücksich-

tigt zu werden. Der Eindruck von Widerstand in allen wahrhaft glatten Oberflächen entsteht, wie der Eindruck ornamentalen Aufruhrs in allen wahrhaft anmutigen Linien, analog zu der Überfülle, der Anarchie hübscher, kurzer Einsichten, die wir oft erleben, wenn wir uns durch ein bedeutendes Geisteswerk lesen oder hören, ein Werk, das uns, wenn wir damit fertig sind, mit großen, ruhigen Wahrheiten erfüllt zurückläßt. Die Zotten an der Innenseite des Dünndarms – dichte Wäldchen mikroskopisch kleiner Protuberanzen zur Resorbierung von Nährstoffen – bilden eine Gesamtoberfläche, die, wenn flach ausgebreitet, die ganze Insel Manhattan bedecken würde, wie ich mir habe sagen lassen. Auch große Gedanken werden, der kleinen Gedanken, die ihre Oberfläche auflockern, entzogen und beraubt, glatt und unverdaulich. Denken Sie nur an die unendlich winzigen Häkchen an einem Pferdehaar, die der Cellosaite ihre verschwenderischen Töne entlokken; denken Sie an die groben Rippen in der Seide, die Wasserspeier an einer Kathedrale, die Akanthussträußchen oder das Eierstab-Ornament an der geschmackvollen Kurve eines Stuhls, die Kartoffelklümpchen, die der einzige Beweis für die ansonsten feine Konsistenz einer cremigen Suppe sind; denken Sie an die Exempel, die einen erbaulichen Aufsatz untermauern, die Gesellschaftssatire in einem Roman mit tragischem Ausgang, die Sechzehntelnoten in einer friedlichen Melodie, die unablässigen Metaphern am Wegesrand eines metaphysischen Werkes; denken Sie an all die unhaltbaren Applikationen, die Häkchen, die Reibung, den Plüsch, die scheinbar das Erreichen eines größeren Ziels behindern, tatsächlich aber entscheidend dazu beitragen. Große Wahrheiten werden wie gütige Madonnen von Dutzenden geschäftiger, fröhlicher Engel des Details hochgehalten.

Ich habe diese drei Theoreme – das Theorem der Widerständigkeit, das Theorem des Schattens und das Theorem der Abhängigkeit – an so vielen Produkten des Verstandes erprobt, wie es mir neben einer festen Anstellung her möglich war. Meine Ergebnisse mögen einen Beigeschmack von Strenge haben. Aber unter den Liebhabern dieses Steckenpferdes sind seit Menschengedenken in der Tat nur wenige, die das Handwerk beherrschen, einen ganz eigenen geräumigen, zuvor ungedachten Gedanken zu errichten: die wissen, wie man vermittels der Anordnung seiner langen Flure und hohen, prunkvollen Räume jenen Sog zunehmend erwartungsschwangerer Verzögerung erzeugt; wie man nach einer wohlüberlegten Zerstreuung immer wieder zu dem Gedanken zurückkehrt – mal mit zugewandtem Gesicht, dann in der Dreiviertelansicht, mal sehr nah, dann entfernt; wie man sich seine gewaltige, langsame Kraft mit einer einkreisenden Beharrlichkeit einverleibt, die zu drei Teilen aus Neuheit und zwei Teilen aus bestätigender, bekräftigender Wiederholung besteht. Ich zähle da Henry James, Brahms, Bellini, Burke, Bach, Pontormo. Darüber hinaus nur sechsundachtzig weitere.

Und nun werde ich im Geiste eisiger Unvoreingenommenheit die Größe des Gedankens testen, den ich Ihnen hier vorgelegt habe und der sich voraussichtlich in Kürze ohne große Überraschungen, nach weiteren zwei, drei geistigen Atemzügen zu Ende gebracht, noch gestreckt vielleicht mit einer letzten, strengen Prise

Konkretisierung, im Sande verlaufen wird – es sei denn, o Sehnsucht!, ich finde vielleicht doch noch zufällig zu jenem gelenkigen, unbekümmerten Schwung, mit dem ebendieser Gedanke losmarschieren kann, dabei saure Beeren pflückt, Zeitungen kauft und herumliegenden Müll aufhebt, ohne auch nur einmal aus dem Tritt zu kommen, ein Lächeln riskiert, die ausgestreckten Hände von Jungwählern schüttelt, die Krawatte löst! – nein, ich glaube, das war's doch schon: dieser Gedanke hat sich gerundet und, trotz aller guten Absichten, als klein bestätigt.

(1983)

Seltenheit | Denken

Hat schon einmal jemand öffentlich gesagt, wie schön es ist, mit einem Kugelschreiber auf Gummi zu schreiben? Der langsame, dicke, tintenreiche Strich, über eine dichte und zugleich nachgiebige Oberfläche gerollt, sorgt für ein multidimensionales Erlebnis, wie kein Blatt Papier es bieten kann. Während ich dies schreibe, machen Dutzende von Amerikanern sich wiederholende Krakelmuster auf die weiche weiße Türdichtung ihres Kühlschranks, oder sie führen ihren Stift um die geschichteten Seitenwände und Zehenwülste ihrer Turnschuhe (die Köpfe geneigt, indes Ältere ihnen Ratschläge geben), oder sie zeichnen glänzende Initialen auf einen dieser riesigen, dummen, wohlwollenden Radierer (die jedesmal, wenn man sie fallen läßt, in unvorhergesehene Richtungen davonspringen und die so selbstlos, so apolitisch, so ganz und gar desinteressiert daran erscheinen, etwas anderes zu tun, als dicke Fehler auszuradieren, für die sie nicht verantwortlich waren) und benutzen den Radierer dann dazu, ebendiese Initialen mehrmals, seitenverkehrt, in verblassender Progression auf ein Knie oder einen Unterarm zu drucken. Das sind seltene Vergnügen.

Und dann erwähnt jemand in seinem ersten Absatz mehrere Arten dieser Gummischreibkunst. War das nun ein nützlicher Service? Ein paar Leser, die sich erinnern, daß es ihnen einmal Spaß gemacht hat, eine gebührenfreie Telefonnummer auf die Klinge eines sauberen Rubbermaid-Spatels zu notieren, reagieren mit vorsichtiger Zustimmung: «Ja, ich gehöre wohl zu jenen gar nicht so ungewöhnlichen Leuten, die ein derartiges seltenes Erlebnis schon mal hatten.» Rare Ereignisse im Leben vollkommener Fremder sind nun verknüpft; das Vergnügen als solches jedoch ist zu fragil, zu beiläufig, um eine derartige erzwungene Verbindung unbeschadet zu überstehen. Bedauerlicherweise ist die Vervielfältigung des Gedankens der Seltenheit einer Sache in ihrer Wirkung fast identisch mit der Vervielfältigung der Sache selbst; ihre Seltenheit löst sich auf. Manche Leser werden sich womöglich nie wieder so gedankenlos an dieser bestimmten Form des Müßiggangs beteiligen. Sie ist nicht verbreiteter, als sie es war, bevor ich davon schrieb, aber sie ist banaler geworden.

Seltenheit ist daher ebensosehr eine Emotion wie eine statistische Wahrheit. Sagen Sie das Wort nur immer wieder vor sich hin: *Selten. O seltener als selten.* Ein langer, durchdringender Lichtbogen erscheint und vergeht in der verdunkelten Erinnerung. Es ist ähnlich wie der verebbende Schrei von Zeichentrickfiguren, wenn sie dazu gebracht werden, über einen Felsvorsprung zu rennen. *Der Raum mit den seltenen Büchern. Eine seltene Krankheit. Ein seltener Vogel. Ein Wunder von seltener Fin-*

digkeit. In der Vorstellung eingeschlossen sind alle möglichen Unbilden, die dabei auch noch eine Rolle spielen: Kürze, knapp verpaßte Gelegenheiten, Ehrfurcht, das Sterben großer Männer und das Ende ruhmreicher Ären. Häufigkeit ist eine plötzliche Bewegung vieler Flügel, ein Blättern durch ein zerlesenes Taschenbuch; Seltenheit hält den einen Zeigefinger erhoben, der zum Schweigen bringt. Und doch ist die absolute Zahl solcher «Selteneme» enorm – zu groß, als daß wir jedem einzelnen die gespannte einäugige Aufmerksamkeit zuteil werden lassen könnten, die es verdient. Es gibt nicht nur unbezahlbare falsch gedruckte Zehncentstücke, eigentümliche Nordlichter, die ihre Teilchenroben über unbewohnte Gebiete hängen, Holes-in-One und authentische Georges de la Tours; es gibt auch die ganzen vielfältigen Arten menschlichen Talents und von Charakterpermutationen: den Meisterimitator von Froschgeräuschen, das Gedächtniswunder, den Mann, der Geist mit Mitgefühl verbinden kann. Das Universum der Seltenheiten ist überraschend dicht bevölkert, und dennoch ist es irgendwie fähig, seine Bewohner in scheinbarer Isolation zu belassen, so daß jeder einzelne in einer strahlend plazentalen, flüssigkeitsgefüllten Kugel des Erstaunens schwebt, meilenweit entfernt vom nächsten Nachbarn.

Doch in diesem Universum gärt es auch. Die Fluktuationsrate ist sehr hoch. Ein Diskjockey sagt aus einer plötzlichen Eingebung heraus *kälter in der Pampa* statt *kälter im Umland* oder *Donnerwetter* statt *Gewitter*; binnen zweier Wochen sagt jeder scharfohrige DJ im Lande genau dasselbe, aber bald werden diese Wendungen, schon nicht mehr ganz so heiß, als Remittenden an weniger bedeutende Mikrophone weitergereicht. Vergessene Banalitäten heben das Haupt, und befleckte Seltenheiten werden in Prozessen, die so unvermeidlich sind wie die Zyklen von Regen und Verdunstung, ins Banale zurückgestoßen – und das vierundzwanzig Stunden am Tag. In dieser Rotationsbewegung aber liegt auch unsere Verwirrung begründet. Da Seltenheit einen Teil der Freude ausmacht, die wir an vielen von uns geschätzten Dingen haben, wie selten sollen wir den Seltenemen zu bleiben gestatten, wenn es in unserer Macht steht, ihre Häufigkeit zu beeinflussen?

Vielleicht sollten gute Ideen schlechte ohne den Widerstand von Vorurteilen oder Gewohnheiten ablösen; vielleicht sollte Insiderwissen der Öffentlichkeit mit der geringstmöglichen Verzögerung bekanntgemacht werden. Wir handeln jedenfalls, als sollte es so sein. Automatische Mechanismen sind an die Stelle der wirksamen Zurschaustellung eines verborgenen Juwels getreten – ein kluger Haushaltstip, eine neue Theorie, ein Patent, ein recht gutes Gedicht. Startgeld ist überall. Risikokapitalgeber, jene schlaflosen Aufpasser, durchstöbern die Labors nach dem winzigsten Beben einer Möglichkeit, stopfen ihr zehn Millionen Dollar in den Rachen, blähen sie auf, bringen sie groß heraus und ziehen weiter. Stipendienkomitees und Kunstwettbewerbsjuroren beißen sich durch die Bewerberpools und bezuschussen alles, was sich bewegt. Antizyklisch orientierte Börsenmakler trampeln einander nieder, um kaum gefragte Aktien zu kaufen. «Neu-und-beachtenswert»-Spalten greifen jedes Grummeln einer Innovation auf und widmen ihm einen Absatz, einen Titel mit einem Wortspiel darin und ein briefmarkengroßes Bild.

Vergangene Fehler haben uns zur Einsicht gebracht: Mendel starb unbeachtet; Brahms wurde ausgebuht; Harveys Patienten ließen ihn fallen, als er *Der große Blutkreislauf* veröffentlichte. Eine derartige Peinlichkeit darf zu unseren Lebzeiten nicht passieren!

Zuweilen ist es lustig, Teil einer Gesellschaft zu sein, die so versessen darauf ist, ihre Reaktionen auf Neuheiten zu institutionalisieren. Unsere Zehen krümmen sich um die Führungskante des Surfbretts. *Uns* erwischt kein neuer Wind auf dem falschen Fuß. Wir werden den Horizont des Abseitigen unablässig im Auge behalten, und keine Andeutung einer Aktivität in diesem Bereich wird unserem wachen Blick entgehen.

Doch es gibt Nebenwirkungen, nervöse Zuckungen, Erschöpfungssymptome, die bei einem Publikum entstehen, wenn es das Heterologe zu sehr umwirbt. Das Neue müßte eine Frostperiode durchmachen – zu seinem eigenen Besten sollte es sich sogar hartnäckigen und empörten Widerstand gefallen lassen. Vernachlässigung läßt einer einnehmenden Kuriosität mehr Zeit, wichtige Selbsttests durchzuführen; weitverbreitete Engstirnigkeit beherbergt Überraschungen. Niemand wird einem Verleger Vorwürfe machen, wenn er ein vergriffenes kleines Meisterwerk entdeckt hat und es für seine Pflicht hält, den menschlichen Geist zu bereichern und zu beflügeln, indem er es als Taschenbuch bringt, mit einem wunderschönen, kargen, hochmodern gestalteten Umschlag. Das ist sein Beruf. Manchmal jedoch wünschen wir uns einfach, er möge doch damit warten, es nur für sich selber in einem Antiquariat kaufen und sich so die Freude privaten Besitzerwissens, die Ekstase, am Ende eines rankigen Fußnotengestrüpps auf etwas nicht genügend Gewürdigtes gestoßen zu sein, wenigstens ein paar Jahre länger bewahren, da die Hoffnung auf solche Geheimnisse eines der Dinge ist, die uns weiterlesen lassen.

Grobe Fahrpläne, «Würdigungstabellen», können da Orientierungshilfe leisten. Die auf beiden Seiten mit Saugnäpfen gesprenkelte Ablage, an der man vertikal ein nasses Stück Seife befestigen kann, während man unter der Dusche steht? Die sollte in der «Neu-und-beachtenswert»-Spalte einer jeden Zeitschrift ein halbes Jahr lang unerwähnt bleiben. Wir alle sollten die faire Chance haben, sie selber zu entdecken, wie sie in der Drogerie unangekündigt an einem Haken hängt. Ein gutes Gedicht sollte, wie Horaz meinte, einer neunjährigen Nachrichtensperre unterliegen. Und ein bedeutender Freizeitartikel – beispielsweise ein neuartiges aufblasbares Floß – verdient wenigstens fünf Sommer stiller Überlegenheit, bevor es von *Consumer Reports* als «Best Buy» eingestuft wird und beim umsatzstarken Discounter in der Sportabteilung an der Wand lehnt. Schließlich verdrängt dieses Floß – mit seinem revolutionären osmotischen Aufblasventil – mehrere andere sehr gute Floßfabrikate, die einst so stolz auf der Welle des Erfolgs schwammen; und wenn wir die noch immer hoffnungsfrohen Kataloge der Hersteller dieser minderwertigen Flöße durchblättern und deren Qualen spüren, die sich monatlich vertiefen, während sie mit ansehen, wie ihre Verkäufe steil bergab gehen, dann erlangen *diese Flöße* nach und nach Seltenheitswert – den Seltenheitswert des Underdogs, eine der verführerischsten Formen –, und wir merken, daß wir zu schnell das Gefühl haben, das zweitrangige

Produkt anfeuern zu müssen. (Haben Sie noch nie eine eigenartige Beunruhigung bezüglich des Sessels in Ihrem Wohnzimmer, auf den sich nie einer setzt, empfunden? Und nicht schon manchmal ein ärmelzupfendes Mitleid und Schuldgefühl gegenüber einem Kleidungsstück, das Sie nicht mögen und daher nur selten tragen? Haben Sie sich nicht wenigstens einmal still und leise in dem häßlichen Hemd auf den kaum benutzten Sessel gesetzt, um diese Ungerechtigkeit auszugleichen?) Eine kleine Verlängerung des Zeitraums, den eine neue Merite braucht, um sich darzustellen, den seltene Fertigkeiten brauchen, um ihren plötzlichen Reibach zu machen, würde unsere Sympathie für den Underdog und unser Entzücken angesichts des Überlegenen zur Deckung bringen; eine zu rasche Vermittlung des Wissens relativer Größe wiederum eliminiert jene schöne Periode, in der diese beiden Emotionen einander überlappen.

Als Zwischenergebnis halten wir daher fest, daß die Zivilisation oberflächlich dickköpfig und aller Subversion gegenüber argwöhnisch sein sollte, so daß die Seltenheit mit ihrem Akkordeon hereinspringen und die Anatomiestunde aufschrecken kann. Wenn das bedauerlich Unterschätzte bedauerlich unterschätzt belassen wird, bleiben Rechtschaffenheit und drängendes Sendungsbewußtsein auf seiten derer, die es verdienen. Aber wenn alle tollen Sachen, kaum daß sie aufgetaucht sind, gehypt werden, wenn Bebauungspläne statt zusätzlicher Büroflächen öffentliche Kunst vorsehen, wenn Schriftsteller ihre schöneren Bemühungen einschränken, weil schon die bloße Andeutung von Expertise genügt, um ein Jahrzehnt lang locker weiterzubummeln, dann sieht man sich um der Originalität selbst willen unwillkürlich gezwungen, Autorität, Stringenz und Unbeugsamkeit zu verteidigen – nicht eben Dinge, die man mit wahrem moralischem Genuß verteidigt. Lassen wir also das Seltene selten bleiben, wenigstens eine Zeitlang. Jedes schlechte Design, das gelobt wird, trägt dazu bei, gutes Design unter Verschluß zu halten. Wir brauchen viele inkompetente Instanzen; wir brauchen mehr Möglichkeiten, töricht und uninformiert zu sein.

Manchen Altvorderen sind da jedoch die Gäule durchgegangen. Einmal angenommen, Sie sind ein Genie und haben gerade etwas geschaffen, was noch niemand zuvor geschaffen hat. Da liegt es nun, auf Ihrem Schreibblock oder Ihrer Veranda, so selten, wie es nur sein kann. In einer Woche oder einem Jahr könnte es in Tausenden anderer Geister blinken, so wie die winzigen, sich wiederholenden Bilder im Auge eines Käfers. Paul Valéry hält da strenge Worte für Sie bereit: «Jeder als stark erachtete Geist beginnt mit dem Fehler, der ihn bekannt macht», schreibt er. Und: «Die mächtigsten Köpfe, die scharfsinnigsten Erfinder, die anspruchsvollsten Kenner des Denkens müssen unbekannte Männer sein, Geizhälse, die sterben, ohne ihr Geheimnis preiszugeben.» Schon eine Idee in Worte zu fassen ist, Arthur Schopenhauer zufolge, ein Ausverkauf: «Sobald unser Denken Worte gefunden hat, hört es auf, ehrlich oder im Grunde ernsthaft zu sein. Wenn es beginnt, für andere zu existieren, hört es auf, in uns zu leben.» Der Non-sequitur-Charakter dieser verbalen Argumente für das Schweigen ist offenbar. Dennoch, wenn dahinter lediglich der schlichte Wunsch nach einer Art Privatheit steht, nach Isolation der Unaufmerksamkeit, nach ein paar Aufschüben bei der endgültigen Verurteilung eines Gedankens, nach ein wenig Trauer, die sich in die beflissene Selbstdarstellung mischt, dann würde jeder kluge Introvertierte beipflichtend ein Glas Absinth heben.

Auch geht es oft besser, wenn die ganz der Suche nach dem Seltenen gewidmeten Anteile im Leben eines jeden als solche auch etwas weniger häufig sind. Der verblüffende Dusel und die berauschende Pathologie sollten ihre ersten Entdecker ebenso überraschen wie uns andere. Es ist immer erfreulicher, wenn die Familie, die ihren Einsatz zerstreut inmitten von Besorgungen und Fahrten zum Tierarzt gemacht hat, die Pferdewette gewinnt als der Mann mit der ausdruckslosen Stimme und dem Kapuzenparka, der fünfhundertsiebenunddreißig separate Einsätze gemacht hat – nur daß letztlich das Phänomen der Seltenheit auch auf ihn zutrifft, wenn wir einmal über ihn nachdenken: die ganzen Vormittage auf der Post, unrasiert, die ganze Lektüre der kleingedruckten Wettkampfbedingungen, das ganze Abschreiben des Namens «Dove mit 1/4 Reinigungscreme» auf karteikartengroße Stücke Papier.

Für uns, abgesehen von diesem seltenen Mann im Parka, könnte die provisorische Moral die sein: Nach Wahrheit streben, nicht nach Seltenheit. Das Atypische kommt schon allein zurecht: der uns angeborene, unbezwingbare Appetit danach wird es nicht lange unbeachtet lassen. Und sehr häufig, wenn wir uns mehrere allgemeine Wahrheiten ansehen, sie nebeneinanderhalten in dem Bestreben, wieder einmal zu spüren, was sie so wahr macht, werden auf rätselhafte Weise in den aufgeladenen Räumen dazwischen Seltenheiten entstehen, so wie die wunderbaren, gespenstischen Quietscher, die die Finger eines Gitarristen erzeugen, wenn sie von einem Akkord zum anderen greifen.

(1984)

Modellflugzeuge Maschinen

Man braucht keinen Satz Pactra-Emailfarbe, keine Airbrush-Ausrüstung, keine Feile, keine Pinzette und auch kein Schraubzwingen-Set; man braucht nicht die Variationen der bei der F-5E Tiger II vom 527. Jagdgeschwader in Alconbury zwischen 1976 und 1988 verwendeten Tarnanstriche zu kennen und schon gar nichts über Krieg oder Geschichte oder militärisches Gerät zu wissen; man braucht keine Haßgefühle gegenüber Feinden im Ausland oder am Arbeitsplatz. Zumindest aber eine schlichte *Tube Kleber* könnte nötig erscheinen, wenn man an dem Plastik-Modellbausatz des Flugzeugs Spaß haben will. Und eine flüchtige Grundschulbekanntschaft mit Kleber oder «Zement», wie technisch Gewiefte bei uns gern dazu sagen, ist ein wichtiger erster Schritt zur Erlangung weiterer, schlichterer, unpolymerisierter Freuden. Der Kleber jedenfalls war, besonders während jener langen Sommernachmittage Ende der sechziger und Anfang der siebziger Jahre, bevor der Rezeptur Senföl beigefügt wurde, um jedwede direkten Versuche einer Stimmungsmanipulation zu unterbinden, ein wunderbares Zeug. Wenn man den getrockneten Restling einer früheren Bastelstunde abkniff und einen sanften Druck auf die Testor's-Tube ausübte, rundete sich an der maschinell gefertigten Metallspitze lautlos ein nagelneuer, glasdesignwürdiger Kunst-Tropfen aus kühlendem Gift, der mit seinem scharfen, gnomonischen Oberflächenleuchten und seiner destillierten, wodkalischen Innenreinheit wie eine in sich geschlossene Welt aus unbestechlicher geistiger Konzentration aussah, wie die üppig pantographierte Miniaturisierung des Raums darum herum samt der Wiedergabe des Künstlers auf dem Revell / Monogram-Schachteldeckel und dem halbfertigen Jäger selbst, dazu den Händen, die sich ihm nun näherten, um ihn zu vollenden; und wenn der Geruch dieses klaren Lösungsmittels, das an unglaubliche Mach-Zahlen, obere atmosphärische Schichten und unbegrenzte Kongreßmittel gemahnte, jedwede inkompatiblen, kohlenstoffchemischen Signale des Hungers oder der menschlichen Schwäche vertrieb, war einem, als hätte der Kopf irgendwie Zugang zu diesem leuchtenden Kügelchen des Formalismus und der feinmotorischen Fertigkeiten erhalten und sich darin versenkt. Wenn man ein Paar halbierter Komponenten zehn Minuten lang fest zusammenhielt, sie trotzig anstarrte, die winzigen, klebstoffbetupften Stifte mit schierer Willenskraft zwang, zu Toffee zu werden und auf immer mit ihren jeweiligen Buchsen zu verschmelzen, beunruhigte einen die Perle nicht, die häufig entlang der Naht als Beweis der konstanten Kraft des Griffs wieder auftauchte; nein, man begrüßte sie sogar, und man schwenkte die Subkonstruktion umher, um damit den Trocknungsprozeß zu beschleunigen, wobei man jedes Rad, jedes Pitot-Rohr, jeden Stabilisator getrennt «flog», um seinen einzigartigen Beitrag zur Gesamtluftwürdigkeit zu ermitteln, bevor man ihn in die spartanische Gesellschaft des Rumpfs integrierte. Der Kleber war der Düsentreibstoff des Maßstabs 1:72 – brennbar, eisig, gefährlich. Sein Zweck war nicht die Geschwindigkeit selbst, sondern die Würdigung der Geschwindigkeit – eine Vorstellung, die langsam, über Stunden stuhlgebundener, steifnackiger Betätigung, zusammengesetzt werden mußte, bis sich alles, Vibration und Nachbrenner und das Gefühl, kaum noch zu halten zu sein, wirbelnd in einer imaginären Alternativdimension abzeichnete, wo es von einer unscharfen Wüste sauberen Zeitungspapiers, von der gewichtslosen Reflexion eines Uhrenglases an einer hohen Wand und von einem großen weißlichen, für immer auf grünem Plastik aufgeprägten Daumenabdruck repräsentiert wurde.

Ja, Kleber war auf seinem Gebiet gut und hilfreich, doch nun müssen wir ihn beiseite legen. Denn wer hat schon die Zeit, die nötig wäre, um Plastikmodelle zu *bauen*? Vor acht Jahren kaufte ich mir während einer Zeit beruflicher Enttäuschung einen 57er Chevy von MPC – Ein toller Schlitten, mit aufklappbarer Motorhaube! lautete der Werbetext auf der Schachtel –, mit dem Hintergedanken, daß ich mich, indem ich ihn zusammenbaute, zusammenreißen würde, denn ich war ja auch ein 57er. Der Bausatz kostete ungefähr soviel wie ein Taschenbuch und hätte grob geschätzt dieselbe Anzahl von Stunden gebraucht, um fertig zu werden, nur hätte er den Sprachlappen völlig umgangen, was nicht alle Taschenbücher ehrlicherweise versprechen können. Doch da liegt er nun vor mir, eingeschachtelt, ungebaut. Einige Jahre lang rechtfertigte ich mein Scheitern damit, daß ich Modellautos nie so gern gebaut hatte wie Modellflugzeuge (der Diskont-Drugstore hatte an jenem impulsiven Nachmittag nur Modellautos vorrätig gehabt) – aber während der letzten Wochen habe ich mir die USAF F-101B Voodoo und die sowjetische MiG-29 Fulcrum von Monogram gekauft (beide in den USA hergestellt), die F-15A Eagle und die israelische F-21 Kfir von Revell (beide in Japan hergestellt), die sowjetische Suchoi-27 Flanker (in Korea hergestellt), den B-2 Stealth Advanced Technology Bomber von Revell (in den USA hergestellt), die B-2 und F-117A Stealth-Bausätze von DML in einem (in Hongkong hergestellt), die Kfir C2 und die F-14A Atlantic Fleet Squadrons und die MiG-29 Fulcrum von Hasegawa (alle drei in Japan hergestellt), die F-14A Tomcat von AMT (in Italien hergestellt), die X3 Stiletto von Lindberg (in den USA hergestellt), die Tomcat und die MiG-29 von Testor (Italien bzw. Japan) und noch ein paar andere dazu – interkontinentales Plastik aus drei Einzelhandelsgeschäften im Wert von $ 211–, und obwohl es mir große Freude bereitet hat, die Schachteln zu öffnen, und obwohl ich sogar Kopien gemacht habe, die genau festhalten, wie der Inhalt einer jeden Schachtel aussah, als ich zum erstenmal den Deckel abhob, habe ich keines dieser Flugzeuge gebaut. Aber jetzt weiß ich wenigstens, warum.

Der Grund ist einfach der, daß die Tätigkeit des Modellbaus sich, trotz der ausgleichenden Reize des Klebers, in der Erinnerung als eine lange, allmähliche Enttäuschung zur letzten Ruhe begibt. Man ist in dem

Irrglauben befangen, man wolle das fertige Teil besitzen, zusammengesetzt, gekittet, bemalt, mit Abziehbildmotiven versehen und unter Glas in einem Diorama aus heißgeformtem Schwamm und auf alt gemachtem Kleenex. In Wahrheit aber möchte man beispielsweise den Bausatz der MiG-29 von Monogram auf dem Höhepunkt seiner visuellen Komplexität besitzen, wo er jede Stütze und Strebe des handwerklichen Ehrgeizes stimulieren kann, bevor er vom Seitenschneider verletzt wird und Teile davon in ewiger Dunkelheit innerhalb anderer Teile verbunden sind; man möchte, daß er einem gehört, wenn beide Seitendraufsichten eines jeden dreidimensionalen Einzelteils, zum schnellen Auffinden numeriert, dem Auge symmetrisch und simultan in einem Arrangement geradliniger Ausläufer und fragiler Verbundenheit verfügbar sind, das ebenso total verzwickt und schön ist wie die gewaltigen schmiedeeisernen Tore, die die sagenhaften Schätze in der Rüstkammer des Kremls schützen.

Frisch aus dem Laden, sind diese Bausätze Museen: Kremls und Smithsonians des explodierten Blicks, worin man sich voll und verzückt einem einzigen Flugzeug widmen kann, das plan existiert, säuberlich spaliert, angeordnet nicht entsprechend einer aerodynamischen oder militärischen Funktion, sondern gemäß den Anforderungen eines geordneten Stroms heißen Plastiks durch die polierten Kreuzgänge der Gußform, in der es geformt wurde – die größten und winzigsten Teile nächst dem Einguß, also der Einspritzstelle, die mittelgroßen Teile weiter entfernt, wo sie sich auch mit geringerem Flüssigkeitsdruck noch gut ausfüllen lassen. Nichts an diesen Architekturen ist verborgen; all die komplexen Bögen von Tragflächen und Heck sind da, aber alles ist «aufgeräumt», so wie ein Zimmermädchen im Hotel die Platte eines Nachttischchens einfach dadurch ordnet, daß sie das Durcheinander rechtwinklig ausrichtet und nichts wegwirft; man blickt darauf und denkt weniger an Luftkämpfe als an jene verführerischen Anzeigen für Schrank-Ordnungssysteme oder Kleiderbeutel mit Spezialtaschen. Ein Pilot, geschickt entzweigeschnitten, kopflos, wartet in einem übervollen Narthex darauf, wieder zusammengesetzt zu werden. Das elegante Fahrgestell, doppelt so eindrucksvoll wie das reale, ist im südlichen Transept zu betrachten. Einige der Teile enthüllen ihre letztliche Bestimmung gar nicht einmal auf den ersten Blick: die Wahrheit – daß sie relativ wenig überzeugende Teile der Cockpit-Ausstattung sind oder Segmente eines unbedeutenden Vorflügels – würde nur Kummer erzeugen, nähme man den Bausatz tatsächlich in Angriff und bewiese dadurch seine notwendige Untreue dem realen Jäger gegenüber. «It's real because it's Revell», lautete der Werbespruch des Herstellers während der Jahre, in denen ich sie baute; doch der Realismus gewährt, so erkenne ich jetzt, die reinste Freude, wenn er einfach geglaubt wird.

Die Schachtel ist daher die Basilika des Ungebauten. Man löst sich nie so ganz von der Illusion, daß man sich daransetzen will, sobald man einmal die passende Zeit dafür findet. Einstweilen ist man es zufrieden, diese Galerien imaginären hobbyistischen Raums mit der ins Unendliche aufgeschobenen Absicht zu durchwandern, sich ihrer Inhalte zu entäußern und ihre Rahmen so nackt und bloß zurückzulassen wie Stengel, von denen die Nachtischtrauben abgezupft worden sind. Der Bausatz ist informationell ergiebiger als das fertiggestellte Flugzeug. *Noch ergiebiger* aber ist die Gußform, aus der, von einem Wald langer Auswerferstifte aus den handgefertigten, wassergekühlten Stahlhöhlungen herausgestoßen, der Bausatz schlaff herausfällt. Von dieser Warte aus gesehen wird der Bausatz zum Bindeglied, zum wertvollen häuslichen Mittler zwischen der Technologie des Spritzgießens und der Technologie der Luftverteidigung. Und wenn die Spritzgießpressen, die raffinierte Van Dorns oder die ältere Cincinnati Milacrons im Revell / Monogram-Werk in Morton Grove, Illinois – Maschinen von der Größe einer Lokomotive, die ungefähr alle halbe Minute ein paar heiße Bechervoll viskoses graues Plastik zu handförmigen Anordnungen von Motorhauben, glatten Nasenklappen und externem «Ladegut» (also Bomben und Raketen) beseelen können, das alles überwuchert mit Fiorituren von Nietköpfen –, wenn also diese massiven Pressen *Cockpits* hätten, dann wäre es vielleicht angemessener, wenn der Modellbaufreund dort, im friedfertigen Getöse der Massenspielzeugproduktion, thronen würde statt auf dem Schleudersitz einer Kfir, Voodoo oder Tomcat. Jäger sind empfindlich und teuer im Unterhalt, Spritzgießpressen dagegen laufen mit Öl und minimalem Gebastel, in den Worten Dan Burdens, des Werksleiters bei Revell / Monogram, «einfach ewig». Der Zweck des Düsentriebwerks von Pratt & Whitney ist es, mittels einer sich drehenden Turbine Schub zu erzeugen; der Zweck der Van Dorn ist es, Plastik eine rotierende horizontale Schraube entlangzuführen und es zu zwingen, sich mit einem Minimum an Preßgraten in vorgefertigte Details zu fügen. Beim Pratt & Whitney kommen verwirbelte Abgase und vereinzelter Beifall bei Luftfahrtschauen heraus; bei der pflichtbewußten Tonnage der Cincinnati Milacron ein besseres vorpubertäres Gehirn. (Hasegawa, der japanische Top-Hersteller, legt einem Bausatz, der sich ausschließlich US-amerikanischen Lenkwaffen und Raketenabschußbasen widmet, das folgende erzieherische Wort an die Eltern bei: «Es wird berichtet, daß das Bauen von Plastikmodellbausätzen das Begriffsvermögen und die Geduld des Kindes erhöht. Das Bewegen der Finger trägt dazu bei, daß das Gehirn schneller wächst.») Die aerobatische F-15A Eagle kann im vertikalen Anstieg die Schallmauer durchbrechen (jedenfalls behauptet das die Bauanleitung von Revell); die arobotische Cincinnati Milacron steht, unbeweglich verankert auf einem Gummisockel, zusammen mit ihren massigen, spritzenden Kolleginnen in einem Hangar, wird langsam steuerlich abgeschrieben und bedient von wortkargen Frauen, die, wären nicht ihre Schutzbrillen, in einem anderen Leben Milchmädchen hätten sein können. Das Plastikmodell, das man im Laden kauft, schwebt zwischen diesen beiden rivalisierenden Machtpolen, dem militärisch-industriellen und dem zivil-industriellen. Seine Bündnisse sind ungeklärt; die trauliche Hommage, die es der tödlichen Gewalt erweist, ist Teil seiner Anziehungskraft.

Und indem wir gerade von Hommage gesprochen haben, treten wir voll stummer Ehrerbietung vor die große blaue Schachtel, die den Stealth B-2-Bomber enthält. Die Version von Revell ($ 12,99 bei Toys R Us) ist ganz korrekt in schwarzes Plastik gegossen und steckt in einem durchsichtigen Sack mit der auffälligen Warnung auf französisch und englisch vor der Gefahr des Erstickens. Der originalgroße Stealth ist aus der Entfernung schön, wenn auch auf eine verstörend transsylvanische Art und Weise. Er soll das Ergebnis verblüffender Fortschritte bei computergestützten Konstruktions- und Herstellungsabläufen sein. Aber leider eignen sich seine durchgezogenen Kurven und das totale Schwarz eher nicht für ein befriedigendes maßstabsgetreues Modell. Das rührt vielleicht daher, daß sich der reale Stealth, so gänzlich das Produkt von Verbundpreßmaschinen, allzusehr der flüssigen, formbaren Größe von gegossenem Styren annähert. Er ist selbst ein Modell, und daher kann ein Modell davon das außerordentliche Talent von Plastik zur Nachahmung anderer Materialien und Strukturen nicht herausstreichen. Man kann es den Bausatzherstellern nicht anlasten, daß der B-2 zum Verrücktwerden glatt ist, daß seine Konturlosigkeit das begierige Radar des Gesichtssinns aufsaugt und nur wenig davon zurücksendet. Der Kalte Krieg hat sich von der oberen atmosphärischen Schicht der Spionagefotografie zum Windkanal hin bewegt, und der aerodynamische Luftwiderstand hat die Sowjetunion als den unendlich listenreichen Feind wirkungsvoll ersetzt. Doch der Luftwiderstand, sowenig der Flugzeugkonstrukteur ihn auch begrüßen mag, ist dem Plastikmodellfreund alles, weil Luftwiderstand Nieten, Beulen, Löcher, Drähte, Scharniere, sichtbare Raketen, Sensoren, Bordwaffenstände bedeutet – all die Überkrustungen, die genaues Hinsehen anregen und die Nachahmung (bei den meistverkauften Modellen aller Zeiten wie dem Jäger Mustang P-51 von Monogram) schwierig genug erscheinen lassen, um lohnend zu sein.

Und diese Überlegung könnte seltsamerweise ein zwingendes Argument gegen das B-2-Programm bilden: Der Bomber mag einen Akt industriellen Willens darstellen, eindrucksvoller als alles seit dem Zweiten Weltkrieg; ja, in jedem sanft gerundeten Zentimeter mögen Genialität und Patente und ein Folgeproduktpotential stecken, aber im Moment jedenfalls sieht er nicht so aus, als könnte er je den anspruchsvollen Stekkenpferdliebhaber mit Freude erfüllen, wenn dieser die Schachtel öffnet. Und letztlich ist, angesichts der unausweichlichen Verschiebung von der Vergeltung hin zur Ornamentik, worin die wesentliche Folgeerscheinung der Geschichte besteht, die Erfüllung jener einen Freizeiterfordernis auf lange Sicht die einzige Existenzberechtigung des B-2.

Sollte andererseits Revell / Monogram aber ein 1:48-Modell der automatisierten Bandlaminiermaschine anbieten, die Northrop für die Herstellung der Verbundwerkstoffe, die in deren Flugzeug verschmolzen sind, entwickelt hat, dann würde ich sofort die Ohren spitzen. Das wäre ein Bausatz, den ich kaufen *und* bauen würde. Und nun entsteht vor meinem geistigen Auge eine regressive Vision – die Vision einer ganzen «Fabrikhallen»-Serie, die ungefähr so wie die «Yeager Super Fighter Series» vermarktet werden könnte und wo statt des kantigen Testpiloten nun Eli Whitney den Daumen auf der Schachtel hochreckt: authentische, maßstabsgetreue Nachbildungen großer Fertigungsstraßen von neuen und ausgereiften Industrien auf der ganzen Welt. Das Meisterwerk dieser dringend benötigten Bausatzreihe, eines, das den begabten Gußform-Machern in Morton Grove ein nie dagewesenes Niveau an Kunstfertigkeit abverlangen würde – wobei diese Könner im übrigen einer Reihe von Marksteinen, ähnlich den großen Hochzeitstagen, folgen, von Papierzeichnungen über überdimensionierte Lindenholzformen (mit Ruskinscher Sorgfalt geschnitzt, geschmirgelt und weggeworfen, wenn ihre Gestalt dann mit Epoxyd festgehalten ist), bis zum letzten Jubiläum der Gußstahlform, graviert und poliert von Meistern im kanadischen Windsor oder in Hongkong (wo die Maschinisten laut einem Gießform-Ingenieur, mit dem ich mich unterhielt, bei Flugzeugnachbildungen ein besonders «zartes Händchen» haben) –, das absolute Meisterwerk dieser Serie also müßte eine überragend detaillierte, alte 1979er Einspritzpresse von Milacron in Cincinnati sein, komplett mit Warnungs-Abziehbildmotiven, drehbarer Schraube und einem gänzlich abnehmbaren Formblock, der rund um die Uhr zwei MiG-29 pro Minute produzieren kann. Wenn dann die Produktion des Spielzeugs begänne und die reale, zwölf Tonnen schwere Maschine losächzte und auf ihr Fließband ein Modell ihrer selbst stupste – und auf diese Weise nicht noch ein ungebautes Flugzeug herstellte, sondern das ungebaute Werkzeug, das für alle ungebauten Flugzeuge verantwortlich ist –, dann wären wir Zeugen eines der größten Augenblicke im Zeitalter des Plastiks. Und indem wir spätere Generationen begeisterter Modellbauer dazu anspornen, die geistigen Befriedigungen von Fabriktechnik so früh anzuerkennen, daß jeder potentielle diesbezügliche Fanatismus sich auf Dauer einnistet, könnten wir auch feststellen, daß wir en passant noch einen kleinen, aber nützlichen Beitrag zur Umkehrung des industriellen Zusammenbruchs der Vereinigten Staaten geleistet hätten.

Bis allerdings dieser große Tag kommt, müssen wir uns damit bescheiden, die Flugzeugbausätze selbst zu sammeln, sie behutsam zu schütteln, Kopien des Schachtelinhalts anzufertigen, taktvoll ihre rauhere Unterseite zu inspizieren, ihre vielsprachigen Anleitungen durchzublättern und sie dann an einem sicheren Ort zu stapeln, ungeklebt.

(1989)

Der Projektor Maschinen

Die schönste Szene in *Blob – Schrecken ohne Namen* (1958) spielt in einem Kleinstadtkino, in dem ein Film namens *Tochter des Horrors* läuft. Während der Vorführer, das ist lange vor Marshall McLuhan, in seinem Buch liest, quetscht sich der Blob – ein riesiger protoplasmischer Schleimbeutel – mit seiner hitzegierigen, giftigen Zähflüssigkeit durch die zehn winzigen Schlitze eines Entlüftungsabzugs. Hinter der laufenden Filmspule sehen wir den todgeweihten Vorführer, der durch die Mauerscharte auf die Leinwand schaut, um sich auf den Rollenwechsel vorzubereiten – den übergangslosen Wechsel vom laufenden Projektor, dessen 20-Minuten-Spule fast abgelaufen ist, auf den zweiten, der unbewegt dasteht, auf dem aber bereits der nächste Akt eingefädelt ist und nur auf den Start wartet. Der Vorführer merkt, daß da irgendwas hinter ihm ist; er dreht sich um, sieht verrührten Protoplasmabrei in Augenhöhe – dann hat es ihn schon. Der allein gelassene Projektor spult über die Umschaltmarkierung hinaus, der Film läuft durch. Die verärgerten Zuschauer drehen sich um und sehen (in einem Bild, das die Entwicklung des Play-Doh-Fun-Spielzeugs inspiriert haben muß) den Blob, wie er an der Rückwand des Kinos triumphierend aus allen vier kleinen Fenstern quillt – den beiden Sichtfenstern und denen für die Projektoren.

Chuck Russells Remake *Der Blob* (1988) aktualisiert jedes oder fast jedes Detail des ersten Films. Der Film im Film heißt jetzt *Gartengerätmassaker.* «Ist es nicht furchtbar spät, um noch die Hecken zu stutzen?» murmelt ein Betreuer im Ferienlager, der, während er ein wenig mit seiner Freundin fummelt, einen maskierten Unbekannten sieht, der sich im Dunkeln am Gebüsch zu schaffen macht. «Augenblick mal», sagt er dann, mißtrauisch geworden. «Die Hockey-Saison ist doch schon seit Monaten vorbei.» Schnitt auf den Vorführraum, wo Hobbs, der gelangweilte Vorführer (dessen Leben sich in der Tat als «einsam, armselig, eklig, brutal und kurz» erweisen wird), den Kopf auch diesmal hinter der laufenden Filmspule, in einem Magazin blättert und mit der linken Hand an einem Jo-Jo spielt.

Der *Blob* der zweiten Generation, bei weitem aufregender und unternehmungslustiger als sein Vorfahr, kotzt sich rasch durch die Ableitung der Klimaanlage und pappt den unglücklichen Hobbs an die Decke. Sekunden später entdeckt der Manager, der nachschauen kommt, seinen Kollegen, ein Ralph-Steadman-Grinsen im Gesicht, halbverdaut in einem Alptraum aus Tempotaschentüchern und verfärbter Maisstärke. Das Jo-Jo an seinen zuckenden Fingern ruckt noch immer auf und nieder.

Wozu aber das Jo-Jo? könnte sich jedenfalls ein Student der Filmtechnologie fragen. Handelt es sich um ein überflüssiges Requisit, oder will es uns etwas sagen? Ich vermute, das Jo-Jo ist eine Anspielung auf das klassische Prinzip der Filmspule, die ihren Akt immer wieder auf- und abspult. Russell dachte bei den Dreharbeiten meiner Ansicht nach vor allem deshalb an die Ikonographie der Filmspule, weil er trotz seiner sorgfältigen Aktualisierung aller kulturellen Anspielungen, trotz der Plausibilität des schauerlichen Films dennoch nicht dazu in der Lage war, uns die Wahrheit über die Projektionstechnik im modernen Kino zu offenbaren. Die schreckliche Wahrheit lautet, daß der Film nicht mehr über Spulen läuft.

Er wird über Teller vorgeführt. Das Tellersystem (Abb. 1), erfunden von einem deutschen Vorführer namens Willi Burth und perfektioniert vor etwa 20 Jahren von der holländischen Firma Norelco, funktioniert so: Der Film kommt in fünf oder sechs Rollen in einem achteckigen Stahlkoffer vom Verleih. Der Vorführer klebt diese Rollen zusammen, wickelt den Film auf einen von (normalerweise) drei horizontal angebrachten Stahltellern, von denen jeder im Durchmesser einen guten Meter mißt.

Wenn der Vorführer einen Film vorbereitet, zieht er den Filmanfang innen aus dem Teller, fädelt ihn durch das «Gehirn» in der Mitte des Tellers (mit seinen zusammengeklumpten Rollen sieht es wirklich zerebral aus), dann um ein paar Führungsrollen, die in der Wand oder an der Decke befestigt sind, und führt ihn in die Greifer des Projektors ein. Anschließend läuft der Film durch das «Tor» (aus dem er eigentlich projiziert wird), bewegt sich dann durch den Tonkopf (in dem ein Licht-

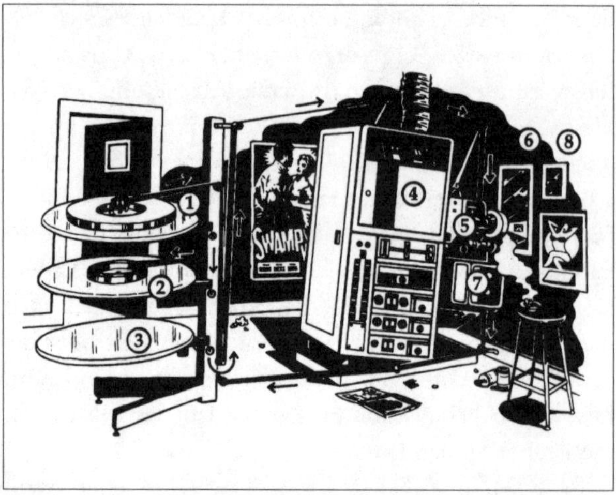

Auf dem oberen Teller (1) wird der Film von innen nach außen abgerollt, auf dem mittleren (2) wird er wieder aufgewickelt. Der unterste Teller (3) bleibt dabei frei für einen zweiten Film. Die geneigte Konsole (4) enthält das Lampenhaus für eine Xenon-Projektionslampe sowie Tonabtastgeräte; sie richtet das Bild des Projektors (5) durch ein Projektionsfenster aus Glas (7) auf eine Leinwand. Im Tongerät (6) wird das optische Signal des Lichttons in ein akustisches umgewandelt. Der Vorführer (nicht abgebildet) überwacht durch das Betrachtungsfenster (8) die Bildqualität.

strahl die optische Tonspur liest), windet sich über weitere Führungsrollen und landet schließlich auf einem der anderen Teller. Da der Film aus der Mitte des Tellers kommt und nicht mehr außen beginnt, muß er zwischen den Vorführungen nicht mehr eigens neu aufgespult werden. Und statt des traditionellen Doppels, das sich ablöst, braucht es pro Kino nur mehr einen Projektor.

In Los Angeles und New York gibt es eine Handvoll Traditionskinos, die ihre Filme immer noch mit zwei Projektoren und über Spulen präsentieren, doch die große Mehrheit der amerikanischen Kinos ist bei den Tellern angekommen, und zwar schon seit zehn Jahren. Doch von den «Projektorfilmen» aus diesem Zeitraum, die ich gesehen habe (ich meine Filme, in denen ein, zwei Szenen in einem modernen Vorführraum vorkommen), wagt es kein einziger – weder Chuck Russells *Blob* noch Joe Dantes *Gremlins – Schrecken ohne Namen* (von 1984; Gremlins dringen ins Kino ein und spulen Rolle vier von *Schneewittchen* ab) oder *Der Komet* (1984; Pärchen verbringt Nacht in Vorführraum mit stahlbewehrten Feuerschutzwänden und entgeht dadurch dem Schicksal, durch einen Kometen in roten Staub oder manische Killer verwandelt zu werden), auch nicht Susan Seidelmans wundervoller Film *Susan – verzweifelt gesucht* (1985; zu dem kommen wir später noch) oder *Gas, Food, Lodging* (1992; Mädchen verknallt sich in aus Mexiko stammenden Vorführer) –, uns auch nur ansatzweise diesen rotierenden Teller zu zeigen. Nachdem ich (in Carl J. Clovers klugem Buch *Men, Women, and Chain Saws: Gender in the Modern Horror Film*) von einem miserablen italienischen Zombiestreifen mit dem Titel *Dämonen* (1985) gelesen hatte, war ich mir sicher, daß uns, weil sein Plot – spritzende Körpersäfte und Bauchaufschlitzen mittels Helikopterrotoren – in einem vollautomatisierten, (selbstredend) phantastisch bösen Kino mit unbemanntem Vorführraum spielt und weil Cinemeccanica in Mailand zufällig der zweitgrößte Projektorenfabrikant der Welt ist, zumindest dort, in diesem zugegebenermaßen geschmacklosen Setting, etwas gezeigt würde, was annähernd dem tatsächlichen technischen Stand der Filmprojektion entsprach. Doch nein: Obgleich an der dämonischen Apparatur ein paar Lämpchen mehr als gewöhnlich blinken, ist sie vorn mit dem vertrauten Spulenpaar ausgestattet.

Diese Verstöße gegen den Realismus sind vermutlich eher ikonographischer Trägheit als irgendeiner Form von Verschwörung oder einem Vertuschungsversuch der Filmleute geschuldet. Es geht «denen» ja gar nicht darum zu verheimlichen, daß die nette, hundert Jahre alte Filmspule, die für eine Million Gags gesorgt hat und mehr als jedes andere Bild unsere Vorstellung vom Kino prägt, von einem eigenen dreistufigen Mechanismus abgelöst wurde, der, wenn er optisch auch einiges hermacht und in seiner trägen Hochzeitskuchenpräsentationsform sogar ganz hübsch ist, sich nicht so ohne weiteres begreifen läßt wie seine Vorgängerin. Die Hollywood-Produzenten kümmern sich nicht darum, ob wir mitkriegen, daß das Tellersystem die Mitwirkung des Vorführers eingeschränkt und das Multiplex-Kino finanziell rentabel gemacht hat. (Das Cineplex Odeon mit 18 Kinos in Los Angeles braucht zum Beispiel nur zwei Vorführer auf einmal, und für den aus 26 Kinos bestehenden Komplex in Brüssel reichen insgesamt acht.) Es ist ihnen ebenso egal, ob wir wissen, daß das Metall der Teller, wie manche Kritiker einwenden, mit der Kopie weniger vorsichtig umgeht, als es die alten Spulgeräte tun.

«Der Teller ist tödlich für den Film», sagte mir Jan-Christopher Horak, der frühere Chef des Filmarchivs im George Eastman House in Rochester. Die Kopie muß heute eine 180-Grad-Drehung um die eigene Achse beschreiben, wenn sie die große Schleife in der Luft vollführt, die vom Ausgangsteller durch den Projektor und zurück auf den unteren Teller reicht; sie ist damit einer Belastung durch schraubenförmige Verzerrung ausgesetzt, auf die der Filmstreifen bisher nicht eingerichtet war.

Horak hat auf Filmen, die von Tellern aus eingespeist werden, merkwürdige Dehnungskratzer gefunden, «nicht vertikale, wie man vielleicht erwarten sollte, sondern horizontale». Das Tellersystem ermöglicht außerdem einen Betrieb ohne Beaufsichtigung: Wenn sich dabei jedoch vorn am Bildfenster ein größerer Schmutzfleck bildet, kann er mehrere hundert Filmmeter zerkratzen, ehe er entfernt wird. Horak spricht auch das Problem der verlorenen Bilder an: Richtet der Vorführer einen Film auf dem Teller ein, muß er immer das Startband der aufeinanderfolgenden Akte abschneiden, um die Enden aneinanderzukleben. Wenn der Film am Ende der Laufzeit wieder zerlegt wird, werden die Klebstellen weggeschnitten und die Startbänder für den Transport wieder angestückelt. Jedesmal verliert jeder Akt wenigstens ein Bild. Je mehr Kinos den Film bringen, desto kürzer wird er.

Dick Twichell – ein kluger und sorgfältiger Vorführer in Loew's Theatre in Rochester mit seinen zwölf Kinos, nicht weit von Horaks Filmarchiv – gibt zu, daß der allgegenwärtige Schmutz inzwischen eine ernstzunehmende Gefahr darstellt. «Statische Elektrizität ist ein größeres Problem geworden, weil der Film ungeschützt durch die Luft läuft und der Staub sich auf ihm festsetzt», sagt er. Die Führungsrollen, oft nicht aus

Metall, sondern aus Plastik, verschlimmern die Sache eher noch. Wenn ein Multiplex-Kino mit dem sogenannten Kurzschließen arbeitet – wenn also eine einzige Kopie gleichzeitig durch zwei oder drei verschiedene Projektoren läuft und auf ebenso viele Leinwände projiziert wird –, kann die Kopie Hunderte von Metern über Führungsrollen laufen, beim Hinweg nah an der Decke, auf dem Rückweg nur Zentimeter über dem Boden, und auf dem gesamten Weg Staub aufsammeln.

Andererseits findet Twichell nicht, daß der Umlauf von Teller zu Teller die Kopien zu sehr beansprucht. Die Metallteller, meint er, wie viele andere in der Filmindustrie, gehen damit weit behutsamer um als früher die Spulen. Die aufnehmende Spule, über eine Rutschkupplung angetrieben, zerrte den Film über den Zahnkranz am unteren Ende des Projektors und leierte damit die Perforation aus: Eine Kopie hielt nicht mehr als 700 Vorführungen aus, bevor sie ausgedünnt war und leicht zerriß. Auf den Tellern könne ein Film heute beinahe unbegrenzt laufen, ohne daß ein Schaden durch die Mechanik zu befürchten sei. In den Vergnügungsparks bringt es Disney üblicherweise auf 10 000 bis 20 000 Vorführungen; häufig verblaßt der Farbauftrag, noch ehe der Film selbst den Geist aufgibt.

Das ständige Zurückspulen, das einem die Teller ersparen, war selbst eine Hauptursache für Beschädigungen. «Gut neun Zehntel der Schäden an den Filmen entstehen bei dem Vorgang, der beim Zurückspulen als ‹Herunterziehen› bekannt ist», sagt das *Motion Picture Handbook* von 1912. Das sogenannte Regnen entstand vermutlich beim Zurückspulen und nicht etwa, wenn der Film durch den Projektor gejagt wurde. Vorführer waren traditionell Tüftler, Technikfreaks, tiefernste Einzelgänger mit schmutzigen Fingernägeln; es ging gar nicht anders, sie mußten (und manche müssen es noch immer) inmitten von Schmierfett, Ölkanistern, schmutzigen Lappen, ausgetauschten Teilen und (bevor sich in den sechziger Jahren die Xenon-Lampen durchsetzten) stapelweise abgebrannten Graphitstäben aus den Kohlebogen-Lampen arbeiten, die jeweils nur eine halbe Stunde durchhielten. Chuck McCann verkörpert in einem Film von 1970 mit dem Titel *The Projectionist* (in gewisser Weise ein Remake des Buster-Keaton-Films *Sherlock Junior* von 1924, jenes Films über einen Vorführer, der, als er auf einem Hocker neben einem seiner Projektoren einnickt, davon träumt, er würde in einen der Filme, die er zeigt, hineinspazieren) glaubwürdig den kräftigen, kettenrauchenden Helden, wird wütend auf Rodney Dangerfield (den Manager) und knallt eine Filmspule auf den Rückspuler, zieht heftig und erreicht den nötigen Druck, indem er seine Handfläche auf der Spule beläßt. Je brutaler der durchschnittliche Vorführer den Film behandeln mußte – zurückspulen, einfädeln, kleben –, desto zerkratzter wurde die Kopie.

The Projectionist zeigt ebenso wie *Cinema Paradiso* (1989) viele komische Ausschnitte aus alten Filmen. Letzterer ist ein schauerlich sentimentales Werk aus Italien, das immerhin insofern präzise ist, als es den jeweiligen Vorführer und nicht etwa einen Regisseur oder Studio-Chef als die Person zeigt, die über den Endschnitt bestimmt. In *Cinema Paradiso* kontrolliert der Priester die Filme vorab und läutet jedesmal eine Glocke, wenn sich auf der Leinwand zwei Leute küssen, worauf der Vorführer gehorsam die entsprechende Stelle auf der Spule mit einem Papierstreifen markiert, damit er den Kuß anschließend entfernen kann. Die Wahrheit, jedenfalls in den Vereinigten Staaten, geht eher dahin, daß die Vorführer heimlich selbst den Schnitt besorgten und auf eigene Rechnung und ohne Einwirkung des jeweiligen Zensors Filmclips sammelten: Sie schnitten einfach ein paar Zentimeter oder auch nur ein paar Bilder der Sequenz heraus, die ihnen gefiel. Normalerweise sammelten sie «Filmlieblinge oder vor allem Szenen oder Einstellungen, die weibliche Anatomie zeigten», wie mir Horak erzählte; das Eastman House besitzt einige dieser Sammlungen. Ein Filmvorführer berichtete mir, daß man 3-D-Aufnahmen simulieren könne, wenn man zwei Bilder aus einer mit seitlicher Kamerafahrt aufgenommenen Szene herausschneide und sie sodann durch ein Stereoskop betrachte. Nach Jahren im Vorführgeschäft hat dieser Mann jedwedes Interesse an Filmen verloren, hat HBO und Cinemax abbestellt, aber sammelt noch immer 3-D-Bilder. Jedoch schneide er sie, wie er eilig hinzufügte, nur aus Trailern und vorn oder hinten aus der Spule, wo ohnehin Bilder verlorengingen. Andere Vorführer sind wahrscheinlich weniger skrupulös. Womöglich hilft die Tellerautomatik, von der man besser die Finger läßt, den Filmvorführern, der machtvollen Versuchung zu widerstehen, Souvenirs von den in ihren Kinos gespielten Filmen zu behalten.

Trotz der Automatisierung erfordert die Betreuung eines Projektors einiges an Wartung. Am Anfang des Films *Der Innere Kreis* (1992) zupft Tom Hulce, der Stalins Vorführer spielt, etwas aus seiner Hemdtasche.

«Womit fummelst du da im Projektor herum?» fragt ein alarmierter KGB-Beamter.

«Zahnbürste», sagt Hulce. «Äußerst praktisch zum Putzen. Ich hab immer eine dabei.»

Der KGB-Mann schnüffelt daran. «Der alte Vorführer hatte keine Zahnbürste», sagt er beeindruckt.

Vor kurzem, nach der letzten Abendvorstellung von *Was vom Tage übrig blieb*, sah ich, wie Stephan Shelley, der Chef-Vorführer im Grand Lake Theatre in Oakland, Kalifornien, die Innereien eines seiner acht Projektoren mit einer blaßblauen Colgate-Zahnbürste säuberte. («Eine saubere, gebrauchte Zahnbürste ist ideal», rät die Bedienungsanleitung für den neuesten Century-MSC-TA-35mm-Projektor mit selbstdrehendem Objektivrevolver.)

Shelley fettet die Hebel und Schalter seiner Century-Projektoren jeden Vormittag ein; außerdem rückt er ihnen täglich mit Reinigungsalkohol und Q-Tips zu Leibe; und nicht zuletzt hat er ein wachsames Auge auf den Strich im Ölbad bei der alles entscheidenden Filmfortschaltung. (70-mm-Filme, sagt er, haben statt einer optischen eine magnetische Tonspur, und davon wird der Projektor besonders schmutzig, weil sich in der Maschine Eisenpartikel vom Magnetband lösen.) Gelegentlich hört man von weniger kundigen Vorführern als Shelley, die, wenn ihnen das Öl für ihre Projektoren ausgegangen ist, in ihrer Verzweiflung Popcorn-Butter in die Maschinen schütten, damit sie nicht stehenbleiben. Mit einer solchen Aktion verwirkt man allerdings die Garantie.

Neben den Tellern ist die bereits erwähnte Xenon-Kurzbogen-Lampe die wichtigste Neuentwicklung im

Projektionsraum. Es handelt sich dabei um ein 2000 Watt starkes, 30 Zentimeter langes, 1000 Dollar teures Ding, das einem Film Licht gibt, indem es 80 Ampere Gleichstrom durch eine Quarzhülle mit unter 10 atü Druck stehendem, reizbarem Xenon jagt. Das brät so einem B-Movie richtig eins über, wenn es eingeschaltet wird. Durch einen winzigen grünen Spalt im Lampenhaus kann man hineinblinzeln und beobachten, wie es abstrahlt und dabei von rastlosen Ventilatoren gekühlt wird. Auch hier gab es aufgeregte Ablehnung, als die Birne eingeführt wurde. Aufgeladenes Xenon sorgt für ein wesentlich härteres Licht als die glühenden Kohlenelektroden in den alten Lampen. Außerdem gehen die Birnen gelegentlich «brutal kaputt» (das heißt, sie explodieren) und beschädigen den Spiegel im Lampenhaus. Andererseits verströmte die alte Lampe giftige Dämpfe, und sie war kapriziös: An windigen Tagen, wenn die Ventilatoren besser zogen, der Kohlenstoff deshalb heller brannte, waren die Filme strahlender.

Mittlerweile haben sich die Proteste gegen das Xenon ziemlich gelegt; der Kinobesucher kann sich berechtigterweise nur noch darüber beschweren, daß es, wenn die Birne ausfällt, selbst wenn sie es auf die sanfte Art und Weise tut (in der Regel nach zirka 2000 Betriebsstunden), eine Weile dauert, bis jemand im Kino darauf aufmerksam gemacht worden ist und den Projektor stoppt, und daß mithin, da auf die Teller nicht zurückgespult werden kann, das Publikum das mit Ton, aber ohne Bild gelaufene Stück Film verpaßt.

Heute wissen wir, dank Christopher Rawlence' kürzlich erschienenem Buch *The Missing Reel: The Untold Story of the Lost Inventor of Moving Pictures*, mehr über die Kindertage des Filmprojektors. Der Projektor, nicht etwa die Filmkamera, machte den Filmpionieren Schwierigkeiten, denn der Projektor muß jedes Bild länger festhalten, gleichzeitig aber schneller zum nächsten vorschalten, als es die Kamera bei der Filmbelichtung tut. Die ursprüngliche Erfindung, ein Gerät mit bezahnten Greifern, die sich in einen biegsamen, perforierten Streifen mit aufeinanderfolgenden Bildern beißen, darf Louis Aimé Augustin Le Prince (1841–1890?) zugeschrieben werden, einem Keramiker und Glasierer, der in Leeds tätig war. Le Prince ließ das Patent 1886 eintragen, verschwand aber ein paar Jahre später spurlos, nur wenige Tage bevor er mit einem verpackten Modell seines «Vorführers» in die USA aufbrechen sollte. Daß ihn Thomas Edisons Anwälte hätten umbringen lassen, wie manche vermuten, ist nicht erwiesen.

Edison, allzeit geschickt in der Aneignung der Arbeit anderer, erhob den Anspruch, alleiniger Erfinder des «Vitascope» zu sein, doch erschöpfte sich sein Anteil und der seines Projektoren-Entwicklungsteams eigentlich schon darin, daß sie den Namen Edison auf eine Maschine klebten, die eigentlich Thomas Armat gebaut hatte, ein Erfinder aus Washington, der die Ideen von Le Prince verarbeitet hatte. Es war Armats Hand, die am 23. April 1896 die historische Kurbel betätigte, als die staunenden Journalisten vor der Leinwand der Koster & Bials Music Hall an der West Thirty-fourth Street mit der «perfekten Wiedergabe berühmter weiblicher Figuren in akkuraten Bewegungen» verwöhnt wurden.

Die ersten Vorführer in der Nachfolge Armats waren

Erfinder und Klempner, aber auch Künstler; sie konnten die emotionale Stimmungslage eines Films interpretieren, indem sie die Geschwindigkeit des Films variierten. «Der wirklich hochklassige Vorführer, der hochklassige Werke auf die Leinwand projiziert, muß und wird die Vorführgeschwindigkeit dem gezeigten Thema anpassen», riet Richardsons Lehrbuch aus dem Jahre 1912. Und exemplifizierte:

> In der Regel kommen feierliche Szenen besser zur Geltung, wenn das Gerät langsam läuft. Nehmen Sie zum Beispiel ... das Passionsspiel von Pathé; vermutlich bewegten sich die biblischen Patriarchen genauso schnell wie jeder andere. Gelegentlich mögen sie sogar gerannt sein. Ungeachtet dessen verträgt sich schnelle Bewegung nicht mit unserer vorgefaßten Meinung von solchen Dingen. Ich habe Pathés Passionsspiel schon oft mit solch enormer Geschwindigkeit abgespult gesehen, daß die Figuren wie eine Schar Schulbuben über die Leinwand hüpften. Eine derartige Präsentation verärgert das Publikum und verletzt das tiefe religiöse Empfinden derer, die diese Figuren verehren.

Selbst nachdem ein Elektromotor ihnen die körperliche Arbeit erleichtert hatte, statteten die Stummfilmstudios ihre Kopien oft mit einer Liste aus, auf der die Wechsel in der Geschwindigkeit verzeichnet waren, die, wie Tempowechsel in Klavierpartituren, entscheidend zum Genuß von Filmen wie *The Birth of a Nation* beitrugen. Stummfilme können heute deshalb so lächerlich wirken, weil sie häufig mit der statischen Geschwindigkeit von 24 Bildern pro Sekunde vorgeführt werden, die Ende der zwanziger Jahre für Projektoren und gleichzeitig mit der Tonspur eingeführt wurde (das Ohr verkraftet Tempowechsel weniger leicht als das Auge), während vorher die Geschwindigkeit variierte und sich eher bei 16 Bildern in der Sekunde bewegte.

Abgesehen von diesen bedeutsamen Veränderungen – die Fixierung der Filmgeschwindigkeit, Ton, Technicolor, die Ersetzung des Films auf Nitratbasis durch einen feuerabweisenden Sicherheitsfilm, Xenon-Lampen, das Tellersystem –, ist das eigentlich Erstaunliche an der Entwicklung des Projektors in den vergangenen hundert Jahren, daß ein Simplex-Gerät von 1994 dem ursprünglichen Armat / Le Prince-Modell in seinen Grundbestandteilen so ähnlich geblieben ist. Der Film wird immer noch von Zahnrädern mit 16 Zähnen transportiert, und die alles entscheidende Fortschaltung – der Zahnkranz, der den Film tatsächlich anhält und weiterbewegt – wird noch immer, wie schon in der Koster & Bials Music Hall, von einem wunderbaren Präzisionsgerät bewirkt, das Genfer Triebwerk heißt. Es wurde einst von Schweizer Uhrmachern entwickelt, um zu vermeiden, daß Federn überbeansprucht werden, und besteht aus zwei Hauptteilen; einem Malteserkreuz (oder -stern oder -sternrad) und einer eher gewöhnlichen Nocke, die sich jeweils halbhoch in Öl getränkt drehen. Der Stift an der sich ständig drehenden Nocke gleitet in einen Schlitz im Malteserkreuz und veranlaßt es zu einer Vierteldrehung nach vorn, worauf es stehenbleibt, weil es durch den gerundeten Rand der Nocke blockiert wird. Wenn der Stern anhält, wird die Kinoleinwand für ein paar Hundertstelsekunden von einem einzelnen unbeweglichen Bild erfüllt; wenn sich der Stern dreht, bewegt sich der Film im Dunkel der Blende weiter. Der Kopf des Zuschauers, überlistet von der Stilleben-Folge, nimmt gehorsam eine Bewegung wahr.

«Weißt du, was ein Malteserkreuz ist?» fragt ein umherziehender Projektor-Klempner mit zweifelhaftem Hygieneverhalten gegen Ende von Wim Wenders' überlangem filmfleuve *Im Lauf der Zeit* einen ahnungslosen Vorführer. Der Vorführer kann nur raten: etwas zum Saufen? Traurig schüttelt der Projektor-Klempner den Kopf und versucht es ihm zu erklären: «Ohne dieses kleine Ding gäb's die ganze Filmindustrie nicht!» sagt er. Der Vorführer ist nicht beeindruckt und atmet (weil *Im Lauf der Zeit* ein nur teilweise verständlicher Kunstfilm ist) beiläufig die Flamme seines Feuerzeugs ein, um die Szene abzuschließen. Doch die Funktionsweise des echten Film-Stern-Systems, auch wenn sie sich erst nach einigem Grübeln erschließt (Abb. 2), ist eine Überlegung wert: Kaum je hat ein so schlichter Mechanismus, der sich unerwartet als Wahrzeichen erweist, sich ohne alle Veränderung im Mittelpunkt einer grausamen Industrie halten können, die ansonsten ununterbrochen technische, künstlerische und finanzielle Umbrüche erlebte.

Der Simplex-Projektor, der vielen als der beste gilt, wird in Omaha von einer Firma namens Ballantyne hergestellt, die außerdem Punktscheinwerfer und High-Tech-Hühnergrillgeräte fertigt. Das Malteserkreuz im Simplex-Projektor wird allerdings in Glendale Heights, Illinois, produziert, und zwar in einem Betrieb namens LaVezzi Precision, der von dem 51 Jahre alten Al LaVezzi geleitet wird. Sein Großvater Edward LaVezzi begründete das Unternehmen in den Jahren des Ersten Weltkriegs, indem er die stumpf ge-

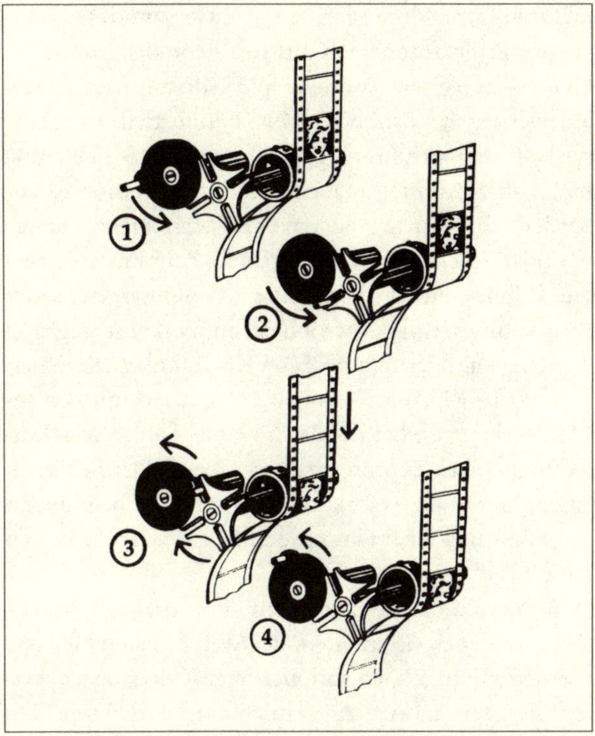

Die Kurvenscheibe dreht sich (1), bis der Stift im Malteserkreuz einrastet (2) und dieses um eine Vierteldrehung bewegt, so daß der Film um ein Bild weitertransportiert wird (3). Auf der Abbildung 4 gibt der Stift das Malteserkreuz wieder frei.

wordenen Zähne am Zahnkranz von Projektoren abfeilte und neue aus Messing draufschweißte. Heute verfügt LaVezzi über ein mit sanfter Hand verwaltetes Monopol und fertigt Zahnkränze und Filmfortschaltungen für Simplex-, Century- und Ballantyne-Projektoren, für mehrere Firmen in Europa und Asien sowie für Projektoren von Christie, die im kalifornischen Cypress hergestellt werden. Für Christie hat LaVezzi eine versiegelte, bandbetriebene Filmfortschaltung entwickelt, die verführerisch «Ultraschaltung» heißt und nie geölt zu werden braucht. LaVezzi Precision ist außerdem für den legendären VKF-Zahnkranz verantwortlich – den «very kind to film»-Zahnkranz –, dessen Zähne mittels vierachsiger, computergesteuerter Bearbeitungszentren besonders aufmerksam geglättet werden. Die Herstellung des VKF-Zahnkranzes ist allerdings laut LaVezzi «simpel», verglichen mit der des Malteserkreuzes, bei dem sich bereits Fehler von Tausendsteln eines Zentimeters auswirken. «Der Schlitz in einem Stern muß perfekt sein», sagt er und beginnt das «perfekt» mit einem inspirierenden, extra explosiven Laut.

Werden fortschaltende Zahnkränze und die Projektoren, in denen sie arbeiten, der Welt erhalten bleiben? Werden künftige Generationen von Kinogängern wissen, wie sehr das Arbeitsgeräusch eines Projektors dem Leerlauf eines VW-Käfers ähnelt? Werden sie, wenn sie die wunderbare Szene in Charlie Chaplins *Moderne Zeiten* sehen, auch merken, daß Chaplin, obwohl er angeblich in die Eingeweide einer riesigen «Electro-Steel-Corp.»-Maschine hineingezogen wird, in Wirklichkeit ein Stück biegsamen Films spielt und sich in die Zähne eines Filmprojektors einfädelt? Ich habe mir in letzter Zeit ziemlich viele Projektor-Filme angesehen (darunter auch einen mit dem Titel *Die kleinste Schau der Welt*, in dem Peter Sellers einen alten Vorführer spielt, der einen Western unterbricht, als er sich in seiner Kammer betrinkt), aber ich habe sie alle auf Video gesehen. Beim Studium der letzten Szene von *Susan – verzweifelt gesucht* (Aidan Quinn küßt Rosanna Arquette, die an einem Simplex-Projektor lehnt, der einen SF-Film über mutierte Angreifer spielt – mit ihrem Rücken arretiert Rosanna den geflügelten Schlitten der Filmspule, und das Filmbild schmilzt auf der Leinwand) stoppte ich, spulte zurück, spulte vor, spulte und spulte so oft, bis das schwarze Plastikgehäuse des Leihvideos den ungewöhnlich starken, angenehmen Geruch von winzigen Videorekordermotoren und erhitzten Leiterplatten verströmte und ich die Kassette, nachdem ich die bildschmelzende Umarmung der Liebenden mit einer Hingabe untersucht hatte, wie sie in keinem Fall vorgesehen war, schließlich auswerfen ließ.

Jedes einzelne 35-mm-Rechteck Farbfilm enthält das geschätzte Äquivalent von gut 40 Megabyte an digitaler Information: der Inhalt einer ganzen kleinen Festplatte, und zwar *auf jedem einzelnen Filmbild.* Projektoren und die beständig drehenden Malteserkreuze in ihrem Inneren wird es vielleicht immer noch geben, wenn in noch mal 30 Jahren ein dritter, wunderbar neu entwikkelter *Blob* in den Projektionsbereich eines kleinen Achterkinos schwitzt und für Unruhe sorgt. Und vielleicht bringen die Filmemacher dann auch den Mut auf, uns ein paar Teller zu zeigen.

Knipskunst | Maschinen

Männer mit einem gehobenen Beruf können wenig Schmuck tragen. Der edelsteinlose Ehering, die Uhr, die Gürtelschnalle, das Schlüsselkettchen – vielleicht noch der unauffällige teure, blau emaillierte Füller in der Hemdtasche – gehören zu den wenigen sanktionierten Ausdrucksmöglichkeiten des männlichen Drangs zur Selbstverschönerung. Gelegentlich erlaubt sind der Zierknopf, der Manschettenknopf und der nautische Messingblazerknopf. Basrelief-Schnappverschlüsse an den Hosenträgern, verschiedene Formen der Krawatten- und Kragenausstattung sowie klobige nichteheliche Fingerpretiosen sind an Männern zulässig, die sich ihren Lebensunterhalt mit Provisionen verdienen. Die Degradierung des Rauchens hat den schmuckvollen Zigarettenanzünder eliminiert. Von Kettchen um Hals und Handgelenk ist abzuraten. Metall am männlichen Nasenloch, an Zunge, Ohr oder Vorhaut bleibt als Möglichkeit nur in abgelegenen Gegenden.

Finger- und Zehennagelknipser hingegen – die ungetragenen, aber eleganten Accessoires jeder Männermode, da noch kein Mann mit langen Fingernägeln vorzeigbar ausgesehen hat (lang ist alles über vier Millimeter) – glänzen in einer ansonsten ungeschliffenen Zeit weiterhin legitim. Wie schicke Füller und Taschenuhren haben auch diese handhabbaren Kuriositäten eine Funktion – die nämlich, Hornplattenschrapnelle von Schlüsselstellen der menschlichen Gestalt mit einer erfrischenden Plötzlichkeit abzutrennen, einem zupakkenden metallischen Schnappen, das beim Benutzer die Illusion erzeugt, er bekomme Knips um Gehärteten-Stahl-Knips sein tapsiges Leben in den Griff. Sie gewähren einige der Befriedigungen des Trainings an Übungsgeräten, aber ohne Schweiß und Sporthose; einige der Freuden der Knöchelbewegung, aber ohne die Sorge arthritischer Verformung; einige der Vorzüge, eine Nuß zu knacken, aber ohne diese dann essen zu müssen. Man kann während der Operation über dem Abfalleimer kauern, aber glücklicherweise hat man keine Gewähr, daß das Abgeknipste auch dort landet; denn ebenso wie manche Insekten so schnell davonhüpfen oder -fliegen, daß es aussieht, als bewegten sie sich gar nicht körperlich, sondern verschwänden auf der Stelle, verschwindet auch der Knipsschnipsel in genau jenem Augenblick, in dem die Klemmbacken zusammentreffen und erklingen, zu einem Fenstersims geschleudert oder auf einer anderen nicht nachvollziehbaren Tangente, ohne irgendwen je wieder zu belästigen, es sei denn, ein nackter Fuß entdeckte ihn zufällig wieder.

Der Markt für Knipser ist offenbar nicht zu sättigen. In diesem Jahr werden Millionen Männer einen kaufen, wie sie es schon seit Jahrzehnten tun, ungeachtet dessen, daß diese Pflegewerkzeuge sich kaum abnutzen und völlig unnötig sind. Man kann sich die Nägel fast genausogut mit einer ordentlichen Schere schneiden, eine rudimentäre Beidhändigkeit vorausgesetzt; von einer gewissen Warte aus ist sogar ein Scherenschnitt weniger arbeitsaufwendig als das Knipsen, da es trotz der hilfreichen Krümmung der Klemmbacken oftmals drei schräg angesetzte Schnipser erfordert, um der Krümmung des jeweiligen Fingernagels gerecht zu werden. (Die dadurch entstandenen Schnittfacetten sind, wenn man sich danach zum erstenmal an einer juckenden Stelle kratzt, überraschend scharf, aber nach einem Tag hat sich das gegeben.) Knipser verkaufen sich stetig, weil sie wie die Schnipsel verschwinden (hinten in Schubladen, in Handschuhfächern) und ersetzt werden müssen und weil sie schön und billig sind. Eine große Sonderangebotstonne mit Trim-brand-Knipsern zu neunundneunzig Cent, die bei der Drogeriekasse steht wie ein Eimer mit fangfrischen Elritzen, ist ein nahezu unwiderstehlicher Anblick. Sie haben die ideale Schwere und Geschmeidigkeit; sie nutzen die Unverwüstlichkeit ihres Materials, um sich ihre Konstruktion klapperfrei zu bewahren, wie auch um ihre scharfen Kanten getrennt zu halten. Sie scheinen aerodynamische Tugenden zu besitzen. Und wenn man sie einmal gekauft hat, können sie ihr Profil in einer einzigen rätsellösenden Salto-und-Dreh-Bewegung des Hebelarms ohne übermäßiges Spiel oder Ruckeln oder abgerissene Rotatorenmanschetten von der Elritzen- in die Grashüpferform und wieder zurück verwandeln. Sie waren unsere ersten Spielzeug-Transformer: metallische

Zwei-Phasen-Origamis, die wunderbar japanisch wirken und dennoch, in ihrer perfektionierten Form, ein Produkt der Kleinstadt Derby im südlichen Connecticut sind, ganz in der Nähe der Hubschrauberfabrik Sikorsky.

In den vierziger Jahren produzierte die W. E. Bassett Company «Dichtungsscheiben» für die Gummiabsätze an Herrenschuhen (sie verhinderten, daß Nägel in den Fußbereich eindringen konnten) sowie Artilleriebauteile für die Army. Nach dem Krieg rüstete der Gründer William E. Bassett seine Maschinen in Derby um und widmete sich der Herstellung eines hochwertigen Nagelknipsers mit Klemmbacken, dem Trim-Knipser. Die Backenkonstruktion gab es schon seit dem neunzehnten Jahrhundert, doch Bassett war ihr Bernini. Beispielsweise fügte er dicht am einen Ende der winzigen (und in der Praxis oft unbenutzten) Nagelfeile zwei sinnreiche Nippel an, die den Hebelarm mit vereinten Kräften in der geschlossenen Position ausgerichtet halten, und ersetzte die unbefriedigend gebohrte Niete durch die brillante gekerbte. (Die Chinesen verwenden bei ihren mittelmäßigen, aber niedlichen, für Evenflo produzierten Babynagelknipsern noch immer gebohrte Nieten.) Auch der elegante Daumenschwenk beim Trim-Hebel (Patent angemeldet) war Bassetts Idee.

Williams Bruder Henry zufolge (er starb als Vorstandsvorsitzender im Mai 1994 im Alter von vierundachtzig Jahren) war der beste Fingernagelknipser, den Bassett je hergestellt hat, das Modell «Croydon» Ende der vierziger Jahre. Es trug das aufgeprägte Emblem eines Klippers und wurde im *Esquire* für den Schmuckhandel beworben. (Es war ein Flop – ein Fall von Überqualifizierung.) Doch William Bassetts Söhne William C. Bassett, der jetzige Präsident und Finanzdirektor) und Dave Bassett, heute Direktor für Herstellung und Konstruktion der Firma, setzen das Werk der Innovation und Kostenmaniküre fort. Trotz einiger spannender Arbeiten von den Koreanern, die neben der Gem-Reihe die ganzen teureren, aber nicht ganz so gut verarbeiteten Knipser für Revlon herstellen, setzt der Trim-Knipser von Bassett seine Herrschaft als der beste der Welt fort. (Knipser werden, nachdem sie zusammengebaut sind, verchromt. Die fertigen Revlon-Knipser verraten häufig ihre Grundierung an den Stellen, wo ein Teil einen anderen in der Elektrolytlösung verdeckt hat; die Trim-Knipser sind so konstruiert, daß solche Schatten minimal sind, bei ihnen tritt so etwas kaum auf.)

Tatsächlich verdienen sich alle Pflegeutensilien von Bassett – von der Papiernagelfeile bis hin zur Pinzette – bei hochkarätigen Anwendern Bestnoten. Letzten August hat beispielsweise Jerry Lewis' Sekretär direkt bei der Firma angerufen, um ein Dutzend 12,5-cm-Trim-Nagelfeilen mit Dreifachschliff (mit dazugehöriger blauer Vinylschutzhülle) zu bestellen, da sie bei ihm nicht erhältlich waren. «Die Pinzette ist ein sehr empfindlicher Artikel», sagte Dave Bassett kürzlich; jede Pinzettenspitze von Bassett (das innere Ende aufgerauht, «damit das Haar besser gepackt wird») wird per Hand, unter einer Lupe, geprüft. Die Firma stellt Nagelknipser vergoldet ebenso wie verchromt her; ihre «Heirloom»-Reihe bietet Geschenk-Sets wie das «Saddlebag» an, das eine Schere, einen Flaschenöffner, klappbare Nagelfeilen und natürlich den obligatorischen Knipser enthält. Kommendes Weihnachten wird Bassett das «Holiday Family Manicure Kit» anbieten; dazu gehören ein Fingernagelknipser und ein Zehennagelknipser, zwei Nagelhauthaken aus Holz, einige Papiernagelfeilen sowie eine Pinzette, alles vor einem Hintergrund mit fallendem Schnee und sich aufbäumenden Rentieren. (Gibt es eine bessere Art, den Heiligen Abend mit seinen Lieben zu verbringen?) Für Dr. Scholl's hat Bassett ein außergewöhnliches, mattschwarzes und vergoldetes zehennagelspaltendes Wahnsinnsteil entworfen, das auch am Rückspiegelarm eines neuen 3,5-Liter Ferrari 355 mit vierzig Ventilen nicht deplaziert wirken würde.

Es führt zu weit, die Parallelen zwischen der Pflege eines Fingernagels und der Herstellung eines Fingernagelknipsers zu strapazieren. Die Herstellung eines Knipsers ist erheblich komplexer. Dennoch ist es auffallend, wie sehr die verschmähten kleinen Stückchen Metallabfall, die seitlich aus der ohrenbetäubenden Minster-Preßmaschine herausfallen, an die menschlichen Schnipsel erinnern. Ausgeschnitten (aus Stahlrollen aus dem Mittelwesten, mit einer Aufschlagkraft von ungefähr fünfzehn Tonnen), müssen die Knipser-«Rohlinge» vom Öl gereinigt, punktgeschweißt, auf ein Gestell gelegt und zwei Stunden lang in einem gewaltigen Schmelzofen gehärtet werden, dann in Öl getaucht, erneut gereinigt, in einem zweiten Schmelzofen getempert werden, um sie ein wenig geschmeidiger zu machen, und schließlich in riesigen Fässern zusammen mit sechzigtausend ihrer Kameraden über mehrere Tage in einem Schlamm aus Metallkugeln, Schleifmitteln und Kalk rotiert zu werden, damit sich lästige Rauheiten abschleifen. Vibrierende Becken rütteln die Teile in eine sequentielle Position, womit sie sie für das endgültige Nieten vorbereiten, welches von einem Fred-Astaire-artigen Hagel von Luftpuffer-Stepps und -Schwüngen begleitet wird. Jeder Knipser erhält eine geschärfte Schneide; ein digitales Bildsystem überprüft die fertigen Schneiden auf Genauigkeit. In am Schwanzende eingeschossenen Ösen werden die Nagelfeilen befestigt; sodann durchläuft der ganze Knipser, an Haken aufgereiht, den Plattierprozeß – zehn Minuten in einem warmen Nickelbad, ein, zwei Minuten in Chrom. Ein geschicktes Druckluftgerät richtet die abgespreizte Feile gerade und schließt den Hebel. Endlich ist das Grundmodell des Bassettschen Nagelknipsers einsatzbereit. Man kann das Jahr, in dem der Knipser gefertigt wurde, erkennen, wenn man auf der Innenseite des Hebelarms nachsieht.

Die Nagelpflege lastet seit einiger Zeit auf meinen Gedanken, muß ich gestehen, weil der große Stephen King in der Einleitung zu seinem unlängst erschienenen Erzählband *Alpträume* eines meiner Bücher als einen «bedeutungslosen kleinen Fingernagelschnipsel» beschreibt. Sollen wir aus «Schnipsel» schließen, daß der Barde von Bangor keinen eigenen Trim-(oder Gem- oder Revlon- oder auch nur LaCross-)Knipser besitzt oder nicht damit umzugehen weiß? Begreift er sich als der Erbe von Joyces Künstlerhelden aus *Ein Porträt des Künstlers als junger Mann*, der «aus der Existenz hinaussublimiert» ist, «gleichgültig, und sich die Fingernägel manikürt»? Schnippelt Mr. King noch? (Die Verkaufszahlen von Bassett gehen in Irland, so Barbara Shannon, die Leiterin der

Marketingabteilung, zur Zeit «so richtig ab»; anscheinend haben die Iren Joyces handwerkliche Methoden hinter sich gelassen und wollen, mit Hilfe des Trims, unbedingt die Abkürzung zum Künstlertum nehmen.) Oder deutet er damit vielmehr an, daß einer wie ich verachtungsvoll schneidet und feilt, während er, der marktsichere Progressive, die jeweils neueste Technologie einsetzt?

Wenn ja, dann kann ich Mr. King versichern, daß auch ich knipse – vielleicht nicht so häufig, wie es nötig wäre, aber dafür mit echter Begeisterung. Wenn ich eine richtig authentische Erfahrung brauche, mache ich mich manchmal mit einem Zehennagelknipser an meine Fingernägel und erschauere vor Erregung angesichts der gelenkpunktunterstützten Kraft; bei meinen Zehen gehe ich eine Stufe weiter zum veterinärkalibrigen Nipper von Revlon, einer papageienschnabeligen Privat-Stutzwaffe, die trotz ihrer Verchromung aussieht, als sollte sie im Werkzeugschuppen aufbewahrt werden. Eine dichte, halbopake, von diesem neunzehn Dollar teuren Stück gefederter brasilianischer Handwerkskunst abgetrennte Sichel stieg neulich von den Überresten meines geschändeten Zehennagels auf, flog durchs Zimmer und landete in einer Schachtel mit Steuerunterlagen, wo sie auch bleibt.

Mit einiger Sicherheit (und Traurigkeit) können wir sagen, daß Nabokov keine Nagelknipser verwendete. Das heißt, John Shade, der Dichter aus *Fahles Feuer*, tat es nicht:

> Die kleine Schere, die ich halte, ist
> Aus Stern und Sonne eine blendende Synthese.

Ich stehe vor dem Fenster, und ich schneide
An meinen Fingernägeln ...

Das Schneiden eines Fingernagels ist bei Nabokov wichtig: vielleicht stellt es für ihn einen Akt der Selbstbefreiung von kommentativer Knechtschaft dar, denn er ist sich der traditionellen wissenschaftlichen Verwendung der Nagelkante als randständigem Stellenritzer nachweislich bewußt. In Puschkins *Eugen Onegin* erfährt Tatiana etwas über Onegins Gedanken, indem sie dessen Bibliothek betrachtet, und ihr fällt auf:

Mit scharfem Nagel eingeschnitten
Ein Mal an mancher Stelle war.

Nabokov erwähnt im Kommentar zu seiner englischen Übersetzung dieser Zeilen Sheridans Stück *Die Nebenbuhler* (das er so nebenbei mit seiner üblichen Strenge als eine «außerordentlich plumpe Komödie» abtut), in dem eine Frau «ihre Nägel zu dem Zwecke, Randnotizen zu machen, liebevoll pflegt». Nabokov setzt rätselhafterweise hinzu: «Die Kunst ist heute verlorengegangen.» Wohl kaum: Selbst mit einem kurzgeschnittenen männlichen Daumennagel kann der Leser heute, in Amerika, eine sichtbare Doppellinie machen, und tut es auch oft, um eine interessante Passage zu kennzeichnen, wenn sie in einem Buch auftaucht, das zu verunstalten ihm aus dem einen oder anderen Grund verwehrt ist. Auch in jenen mitternächtlichen Augenblicken des verlegten Bleistifts ist ein Nageleindruck weniger zerstörerisch und räumlich präziser als Gedächtnisstütze denn ein Eselsohr. Überdies bereitet der Druck des von seiner jähen Eindrücklichkeit verformten Lesernagels auf das zarte hyponychiale Gewebe, das es schützt, eine vorübergehende daumenweite Lust, die mehr als literarisch ist oder jedenfalls sein kann.

Das berunruhigendste an Stephen Kings Bewertung meines angeblichen «Nagelschnipsels» von einem Roman aber ist, daß er offenbar meint, ein Zehen- oder Fingernagel aus der Welt des Buchs könne zu Recht als unbedeutend weggewischt werden. Vergangenen September verkaufte Allen Ginsberg der Universität Stanford einen Beutel mit seinen Barthaaren. Gewiß sollte Mr. King doch für spätere Zeiten aufbewahren, was er an schrundigen Überbleibseln so alles abknipst oder -schneidet? Und gerade der Meister der Spannungserzeuger sollte doch in der Lage sein, die geheimen Schrecken, das Ächzen der abgetrennten, aber unruhigen Seele aufzuspüren, die in diesen Fragmenten hausen. Man denke nur an das fürchterliche altnordische Schiff der Apokalypse, *Naglfar*, das aus den Nägeln toter Männer erbaut war und sich während des Grausigen Winters, wenn der Wolf die Sonne verschlungen hat, aus seiner Vertäuung reißt – «eine Warnung», in Brian Branstons Nacherzählung, «davor, daß ein Mann, der mit ungeschnittenen Nägeln stirbt, einen großen Beitrag zum Baumaterial für Naglfar leistet (was Götter ebenso wie Männer nur ungern täten)». Gertrude Jobes' mythologisches Wörterbuch zitiert eine verwandte finnougrische Tradition, in der der Böse jeden Sonntag Nagelschnipsel sammelt und «mit ihnen das Boot baut, womit die Toten transportiert werden sollen». Die litauische Volkskunde behauptet (via Stith Thompson), daß «aus den Nagelabschnitten des Menschen die Teufel sich kleine Kappen machen». Ich hatte nicht die Möglichkeit, einen der Mitarbeiter des Werks in Derby, Connecticut, von denen viele Polnischstämmige der ersten oder zweiten Generation sind, zu fragen, ob sie vergleichbare Geschichten gehört hätten.

Damit nicht jemand unwissentlich den Teufeln bei ihrem Hutwerk behilflich ist (ob so ein Fingernagelhut wohl einem Mini-Nippesweidenkorb ähnelt, oder würden die Schnipsel angenäht oder angeklebt wie Pailletten?), brachte die Firma Bassett im Jahre 1900 den Easy Hold-Knipser auf den Markt. Die Easy-Hold-Reihe enthält eine ungewöhnliche beidhändige Nagelhautschere mit Zeigefingerstützen, die bei der Feinarbeit von Nutzen sind (US-Design-Patent Nr. 331 867), einen Schaumstoffhalter für Papiernagelfeilen sowie eine verbesserte Pinzette, die das Entfernen von Splittern bei anderen zu einem noch diabolischeren Vergnügen macht, als es zuvor schon war. Doch die neuen Nagelknipser gehen weiter: zusätzlich zu einem wohlbedachten Daumenelement aus Plastik weisen sie auch noch ein Gehäuse für die Klemmbacken auf, das fast jeden Schnipsel im Moment des Knipsens auffängt.

Eric Rommerdale, der Leiter der Labortechnologie an der zahntechnischen Fakultät der University of Mississippi in Jackson, ist die Hauptfigur bei der Entwicklung aller Easy-Hold-Pflegeprodukte. Mr. Rommerdale, zweiundfünfzig Jahre alt, ein ehemaliger Marineangehöriger mit einem weißen Schnauzbart, ist die phantasievolle Selbstpflege wohlvertraut. In seiner Freizeit hat er das freihändige Zahnputzsystem mit der Dreifachbürste von Sunbeam (jetzt von DKI Inc. erhältlich) und das Mund-Stock-aktivierte Ablaßventil für den Urinbeutel entwickelt, beides für das Rollstuhlset. Sein großer Fingernagelaugenblick kam im November 1987 in einem Stop-n-Go-Imbiß, als er einen Mann in den Siebzigern mit «Händen, groß wie Baseballhandschuhe» bei dem Versuch beobachtete, sich die Nägel zu knipsen. Dreimal fiel der Knipser auf den Boden. Aus Polymerharz (oft bei Zahnarbeiten verwendet) baute Rommerdale ein Paar aufsteckbare Knipsergriffe und versuchte, Revlon dafür zu interessieren. Revlon sagte unmißverständlich nein. Doch 1988 ließ William Bassett der Jüngere sich im Foyer des Bridgeport Hilton von Rommerdale davon erzählen, fand Gefallen an dem, was er da hörte, und bat den Erfinder, das gesamte Manikürsortiment auf Grifffreundlichkeit zu überprüfen. Das medizinische Zentrum der University of Mississippi wertete daraufhin (bezuschußt durch die Bassett Company) die Prototypen aus und verfeinerte sie, wobei es eine Gruppe gesprächiger älterer Beta-Testanden auf Video aufnahm und begutachtete.

Wenngleich Rommerdales gerundetes Originaldesign in seiner endgültigen, bläschenverpackten Form ein paar störende Vorsprünge und einige rechtwinklige Kanten dazubekommen hat, die nach Glättung verlangen («Das hätten wir schon besser machen können», räumt William Bassett ein), so ist es dennoch ermutigend, daß die Stilgeschichte des Knipsers – eines der großen Produkte für die Kommodenplatte unseres Jahrhunderts – nicht zu Ende ist. Kommenden Januar werden sämtliche Easy-Hold-Zubehörteile, momentan noch in einem Schlachtschiffgrau, aufgrund einer umfassenden Befragung vor Ort in Einkaufszentren krickentengrün werden. Eric Rommerdale erweiterte kürzlich mit Hilfe seiner Patenttantiemen seine Gartenwerkstatt, und momentan entwickelt er sicherere Gerätschaften für Fleischschneider sowie einen Dosenöffner für Behinderte. Es sieht so aus, als bliebe uns noch genügend Zeit, unsere Nägel kurz und sorgfältig zu knipsen, als wäre nichts anderes wichtig, bevor der Grausige Winter kommt und die *Naglfar* in See sticht.

(1994)

Laut vorlesen | Lesen

Vor ein paar Jahren hatte ich meine erste Lesung. Es war beim Edinburgh Festival in Schottland, in einem Zelt. Einige andere lasen auch noch; wir saßen alle auf separaten Modulen einer orangefarbenen biomorphischen Couch, die Köpfe gesenkt, während wir einander, wenigstens mit einem Ohr, zuhörten. Schließlich kam ich an die Reihe, und die Worte, die ich im stillen geschrieben hatte (übrigens in einer Ohrstöpselstille, die den flüchtigen, chicleartigen Kontakt von oberen und unteren Schneidezähnen verstärkte, das innere Quietschen eines Augapfels hörbar machte, wenn ich ihn heftig rieb, und meine Aufmerksamkeit auf das gedämpfte Dröhnen von Augenlidmuskeln lenkte, wenn ich in dem Bemühen, mit Hilfe des Infrarots von Prosa das zu sehen, was ich in dem Augenblick gerade am liebsten beschreiben wollte, die Augen zukniff) – diese vormals stillen Worte also entfalteten sich nun wie Liegestühle in meinem Mund, traten eines nach dem anderen hinaus, angetan mit großen sibirischen Konsonantenhüten und langen hermelinösen Vokalen, landeten weich, ohne sichtbaren Schaden anzurichten, hier und da im Publikum, und ich dachte, Mensch, ich lese ja laut, aus Kapitel sieben!

Es lief ziemlich gut, bis ich an eine Stelle nahe der Mitte des letzten Absatzes kam, wo ich das Gefühl hatte, ich müsse gleich weinen. Es hätte mir nichts ausgemacht, zu weinen oder wenigstens innezuhalten, um einen diskreten stillen Schluchzer hinunterzuschlucken, wenn das, was ich gelesen hatte, in irgendeiner offensichtlichen Form traurig gewesen wäre. Wenn Leute in Dokumentarfilmen ihre Geschichte erzählen und sie an die Stelle kommen, wo die Tragödie passiert, und sie noch einmal sagen müssen, woran sie sich, in aller Stille, schon vor Jahren gewöhnt haben, und dabei aufschluchzen, dann ist das in Ordnung, dann sollen sie ruhig aufschluchzen. Ich habe auch schon Autoren autobiographische Berichte über schmerzhafte Ereignisse in ihrer Kindheit lesen und ihre Stimme hier und da ein wenig zittern hören – das ist völlig legitim, sogar wünschenswert. Der Satz aber, der mir Schwierigkeiten machte, war die Beschreibung einer Frau, die einen Frühstücksmuffin in Bäckereipapier einschlägt, ihn in eine kleine Tüte steckt und einen Haufen Plastikrührstäbchen, Zuckerpäckchen und Butterportionen darüber fallen läßt. Wo war da das Pathos? Und dennoch, als ich dem Publikum das Wort «Plastikrührstäbchen» vorlas, hatte ich ernste Schwierigkeiten, und ich bemerkte, wie der eine oder andere lauschende Kopf, plötzlich neugierig geworden, aufblickte: Ha, das ist ja interessant, dieser Amerikaner weint jetzt gleich offen und ausgiebig für uns.

Aber warum bei diesem Satz? Warum packte mich dieses Bild einer Abfolge kleiner weißer Formen, mehr Rührstäbchen und Zuckerpäckchen und Butterportionen, als ich brauchte, und in diesem Sinn weniger funktional als zeremoniell und halbdekorativ, die über mein weltliches Frühstück fielen und fielen, mich so am Kummerrevers? Es gab eine Reihe von Gründen. Am College hatte ich einmal an einem Preiswettbewerb teilgenommen, der «Die Artikulation der englischen Sprache» hieß, wofür die Teilnehmer aus vorbereiteten Passagen von Milton, Joyce und anderen laut vorlesen mußten. Ich kam zu spät zum Auditorium, nachdem ich mit dem Fahrrad hingefahren war, wobei ich stolz aus einer Miniflasche Smirnoff trank, die ich einmal im Flugzeug gekauft hatte, und las, wie geplant, den Milton mit einem dröhnend imitierten britischen Akzent und den Joyce-Auszug – es war der letzte Absatz von «Die Toten» – erst in einem breiten, schlechten Südstaatendialekt, dann mit einem puertorikanischen Akzent und schließlich wieder in dem Südstaatendialekt, und zu meiner Überraschung hatte ich den Joyce in meinem amateurhaften Fernsehschauspielergenöle äußerst bewegend gefunden, weshalb der letzte Satz über den Schnee, der «leise fiel ... über all die Lebenden und die Toten», so tragisch klang, daß unklar blieb, ob mein rhetorisches Beben echt war oder nicht – und mein Kehlkopf mochte sich an diese beschwipste joycesche Übereile vom College erinnert haben, als ich laut von meinem eigenen Zuckerpäckchenschneefall las.

Auch war eine Version des Kapitels, das ich in Edinburgh las, im *New Yorker* erschienen, wo ich eine kleine Meinungsverschiedenheit, eine freundliche Meinungsverschiedenheit, mit einer Korrektorin dort wegen der Wendung «tissue-protected muffin» gehabt hatte. Sie war der Ansicht gewesen, daß das Wort «tissue» etwas wie Kleenex impliziere und daß es ein «paper-wrapped muffin» sein müsse, und ich sagte, daß ich das nicht fände. Auf dem Nachhauseweg von der Arbeit am nächsten Tag war ich noch schnell in eine Bäckerei gegangen und hatte eine blaue Box mit den fraglichen kleinen Vierecken samt den Worten «bakery tissue» in Großbuchstaben an der Seite entdeckt; und frohlokkend rief ich den Leiter des Geschäfts zu mir, einen Griechen, der kaum Englisch sprach, und bot ihm an, die ganze Box zu kaufen, die er mir dann auch für neun Dollar überließ, und tags darauf rief ich meinen Redakteur an und sagte: «Es heißt tissue, es heißt tissue», und als Kompromiß wurde es in deren Version dann zu einem «tissue-wrapped muffin» – nun aber, da ich laut in Schottland las, konnte ich wieder einen «tissue-protected muffin» daraus machen; richtig oder falsch, am Ende konnte ich die ursprüngliche wortlose Erinnerung mittels dieses dünnen Schleiers meiner eigenen bevorzugten Wörter doch noch vor fremden Frühstücksgästen abschirmen. Am Ende war doch alles gut geworden. Und das mochte genügt haben, um mich zum Weinen zu bringen.

Aber es war nicht nur das. Hinzu kam noch, daß dieser winzige Teil eines Absatzes nie zu denen gehört hatte, an die ich mit Stolz dachte, wenn ich über mein Buch nachdachte, nachdem es erschienen war. Ich hatte ihn, nachdem ich ihn hingeschrieben hatte, vergessen, und als meine vortragende Zunge mich nun zwang, ihm meine Aufmerksamkeit zu widmen, war ich erstaunt und bewegt, daß er dort all die Monate, ja, Jahre, gesteckt hatte, unbelohnt, aber auch unbeschadet, und seine kleine visuelle Ladung ohne weitere Ermutigung meinerseits bereithielt, und wie das taubstumme, zerlumpte Kind, das, obwohl verunglimpft von den anderen Kindern, sein Dorf schließlich vor einer Katastrophe bewahrt, hatte er jenen tränentreibenden Augenblick herbeigeführt, der mich vor lauter Mitleid mit ebendieser Vergessenswürdigkeit zwang, inmitten meiner ganzen intendierten Ironien, in Gram zu versinken. Das spielte eine wesentliche Rolle dabei.

Und auch Zerknirschung. Zerknirschung leistete ebenfalls ihren Beitrag dazu, daß das Faß überlief – denn dieses Edinburgher Publikum wußte ja nicht, wieviel reine, gehässige Verachtung ich damals in meinen Ablehnungsbrief-Tagen für Autoren übrig gehabt hatte, die «Lesungen abhielten», wie selbstgefällig und neoprimitivistisch ich es fand, die göttliche Ökonomie der publizierten Seite zu verwerfen und zu verlangen, daß Menschen zusammenkommen, um eine zurückhaltende Person wiederholen zu hören, was vor langer Zeit einmal gesetzt worden war. Im Idealfall, so hatte ich gemeint, war die Republik der Literatur bevölkert von einsamen Lesern im Bett mit ihren süßen kleinen Leselämpchen, die über ihren privat besessenen und betriebenen Seiten glimmen, so wie die kunstvollen persönlichen Lampen, die jeden Notenständer im Orchestergraben verdeckt erleuchten, während darüber das krudeste, dickst geschminkte öffentliche Melodram tobt. Die Regression zu einem Publikum hatte etwas ein wenig zu Präraffaelitisches – ich dachte dabei an die Gegeneinstellungen in frühen Spielberg-Filmen, wo Familienangehörige mit dümmlich ehrfurchtsvollen Gesichtern auf den blaßgrünen Schein des wohltätigen UFOs starrten, während John Williams immer noch mehr Strauß aus seinen Streichern herausdrosch. Und dann noch die verdächtigen Betonungsmuster, die «Ich-lese-laut»-Muster – zumal bei Lyriklesungen, wo Talentierte und Untalentierte gleichermaßen in dem verständlichen Wunsch, in Ermangelung von Reimen eine hörbare Entsprechung des Flattersatzes rechts und links auf ihrem getippten oder gedruckten Original zu vermitteln, auf silbenstanzende Rhythmen und geflissentlich unaufgelöste Schlußkadenzen zurückzugreifen, die sie von Dylan Thomas und Wallace Stevens, überlagert mit Walter Cronkite und John Fitzgerald Kennedy, übernommen haben. Diese griffigen Klangschablonen könnten aus allem Lyrik machen:

Dies – ist eine – Dover – ausgabe –
Zum – jahrelangen – Gebrauch – bestimmt

Robuste – stapelbare – Buchenregale –
Zu einem Preis –, den man für – Plastik – erwarten würde –

Und dennoch war ich nun, trotz all dieser irgendwie lässigen, Glenn-Gouldigen Verachtung im Hinterkopf, tatsächlich in Edinburgh, in diesem Zelt, unter Fremden, und kam zum Ende meiner eigenen ersten Lesung, und bevor ich an der Reihe gewesen war, war ich alles andere als abschätzig und verächtlich gewesen, sondern einfach und ehrlich nervös, äußerst nervös, und nun war ich fast am Ende, und ich hatte nichts allzu Demütigendes getan, und das Publikum hatte unschuldig zugehört, nichts ahnend von meiner vorigen Mißbilligung, und sogar das eine oder andere Mal tolerant gelacht – und das alles war zuviel: Ich war wie ein ungläubiger Krüppel, der hereingerollt und von einem Scharlatanprediger durch einen unvermittelten Schlag mit der flachen Hand auf die Stirn geheilt worden war. Ich lese laut! Ich lese laut! sagte ich, und Tränen liefen mir übers Gesicht – ich war Krüppel und Scharlatan zugleich. Klar, daß ich losheulen würde, aus purer Dankbarkeit mir selbst gegenüber, weil ich ohne Weinen fast bis ans Ende gekommen war.

Und dann, als das Undenkbare beinahe eintrat und die Narzissenknolle in der Kehle kurz vorm Aufplatzen war, erkannte ich, daß, wenn ich jetzt in Tränen ausbrach, die Intensität meiner Gefühle in diesem vermeintlich komischen Kontext die barmherzigen Zuhörer bezüglich meines geistigen Gesamtzustands vor ein Rätsel stellen würde. Zuallermindest würde man mich für einen halten, der «eine Streßphase durchlebt», und statt eines bestimmten Ausschnitts aus dem von mir Gelesenen, der ihnen gefallen hatte, würden sie dann diese Diagnose mit nach Hause nehmen, und jedesmal, wenn ich dann später versuchte, etwas Leicht-Lockeres zu schreiben, würde mir mein Augenblick der Scham auf der orangen Couch einfallen, und um dem entgegenzuwirken, müßte ich etwas Düsteres, Brütendes und völlig Unpassendes erfinden. Das durfte nicht geschehen; ich durfte nicht zulassen, daß das Lautlesen meine zukünftige Produktion in Mitleidenschaft zog. Ich begann, mir dringenden Rat aus der Ringecke zuzuflüstern: *Los, du Blödarsch. Wenn du weinst, dann meinen die Leute, daß deine eigene Eloquenz dich zu Tränen rührt, und was glaubst du wohl, wie das rüberkommt?* Das war schließlich furchterregend genug, um die Nutation in meinem Adamsapfel zu stabilisieren, und so schaffte ich es gerade noch bis zum letzten Wort.

Seit jenem Nachmittag im Jahre 1989 habe ich viele Male aus meinem Werk gelesen, und jedesmal war ich ein wenig beherrschter, weniger der gehende Krüppel, mehr der Scharlatan. Ich habe mich wieder mit meinem Kehlkopf vertraut gemacht. Als ich vierzehn war, befühlte ich ihn jeden Morgen am Küchentisch, bevor ich meine Cornflakes aß. Er war groß. Wie konnte mein Hals nur mit diesem massigen Lastenaufzug nachgerüstet worden sein? Und was würde ich damit sagen? Was für Nutzlasten sollte er einmal befördern? Gleich morgens konnte ich in einem einigermaßen überzeugenden Bariton das Altsaxophonsolo aus *Bilder einer Ausstellung* singen – und wenn ich auf einen tiefen Ton ging, bereitete mir das ein einzigartiges körperliches Vergnügen, das im weiteren Verlauf des Tages nicht mehr zustande kam, wenn die beiden dicken schlaffen Stimmbänder herabfielen und sich über einem Spatenvoll klanglichem Torfmoos schlossen. Manchmal, wenn ich tief sang oder schwang, kam ich mir vor wie ein Charakterdarsteller in einer Kaffeewerbung, der nachlässig glänzende Bohnen aus der Tiefe eines Leinensacks schaufelt und sie auf eine zerbeulte Waage schüttet – je tiefer der Ton, den ich versuchte hochzuschaufeln, desto größer und glänzender die Bohnen, bis ich schließlich ganz unten im Saubohnenland war. Ich war Charles Kuralt, ich war Tony the Tiger, ich war Lloyd Bridges, ich war James Earl Jones – auch ich hatte einen Kehlkopf von der Größe eines Picknickkorbs, fand ich, und wenn Sie meine Stimme hören würden, dann würden Sie nicht einmal merken, daß sie kräftig ist, so vibrierend tief ist sie; statt dessen würden Sie meinen, Ihre Reifen wären auf die Wachrüttelstreifen auf dem Bankett einer Schnellstraße geraten. Direkt oberhalb des beweglichen Bugs des Adamsapfels, direkt darüber, wo eigentlich eine Kühlerfigur sein müßte, war eine weichere Stelle, die mit dem Finger desto tastbarer wurde, je tiefer man sprach oder sang, und ich stellte mir vor, daß Diskjockeys sich genau in diese verletzliche Öffnung, diesen Schwachpunkt in der Rüstung der Männlichkeit, heimlich Spritzen voll männlicher Hormone und Kleinmotorenöl injizierten, so daß sie «Verkehr und Wetter» mit dem angemessenen Raspelbiß sagen konnten.

Und wenngleich meine Stimme sich – ungeachtet meiner hohen sekundärsexuellen Erwartungen und obwohl ich ziemlich groß war und große Menschen oft einen entsprechenden Kehlkopf haben – nicht so ganz als die knubbelige, dreidimensionale Stimmungsmaschine erwies, mit der ich gerechnet hatte, lese ich mittlerweile doch gelegentlich gern laut vor, was ich geschrieben habe. Ich erhalte etwas von jenem pubertären frühmorgendlichen Gewühl wieder, wenn ich mich hoch in den oberen Baldachin eines Satzes emporschwinge, die Stimmuskeln anspanne, noch einmal klettere und dann mit jenem dopplereffektartigen Tonsturz auf ein Wort herabfalle, so daß die Aussage in ihren letzten Sekunden auf Meereshöhe ausklingen kann. Ich merke, wie das alles abläuft, auch wenn es für niemanden sonst zu hören ist. Und manchmal weiß ich, daß meine Stimme, mag sie auch ein unvollkommenes

Medium sein, das, was ich geschrieben habe, für den Augenblick besser erscheinen läßt, als es ist, und ich spiele gern mit dieser gefährlichen intonationalen Macht und lasse die Zuhörer sogar wissen, daß ich damit spiele. Der Adamsapfel heißt schließlich nicht umsonst so: jenes Relikt der Versuchung, jener artikulierte Brocken Aufstiegsmentalität, jenes allzeit bereite Freizeichen im Hals, mag es andere nun mit Erfolg in die Irre führen oder nicht, es endet damit, daß man sich selbst gründlich verführt.

(1992)

Die Geschichte der Interpunktion

Lesen

Die neun Grundzeichen – Komma, Gedankenstrich, Bindestrich, Punkt, Klammer, Semikolon, Doppelpunkt, Leerzeichen und Großbuchstabe – erscheinen uns heute so passend, so pfeifepaffend indoeuropäisch, ihre disjunktive Kraft und Masse für ihre jeweiligen Aufgaben im Satz so natürlich geeignet, daß es verzeihlich ist, wenn wir meinen, Kommata gebe es schon wenigstens so lange wie Elektronen und es seien zwar Dialekte, Schriftarten und -bilder gekommen und gegangen, das Semikolon hingegen, jener über alle Maßen gelassene Diener der Diktion, sei unwandelbar gleichgeblieben.

Tatsächlich jedoch ist das Semikolon relativ neu. Etwas Mittelalterliches namens *punctus versus*, das große Ähnlichkeit mit dem Semikolon hatte, auch wenn man es häufig unterhalb der geschriebenen Zeile baumelnd antraf, hatte ungefähr die Wirkung eines modernen Punkts; ein anderes Zeichen, das (in der Handschrift einiger Schreiber) genau wie ein Strichpunkt aussah, war eine weit verbreitete Abkürzung für verschiedene lateinische Wortendungen – *atque* konnte als *atq;*, *omnibus* als *omnib;* auftauchen. Das Semikolon jedoch, das wir täglich, stündlich verwenden, betrat die Bildfläche mit der Erstausgabe von Pietro Bembos *De Aetna*, zwei Jahre nachdem Kolumbus Amerika erreicht hatte, und war die Schöpfung Aldus Manutius' des Älteren (oder eines ihm Nahestehenden) und seines geschmacksicheren Stempelschneiders Francesco Griffo. Dieses Satzzeichen, so lesen wir bei Dr. Malcolm Parkes, seinem Erforscher, brauchte viel länger als die Klammer, um das Vertrauen der Schriftsetzer zu erwerben: Erschrekkenderweise wurde es von einigen derjenigen, die mit der Arbeit an der ersten Gesamtausgabe Shakespeares betraut waren, in seiner Anwendung offenbar nicht ganz begriffen.

Und noch heute ist es natürlich Gegenstand der Geringschätzung und des Spotts. Joyce zog den attischeren Doppelpunkt vor, zumindest in *Ulysses*, und auch Beckett säuberte seine Prosa nach und nach von diesem – wie er es gesehen haben muß – Emblem des ordinären, hochviktorianischen Zierats, von dieser gußeisernen Blume des Massen-Ciceronianismus: Statt mit Semikola verstrebte er seine Sätze in *Malone Dies* und *Molloy* mit Einheitskommata, die so gewöhnlich wie Sand am Meer waren, um jene für seine Erzählstimme so charakteristische niedergeschlagene Form der gemurmelten Ekphonese zu erreichen – all das vielleicht Teil des allgemeinen Drangs, der ihn schließlich veranlaßte, das Englische zugunsten des Französischen aufzugeben, *«pour m'appauvrir»*: um sich zu verarmen.

Auch Donald Barthelme, der sagte, erst das Beispiel

Becketts habe ihm überhaupt «zu schreiben gestattet», fand das Semikolon «häßlich, häßlich wie eine Zecke an einem Hundebauch»; immerhin gestand er anderen zu, die Sache anders zu sehen. Und dennoch hat das Semikolon überlebt, ist es, so hat es sich erwiesen, viel zu raffiniert und nützlich, um ein Opfer des Modernismus zu werden. Es hat sogar Anteil an jenen neueren Formen der emotionalen Interpunktion namens «Smileys» oder «Emoticons» – ein bißchen irritierende Versuche, am Ende eines E-mail-Absatzes einen seitlich verdrehten Gesichtsausdruck anzubringen, z. B. **:)** oder **>%–(**. Das Semikolon bildet dabei das «Zwinkern» oder «Grinsen» mit, also **;)**.

Unser vertrautes und höchst brauchbares «Punktel»-Repertoire hat also sehr tiefe Wurzeln; es entwikkelte sich aus Schwärmen konkurrierender und einander überlappender Systeme und Theorien, von denen viele falsch angewandt wurden oder halb in Vergessenheit geraten sind. Petrarca etwa benutzte einen Schrägstrich mit einem Punkt in der Mitte, um den Beginn einer Parenthese anzuzeigen. Ein *percontativus* oder umgekehrtes Fragezeichen markierte noch bis ins siebzehnte Jahrhundert hinein den Schluß einer rhetorischen Frage – Robert Herrick benutzte es. Ein *punctus elevatus*, der einem auf den Kopf gestellten Strichpunkt oder später einem etwas überspannten Fraktur-*s* ähnelte, hatte in zahlreichen mittelalterlichen Texten die Funktion eines Semikolons; am Ende einer Gedichtzeile jedoch konnte er ein Enjambement ankündigen. Eine namenlose Figur in der Form eines umgedrehten Spazierstocks diente in Augustus' auf seinem Grab eingravierter Autobiographie (14 n. Chr.) dazu, einen Absatz zu beenden. Um 600 n. Chr. empfahl Isidor von Sevilla, einen Absatz mit einer 7 zu beenden; er nannte sie *positura*. Des weiteren trat er dafür ein, neben einen unredlichen oder fragwürdigen Text einen waagrechten Gedankenstrich zu setzen («damit eine Art Pfeil die Kehle dessen, was überflüssig ist, durchtrennen und in die lebenswichtigen Organe dessen, was falsch ist, eindringen möge»), und er griff gern auf die antike *cryphia* zurück, ein auf die Seite gelegtes C mit einem Punkt in der Mitte – ᴗ̇ –, welches neben die Stellen im Text gesetzt werden sollte, wo «eine schwierige und unklare Frage nicht erschlossen oder gelöst werden kann».

Der aufrechte Buchstabe C für *capitulum* entwickelte sich zu dem beliebten mittelalterlichen Absatzzeichen ¶, das zuweilen auch Paraphe genannt wurde. Irische Mönche im siebten Jahrhundert pflegten mehr Punkte zu setzen, wenn sie eine längere Pause wollten; so konnte ein Satz mit einem Semikolon und einem Komma (;,), zwei Punkten und einem Komma (..,) oder drei Kommata hintereinander (,,,) enden. Gegen Ende des zwölften Jahrhunderts schlug einer der *Diktaministen*, ein Mann namens Buoncompagno, den diese ganze unvereinbare Komplexität bekümmerte, eine eingeschränkte Schrägstrich-Gedankenstrich-Methode vor: Ein Gedankenstrich sollte alle endgültigen Pausen bezeichnen, ein Schrägstrich dagegen alle kleineren. Das fand keinen Anklang, wenngleich die «doppelte *virgula*» (//) im fünfzehnten Jahrhundert zur Trennung von Sätzen benutzt wurde und Edmund Spenser und Walter Raleigh zuweilen handschriftlich statt eines Kommas einen einzelnen Schrägstrich setzten. Ein

Pluszeichen (+) stand in einigen frühen gedruckten Büchern für einen Punkt; in anderen konnte es ein Zitat einleiten.

Das Druckwesen verlangsamte schließlich das Tempo behelfsmäßiger Neuerungen und verdrängte zahlreiche kuriose Überflüssigkeiten; dennoch können neue Zeichen wie auch überraschende Adaptionen alter Zeichen jederzeit auftreten. Neben Smileys haben Online-Dienste in letzter Zeit die ekstatische Klammerumarmung bei Grüßen kreiert: {{{{{{{{Shana!!!}}}}}}}}. Die juristisch motivierte Interpunktion gedeiht weiter – das ™, das ® und das © sind allgegenwärtig. (Der Titel von *Jurassic Park* lautet nicht *Jurassic Park*, sondern *Jurassic Park*™; dasselbe gilt für David Feldmans *Why Do Clocks Run Clockwise and Other Imponderables*™.)

Besonders in Mode ist neuerdings das ℠, wie in «Forget Something?℠» – vor nicht allzu langer Zeit auf einer Plastikkarte neben dem Waschbecken in einem Holiday-Inn-Zimmer erblickt: ein Zeichen, das die Wendung, der es folgt, folgendermaßen modifiziert: «Dieses ist nicht lediglich eine höfliche Anfrage hinsichtlich dessen, ob Sie alles, was Sie während Ihres Aufenthalts benötigen, erfolgreich eingepackt haben. Vielmehr ist diese Äußerung Teil unserer gegenwärtigen, die gesamte Kette umfassenden Marketing-Kampagne, und wir meinen es so ernst, Sie danach zu fragen, daß wir Sie hiermit fairerweise warnen, daß wir, die Inhaber dieses Service Mark [℠], Sie, falls Sie oder sonst jemand versuchen sollten, eine solche Zuvorkommenheit einem anderen Gast in der Hotelindustrie in gedruckter oder veröffentlichter Form, sei es auf Handzetteln, Plakaten, Schildern, Abzeichen oder gefalteten Pappstücken auf oder neben einem Waschbecken, Frisiertisch oder jedweder anderen Badezimmereinrichtung zu erweisen, mit allen uns zur Verfügung stehenden Rechtsmitteln peinigen und piesacken werden.» Selbst das gute alte Komma entwickelt sich weiter: Um 1714 wurde es umgedreht und zum Anführungszeichen gemacht, und eine Bekannte von mir am College interpunktierte ihre Briefe an ihre High-School-Freundinnen mit selbstgefertigten Kommaformen von seitlich liegenden männlichen Geschlechtsteilen, die sie aus *Playgirl*-Fotos ausgeschnitten hatte.

Bis jetzt mußte der Leser seine Bedürfnisse nach den historischen Besonderheiten dieses fesselnden prosaischen Themas mit hochgelehrten Schmalspurarbeiten wie etwa E. Otha Wingos nüchternem *Latin Punctuation in the Classical Age* oder John Lennards eindrucksvoller, unlängst erschienener Monographie über die Geschichte der Parenthese: *But I Digress* (1991), befriedigen – im übrigen ein Juwel an Oxford-University-Press-Gelehrsamkeit, elegant geschrieben und randvoll mit Informationen, ausgestattet mit einem umfassenden wissenschaftlichen Apparat einschließlich mehrerer Register, Bibliographien und Anmerkungen, dessen Autor, nach dem verblüffenden Umschlagsfoto zu urteilen (rasierter Schädel mit mittig aufragender Proto-Mohawk-Bürste, Ohrring im linken Ohr, schlapper Kordjacke und verwaschenem T-Shirt mit rätselhaften Insignien darauf), sich bis zum Examen als Tickethai bei Elvis-Costello-Konzerten durchschlug. (In einem der hinteren Kapitel diskutiert er Elvis Costellos Gebrauch der Parenthese in «Let Him Dangle».)

Aber nun haben wir endlich *Pause and Effect*, Dr. Malcolm Parkes' mutigen Überblick: «Eine Einführung», so der bescheidene Untertitel, obwohl es viel mehr als das ist, «in die Geschichte der Interpunktion im Westen». Nicht jedoch im Osten oder anderswo – arabische, griechische und Sanskrit-Gebräuche harren noch einer endgültigen hirnsprengenden Kollation. (Und dem Index der Modern Language Association zufolge muß man dazu noch Nanette Twines 1984 erschienenen Artikel über «The Adoption of Punctuation in Japanese Script» in *Visible Language*, einer Zeitschrift, die in letzter Zeit für das Studium der Interpunktionsgeschichte aufregende Dinge gebracht hat, heranziehen; des weiteren, für Kanon-Aufbläher, John Duitsmans «Punctuation in Thirteen West African Languages» sowie Carol F. Justus' «Visible Sentences in Cuneiform Hittite».) Wenngleich der wortspielerische Titel Munteres verheißt, hat Dr. Parkes – Fellow des Keble College und Dozent für Paläographie an der Universität Oxford – ein ergiebiges, komplexes und entschieden unmunteres Buch im Bildbandformat mit 74 erläuternden Tafeln, einem Glossar und bedauerlicherweise keinem Sachregister vorgelegt.

Es ist kein Buch, das sich leicht im Bett liest. Wegen seines übergroßen Folioformats dehnt sich jede Zeile auf der Seite ungefähr drei Zentimeter länger als üblich, was zu einem Blickschwenk führt, der statt der angenehmeren zehn oder elf Wörter vierzehn auf einmal aufnehmen muß. Wenn die Schultermuskeln unter dem vollen Gewicht des aufgeschlagenen Buchs ermüden, läßt der Leser es, auf der linken Seite liegend, schließlich auf die Matratze sinken und eine L-Lage einnehmen, worauf er versucht, den Text mit einem geöffneten Auge zu erfassen, welches nicht liest, indem es von links nach rechts wandert, sondern indem es sich entlang einer radikal perspektivierten Typenlinie, die nahezu parallel zu seiner Sichtlinie liegt, nach außen richtet und jene Wörter, die hinter dem sanften Anstieg der Seite verschwinden, überspringt oder ergänzt. Die Lücken zwischen den einzelnen Wörtern werden schmaler, was das Verständnis behindert, wenngleich sie nie jenes unverständliche griechische Ideal des Seitenumbruchs namens *scriptio continua* erreichen, bei dem der Text zwischenraumlos in ununterbrochenen Buchstabenreihen aufgezeichnet wird.

Aber warum verzichteten die Griechen nur auf ein so vernünftiges Verfahren wie das Kennzeichnen der Wörter durch Leerzeichen, das offenbar selbst die Verwender der Keilschrift im minoischen Kreta benutzten? Lejeune etwa findet diese Entwicklung *«remarquable»*; aber noch remarquabler ist die Tatsache, daß selbst die pragmatischen Römer (über die Etrusker) Leerzeichen zur Verfügung hatten, und zwar in Form von «Hochpunkten», also schwebenden Pünktchen zwischen den Wörtern (eine Praxis, die von der Textverarbeitungssoftware von Wang in den achtziger Jahren mit Erfolg wiederbelebt wurde), die sie jedoch in frühchristlicher Zeit wieder abschafften. «Für diesen verblüffenden und bedauerlichen Rückschritt kann man als einzigen Grund nur den albernen Wunsch vermuten, selbst noch die schlimmsten Eigenarten griechischer Bücher nachzuahmen», schimpft Revilo P. Oliver. Dr. Parkes hingegen vertritt die Theorie, daß die Klassenunterschiede zwischen Lesern und Schreibern möglicherweise etwas mit der Zähigkeit der *scriptio continua* zu tun hatten – ein Schreibsklave durfte sich keiner Spatiierung oder sonstigen Interpunktion erdreisten, weil er dadurch seinem Dienstherrn seine persönliche Lesart der konstitutiven Buchstaben aufgedrängt hätte. In mönchischen Kontexten gab es auch quasimythische Argumente für die unspatiierte Undurchdringlichkeit: Ein sperriger Text, der seine wörtliche Bedeutung nur allmählich freigebe, rege zur Meditation und Memorierung an, meinte Johannes Cassianus (ein bedeutender Einsiedler im fünften Jahrhundert); und der Augenblick, in dem das entmutigende Wortsuchpuzzle der geistlichen Seite nach viel vergeblichem Starren endlich seine Leerstellen preisgebe und sich zu verständlichen Einheiten des Psalters verbinde, könne dazu dienen, den einer Ohnmacht nahen Lektoren an das Wunder des Leseaktes zu gemahnen, welcher ohne Gottes gütige Herablassung in die menschliche Sprache und die menschliche Form unmöglich sei.

Bei all dieser Phylogenie erwähnt Parkes allerdings nicht – und das muß er auch nicht unbedingt – den eher profanen entwicklungspsychologischen Umstand, daß nämlich die *scriptio continua* für Kinder etwas ganz Natürliches ist:

L I E B E R A N D R E
W A L L E S G U T E Z
U M G E B U R T S T A
G D E I N E A L I C E

Kindern wird nicht *beigebracht*, auf die Abstände zu verzichten; alle ihre schriftlichen Muster haben gleichmäßige Zwischenräume. Als Konzession an den Empfänger (oder erwachsenen Zuschauer) gehen sie gelegentlich noch einmal drüber und fügen um der Klarheit willen hier und da noch eine Virgel ein. Vielleicht hat das Schreiben etwas so Erregendes, daß die Zivilisationen, ähnlich wie die kaum des Lesens und Schreibens kundigen Fünfjährigen, bei all dem Entdecken oder Wiederentdecken seiner Freuden und Traditionen eine Weile brauchen, bevor sie sich dann auch der mühelosen Lesbarkeit annehmen – und folglich studieren ihre Gelehrten auch nicht Wörter, sondern *litterae*, Buchstaben.

Teils aufgrund der Existenz der unspatiierten Zeile wurde das Interpunktieren von Anfang an ebenso als eine Art Zierat betrachtet wie als ein Mittel dessen, was Parkes «disambiguation», «Entvieldeutigung», nennt. Cassiodor, der erste große Bibelpointillist, riet den Mönchen des sechsten Jahrhunderts, Satzzeichen einzusetzen, «damit man sehen kann, daß Ihr Verzierungen hinzufügt». Alkuin schrieb Karl dem Großen, daß sich mittels «*Distinctiones* oder *subdistinctiones* die Verzierung von Sätzen äußerst schön gestalten läßt». Frühmittelalterliche Leser wie Dulcitius von Aquin schmückten ein Werk beim Lesen mit Pünktchen, Diplen [>] und Paragraphenzeichen und setzten sodann stolz ihren Namen auf die Seite: «Ich, Dulcitius, habe dies gelesen.» Die Interpunktion scheint, ähnlich wie Rand- und Interlinearbemerkungen, ein Ritual des wechselseitigen Austauschs gewesen zu sein, eine Art, einem Text etwas als dankbaren Tribut zurückzugeben, nachdem er seine Bedeutung im Kopf des Lesers freigesetzt hat.

Da überrascht es denn doch etwas, daß sich die scholastische Philosophie des 13. und 14. Jahrhunderts – die, wie Francis Bacon unfreundlich anmerkte, ein riesiges und verzwicktes Spinnennetz sei, an dem seit Aristoteles gesponnen werde, «bewunderungswürdig ob der Feinheit von Faden und Arbeit, aber ohne Substanz und Nutzen» und daher in idealer Weise dekorativ und manieristisch statt funktional, von logischer und streitlustiger Energie getrieben statt von der Wahrheit gezogen; somit, wie man meinen sollte, eine Blütezeit für die Interpunktion – in Wahrheit als eine dunkle, trostlose Zeit für *subdistinctiones* erweist. Parkes erklärt, daß die paradigmatische Natur des scholastischen Manuskripts mit seinen sich wiederholenden *queritur* und *quaestio*, die dem Leser anzeigten, wo genau er sich in der formalen Struktur der Argumentationslinie befand, ein differenziertes Interpunktionsrüstzeug überflüssig machte.

Andererseits könnte es auch so sein, daß die Scholastiker, die ihre Tage damit verbrachten, grauenvolle lateinische Übersetzungen aus dem Arabischen von Übersetzungen aus dem Griechischen zu lesen, einfach kein Gehör hatten. Cicero selbst verschmähte jede Interpunktion und beharrte darauf, daß ein Satz mit einem guten Rhythmus selbst seinen Endpunkt hörbar anzeigte, ohne daß dazu ein bloßer, «von einem Kopisten eingesetzter Strich» benötigt würde; diejenigen hingegen, die später die Interpunktion und auch Cicero ernst nahmen – Cassiodor, Isidor, Bembo, Petrarca –, bewiesen ihre Treue durch ihre Virgeln: Wie archaisierende Komponisten, die eine bestimmte, früher einmal übliche Spielpraxis gewährleistet haben wollen und daher jeden Triller und jedes *ritenuto* angeben, obwohl ihre historischen Vorlagen nur schmucklose Noten aufweisen, konnten diese Bewunderer die implizierte Interpunktion des Ciceronischen Rhythmus heraushören und in manchen Fällen seine Weglaßeffekte in ihren eigenen Schriften wiederholen, aber sie trauten ihren Zeitgenossen nicht zu, daß sie ohne visuelle Unterstützung eine klassizistische *Clausula* entdeckten.

Dr. Parkes' eigener Stil ist dienlich und ungekünstelt, wenn auch nicht eben von spatzenhafter Rhetorik. Für diejenigen unter uns, deren Latein sich nie so recht in die Lüfte erhob, hat er jede zitierte Passage übersetzt. Hin und wieder erwähnt er auch politische Entwicklungen, wenn sie Einfluß auf die Sphäre der Interpunktion nehmen: Hat eine Verwüstung oder eine Erhebung eine «der grammatikalischen Kultur feindliche Situation herbeigeführt», dann teilt er uns das mit. Verblüffend allerdings ist, wie lässig Parkes – dieser adleräugige Paläograph, der so hart gearbeitet hat, um «das Bewußtstein des Lesers davon, was die Interpunktion ist und leistet, zu wecken» – seine Kommata setzt. Wo sind sie überhaupt? «Pausing therefore was part of the process of reading[,] not copying ...» – «Before the advent of printing[,] a text left its author and fell among scribes.» – «The printing process not only stabilized the shapes and functions of the symbols[,] it also sustained existing conventions that governed the ways in which they were employed.» Und: «The increase in the range of distincitve symbols also promoted new developments in usage[,] since the symbols not only enabled readers to identify more easily the functions of grammatical constituents within a sentence[,] but also made possible more subtle refinements in the communication of the message of a text.»

Wäre da nicht Dr. Parkes' sicherer Gebrauch des Kommas an anderer Stelle, man könnte fast argwöhnen, er sei ein Fall wie jene Psychotherapeuten, die ihren Beruf ergreifen, weil sie spüren, daß bei ihnen selbst etwas Fundamentales nicht stimmt, oder jene humorlosen Menschen, die sich Witzbücher kaufen und in Klamaukclubs gehen, um innere Mängel zu korrigieren. In einem Kommentar zu einer faszinierenden Seite von Richard Hooker setzt sich Parkes oder jemand, mit dem er (wie er so hübsch in seinem Vorwort sagt) «die Last der Fahnen» getragen hat, sogar über das eherne Gesetz des Reihungskommas hinweg: «The notation series for indicating glosses[,] notes[,] and citations in the margins, based on letters of the alphabet in sequence, was also used in the Geneva Bible of 1560.»

Einmal jedoch überrascht Parkes uns, indem er unbewußt das altmodische *that*-Komma des 18. Jahrhunderts verwendet. Es ist das Komma Gibbons –

> It has been calculated by the ablest politicians, that no state, without being soon exhausted, can maintain above the hundredth part of its members in arms and idleness

und das von Gibbons Vorbild Montesquieu in Nugents Übersetzung von 1750 (zweimal) –

> Plato thanked the Gods, that he was born in the same age with Socrates: and for my part, I give thanks to the Almighty, that I was born a subject of that government under which I live; and that it is his pleasure I should obey those, whom he has made me love.

und das Burkes (zweimal)

> Mr. Hume told me, that he had from Rousseau himself the secret of his principles of composition. That acute, though eccentric, observer had perceived, that to strike and interest the public, the marvellous must be produced …

und Burkes brillantem Widersacher Thomas Paine –

> Admitting that Government is a contrivance of human *wisdom*, it must necessarily follow, that hereditary succession, and hereditary rights (as they are called), can make no part of it, because it is impossible to make wisdom hereditary …

Parkes schreibt: «The punctuation of the manuscript has been so freely corrected and adapted by later scribes, that it is not easy to determine whether any of the other ecphonetic signs are also by the original scribe or whether they have been added.» Der einzige andere Mensch, der mir einfällt, der das *that*-Komma alten Stils überhaupt mit einer gewissen Beständigkeit verwendet, ist Peter Brown, der wie Parkes seine Zeit mit lateinischen *quod*-Sätzen verbringt, die von alten deutschen Kommentatoren interpunktiert wurden. (Das Komma wird ja im deutschen *daß*-Satz noch immer regelmäßig verwendet.)

Eine weitere Rarität in Parkes' Buch, vielleicht die allererste ihrer Art, ist die Verbindung der beiden Hälften des Wortes *semi-colon* nicht durch einen Bindestrich, sondern durch einen ausgewachsenen Gedankenstrich: *semi–colon*. Diese Längung könnte Parkes' Form des Protests gegen einen amerikanischen Trend im Redigieren sein, der die Substantiveinheit ohne jeden trennenden Binnenstrich geschrieben sehen möchte: *semicolon.* Das amerikanische Redigier- und Korrekturwesen bei gekoppelten und nicht gekoppelten Komposita ist wahrlich einem Zustand demoralisierten Durcheinanders anheimgefallen – oder zumindest bin *ich* demoralisiert und durcheinander, nachdem ich gerade das Manuskript eines Romans durchgesehen habe, in dem eine sehr kluge, sorgfältige und gutmütige Korrektorin ungefähr zweihundert meiner unschuldigen, spielerisch gesetzten Bindestriche weggestrichen hat. Ich habe so oft «Bindestrich lassen» an den Rand geschrieben, daß ich es schließlich zu «BL» abgekürzt habe – doch meine Unnachgiebigkeit war nicht von einem hämischen Grinsen begleitet: Ich wollte nicht die typische Stilprimadonna sein, die ihr das Leben schwermachte.

Andererseits erinnerte ich mich an ein früheres Manuskript von mir, in dem sich etwas auf dem Rücksitz eines Autos abspielte: In den Korrekturfahnen spielte sich dasselbe nicht auf dem «back seat», sondern auf dem «backseat» ab. *The backseat.* Dankbar für Hunderte anderer Korrekturen und da ich auch nicht als stur erscheinen wollte, willigte ich ohne weiteren Protest in die Zusammenschreibung ein, doch danach gärte es in mir weiter, und schließlich setzte ich kurz vor der Veröffentlichung wieder ein Leerzeichen ein. («Backseat» will als Trochäus gelesen werden, BACKseat, wie «baseball», wo wir doch in Wirklichkeit auf beide Hälften des Kompositums gewohnheitsmäßig das gleiche gesprochene Gewicht legen.) Und so rekorrigierte ich mich, meine Beinahepleite mit «back seat» im Hinterkopf, bei meinem neuen Manuskript halb krank. Ich rekorrigierte *re-enter* (statt *reenter*), *post-doc* (statt *postdoc*), *foot-pedal* (statt *foot pedal*), *second-hand* (statt *secondhand*), *twist-tie* (statt *twist tie*) und *pleasure-nubbins* (statt *pleasure nubbins*).

Da die Lektorin es sich bei ihrem Talent leisten konnte, undoktrinär zu sein, und weil es schließlich *mein* Buch war, ließ sie mich achselzuckend gewähren. En passant hatten wir ein anregendes Gespräch über das Wort *pantyhose* [«Strumpfhose»], das sie zu *panty hose* verbessert hatte. Ich hatte das Gefühl, daß das Wort *hose* heute in bezug auf Beinkleidung ungebräuchlich ist und daß auch *panty* in der Singularform nur als ein Teil von *pantywaist* [«Memme»] oder in einem hypothetischen L.-L.-Bean-Katalog vorstellbar ist: «Beans feinste chamoisbesetzte Loipen-panty». Somit konstituiert *pantyhose* eine einzelne, legierte Sinneinheit, die größer als die Summe ihrer Teile ist, was ja das Kriterium für die Verbindung sein sollte. Und dennoch hätte ich, obwohl mir das vorgeschlagene Leerzeichen falsch erschien, ebenso gut wie mit *pantyhose* mit *panty-hose* leben können – und normalerweise hätte ich in diesem Zusammenhang für einen Bindestrich gekämpft, da die Normierer von Merriam-Webster und *Words Into Type* in ihrem Machtwahn in den letzten Jahren zuviel Joyce gelesen haben und aus Begriffen, die eine Halbtrennung verdienen, ganze Wohnblocks gemacht haben (insbesondere *-like*-Komposita, die, wenn sie verbunden werden, wie transliteriertes Japanisch aussehen können). Man hat den Eindruck, Joyce wollte, daß seine Prosa anders aussah, irisch, seltsam, nicht im vollen Ornat pingeliger Oxforder Bindestriche, die ordinäre Substantivklumpen mit behandschuhten Fingerspitzen anfassen: Es wäre ihm peinlich gewesen, daß seine idiosynkratischen *cuffedge* [Manschettenaufschlag] und *watchchain* [Uhrkette] und das berühmte *scrotum-tightening* [hodensackspannend] US-amerikanische Stilwächter beeinflußten.) Ein geschmackvoller Spandex-Bindestrich wäre, wie mir meine Verwirrung nun zuflüstert, bei *panty-hose* völlig in Ordnung gewesen; er hätte die Wendung am Zwickel *scrotumtighteningly* zusammengezogen.

Ich mache diese persönliche Anmerkung nicht nur, um zu illustrieren, wie klein die Momente sind, die in ihrer Gesamtheit zu einer interpunktionellen Thigmotaxis führen. Die Evolution schreitet Bindestrich um Bindestrich und Manuskript um Manuskript voran – angetrieben von der Spannung zwischen schreibendem Schriftsteller und seiner Lektorin und ihren Nachschlagewerken («Ich schlag mal schnell im *Großen Webster* nach», sagte ein Zeitschriftenredakteur einmal zu mir), von der Bewunderung der Ahnen und von der beständig drohenden Möglichkeit der Lähmung durch Langeweile. Sind die Zeichen, die wir jetzt haben, wirklich ausreichend? Verspüren Sie nicht zuweilen einen plötzlichen Ekelkrampf im Unterleib, wenn Sie eine Druckspalte hinabblicken und diverse hübsche Satzglieder (natürlich nur eines pro Satz: *Chicago Manual of Style*, § 5.91) sehen, die von netten kleinen Paaren schmuckloser Gedankenstriche abgesetzt sind?

Im 19. Jahrhundert fand man, daß der Gedankenstrich allein nicht annähernd genügte. Dr. Parkes beschließt seine kurze Erörterung der «Mimetic Ambitions of the Novelist and the Exploitation of the Pragmatics of the Written Medium» [«Mimetische Ambitionen des Romanciers und die Nutzung der Pragmatik des schriftlichen Mediums»] mit Virginia Woolf, womit er (verzeihlicherweise) die Behandlung der einzigen gewichtigen Veränderung in der Interpunktion des 20. Jahrhunderts übergeht, nämlich das Verschwinden der großen Gedankenstrich-[= *dash*-]Hybride. Alle drei – das *commash*[,–], das *semi-colash*[;–] und das *colash*[:–] (so will ich sie nennen, weil eine Benennung eine Analyse ermöglicht) – sind für die viktorianische Prosa von großer Bedeutung, und alle drei sind sie (bis auf bestimmte restaurative Zoo-Exemplare, auf die ich später komme) heute ausgestorben.

Alle benutzten sie Gedankenstrich-Hybride. Dikkens, Wilkie Collins, Charlotte Brontë und George Meredith. Bei Trollope finden sie sich praktisch auf jeder Seite –

> He was nominally, not only the heir to, but actually the possessor of, a large property;– but he could not touch the principal, and of the income only so much as certain legal curmudgeons would allow him. As Greystock had said, everybody was at law with him,– so successful had been his father, in mismanaging, and miscontrolling, and misappropriating the property.

> Rapid writing will no doubt give rise to inaccuracy,– chiefly because the ear, quick and true as may be its operation, will occasionally break down under pressure, and, before a sentence be closed, will forget the nature of the composition with which it commenced.

> The novels of a man possessed of so singular a mind must themselves be very strange,– and they are strange.

Man findet sie bei Thackeray –

> […] the Captain was not only accustomed to tell the truth,– he was unable even to think of it – and fact and diction reeled together in his muzzy, whiskified brain.

und bei George Eliot –

> The general expectation now was that the «much» would fall to Fred Vincy, but the Vincys themselves were surprised when ten thousand pounds in specified investments were declared to be bequeathed to him:– was the land coming too?

Die erlesensten essayistischen Prosenkreuzer – De Quincey, Carlyle, Ruskin, Newman, Doughty – benutzen ebenfalls ständig solche *dashtards* oder Gedankenstrichbastarde, oftmals bei rhetorischen Höhepunkten:

> It is well to be a gentleman, it is well to have a cultivated intellect, a delicate taste, a candid, equitable, dispassionate mind, a noble and courteous bearing in the conduct of life;– these are the connatural qualities of a large knowledge; they are the objects of a University: I am advocating, I shall illustrate and insist upon them; but still, I repeat, they are no guarantee for sanctity or even for conscientiousness, they may attach to the man of the world, to the profligate, to the heartless,– pleasant, alas, and attractive as he shows when decked out in them.

Pater greift, auch wenn er eines allzu sonoren Purismus bezichtigt wurde und bei seinen Capezios (um ein Wort von Arsenio Hall zu borgen) zuweilen fraglos ein wenig unbekümmert ist, auf interpunktionale

Paarbindung zurück, mit deren Hilfe er seinem wundervollen Essay über Stil und seiner «Conclusion» von *The Renaissance* den letzten Schliff gibt. Sydney Smith schrieb, müßte Francis Jeffrey das Sonnensystem rezensieren – Francis Jeffrey ist der säuerliche Kritiker, der über Wordsworth' *Excursion* sagte: «So geht das nicht» –, er würde es verreißen: «Schlechtes Licht – Planeten zu weit weg – von Kometen belästigt – billiges Konzept;– könnte jederzeit ein besseres machen.» Emerson war ein großer Benutzer des *semi-colash*; ja, von den zweiundfünfzig Gedankenstrichen in *The American Scholar* sind meiner Zählung nach nur vier nicht von einem Semikolon oder einem Komma begleitet.

Nach der Jahrhundertwende werden Hybride etwas ungebräuchlicher, auch wenn sie sich noch leicht finden lassen. Henry James benutzte ein paar in seinen frühen Schriften, redigierte sie jedoch in der *édition de luxe*, die ab 1907 erschien, weg. Die *Encyclopaedia Britannica* von 1911, ein gutes Prüffeld edwardianischer Normen, greift recht häufig danach:

> A large screw can, however, be roughly examined in the following manner: – (1) See whether the surface of the threads has a perfect polish ... (2) mount it between the centres of a lathe ... (4) Observe whether the short nut runs from end to end of the screw without a wabbling motion when the screw is turned and the nut kept from revolving. If it wabbles the screw is said to be drunk.

Und Edmund Gosses 1907 erschienene Autobiographie *Father and Son* enthält einen schönen, durch ein Komma gemilderten Gedankenstrich, der als sehnsüchtiges Lebewohl an eine im Sterben begriffene Interpunktionsform gelesen werden kann:

> These rock-basins, fringed by corallines, filled with still water almost as pellucid as the upper air itself, thronged with beautiful sensitive forms of life,– they exist no longer, they are all profaned, and emptied, and vulgarised.

Bei Norman Douglas, dem frühen J. B. Priestley und Cyril Connolly tauchen sie hier und da auf. J. M. Keynes verwandte sie in seinem Werk *Economic Consequences of the Peace* von 1920 vereinzelt alle drei. Zum Beispiel:

> The policy of reducing Germany to servitude for a generation, of degrading the lives of millions of human beings, and of depriving a whole nation of happiness should be abhorrent and detestable,– abhorrent and detestable, even if it were possible, even if it enriched ourselves, even if it did not sow the decay of the whole civilized life of Europe.

Doch da war die hybride Interpunktion schon dem Untergang nahe. Proust verwandte in dem ungeheuren «Schlafzimmer,-die-ich-gekannt-habe»-Satz am Anfang von *A la rehash* zwei Vorkriegs-Semicolashes; Scott Moncrieff entfernte sie in seiner Nachkriegsübersetzung von 1922. (Terence Kilmartin, der Gute, fügte 1981 die ursprüngliche Interpunktion wieder ein.) Der imponierendste aller Dandys, Vladimir Nabokov (der, wie ich glaube, *Father and Son* ebenso genau gelesen hat wie Proust, wobei ihn wohl dessen spannende Kombination von Literatur und Amateurnaturforschung anzog), verwandte in seinem ersten und recht edwardianischen Roman auf englisch, *The Real Life of Sebastian Knight* [*Das wahre Leben des Sebastian Knight*] (1941) über sechzig hervorragende Komma-Gedankenstrich-Paarungen. (Ein Beispiel: «‹A title,› said Clare, ‹must convey the colour of the book,– not its subject.›») In *Speak, Memory* [*Erinnerung, sprich*] kommt keine einzige vor: Der *New Yorker* hatte sie ihm ausgetrieben. In seinem gesamten Spätwerk habe ich nur ein einziges kostbares Semi-colash festgestellt; Humbert schreibt: «I remember the operation was over, all over, and she was weeping in my arms;– a salutary storm of sobs after one of the fits of moodiness that had become so frequent with her in the course of that otherwise admirable year!»

Für den Interpunktionshistoriker noch kostbarer sind zwei Beispiele *umgekehrter* Commashes in Updikes frühen Romanen – das eine in der Fawcett-Ausgabe von *The Centaur* [*Der Zentaur*], das andere auf Seite 22 von *Of the Farm* [*Auf der Farm*], ebenfalls bei Fawcett:

> As Joan comforted him, my mother, still holding the yardstick – an orange one stamped with the name of an Alton hardware store–, explained that the boy had been «giving her the eye» all morning, and for some time had been planning to «put her to the test».

Diese im Englischen äußerst seltene Variante geht auf den Menschen der vierziger Jahre zurück –

> My father put in a steam-heating plant toward the end of the eighties – the first ever seen in Hollins Street–, but such things were rare until well into the new century

und wieder auf Proust: *«Que nous l'aimons – comme en ce*

moment j'aimais Françoise–, l'intermédiaire bien intentionné qui» usw.

Updike jedoch, unser Bannerträger, bekennt sich nun nicht mehr zu Dashtards. Nicht einmal in John Barths Pastiche im Stil des 18. Jahrhunderts, *The Sot-Weed Factor* [*Der Tabakhändler*], wo sie hineingehört hätten, findet man sie. (Im 18. Jahrhundert stolpert man auch ständig über sie.) Durch welchen Kometen oder Gletscher sind sie ausgestorben? Das könnte die große literarische Frage unserer Zeit sein. Zaghaft hatte ich einmal 1983 versucht, in einem Essay für den *Atlantic Monthly* ein Semi-colash anzubringen: Die Redakteurin machte ein seltsames Surrgeräusch in der Kehle, das Unfaßbarkeit andeuten sollte, und sofort gab ich klein bei. Warum, warum nur sind sie verschwunden? Lag es – und man verfällt zunächst immer auf die McLuhaneske Erklärung – an dem zunehmenden Gebrauch der Schreibmaschine für die Endfassung, deren Anordnung von Komma, Doppelpunkt und Semikolon ein rasches Erreichen der Bindestrichtaste unmittelbar nach einer anderen Interpunktion grifftechnisch umständlich machte? Oder war es – denn gleich nach McLuhan verfällt man immer auf die pseudowissenschaftliche Erklärung – der triumphale Erfolg der Quantenmechanik? Ein Komma ist unbestreitbar ein größeres Quantum als ein Commash. Erzwangen die Punktespiele der Dadaisten und E. E. Cummings' wie auch das letzte, uninterpunktierte Kapitel von *Ulysses* ein Gerangel um eine einfachere Hegemonie, an der eine Revolte gemessen werden konnte?

Den Stilhandbüchern war die hybride Interpunktion noch nie so ganz geheuer gewesen – was einsichtig ist, da sie sich einer Systematisierung verweigert. Der einflußreichste viktorianische Antibarbarus, John Wilsons *A Treatise on English Punctuation*, der in England und Amerika runde dreißig Auflagen erlebte, duldete Mischzeichen; spätere Ausgaben enthielten sogar Seiten mit Übungen, schriftlichen wie mündlichen, die dem Lernenden helfen sollten, seine Fertigkeit mit dem Commash zu verbessern. Doch «die unnötige Überfülle gerader Striche», warnte Wilson, so wie schon andere vor ihm gewarnt hatten, «insbesondere auf der gedruckten Seite, beleidigt den guten Geschmack, ist ein Zeichen für das tiefe Unwissen des Gedankenstrichsetzers um die Kunst der Interpunktion ...» In *«Stops» or, How to Punctuate*, war Paul Allardyce, der edwardianische Nachfolger Wilsons, noch strenger: «Es gibt kaum einmal einen Grund für den Gebrauch von Doppelzeichen.» G. V. Carey sagte in *Mind the Stop* (1939) unmißverständlich: «Die Verbindung anderer Punkte mit dem Bindestrich ist noch weniger zulässig als mit Klammern.» In Eric Partridges *You Have a Point There* (1953) erglomm ein Hoffnungsschimmer – er riet dazu, jawohl, zusammengesetzte Satzzeichen mit «Vorsicht und Maß» zu verwenden, doch er hatte den Mut zuzugeben, daß sie «gelegentlich tatsächlich unumgänglich sind».

Aber das war 1953 im fehlertoleranten England. Dem *Chicago Manual of Style* (§ 5.5) zufolge sind Bindestrich-Hybride in den Vereinigten Staaten gegenwärtig illegal. Im Namen der Biovielfalt jedoch brachte ich 1988 ein paar an entlegenen Stellen in meinem ersten Roman unter, entgegen den Einwänden der Lektorin. Ich glaubte, Geschichte zu machen. Doch Salman Rushdie war mir, wie sich herausstellte, zuvorgekommen: *Die satanischen*

Verse, die ein paar Monate vor meinem Buch erschienen waren, wiesen Dutzende und Aberdutzende von Dashtards auf, und zwar aggressiv, ostentativ, eher in der Tradition Laurence Sternes als in der Trollopes. Brad Leithausers schelmischer, *Sebastian-Knight*-artiger Rahmenerzähler in *Hence* (1989) verwendet viele Commashes; und Leithauser erörterte Rushdies «Emily-Dickinsonschen Schwall von Bindestrichen» in einer Rezension im *New Yorker* im selben Jahr – wenngleich mir der Vergleich mit Emily Dickinson nicht ganz richtig erscheint. Doch wir tun ja nur so, wir drei – wir meinen es mit unserer Dashtarderei ja gar nicht ernst;– ach nein.

Es wäre schön, wenn Dr. Parkes oder Dr. Lennard (als Parenthetiker gerühmt) eine sorgfältig recherchierte Erklärung für das Verschwinden der gemischten Interpunktion in Angriff nehmen würden. Leider müßte eine vollständige Erklärung alles einschließen – Gustav Stickley, Henry Ford, Herbert Read, Gertrude Stein, Norbert Weiner, Saint Strunk und insbesondere Miss Eleanor Gould vom *New Yorker*, deren dünne, graue, normative Bleistiftspitze noch über uns allen schwebt. Und selbst dann würde sich uns die wahre Mikrostruktur des Wandels entziehen. In jedem Fall aber sollten wir Malcolm Parkes tagtäglich dankbar dafür sein, daß er uns einen Eindruck von den blühenden korallinen Gezeitentümpeln des Interpunktionspluralismus vermittelt hat, die unserem reineren, konsistenteren, lehrbarer kodifizierten und vielleicht trockeneren Jahrhundert vorangegangen sind.

(1993)

Ein Roman von
Alan Hollinghurst

Lesen

Alan Hollinghurst ist bei Bienen besser als Oscar Wilde. Auf der ersten Seite von *Das Bildnis des Dorian Gray* läßt Wilde sie «sich einen Weg durch das hohe, ungemähte Gras bahnen». Eine Biene darf man niemals sich einen Weg bahnen lassen. Noch am selben Nachmittag dann läßt Dorian Gray, bestürzt über Lord Henry Wottons plastische Ausführungen über die unvermeidliche Degeneration der Jugend, eine Fliederblüte fallen, an der er «fieberhaft» geschnuppelt hatte. Biene *numero due* erscheint, beansprucht fast einen ganzen Absatz, um «über die ovale, gesternte Wölbung der winzigen Blüten zu krabbeln» und sodann die «gefleckte Trompete einer tyrischen Winde» zu untersuchen. Auch hier haut «krabbeln» nicht ganz hin, wenn man über Bienenbeine und ihren greifenden Umgang mit Pflanzengewebe spricht.

In *The Folding Star* hingegen beschreibt Alan Hollinghursts Erzähler (der mit Wildes desillusioniertem, die Jugend verführenden Lord Henry gewisse Züge gemein hat), wie er auf einer Bank in der Sonne liegt, «den flauen Vanillegeruch eines Buschs einatmend, auf dem ein halbes Dutzend verspäteter Bienen noch immer taumelten und purzelten». «Taumelten und purzelten» ist mit seiner plumpsigen Musik bündig und extrem gut: ohne die Blüten überhaupt zu erwähnen, erfaßt es die schwere, geschlenkerte, abdominale Unbeholfenheit dieser Pollenpacker am Ende ihrer Schicht recht hübsch.

Für solche und noch bessere Dinge kann man fast auf jeder Seite von Hollinghursts neuem Buch dankbar sein – ja, fast in jedem Absatz. Und dennoch wird man beim Lesen nicht damit überfüttert, weil seine Qualitäten so mannigfaltig und vielschichtig sind. Hollinghurst hegt offenbar den völlig vernünftigen und unmanischen Wunsch, all die Freuden, die der Roman bereitzustellen vermag, der Reihe nach bereitzustellen. Insbesondere die Dialoge sind brillant, aber alles – das Verworfene, das Verfeinerte oder beides – ist abgestimmt und ausgeglichen, wird einem angeboten und wieder entzogen, anspielungsreich angerissen, wenn für eine gründliche Ausarbeitung keine Zeit ist, und ansonsten fein säuberlich analysiert. Der Erzähler ist ein trauriger Mann, von der Vergangenheit berauscht; er leistet nichts und ist beschickert, wenn nicht gar betrunken; er hat Momente eines misanthropen Larkinismus («Bücher sind ein Haufen Scheiße», zitiert er am Anfang wenig überzeugend), doch wie er seiner verlorenen Jugend nachtrauert, ist mitnichten deprimierend, weil er das, was ihm gerade gefällt, mit einer Intelligenz beschreibt, die sich immer wieder selbst aufmuntert.

Er – Edward Manners – kommt in eine mythische,

im Schlick versinkende, niedergegangene flämische Stadt (Gentwerpen? Brüggel? Jedenfalls etwas Hybrides), wo er einen Neuanfang machen will und zwei Jungen Privatunterricht in Englisch gibt. Der eine ist der Sohn eines Kunsthistorikers, der sich mit der kritischen Bibliographie eines weniger bedeutenden (und fiktiven) Burne-Jonesschen Symbolisten und Syphilitikers mit dem wunderbaren Namen Orst herumschlägt – nämlich Edgard Orst, einem Darsteller tuchbehängter Innenräume, dürftiger Seelandschaften und allegorischer Frauen mit orangen Haaren und gewagten Halsreifen aus römischen Medaillen. Doch dieser erste Junge hat Asthma und ist pummelig, fällt also aus. Der andere «Knabe», Luc Altidore, siebzehn, der mit den breiten Schultern und der wundersam aufgeworfenen Oberlippe, ist der Nachfahre einer exzentrischen Koryphäe namens Anthonis Altidore, eines Druckers aus dem sechzehnten Jahrhundert (Christophe Plantin?), der, wie wir erfahren, seine Ahnenschaft erfolgreich bis zur Jungfrau Maria zurückverfolgte. («Man denkt sich da ein paar ziemlich dunkle Stellen so um das dritte Jahrhundert herum», bemerkt jemand.) Trotz eines verwirrenden Aufgebots an Männern und ihren unterschiedlich großen und gewinkelten Penalien in Edward Manners' schwulenbarkodierter Empfindsamkeit nimmt der junge Luc, wenngleich er wahrscheinlich heterosexuell ist (gemischte Gefühle!) und wenngleich die Vorstellung, daß er mit Jesus Christus verwandt ist, «leicht enervierend» ist, die romantische Phantasie unseres liebenswerten, wenn auch gelegentlich bedrückten Helden voll und ganz in Anspruch. Luc ist kein geistiger Überflieger. «Ich hätte ihn mit meinem Wissen beeindrucken, ihn gar sanft damit erdrücken können», denkt Manners, doch da ist ja auch noch das Sprachproblem zu berücksichtigen, und überhaupt, wie Lord Henry Wotton erklärt: «Schönheit ist eine Form des Genies – ja, sie steht höher als das Genie, da sie keiner Erklärung bedarf.» Manners muß in einem Fieber von Anfang-Dreißig-Liebeswahn immerzu an jene verfluchte «erhitzte Trompeterlippe» denken, die jegliche verfügbare Konkurrenz hinwegbläst; gleich einem «fiesen alten Hetero» beschnüffelt er plötzlich benutzte Knabenunterhosen und krustige Knabentaschentücher, kostet trockene Zahnbürsten und stiehlt Negative, um diesem unerreichbaren Altidorian Gray näherzukommen, der zwar am besten in weißen Jeans aussieht, aber sogar auch, langbeinig, wie er ist, eine Khakihose «ironisieren» kann.

Wie in Hollinghursts großartigem ersten Buch *Die Schwimmbad-Bibliothek* kommen in *The Folding Star* viele Figuren, aber wenige Frauen vor. Der Autor bemüht sich, sie in dem einen oder anderen Kapitel zu begrüßen und ihnen das Gefühl zu geben, ein willkommener Gast zu sein, und er hat auch eindeutig nichts gegen sie, aber länger als eine halbe Stunde vermag er sich nicht auf sie zu konzentrieren. Sehr schade, daß wir nicht ein wenig mehr Zeit beispielsweise mit der reizenden (und pagenhaften) Edie bekommen, die bereitwillig jeder grellen Skizzierung von schwulem Fetischismus mit «dem aufgeschlossenen Ausdruck einer Frau [zuhört], die sich im Urlaub gutwillig die Regeln eines fremdländischen Nationalsports erklären läßt». Doch Edward hegt ein fundamentales Mißtrauen der «nie völlig plausiblen Welt des heterosexuellen Gefühls» gegenüber oder zumindest kein Interesse dafür. Ungefähr alle fünfzehn Seiten erscheint ein ehrfürchtiger oder faszinierter Bezug auf das männliche «Genitalensemble», und das ist ja auch richtig so. (Beispielsweise: «manchmal bescheiden und stark, manchmal lümmelnd und schwerköpfig, wobei die einzigen Konstanten eine leichtgängige Vorhaut, eine gewisse Präsenz und eine Heidehonig-Schönheit sind»; oder er «pißte heftig ins Gebüsch; stand dann eine Weile da und schlug auf seinen Schwanz in der offenen Hand, wie ein Arzt auf eine Vene klopft, die er anschwellen lassen will».) Die analoge visuelle Unersättlichkeit in der Heterowelt betrachtet Edward jedoch mit wählerischem Widerwillen. Mit einigen antiken schmutzigen Bildern von einer Wäscherin konfrontiert, sagt er: «Ich verwissenschaftlichte mein Interesse, indem ich vage dachte, was für ein Tugendbold ich war, wenn es um Frauen ging und die Demütigungen, die Männer von ihnen verlangten.»

All das wirkt wahr und komisch zugleich – es besteht eine tiefe, zweifellos grundlegend vulvale Kluft reziproker Verständnislosigkeit, die die schwule Kosmologie normalerweise vom herrschenden Straightgeist trennt; damit können wir auch gleich die offensichtliche Unterschiedlichkeit akzeptieren und (beispielsweise) unserer gegenseitig unergründlichen Pornographie einen gewissen Unterhaltungswert abringen. Manners geht mit erfrischender Intoleranz sogar so weit zu sagen, daß «immer etwas fehlte bei den Männern, die als Jungen nie eine schwule Phase hatten, was sich an einer gewissen Trockenheit der Phantasie zeigte, einer faden, von keinerlei Unterdrückung gefärbten Toleranz, einer Blindheit dem violetten Ende des Spektrums gegenüber».

Blind und violettlos, wie wir wenigen übriggebliebenen fiesen Heteros sind (und schlaflos – Hollinghurst gewährt auch einen Blick auf einen frischgebackenen Vater, der «wie ein Hund gähnte und jaulte»), tun wir doch, was wir können, um soviel wie möglich über diese uns überlegenen Fremdbestäuber zu lernen, und wir begrüßen, oder sollten dies jedenfalls, mit Getrampel und Jubel und ernstem Schütteln unserer Modellflugzeugbausätze die geniale historische Wahrscheinlichkeitstheorie über die Entstehung eines alternativen Schöpfungsmythos der künstlerischen Evolution, die Hollinghurst in seinen beiden Büchern entwickelt. Die rückwirkende Homosexualisierung der Geschichte der Lyrik, insbesondere der Tradition der pastoralen Elegie und rustikalen Reflexion, wie sie sich durch Milton, William Collins, Wordsworth und Shelley bis hin zu dem fiktiven georgianischen Dichter «Sir Perry Dawlish» durchzieht, gelingt in *The Folding Star* mit erstaunlicher Leichtigkeit und Stimmigkeit.

In einer Szene wartet der pubertäre Edward im Freien darauf, daß der Abendstern herauskommt; er denkt über seinen Zitatenschatz aus der Naturlyrik nach und «wird ein Kenner der letzten einsamen Übergänge von Blau zu Schwarz», wodurch er uns irgendwie zu der Überzeugung bringt, daß das ganze ächzende, fummelnde und «stoppelige Geblase», das in der Abenddämmerung offenbar zwischen Männern und Jungen in heruntergekommenen Parks und auf überwucherten Angern, in Abteiruinen, Einsiedeleien und anderen günstig gelegenen Arkadien stattfindet, schon immer stattgefunden hat und gut und lohnend, ja sogar das heimliche große Subthema aller Hirtendichtung ist. Edward blickt über die Bäume hinweg auf die Trope aller Tropen, Hesperus, den Stern der Muse und der poetischen Fertigkeit; es ist der «Schäferstern» aus Collins' «Ode an den Abend» oder (wie in Miltons «Comus») der «Stern, der den Schäfer einpferchen heißt», und der scheint ihm zur zwinkernden Lockung, zum Symbol alles beharrlich Vergänglichen, unsterblich Kurzlebigen, tapfer Tränenreichen und makellos Manierierten zu werden. Edward geht nie so weit zu sagen, daß seine private Muse, sein geliebter abendlicher Funkler, eigentlich *gerunzelt* ist, unverblümt anal, doch er ist visuell zu sehr auf Draht, um uns nicht auch diesen umkränzten Sinn von «Schäferstern/Faltenstern» ableiten lassen zu wollen – er bezeichnet Luc (der Name ist vielleicht ein abgebrochenes Flitterplättchen von «Lucinda») als einen «Stern» und als «sternenbeschienen», und darin geben wir ihm recht. Und es ist auch ein Stern der Trauer; der AIDSigen Traurigkeit über die vielen Verluste in den letzten Jahren, das Dahingehen prachtvoller Jungen und das Dahingehen der Pracht der eigenen Jugend, aber auch der allgemeineren Traurigkeit über die Generationen von Dichtern, die lange vor unserer freimütigen Zeit in Heimlichkeit lebten und daran erstickten und von denen man nie erfahren wird, und dann auch über die schlichte asexuelle Unerreichbarkeit von vielem, was wir wirklich wollen, und die Unwiederbringlichkeit dessen, woran wir uns am genauesten erinnern – das sind einige der Gefühle, zu denen Hollinghurst uns hinleitet.

The Folding Star erweist sich als eines der wenigen

befriedigenden neueren Bücher, die das Verhältnis zwischen Kunst und Leben behandeln und die Geheimnisse, die beide voreinander bewahren. Die Engländer exportierten im dreizehnten Jahrhundert Wolle nach Brügge, wo flämische Zunftangehörige sie zu Tuch und Gobelins verarbeiteten. Im Buch exportiert Edward Manners sich selbst, seine Muttersprache, sein verträumtes Rohmaterial gebildeter Lektüre, seinen sexuellen Appetit in eine brüggisierte und verlotterte Stadt, die sich ihn vornimmt und ihn, während wir lesen, zu einer Figur in ihren hieratischen Teppich einknüpft. Die Allegorie in dem Buch ist dick, ambivalent und unJamesisch: wie ein (sagen wir mal) gut bestückter flämischer Gobelin – vielleicht wie der flämische Gobelin, der in dem Kindheitszimmer hängt, wo Dorian Gray heimlich sein grausiges Porträt lagert, oder wie die Gobelins, die Edgard Orst hinter seine rätselhaften Modelle mit den orangefarbenen Haaren malt – ist sie dekorativ und nobel und schön, überreich bebildert, bleibt aber unaufdringlich im Hintergrund.

Angesichts des Mann-Junge-Themas mag es verzeihlich sein, wenn wir mit einem Auge nach geschlechtsvertauschten Lolitanismen Ausschau halten. Es gibt wenigstens deren zwei … eine pointierte Passage über die Aussprache von «Lucasta» («der schnellende Kuß, mit dem es begann, das Aufundniederflattern der Zunge gegen die Zähne») und das französisierte «Traumpalindrom» von «Luc» und «cul». Man könnte sie durchaus als Schwächen bezeichnen, doch es sind keine – ja, das Spiel mit «Luc» und «cul» trägt dazu bei, einen weiteren winzigen potentiellen Tadel aufzulösen, nämlich den, daß das Wort «clueless» ein wenig zu häufig vorkommt. «Clueless» – «ahnungslos» – ist nämlich nur ein Traumanagramm von «Luc-less», und um diesen Schmerz der Luc-Losigkeit dreht sich denn, zu unserem Glück, dieses ahnungsvolle Buch eigentlich.

(1994)

Das nördliche Podest

Vermischtes

Die Zeitschrift *Esquire* schickte an Schriftsteller und Künstler Hundertdollarscheine und bat dafür um Beiträge. Ich entdeckte ein paar alte Seiten, die ich im berauschten Zustand produziert hatte, strich sie zusammen und kommentierte sie. Bis auf einige korrigierte Tippfehler erscheint der Text hier genau so, wie er geschrieben wurde.

Im Frühjahr 1982 rauchte die Person, männlich, fünfundzwanzig Jahre alt und kein regelmäßiger Drogenkonsument, nachdem sie eine unwillkommene Nachricht erhalten hatte, an ihrer Kofferschreibmaschine Marijuana im Wert von nahezu einhundert Dollar. Die Person produzierte ein Dokument, das drei einzeilige Seiten lang ist. Es beginnt:

> Hinter allen gezwungenen Manierismen der Überfeinerung ist eine schwache Dringlichkeit erkennbar – Hast und Pomp können nicht zur Deckung kommen.

Sechs Zeilen später tauchen erste Anzeichen eines behinderten Denkvermögens auf:

> Eine Logik der Ohren, Gewißheit von äußerer Kruste. Wechselnde Freuden an falschen Angaben. Aufrechterhaltung von Schablonierbarkeit. Festhalten an Kamelmärkten. Schwächere Lektionen in Ernüchterung, Übererfüllung der lymphatischen Raumasymmetrien. Machtlektionen in Diskontinuität, Gefolge des Unvertrauten, verkehren die rückwinzigen Bemühungen, die Krall-Instinktrückzieher zu verbessern, Verkehrung d Verhaltensmuster, totale Hausverlagerung Unlenksamkeit …

Etwas weiter verbrennt die Person sich versehentlich den Finger:

> Seltsame, doppelte Schmerzpenetration: zieht nach oben zu Geistkammern und durch die Körperbrisen von Handbereichen. Ein weißer Schmerzschleier, doch zentriert, punktartig. Verändert sich weiter, eher rhomboide Muster. Klarmachen, bevor er scheitert, sonst angelt räumliche Stelle den Preis. Er ist gescheitert. Hülsen fügen sich Erinnerungsblüten der Rotverschiebung.

Die Person versucht dann, ihren inneren Zustand zu analysieren:

> Ich bin weniger sprachlos, als daß ich das nördliche Podest weiter wegverlege. Zügle die Erinnerung, die das Haus wechselt. Anstand fixiert vorübergehend das Zischen, doch das Brüllen setzt sich durch. Ein glatter, kieseliger Aufprall, torsales Zusammentreffen, innewohnende Machenschaften; obgleich Wahl die Wildnis motorisiert. Maissehnen von Geschmackskrampf. Veränderte Weidediagramme machthungriger Schildkrötenblüten, von kalten Vertrauenswürdigen; Substantiv oder Verb? Nimmermehr die riskanten Hoffnungsapostel. O Joyce, du trauriger Vertrauter. Jetzt sehe ich deinen blinden Fluch. Adam erwachte. Haufenkugeltendenzen; Wuchern anmelden. Die Profanitäten entwanzen!

Die Person macht im weiteren ganz klar, was auf dem Spiel steht:

> Die Wirbelhöfe fordern die reziproken Chinooktapisserien. Westentaschenfehlerparks. Oder, vielleicht, umgekehrt, Siege frischerer Blechdörfer. Vibrationen des Sitzkissens.

Die Freundin der Person ist auf dem Sofa eingeschlafen, und die Sorge, sie mit dem Geräusch seines Tippens zu wecken, legt sich vorübergehend über seine Reflexionen:

> Allein ereignet sich Bewegung? Und wenn ja, wie kann sie bei nämlichem Geräusch schlafen: w. g. Lärm.

Sogleich tadelt die Person sich jedoch für den Gebrauch eines archaischen Wortes wie «allein»:

> Darauf achten, diese gewichste Rede zu vermeiden. Welche? fragt sich flehend Zweifel. Doch ich bezwinge und banne ihn. Und meide so das Unvermeidliche. Ein Brei aus Rückschlägen. Flachheit eine Fibel und noch sinistrere Tugend. Zart unsere Resignation vor kohärenten Quellen hermetischen Zaubers. Die Erleichterung der Verblüffung verachten, nur wegen des Gurgelns des Moguls.

Nun beginnt die Person, sich zu amüsieren:

> Verführte Ableger der Rationalität würzen die allgemeine Kurve. Trunkene Selbstgespräche von Gelage. Gemeldete Verführungen. Gereiftes Vermischen. Dichte Fast-Visionen. Eine Zunge eruptiert, Sauerstoffstrolch, Stockung, bemessene Jugenddestillation. Heruntergekommenheit schablonierter Spielsachen ändern. Diese Baumwollschattentaschen

> ins Licht zerren. Die neueren Gegenwarten finden. Mit Licht berockt, läutet der Höhlenbewohner die Nacht aus. Mit bewegungsfähigen Kaulquappen gehalten, neckt Vernunft gegen Spielzeug wir. Versuch's nochmal, O schwachsinnige Rosine!

Doch bald hat die Person Zweifel an der medizinischen Ratsamkeit dessen, was sie tut:

> Gewiß schadet es, und Tugenden nicht spätere Darreäußerungen nicht brechen können. Hochgewinntendenzbasis wiedererlangen. Permeablen gestatten, zu Halbierungen in Gesundheitsvorkehrungen zu photoreagieren.

Und dann hat die Person auf Seite zwei unten doch zu ihrer guten Laune zurückgefunden:

> Alles läuft gut. Das Glück lächelt. Sengende Mannequins blocken nordlichtblaue runde geschmerzte Wärme und falsch angewandten Schmutz. Mischen die Apfelblüten des Ereignisses. Ihre Salbenkatalepsie bemerkt. Ch'ing das Ding grundloser Schmeichelei. Ein Vorrat zukünftiger Unheilbarkeiten. Kritiksprenkler. Oder nicht.

Mehrere Minuten später wird die Person sich erneut bewußt, daß sie nicht ganz bei sich ist. Sie fragt sich, ob sie vielleicht «abstürzt»:

> Bemerkter Vorstoß. Verräterische Signale von Endphasenschmerz. Erinnerung schrumpft, wird schimmrig und leer. Schwärze verliert ihre paradoxe Ablagerung. Noch ein Opfer feinerer Konzentrationen. Zu machtvoll, um solch tödliche Ironien zu enthalten. Furnierte Hotelwanderarbeiterstrudel. Totaler Rätselzwergkegel verschlingen Fechtbrigantenverschlinger. Handschrift des Betrugs. Tongewirbelter schlechter Dienst, wuchernde Verleugnung.

> Verwandelte Propheten von Aufwärtsverschmähungen. Keine höheren Enervierungen möglich; die Mythen der Unordnung können sich nicht häuten. Feste Hundeblüten austerten Mob.

In der Hoffnung, die Stimmung umzukehren, raucht die Person das letzte Marijuana. Sie wird zu weiteren Überlegungen über das mögliche Unbehagen ihrer Freundin angeregt:

> Seminare zur Heimbehandlung blasser aufgeplatzter Wunden. Fand irre Zustimmung von Einsamkeit. Nur nicht mir die Zweifel von Konkurrenten zuziehen. Liebe belegt einen Zug an geschätztem Kultvakuum. Schwarm verhexter Bläue, oder Anisnachmittag holterdie tödliches Stibitzen. Ah, Stanislawski. Arme Margaret, die da liegt im Blau der gepuddingten Couch, Raum läßt ihre Beine im Stich, und sie muß sich herumwerfen, bis sie geweckt wird. Bäume löschen ihre innere Feldpracht.

Dann wird die Person von körperlichen Symptomen abgelenkt:

> Doch Tremor hält an, wird schlimmer, und Scheitern beginnt, größere Sorgen zuzufügen. Wie bringen Schwächen sich zur Ruhe, um sich Kompetenz anzunähern? Niemand hing mit diesen Ruten zusammen.

Zunehmend geschwächt, das Gesicht zwei Zentimeter über den Tasten der Schreibmaschine hängend, ermahnt die Person sich, mit ihren literarischen Bemühungen fortzufahren:

> EinToast auf Furchtungenügen oder die Krallen krampfen! Finde späteren maifischrogigen Streu, den die Zeit übernahm. Demonstriere die Traumterrorvagheit.

Doch der Bann ist unwiderruflich vorüber:

> Klemmungen im Mitteltorso. Vision kommt wieder. Alle vermuteten Feldwärts-Funktionen verlangsamt oder vielmehr, Hoffnung nickt.

Müde, erschöpft, endet die Person dennoch mit einem Ton gedämpften Optimismus:

> Will weiterhin die kühle Intervention.

(1982, 1993)

Vermischtes

Meine Schwester, Rachel Baker August, heiratete am 11. Juli 1987. Dies ist eine leicht gekürzte Fassung dessen, was ich an dem Tag vorlas.

In ein paar Minuten werden Rachel und Bob zu Mann und Frau erklärt. Das sind großartige Worte, Mann und Frau – sie neigen sich zueinander, sie leben in einem Bezug zueinander, sie haken sich unter. Insbesondere «Wife» wirkt druidisch und traditionell: wie «life», aber mit der Zufügung des fraulichen W. Bei «husband» denke ich, trotz seiner Anklänge an sächsische Landbaumethoden, am meisten an «Hutband» – und das erscheint richtig, wenn man sich das Bild des Mannes mit einem Hut aus dem Jahr 1955 mit einem schönen grauen Hutband in einem konventionellen Film vorstellt. Kein Mafiahut, nur der Hut eines braven Mannes – eines «husbands» eben. Der Freund trägt keinen Hut.

Nach meinen eigenen Flitterwochen vor anderthalb Jahren bekam ich bei der Arbeit eine Telefonnotiz. Es war die konventionelle rosafarbene IN-IHRER-ABWESENHEIT-Nachricht, auf der das kleine Kästchen neben «Bitte zurückrufen» angekreuzt war, und darunter stand: «Ihre Frau hat angerufen.» Die Sekretärin, die den Anruf entgegengenommen hatte, interessierte nicht weiter, daß ich kurz zuvor geheiratet hatte, und dennoch war sie so nett, dieses Wort und diese Wendung mir gegenüber zu gebrauchen. Hätte «Ihre Freundin hat angerufen» dagestanden, dann hätte es frivol und unprofessionell geklungen; aber nein, es ging um meine Frau und somit um etwas Großes, es hatte mit meinem Heim zu tun und sogar mit meinem Herd – es hatte mit meinem ganzen Leben zu tun. Und ich, ihr Mann, würde sie zurückrufen. Ich bewahrte diese Nachricht auf, weil die Sekretärin uns zu Mann und Frau erklärt hatte. Die Welt, ob ihr unsere Heirat etwas bedeutete oder nicht, hatte für uns ein Plätzchen: und in wenigen Minuten wird die Welt einen ähnlichen Platz für Rachel und Bob bereithalten, und ich sage voraus, daß auch für sie die ersten Momente, wenn die Sprache, in der die Leute von ihnen sprechen, plötzlich paßt und die alten Notizblöcke plötzlich neue Töne singen, überraschend schöne Momente sein werden.

Und gleichzeitig, während wir unsere Kategorien und Konventionen in schamloser Weise anwenden, haben die beiden nun, mehr als bisher, die Freiheit, ihrer eigenen privaten Sprache freien Lauf zu lassen und viele seltsame, peinliche Namen füreinander zu erfinden – in dem Wissen, daß auch diese, wenngleich vor uns geheimgehalten, bleiben werden; sie werden ihr ganzes Leben lang bleiben und sich entwickeln, ebenso wie die öffentliche Sprache.

Und so freue ich mich sehr, daß Bob und Rachel heiraten. Bob wird ihr ein guter Mann sein und Rachel ihm eine gute Frau. Sie sind stolz aufeinander, und dieser gegenseitige Stolz gehört zum Schönsten, was man bei einem Paar spüren kann. Ich liebe sie beide, und es gefällt mir, daß ihrer beider Leben an diesem Abend der Seidenärmel und der weißen Stühle, der aufgespannten Zelte und raschelnden Verwandten auf immer verändert wird, weil sie Hochzeit halten.

(1987)

LMangel

Vermischtes

Arbeit an der Tastatur schafft eine eigene Klasse ungewollter Dinge – Ein-Buchstaben-Tippfehler, Formulierungsfehlschläge, falsche Interpunktion. Wenn man das alles nicht ganz löschen will, kann man es mit der Return-Taste an den unteren Bildschirmrand verfrachten. Was sich dann ein paar Zeilen hinter dem Schößling der endgültigen Absicht ansammelt, ist ein konzentrierter, enantiomorpher Bodensatz; eine rückwärtsgewendete Parodie des an dem jeweiligen Arbeitstag entstehenden Texts. Als Larry Dark einige Autoren für seine Anthologie *Outtakes* um ungedruckte Arbeiten bat, schickte ich ihm die Ansammlung am unteren Rand der letzten Bildschirmseite von *Zimmertemperatur*, geschrieben am Vatertag 1989.

drei Tage die Woche gelgestrchch chen n
um den Artikel zu beenden.
drehte sich über ihr, beg
Flohdolatrie
ganze sechs Monate altkhat war eingeschlafen, während
sie t;hause
rp knpa der Floh, unmerklich gewachsen, Alles gin s'

Eule und drst p, was eine Palstiktüter
Nadelrotr
eigenen Mund: nach zehn Minuten schließlich
:
im Gras in
direkte Sonne in einem Strom
unangenehmes Kitzeln des scharfen Wasserstrahls auf dem Dach
deines Mundes, eine Strahlflosse
Empfindung des Flohs muß gespürt haben, als sie die warme Milch aus ihrer Plastikflasche einsogpStunde, auf dem Dach
deiner
es als; der und Speichel zusammen, ein Geschmack, ähnlich
dem et
um Beweis, daß er
umzufallenund damAuto
] , ein Wechsel und Gummibänder am oden, und genau der
en
Stundezm:kaute mehrere Wochen daran, während ich ;
ell t und mehrere ay
hert
von ü einmal nach
, ginnen

Ich aber hatte den Floh!

aus kersucht oder leitens m
w krikhatte erwartetgeändertgl
Ich aber hatte

Flohtakt
meine Kräfte, die mit meiner Ungewißheit bezüglich
LMangel an

(1989)

Rezept Vermischtes

Der Bezirksbibliotheksverbund von Monroe, Michigan, bat um ein Rezept für die Sammlung «Beliebte Rezepte von beliebten Autoren» mit dem Titel *Read'em and Eat.*

Man nehme einen Riegel ungesüßte Baker-Schokolade, entferne das Papier und gebe ihn in einen winzigen Topf auf einer verstellbaren Wärmequelle. Sodann entferne man das Papier am einen Ende eines nagelneuen Silberriegels Land-O-Lakes-Butter und schneide ein Stück ab, das ungefähr die Größe des Stücks Baker-Schokolade hat, welches inzwischen schon angefangen hat, leicht zu verlaufen. (Ein alter Butterriegel hat an seinem exponierten Ende zuviel Kühlschrankgeschmack.) Die Butter wird schneller als die Schokolade schmelzen. Man unterhalte sich damit, daß man den Riegel Schokolade in seine zwei Hälften bricht und die Hälften sowie den kleiner werdenden Klumpen Butter mit der Spitze des Buttermessers herumschiebt. Dann lege man das Buttermesser beiseite und nehme einen

Löffel zur Hand. Wenn die ungeschmolzene Butter nur mehr eine kleine weiche, in dem größeren Fond schwer zu ortende Form ist, streue man ein paar Schwaden Puderzucker in die Flüssigkeit. Das Ziel ist ein bittersüßer Geschmack, ein Geschmack, der doch um einiges weniger süß ist als Speiseeis – also entsprechend streuen. Man wird aber feststellen, daß eine überraschende Menge Zucker nötig ist. Langsam umrühren. Wird die Mischung dick und pastenartig, gebe man eine weitere einen Zentimeter dicke Scheibe Butter hinzu; zu Ihrer Erleichterung wird alles wieder mühelos flüssig. Man achte darauf, daß die Mischung, die nunmehr Soße genannt werden kann, weder anbrennt noch Blasen wirft. Die Flamme abstellen oder so klein drehen, daß man nicht mehr daran denken muß. Vanilleeis von bester Qualität auf Teller verteilen. Neuerdings ist es immer schwerer aufzutreiben – verdrängt von fettarmen und Fragonard-Geschmacksrichtungen. Doch man benötigt das beste Vanilleeis, das in der Gegend zu bekommen ist; der hohe Butterfettanteil ist nötig, damit es mit der Schokoladensoße kompatibel ist. Die Soße nun über das Eis löffeln. Sie wird hart. Darauf haben Sie hingearbeitet. Wenn sie abgekühlt ist, wird sie einen hübschen Klang erzeugen, wenn man mit dem Löffel dagegentippt. Wenn Sie mehr tippbare Soße wollen und Sie Ihre Eiskugel oder -kugeln schon mit einem kompletten Gitter überzogen haben, drehen Sie die Kugeln einfach um und träufeln noch etwas über die entblößte Unterseite. Essen Sie eilig, denn Qualitäts-Vanilleeis schmilzt schnell. Kühlen Sie die ungenutzte Soße im Topf, den Sie mit Alufolie abdekken, wobei der Löffel darin bleibt; auf diese Weise können Sie, wenn Sie ihn wieder auf die Herdplatte stellen, die ganze hart gewordene Schokoladenscheibe herumschwenken, einfach, indem Sie den Löffel herausheben. Das sieht dann aus wie ein Metalldetektor.

(1991)

Eisregen

Ich bin in Rochester aufgewachsen, also sollte ich wohl wissen, was Eisregen ist, aber so etwas wie das, was hier gerade geschehen ist, habe ich noch nicht erlebt. Am Abend des 3. März, einem Sonntag, fiel ein seltsamer, sanfter, supergekühlter Regen über weite Teile des New Yorker Westens herab. Er überzog jede Stromleitung mit einem vollkommenen, fast zwei Zentimeter dicken Eiszylinder, von dem in einem idealen Abstand Eiszapfen herabwuchsen, ähnlich den Zinken an einem Rechen, und alle waren gleich lang. Der Frost hielt sich bis Dienstag morgen. Am Montag sah man, wenn man ein paar Minuten aus dem Fenster schaute, vor einem Hintergrund glitzernder Ace-Kämme mit ziemlicher Sicherheit einen Ast von einem Baum herabkrachen. Es war windstill, und das war es auch am ersten Abend gewesen. Der Eisregen wirkte mehr wie eine Demonstration der Geduld erfordernden Prinzipien des Kerzenmachens als ein Regen. Aus der Entfernung war der Effekt des Eises weiß, aber wenn man nahe genug an einen Baum herantrat, daß man vom unablässigen Betperlengeknackel seiner Mäander umschlossen war, bereit, sich jeden Moment zu ducken, sah man, daß er von einem klaren und verstörend sauberen Arrangement makelloser Pipetten und Teströhrchen umschlossen war, von dem jedes in einem komplexen kryopharmazeutischen Experiment ein vormals natürliches Element des Organismus barg: eine Knospe, einen Zweig, einen jener munteren Burschen, bei denen man darauf gezählt hatte, daß sie in ein paar Monaten wie gewohnt funktionieren würden.

Ich fuhr heute (Dienstag) mit dem zeitweiligen Eindruck durch die Straßen, daß alles sehr vertraut war, daß die Ansel-Adams-Kalender mich darauf vorbereitet hatten, doch dann sprang aus der kunstgewerblich anmutenden, körnigen Schwarzweißfotografie, die langsam vorbeizog, immer wieder ein plötzlicher aprikosenfarbener Spritzer Unbehagen ins Auge, wo ein Ast sich losgerissen hatte oder ein Stamm gespalten war. In den Straßen, die ich gesehen habe, ist die Hälfte der guten alten Bäume zerstört. Die jüngeren, die vor ungefähr zwanzig Jahren als Ersatz für die ganzen Ulmen gepflanzt wurden, sind ein besonders schmerzlicher gebrochener Anblick. Die Koniferen haben sich etwas besser gehalten als die Laubbäume. Die hohe Trauerfichte neben unserem Haus trauert mehr als sonst, hat aber keine Gliedmaßen eingebüßt. Vor dem Sturm hatte hoch oben in ihr ein Plastikdrachen gehangen, den wir wiederholt und vergeblich zu befreien versucht hatten; am Morgen nach dem Regen lag er in zwei Teilen im Gras. Meine Frau sagte: «Na, ein Gutes hatte das jedenfalls.» Ich sagte, ja, das sei wie die Bombardierung des ganzen Irak, um Saddam Hussein zu vertreiben. Sie erinnerte mich an Frosts Gedicht, in dem überlegt wurde, ob die Welt in Feuer oder in Eis enden würde. Und wenn wir nicht gerade über hunderttausend Einsätze über einem fernen Land geflogen hätten, würde ich mich der Trauer über all diese Bäume mehr hingeben, doch angesichts dieser Zerstörung veranlaßt mich eine derartig seltene und unbösartige Naturkatastrophe, bei der niemand umkommt, sondern nur ein paar Essensreste in irgendwelchen Kühlschränken verderben und Menschen sich vorsichtig auf Fotoexkursionen hinauswagen, um die Zeit totzuschlagen, bis das Kabelfernsehen wieder läuft, zu der Überlegung, daß wir hier doch sehr viel besser weggekommen sind. Nach vielem Feuer verdienen wir wenigstens soviel Eis. Viele der Bäume werden letztlich weiterwachsen, wie nach einer schlechten Beschneidung. Nun da sie abtauen, ist herzerfrischend das Wasser sichtbar, das unter der Eisschicht über die Rinde herabläuft wie Blut.

(1991)

Verzettelt

Bibliothekswissenschaft

An einem sonnigen Nachmittag im Oktober 1985 versammelte sich eine Gruppe Bibliothekare und Verwaltungsangestellter vor dem ehrwürdigen Zettelkatalog der Health Sciences Library der University of Maryland in Baltimore. Es war Zeit für eine kleine Feier. Hunderte roter und blauer Luftballons drückten sanft gegen die schallgedämmte Decke. An jedem Ballon hing ein Stück Schnur; am Ende jeder Schnur, am Führungsloch angebunden, baumelte ein willkürlich aus dem Bibliothekskatalog gezogener Zettel. Auf der Rückseite der Zettel war eine Mitteilung aufgestempelt: ECHTES ARTEFAKT AUS DEM ZETTELKATALOG DER HEALTH SCIENCES LIBRARY, UNIVERSITY OF MARYLAND IN BALTIMORE. Ein Fernsehteam war da, dazu ein paar örtliche Würdenträger sowie ein Reporter von der *Baltimore Sun*. Die Gruppe stand unter den schwebenden Zetteln und hörte sich ein paar Reden darüber an, was für ein Meilenstein dieser Tag für die Bibliothek sei und wie viele entscheidende Vorteile der Fernzugriff bei Online-Bibliothekskatalogen habe – effizienterer Informationsfluß, reduzierte Kosten, gerettete Leben (denn es war ja eine medizinische Einrichtung) –, woraufhin Chancellor Edward N. Brandt, Jr., der ein rotes T-Shirt mit dem Aufdruck «Der große Rausschmiß» trug, einen Katalogkasten auswählte und ihn aus dem Schrank zog. Mit Hilfe des strahlenden Direktors der Bibliothek, Cyril Feng, entfernte er die Haltestange aus dem ausgewählten Kasten und kippte dessen mehrere hundert Zettel feierlich in einen Papierkorb, der mit buntem Papier geschmückt war.

Als der Beifall verhallte, rafften die Zuschauer (es waren etwa hundert, darunter, zusätzlich zu den Bibliothekaren, etliche Schwesternschülerinnen, die zur Vergrößerung der Menge eingeladen worden waren) so viele Luftballons zusammen, wie sie konnten, und machten sich auf den Weg hinaus zu einer Rasenfläche auf der anderen Straßenseite. Als sie wieder versammelt waren, ließen sie auf drei ihre Ballons los. Die sonnenbeschienenen bibliographischen Lasten stiegen unter pittoreskem Gewirbel auf. Schnell erfaßte sie der Wind, und sie verschwanden Richtung Nordosten. Ein paar Tage später wurde einer der Zettel von einem Bewohner eines Ortes jenseits der Chesapeake Bay in der törichten Annahme, er sei von Wert, zurückgebracht. Ein anderer Zettel trieb bis nach Connecticut.

Seit Universitäten und öffentliche Bibliotheken die «retrospektive Konversion» ihrer Kataloge in Computer-Datenbanken nun abgeschlossen haben (häufig mit Hilfe von «Title-II-C»-Bundesmitteln im Rahmen des Programms zur «Leistungssteigerung von Forschungsbibliotheken»), sind Hunderte von Zettelkatalogen und Abermillionen von Einzelzetteln – auf manuellen Schreibmaschinen und frühen elektrischen Modellen getippte Zettel; von der Library of Congress, von Baker & Taylor und OCLC gedruckte Zettel; Zettel, deren Schlagwörter mit speziellen, Lötkolben ähnelnden Elektroradierern ausradiert und rot übertippt waren; mehrfach bearbeitete, auf frühen Modellen des Xerox-Kopierers kopierte, farbkodierte und mit Plastik überzogene Zettel; um die Jahrhundertwende handgeschriebene Zettel; Zettel, die von Generationen von Mitarbeitern eingeordnet und deren Kanten von zahllosen forschenden Benutzern aufgeweicht worden waren – teilweise oder vollständig vernichtet worden, viele im vergangenen Jahr.

Der Hauptschlagwortkatalog der University of California in Berkeley wurde im Sommer 1993 hinausgeworfen, um acht Arbeitstischen Platz zu machen. Der Hauptkatalog von Bryn Mawr ist weg. Der Hauptkatalog der University of Hawaii ist so gut wie abgeschafft. 1989 karrte eine Recyclingfirma namens Earthworm, Inc. den Großteil der Zettel des MIT davon – sie existieren nun unerkennbar als Schuh- oder Cornflakeskartons weiter oder bilden eine Art Elektroisolierung, die als «creping tissue» bekannt ist. Die Zettel für die Mathematik-, Africana-, Technik- und Naturwissenschaftssammlungen der John M. Olin Library der Cornell University sind weg; weitere werden folgen. Die Schlagwortkataloge von Dartmouth, Kent State und der Boston University sind weg. Die Zettel von Harvard werden gerade abgeschafft. Zettel für die klassische Literatur und Philosophie wurden aus dem Hauptkatalog der University of Chicago entfernt; einige der Zettel für amerikanische Literatur werden zur Zeit weggeschmissen.

Die New Yorker Public Library, allen anderen voraus, renovierte zwischen 1977 und 1980 den gesamten, zehn Millionen Zettel umfassenden Katalog ihrer Forschungsbibliotheken, nahm ihn auf Mikrofilm auf und warf ihn weg. Standford überlegt gerade, wann und wie es seine Kataloge recyclen soll. Die Zettel aus den Jahren 1911 bis 1975 in der New York State Library in Albany (wo Melvil Dewey von 1889 bis 1906 Bibliothekar war) wurden vergangenen Monat im Zuge eines Projekts zur historischen Erhaltung des Gebäudes, in dem sie gelagert waren, weggeworfen. Der Katalog der Hawthorne-Longfellow Library am Bowdoin College ist zu 95 Prozent weg. Die Zettel der Hauptbibliothek der UCLA sind nahezu weg. Mein College, Haverford, lagerte seinen Zettelkatalog nach Beendigung seiner retrospektiven Konversion im Jahre 1991 zwei Jahre lang auf einem Dachboden. Doch als ich im August 1993 mit dem Bibliotheksdirektor sprach, wurde der Katalog (darunter viele tausend handgeschriebener Zettel) gerade hinausgeworfen, und die Schränke waren in der technischen Anlage, wo sie zerlegt und verschrottet wurden.

Einer der eigentümlicheren Züge dieses nationalen Anfalls von Kurzsichtigkeit und Antiintellektualismus («Auf einer Stufe mit der Verbrennung der Bibliothek von Alexandria», sagte mir Helen Rand Parish, eine Historikerin mit dem Spezialgebiet sechzehntes Jahrhundert) ist, daß er nicht auf böse Mächte außerhalb der Bibliotheksmauern zurückzuführen ist. Weder sarazenische Plünderer noch B-52, Anarchisten oder Diebe können wir dafür verantwortlich machen; ebensowenig können wir propagandistischen Politikern die Schuld geben, die unbedingt die Vergangenheit revidieren wollen, noch moralistischen Bücherverbietern oder allzu säurehaltigen Papierrezepturen. Vielmehr sind die Schurken smarte, wohlmeinende Bibliotheksdirektoren, die sich völlig sicher sind, daß sie nur das tun, was für ihre Einrichtung richtig ist.

Und unglaublicherweise regt sich niemand darüber, was sie da vorhaben, hörbar auf. Niemand trauert. Im Gegenteil, es gibt Luftballons und Schwesternschülerinnen; es gibt in Fachblättern von Handel und Industrie festliche Bilder von lächelnden Abteilungsleitern, die mit umgebundener Schürze Tabletts voller Zettel in mobile Abfallsammler kippen. Am Consumnes River College in Kalifornien wurde der Zettelkatalog feierlich von seinen Qualen erlöst, indem ein Beamter eine Waffe auf ihn richtete und ihn «erschoß». Am Dickinson College wurde eine ironische Totenwache abgehalten: man trug Schleier, man sang Choräle, und der todgeweihte Katalog war mit Wachsblumen und einem Tuch aus schwarzen Müllbeuteln überzogen. «Wir sind einfach glücklich, daß wir die Zettel wegwerfen können, wenn wir damit fertig sind», sagte mir Judith Brugger, die Leiterin der Titelaufnahme der Cornell. Als zusätzlichen Publicity-Gag veröffentlichte die Maryland Health Sciences Library während der Feier zum «Großen Rausschmiß» ein Gedenkheft mit dem Titel *101 Verwendung für einen toten Katalogzettel.* Einige der vorgeschlagenen Verwendungen: Tischtuchkrümelkratzer, Spaceshuttle-Kacheln, Gartenkompost, Fischschupper,

Katzenstreu, Zielscheiben bei mittelalterlichen Turnieren und Streckenmarkierungen für Hobby-Höhlenforscher. Verwendung Nr. 100 lautete: «Machen Sie damit ein Freudenfeuer zur Feier des Endes des Zettelkatalogs.»

Ist diese Freude wirklich gerechtfertigt? Ist sie angemessen? Ich rief Dale Flecker an, den Planungs- und Systemleiter der Harvard University Library, und fragte ihn, ob er beim Ausmustern der Zettelkataloge denn Bedauern empfinde. «Grundsätzlich nicht», sagte er. «Für ihre Zeit waren sie wunderbar. Ihre Zeit währte ungefähr ein Jahrhundert, und nun neigt sie sich dem Ende zu.» Mr. Flecker überwacht momentan das wohl größte Einzelprojekt einer retrospektiven Konversion, das jemals unternommen wurde: den Informationstransfer von fünf Millionen Zetteln von vor 1980, die aus ungefähr einhundert Bibliotheken der Universität stammen – darunter Millionen von der Widener, der Hauptbibliothek – auf den Online-Katalog von Harvard, HOLLIS. Die Umwandlung des Widener-Katalogs befindet sich noch in einem recht frühen Stadium und ist in vieler Hinsicht ein Modell für Planung und Voraussicht. Jeder einzelne Widener-Zettel wurde unter Verwendung einer speziell angefertigten Zettelzufuhrmaschine auf Mikrofilm aufgenommen, bevor der Katalog «abgebaut» wurde. (Natürlich ist die Aufnahme auf Mikrofilm ein Luxus, den sich nur wenige Bibliotheken leisten können. Die Hälfte der Kosten des campusweiten Umwandlungsprojekts in Harvard wird mit Bundesmitteln und großen Privatspenden finanziert.) Daher existiert nun ein Bild der Vorderseite jedes Zettels auf Mikrofilm, Benutzern zugänglich in einem

Raum hinter dem Eingangsbereich. (Jedwede Information auf der Rückseite der Zettel – und viele Angaben setzten sich dort fort – wurde nicht fotografiert.) Jeden Dienstag schickt Harvard Packen von Zetteln, runde zwanzigtausend auf einmal, mit UPS an eine gemeinnützige Firma in Dublin, Ohio (ein Vorort von Columbus), namens OCLC.

Diese Initialen standen einmal für Ohio College Library Center, heute jedoch – da sich die Firma während der letzten dreiundzwanzig Jahre einen internationalen Ruf in der Informationsindustrie erarbeitet hat und jährlich steuerfreie Einnahmen von nahezu einhundert Millionen Dollar erzielt – stehen sie für Online Computer Library Center. Das OCLC besitzt die weltgrößte Datenbank für bibliographische Informationen und bietet einen Dienst namens RETROCON an, bei dem es zusammen mit Bibliotheken alte Katalogzettel in eine «maschinenlesbare Form» überträgt, zu einem Preis von fünfzig Cent bis sechs Dollar pro Zettel.

Das Geschäft mit RETROCON brummt im Moment. Als ich im September 1993 das OCLC besuchte, wurden drei Schichten mit jeweils sechzig Bedienern gefahren, die für rund vierzig verschiedene Bibliotheken RETROCONs durchackerten, darunter, neben Harvard, die Los Angeles Public Library, ein Konsortium französischer Bibliotheken, Hughes Aircraft, Brown, die Queen's University in Belfast, Northwestern, die Bibliothek von Kew Gardens, die öffentliche Bibliothek von San Francisco und die Universität Waseda in Japan. Jeder Bediener ist zwar ursprünglich auf Zeit eingestellt und hat in manchen Fällen nicht mehr als einen High-School-Abschluß, aber alle haben ein rigoroses zweiwöchiges Schulungsprogramm durchlaufen. (Die meisten neu Eingestellten schaffen die Schulung nicht.) Anfangs wird ihre Arbeit jeden Tag von einem Aufseher überprüft, später wird die Genauigkeit stichprobenartig zu unerwarteten Zeiten kontrolliert. «Unser Standard ist sehr, sehr hoch», sagte mir Maureen Finn vom OCLC, als wir vor Regalen mit Hunderten langer grauer Pappkartons mit der Aufschrift «Widener» standen. «Die Bibliotheken vertrauen uns die Geschichte ihrer Biliothekssammlung an. Wir müssen sicherstellen, daß wir gute Leute haben, die ihre Arbeit korrekt machen und denen wir vertrauen können.»

Maureen Finn leitet RETROCON, und soweit ich sehen konnte, leitet sie es außerordentlich gut. Einige ihrer Leute wandeln schon seit zehn Jahren oder noch länger Katalogkarten um, und das mit offensichtlicher Zufriedenheit. Richtig ist, daß sie nur selten eine formale Ausbildung in den Verzwicktheiten der Kunst der Katalogarbeiten erhalten haben: Sie sind nicht unbedingt auf der Höhe der komplexen anglo-amerikanischen Katalogisierregeln, ebensowenig sind sie bezüglich der «RIs» auf dem laufenden, also der Rule Interpretations, die von der Library of Congress periodisch herausgegeben werden und die – ähnlich den hermeneutischen Sendungen vom Finanzamt oder der Behörde für die Festlegung von Steuerprüfungs- und -schätzungsstandards – verwirrende Sonderfälle nach Bedarf entscheiden. Die meisten Bediener hatten keine Bibliotheksschulenseminare für das Dewey-System (das übrigens, vor allem in Europa, sehr im Schwange ist), das Sears-Schlagwortverzeichnis, die Cutter-Ziffern oder die Abkürzungsfeinheiten des International-

Standard-Bibliographic-Description-(ISBD-)Formats absolviert – aber offenbar eignen sie sich während ihrer Arbeit eine ganze Menge an. «Ich würde jeden dieser Leute jederzeit gegen einen MLS-Katalogisierer antreten lassen», sagte Ms. Finn zu mir – «MLS» steht für Master of Library Science, also Diplombibliothekar. «Ich glaube, ihr Wissensspektrum ist sehr breit.»

Na, hoffentlich. Der nächste Zettel, den eine Bedienerin (es gibt hier etwas mehr Frauen als Männer) aus der zweiten Schicht abends um Viertel nach zehn oben auf die Tastatur legt, könnte in einer von dreihundert das römische Alphabet verwendenden oder transliterierten Sprachen über alles nur Denkbare sein, jedwede Zeit der menschlichen oder interstellaren Geschichte erfassen. Ihre Arbeit besteht darin, eine Entsprechung bzw. einen «Hit» für diesen Zettel in der riesigen Datenbank des OCLC zu finden. Ein Hit stellt einen besonders formatierten Computereintrag namens «MARC record» (MARC steht für MAchine Readable Cataloging) bereit – eine entmutigende Reihe numerierter Felder und seltsamer Symbole, die von der Library of Congress in den sechziger Jahren entwickelt wurde und an unfreundliche Datenbankschnittstellen der ersten Generation erinnert –, der die jeweilige Ausgabe eines Buchs (einer Landkarte, eines Videobands) beschreibt, die mit derjenigen korrespondiert, für die der aktuelle Zettel steht. Die Hitrate variiert von Projekt zu Projekt, bei Harvard liegt sie bei etwa siebzig Prozent.

Findet die Bedienerin tatsächlich einen passenden Eintrag, dann muß sie am Bildschirm Änderungen vornehmen, damit sie den Eigenheiten bei der Standortnumerierung der Ursprungsbibliothek entsprechen, wobei sie soviel oder sowenig von der Ergänzungsinformation auf dem Zettel eingibt, wie laut Vertrag zwischen dem OCLC und der jeweiligen Bibliothek erforderlich ist. (Je mehr Änderungen eine Bibliothek von jedem MARC-Eintrag verlangt, desto teurer wird es.) Im Falle von Harvard übernimmt sie den Eintrag in der Regel so, wie er ist, auch wenn der Originalzettel zusätzliche Schlagwörter oder weiterführende Anmerkungen unterschiedlicher Art enthält.

Wenn ihre Suche durch die Datenbank keine Entsprechung für den Zettel ergibt, muß sie die gesamte Information darauf selbst eingeben. Das ist ein komplexes Unterfangen oder sollte es jedenfalls sein, das Urteilskraft ebenso wie Genauigkeit erfordert, da nicht nur der Inhalt des Zettels vollkommen übertragen werden muß, und zwar ohne Rückgriff auf das Buch selbst und in einer Weise, die mit Einträgen für andere Bücher desselben Autors in derselben Bibliothek übereinstimmt, vielmehr müssen auch die notwendigen «Zugangspunkte» korrekt mit numerischen Kodes bezeichnet werden – wobei Zugangspunkte diejenigen Felder auf dem Eintrag sind, wonach ein Bibliotheksbenutzer wird suchen können, also Titel, Autor, Mitautor und Thema. Hat jemand schlecht geschlafen und erstellt einen fehlerhaften Zugangspunkt für einen Buchtitel, dann werden Bibliotheksbesucher das Buch im Online-Katalog der Bibliothek schlicht nicht finden, wenn sie es über den Titel suchen.

Wir sollten nicht den voreiligen Schluß ziehen, daß das Personal von RETROCON, nur weil es aus Zeitarbeitern und ehemaligen Zeitarbeitern besteht, viele davon ohne akademischen Abschluß, mit den Zetteln von Harvard schreckliche Dinge anstellt. Ich kann mich für die Hingabe und harte Arbeit der Zeitarbeiter (einiger jedenfalls) verbürgen, zumal ich selbst jahrelang als einer gearbeitet habe. Auch Piloten, von denen ebenfalls einige nie das College besucht haben, landen täglich tausendfach Jumbojets mit einer äußerst geringen Fehlerquote. Dennoch müssen wir uns fragen, ob die Leute in Harvard nicht vielleicht etwas von Maureen Finns Mitarbeitern bei RETROCON erwarten, was diese unmöglich leisten können – etwas nämlich, was keine Gruppe von außenstehenden Bürokräften, die Hunderte von Meilen von den betreffenden Büchern entfernt sitzt, gleich wie gut ausgebildet und streng überwacht sie ist, leisten kann. Selbst das OCLC, eines der allerbesten Unternehmen auf dem Gebiet der retrospektiven Konversion, macht im Verlauf eines Riesenprojekts wie der Harvard-«Reko» zwangsläufig Tausende von Tippfehlern. Notgedrungen wird eine ganze Fehlerschicht in den Online-Katalog von Harvard eingespeist werden. (Die offizielle Fehlerquote liegt bei «unter einem Prozent» – was bei fünf Millionen Zetteln unter fünfzigtausend Einträge sind.) Und einige der Fehler, wenngleich im Verhältnis zur gewaltigen Größe der Datenbank winzig, werden – in derselben Weise, in der die Datenbank der Schutzgemeinschaft für Kreditsicherung irritierende Dinge mit der Kreditwürdigkeit anstellen kann – für einzelne Wissenschaftler auf der Suche nach einem bestimmten Buch von großer Bedeutung sein. Auch wird es in der Folge der Konversion keine Welle ausgleichender Korrekturen geben, da die Bücher, anhand deren eine emsige

Bedienerin die Eingabe überprüfen könnte, eben nicht greifbar sind.

Die Zettel der Widener Library werden, nach ihrer Bearbeitung durch das OCLC, jeden Mittwoch verpackt und nach Harvard zurückgeschickt. Es gibt keine verlorenen Zettel. («In siebzehn Jahren haben wir keinen einzigen Zettel verloren», sagte Maureen Finn mit berechtigtem Stolz.) In Harvard machen dann Dale Fleckers Mitarbeiter willkürliche Proben aus den Kisten der zurückgesandten Zettel, um zu sehen, ob das OCLC innerhalb seiner vertraglich vereinbarten Qualitätskontrollentoleranz bleibt. Wenn die Prüfer unakzeptable Unstimmigkeiten zwischen einem Zettel und seiner Computerversion entdecken, behalten sie den Zettel als Vorlage und korrigieren den Eintrag online.

Und was ist mit den übrigen? Was ist mit den Zetteln, die fünfzig oder hundert Jahre in ihren Kästen steckten und von denen manche womöglich Charles Cutter, Fred Kilgour oder einem anderen der großen Namen im Bibliothekswesen, die in Harvard ausbildeten oder arbeiteten, ins Auge fielen? Was ist mit den handgeschriebenen? (Die «Bibliothekshandschrift» war eine besondere Form nach links geneigter Schreibkunst, die speziell für Zettelkataloge vorgesehen war und während der zwanziger Jahre an Bibliotheksfachschulen gelehrt wurde.) Wo kommen die alle hin?

Es gab ein paar Anfragen bezüglich bestimmter Zettelgruppen, die als Souvenirs verlangt wurden. Beispielsweise wollte jemand alle Zettel für die Gutenberg-Bibel. Und ein unbestimmter, aber großer Bruchteil der Gesamtheit wird einem Künstler namens Thomas Johnston an die Western Washington University geschickt. Die übrigen werden «ausrangiert». «Wenn dieses Projekt abgeschlossen ist», sagte Dale Flecker zu mir, «wird es in der Universität keinen Zettelkatalog mehr geben.» Ich fragte ihn, ob es denn Zettelkataloge gäbe, irgendwo auf der Welt, deren Erhalt sich seiner Meinung nach lohne. «Grundsätzlich werden sie alle ausrangiert», sagte er. «Ich glaube, ich kenne niemanden, der sich entschlossen hat, sie tatsächlich real aufzubewahren.» Maureen Finn sagte mir mehr oder weniger dasselbe: «Die Bibliotheken wollen ihre Zettel zurückhaben, und dann lagern sie sie, glaube ich. Aber die meisten Bibliotheksleiter, mit denen ich spreche, werden sagen: ‹Wir lagern sie, weil die Mitarbeiter sich dann freuen, und irgendwann schaffen wir sie ab.›»

Online-Kataloge sind im Prinzip eine wunderbare Sache – effizient und gelegentlich (wie im Falle des Online Union Catalog des OCLC) sogar imposant. Infolge der staatlich finanzierten Ausweitung der höheren Bildung in den sechziger Jahren und des daraus resultierenden Booms akademischer Veröffentlichungen haben sich die Bestände der durchschnittlichen Universitätsbibliothek während der letzten zwanzig Jahre verdoppelt. Ohne Online-Kataloge und die Software-Module für Ausleihe und Anschaffungen, mit denen die Online-Kataloge verbunden sind, wären die Bibliotheken überhaupt nicht in der Lage gewesen, die ganzen Bücher und Zeitschriften, die an ihren Laderampen eintreffen, zu bearbeiten. Anfang der siebziger Jahre gab es in den meisten Bibliotheken einen ominösen Rückstau unkatalogisierten Materials, das auf Herden von Rollwagen in der Nähe der überlasteten Katalogisierabteilungen wartete. Die Katalogisierarbeit erreichte einen kritischen Zustand ähnlich dem, der die Finanzmärkte während einiger der umsatzstarken Wochen des Jahres 1969 zwang, früh zu schließen. Damals konnte die Wall Street mit ihren papiergestützten Methoden der Auftragsbearbeitung die täglichen Aufträge des Aktienan- und -verkaufs nicht mehr bewältigen. Die computergestützte Bearbeitung der Effekten rettete die Wall Street (und ermöglichte auch den Programmhandel und den Schwarzen Montag), und computergestützte Katalogverfahren retteten die Bibliotheken.

Daher mußten die Zettelkataloge geschlossen und «eingefroren» werden. Niemand kann von einer Bibliothek erwarten, daß sie Sequenzen alphabetisierter Pappe für eine Sammlung beibehält, die, wie derzeit bei manchen der Fall, in einem Tempo von fünfhundert Aufnahmen täglich wächst. Sogar schon zu Beginn des Jahrhunderts konnte ein Autor der *Boston Evening Transcript* spielerisch über die Sperrigkeit von Zettelkatalogen klagen:

> Indes diese Kastenschränke an Zahl zunehmen, bis es den Anschein hat, als würde der alte Witz von den Katalogen der Boston Public Library und der Harvard University, die sich auf der Harvard Bridge treffen, buchstäblich wahr werden, werden die geistige Beanspruchung und körperliche Erschöpfung derjenigen, die einen solchen zu Rate ziehen, zu wichtig, um darüber hinwegzugehen.

Und Online-Kataloge bieten trotz ihrer neolithischen Bildschirmanzeigen und ihres entsetzlich langsamen Abruftempos zahlreiche Annehmlichkeiten. Sie setzen keinen Schimmel an wie etwa der Zettelkatalog der

Technischen Bibliothek der University of Toronto einmal nach einem Wasserschaden. Und es ist schwerer, sie mutwillig zu beschädigen. In den sechziger Jahren vernichteten radikale Studenten ungefähr hunderttausend Zettel aus dem Katalog der University of Illinois. Das Bibliothekspersonal von Berkeley wurde während der dortigen Antikriegsausschreitungen angewiesen, die Zettelkataloge der Universität zu bewachen. Über die Zettel von Henry Cabot Lodge in Stanford soll Tinte ausgegossen worden sein. Beim riesigen eingefrorenen Zettelkatalog der Library of Congress haben die Traumatisierungen durch die Öffentlichkeit ein alarmierendes Niveau erreicht: Wie in der Filmtrope, wo der Privatdetektiv in einer Telefonzelle eine Seite aus dem Telefonbuch reißt, statt sich die Mühe zu machen, eine Adresse oder Telefonnummer abzuschreiben, haben sich Bibliotheksbenutzer – die rücksichtslosen, die verrückten – vor allem seit Ende der achtziger Jahre zunehmend imstande gezeigt, den Zettel, der auf das gewünschte Buch verweist, herauszureißen. Ja, einer der Gründe, aus denen die New Yorker Public Library ihren öffentlichen Katalog schließen mußte, war, daß die Öffentlichkeit ihn zerstörte. Die Zettel für Hetty Green verschwanden. Jemand, der sich Cosmos nannte, machte sich regelmäßig mit allen Zetteln für *Mein Kampf* davon. Die Zettel für zwei Manuskripte Dantes wurden gestohlen; nicht die Manuskripte, die Zettel für die Manuskripte. Zettelkataloge ziehen Rowdys an, weil sie Ausdruck eines notwendigen sozialen Vertrauens und gemeinschaftlicher Errungenschaften sind, ähnlich wie andere übliche Ziele, etwa U-Bahn-Waggons, Eisenbahnbrücken, Briefkästen und Verkehrsschilder. Insofern als Computerterminals, die mit einem Online-Katalog verbunden sind, einen Raum voller älterer Zettelschränke schützten, indem sie sie marginalisieren, versehen sie einen hervorragenden Dienst.

Und natürlich ist ein Online-Katalog, im rechten schmeichelhaften Licht besehen, äußerst bequem. «Wunderbar», sagte Julie Miran von der Ausleihe am Swarthmore College, die von der Stichwortsuche angetan ist: «Das ist, wie wenn man den Krieg auf CNN sieht.» Ich begann die Recherche für diesen Artikel, indem ich von meinem Computer aus einen Online-Katalog anwählte und eine sechsundachtzig Seiten lange Bücherliste zu BIBLIOTHEKEN – AUTOMATISIERUNG – FALLSTUDIEN, BIBLIOTHEKEN – AUTOMATISIERUNG – KONGRESSE und so weiter ausdruckte. Zwar dauerte es zehnmal so lange, am Bildschirm ein bestimmtes unwichtiges Buch oder Schlagwort zu sichten und zu verwerfen, wie es gedauert hätte, wenn ich an einem Zettelkasten gestanden und ihn mit mittlerer Daumen-Finger-Geschwindigkeit durchgeblättert hätte. Dafür mußte ich nicht zum Campus fahren, mir einen Parkplatz suchen und zu dem betreffenden Kasten gehen, um zu einer nützlichen vorläufigen Vorstellung vom Spektrum des dort verfügbaren Wissens über das Ende der Zettelkataloge zu gelangen. Online-Kataloge sind auf die bestmögliche Weise rollstuhlzugänglich, und nun kann ich – mittels Gopher-Software im Internet – in den Katalogen Hunderter von Bibliotheken auf der ganzen Welt herumstöbern, obwohl ich keiner einzigen davon angegliedert bin.

Aber warum sollte ich mir Online-Kataloge von Bibliotheken ansehen, die ich in der Realität wohl nie aufsuchen werde? Zum einen, um zu erfahren, was für oberschlaue Namen ihre Techniker ihnen gegeben haben – wahrscheinlich aus dem Glauben heraus, daß die Leute an den CRT-Bildschirmen in den Bibliotheken verzweifeln und sie verfluchen, einfach weil die Menschen an einer subkortikalen Technologieangst leiden, und daß ein beziehungsreicher Menschen-, Tier- oder mythopoetischer Name, vom Fachjargon abgesegnet, alles besser machen wird. Daher hat die New Yorker Public Library CATNYP. Es gibt eine BEARCAT (Kutztown University), eine ALLECAT (Allegheny), eine BOBCAT (Bobst Library an der NYU) und CATS (Cambridge). Des weiteren VIRGO (University of Virginia), FRANCIS (Williams College), LUCY (Skidmore), CLIO (Columbia), CHESTER (University of Rochester), SHERLOCK (Buffalo State College), ARLO (University of Colorado in Colorado Springs), FRANKLIN (University of Pennsylvania) und Harvards angemessen Eustace-Tilleysches HOLLIS. Weiterhin BISON (SUNY Buffalo), OASIS (University of Iowa), ORION (UCLA), SOCRATES (Stanford), ILIAD (Butler) EUCLIDPLUS (Case Western), LUMINA (University of Minnesota) und THE CONNELLY EXPLORER (La Salle). MELVYL (System der University of California) ist nach Melvil Dewey benannt; die Falschschreibung soll beabsichtigt sein und den Unterschied zwischen Deweys Kataloguniversum und dem unseren betonen. Die Brockport's Drake Memorial Library der SUNY (State University of New York) begrüßt ihre Benutzer mit dem typographisch generierten Bild eines Zettelkatalogs:

```
 ________________________________
!                                !
!  [=]  [=]  [=]  [=]  [=]       !
!                                !
!  [=]  [=]  [=]  [=]  [=]       !
!                                !
!________________________________!
    !!                      !!
    !!                      !!
    !!                      !!
```

Your automated catalog by DYNIX
Copyright (c) by DYNIX, Incorporated.

Unterdessen werden die Zettel aus Drake's realem Zettelkatalog, so ein Auskunftsbibliothekar, mit dem ich mich im Oktober 1993 unterhielt, als Schmierzettel benutzt. Der Bibliothekar lachte etwas peinlich berührt auf, als er mir diese Neuigkeit zukommen ließ. Und er ist völlig zu Recht peinlich berührt. Drake's realer Katalog wurde durch einen schlaumeiernden Bildschirm voller Ausrufezeichen und Gleichheitszeichen in eckigen Klammern ersetzt, als wollte er auf Gleichwertigkeit pochen, wo es doch *keine Gleichwertigkeit gibt.* Die bedauerliche Wahrheit ist, daß bestehende eingefrorene Zettelkataloge, die einfach nur herumstehen und niemandem etwas zuleide tun, in der Praxis gemeinhin durch lokale Datenbanken ersetzt werden, die voller neuer Fehler stecken (eine frühe OCLC-Studie kam auf 1,4 Fehler pro Eintrageingabe), weit schwieriger effektiv zu durchblättern und weniger reich an Querverweisen und Schlagwörtern sind, kein Lokalkolorit mehr haben, verwandte Titel und Autoren nicht besonders gut gruppieren und in vielen Fällen ganze Kategorien spezifischer historischer Informationen unter den Tisch fallen lassen (z. B. den Originalpreis des Buchs, sein Erwerbsdatum, sein ursprüngliches Katalogisierungsdatum, seine Aufnahmenummer, die Initialen des ersten Katalogisierers, die Vermerke über jedwedes ausgesonderte Exemplar und darüber, ob es sich um ein Geschenk oder einen Kauf handelte), die frei zugänglich waren, keinen Diskettenraum oder Strom für den Computerraum verbrauchten, keine kostspieligen Software-Updates oder täglichen Back-ups oder Hardware-Service-Besuche erforderten, und das alles in den ursprünglichen Holzschränken von Remington oder Brodart.

Stellen Sie sich vor, Sie wären ein erfolgreicher Literaturagent, mit einem Riesenrad von einem Rolodex auf dem Schreibtisch. Sie und Ihr Rolodex kennen einander schon seit fünfzehn Jahren. Es enthält Hunderte von Namen und Zahlen, von denen Sie viele per Hand aktualisiert haben, wenn ein Autor oder Lektor umgezogen ist oder geheiratet, ein Kind bekommen oder eine neue Hilfskraft eingestellt hat. Auch wenn Sie Ihr Rolodex mögen, ist es doch kaum transportierbar, und Sie haben nun häufig geschäftlich an der anderen Küste zu tun. Also beschließen Sie, sich so ein elektronisches Kalender-Kalkulations-Adressen-Notebook anzuschaffen, etwa einen Psion Series 3a. Nach sorgfältiger Planung frieren Sie das Rolodex ein, und dann betrauen Sie einen Ihrer Assistenten mit der anspruchsvollen Aufgabe, die gesamte aktualisierte Information, die Ihr Rolodex enthält, in den Psion einzugeben. Das beschäftigt den Assistenten eine volle Woche – es sind vierhundertsechzehn Namen. Sie machen Stichproben, während das Projekt läuft. Der Assistent hat hier und da ein bißchen Mist gebaut, ein paar Zahlen vertauscht, bei ausländischen Adressen ein paar Tippfehler gemacht, aber im großen und ganzen hat er verblüffend saubere Arbeit geleistet.

Wenn diese retrospektive Konversion abgeschlossen ist, stellt sich jedoch eine Frage. Was tun mit dem großen eingefrorenen Rolodex? Verbrennen, einstampfen, erschießen? Er nimmt ja doch eine Menge Platz auf dem Schreibtisch weg. Veranstalten Sie eine große Party und laden Sie alle Leute ein, die in Ihrem Rolodex stehen, um mit Ihnen auf dem Dach Ihres Gebäudes Sekt zu trinken, Ihre Adressenkarten an Heliumballons zu binden und diese über der West Fifty-seventh loszulassen? Nein, denn schließlich sind Sie ja kein Publizist, sondern Literaturagent. Und Sie erkennen schnell, daß es ein Fehler wäre, Ihre Rolodex-Karten gleich wegzuschmeißen, da Sie sie ja in den kommenden Monaten hin und wieder konsultieren wollen, wenn die Frage nach der Richtigkeit einer elektronischen Adresse auftaucht. Und einmal, als Sie in dem Psion einen Namen nachsehen wollten, stellen Sie fest, daß er nicht da ist: ein unentdeckter Tippfehler Ihres Assistenten hat den Eintrag irgendwohin geschafft und ihn vor Ihnen verborgen. Auf Ihrem Rolodex finden Sie den Namen leicht. Nicht nur das: das altmodische Rolodex gruppiert, wie Sie entdecken, die Dinge auf eine Weise, die Ihnen zuweilen nützlicher ist als die mechanische Technik des Psion. Statt beispielsweise nur nach Namen alphabetisiert zu sein, bietet das alte papiergestützte System Ihnen alle Ihre Freunde bei Simon & Schuster auf einem Haufen an, eine Form, die der Bibliothekar «Kollokation» nennt.

Auch will es Ihnen in einem nachdenklicheren Augenblick scheinen, daß auf Ihren Rolodex-Karten doch etliche Informationen stehen, die es nicht in Ihr neues Spielzeug geschafft haben: alte, durchgestrichene Adressen, alte Telefonnummern, alte Ehegesponse, alte Lektoratsassistentinnen, die nun selbst Giganten publizieren. Allein schon der Grad an Abgegriffenheit bestimmter Karten, zu denen Sie einst täglich hingeblättert haben, was Sie jetzt vielleicht nicht mehr tun – da der Autor trinkt und vergessen ist oder der Redakteur einer Zeitschrift gefeuert wurde und jetzt in Binghampton hochwertiges Apfelchutney produziert –, stellt eine wichtige Information hinsichtlich der Frage dar, welche Teile des Rolodex über die Jahre für Sie von Bedeutung waren. Ihr neuer Psion kann Ihnen das mitnichten verraten: seine Adressen sind alterslos, so frisch und gelbgrau wie der Strom in einer Diode. Ihr Rolodex ist gewissermaßen ein Stück Literaturgeschichte. Es dokumentiert auch einige ihrer liebsten Verbindungen, die Sie mit der Welt geknüpft haben. Wäre es denn so übertrieben, fragen Sie sich plötzlich, wenn Sie Ihr Rolodex als eine Form der Autobiographie bezeichneten – als ein Manuskript, an dem Sie die ganzen fünfzehn Jahre unter ständigen Revisionen geschrieben und gebosselt haben? Vielleicht ist es das einzige Manuskript, das Sie jemals schreiben werden. Und das wegwerfen? Nein, Sie werden Ihr Rolodex der Bibliothek Ihrer Alma mater stiften und seinen Wert auf mehrere tausend Dollar festlegen, damit Sie es als Spende absetzen können, und die Bibliothekare dort werden seine Bedeutung für zukünftige Erforscher der Publikationspraktiken des ausgehenden zwanzigsten Jahrhunderts erkennen und es liebevoll online katalogisieren, ihm eine Library-of-Congress-Nummer zuweisen und es mit einer angemessenen Liste von Schlagwörtern ausstatten.

Und nun stellen Sie sich etwas nur ein wenig Größeres als Ihr Rolodex vor. Denken Sie an ein ungebundenes Manuskript, das einzige seiner Art, zusammengesetzt aus einer Unmenge von Blättern aus Karteikartenpappe – und zwar eine Million davon –, jedes Blatt vorn und manchmal auch hinten angefüllt mit detaillierten Beschreibungen gewisser Gegenstände, welche die Welt einer organisierten Bewahrung für würdig befunden hat. Die Autoren dieses Manuskripts haben hundertzwanzig Jahre lang tagtäglich daran gearbeitet. Es ist somit die akkumulierte Autobiographie einer Einrichtung, deren Aufgabe es ist, Bücher und buchähnliche Materialien zu lagern und abrufbar zu machen. Viele seiner Autoren waren kluge und sorgfältige Menschen – Perfektionisten, umfassende Leser, die gleichwohl aus Neigung ihre Autorenschaft ebenso geheimgehalten haben wie mittelalterliche Kirchenbauer. Manche von ihnen hatten ein Spezialwissen und eine idiosynkratische Begeisterung, die sie in die Seiten ihres Werks einfließen ließen, indem sie Tausende und Abertausende von «s.»- und «s.-auch»-Verweise auf andere Seiten einsetzten. Gemeinsam erreichten sie so mit den Jahren eine, wie einer ihrer frühen Meister, Charles Ammi Cutter, es nannte, «syndetische» Struktur – also ein System referentieller Verbindungen – von beachtlicher Kohärenz und Transparenz.

Die Autoren machten allerdings einen schwerwiegenden Fehler. Obwohl sie sich große Mühe gegeben hatten, sicherzustellen, daß in ihrem Riesenwerk jedes Buch und Manuskript, das in ihrem Gebäude gelagert war, von einer karteikartengroßen Seite repräsentiert wurde, oft auch von mehreren Seiten, die es beschrieben, hatten sie doch vergessen, irgendwo eine Seite auch dem Buch, an dem sie all die Jahre geschrieben hatten, selbst zu widmen. Ihr Zettelkatalog war nirgendwo in ihrem Zettelkatalog erwähnt. Allem hatten sie pflichtbewußt Signaturen zugewiesen: Tom Clancy-Romanen in Großdruck, Magnetbändern mit statistischen Daten, Disketten voller archaischer Software, alten Montgomery-Ward-Katalogen, Rollen mit Profiwrestling-Zeitschriften auf Mikrofilm, Blaupausen, Testamenten, Kontrakten und den Archiven elektronischer Schwarzer Bretter, Aufklappbüchern, Jahresberichten, Tagebüchern, Fälschungen, Verträgen und Realien jedweder Art, doch ihr eigenes geliebtes Manuskript ließen sie unklassifiziert und unbeschrieben, und so erlangte es nie den Status eines Bestandes, den es so offensichtlich verdiente, sondern wurde statt dessen stillschweigend lediglich als «Suchhilfe» verstanden, als ein Möbelstück, das, leicht verwundbar durch vorbeiziehende Vandalen, der hausmeisterlichen statt der kustodischen Jurisdiktion unterworfen war – obwohl dieser Katalog in Wirklichkeit doch dasjenige Gut war, das die Leute, die das Gebäude betraten, wahrscheinlich vereinte, das sie von Kindesbeinen an zu benutzen gelernt hatten, ja, das sie sogar liebten. Eines Morgens kam dann ein neuer Verwaltungstechniker vorbei, und dem fiel auf, daß da so ein altes Möbel herumstand und Platz wegnahm, der gebundenen Bänden von *Technicalities*, *The Electronic Library* und dem *Journal of Library Automation* gegeben werden könnte. Der Zettelkatalog wurde, weil er selbst nicht katalogisiert war, auf den Müll geworfen.

Nun etwas Geschichte. Nachdem die Revolutionsregierung 1791 in Paris etliche Privat- und Klosterbibliotheken konfisziert hatte, wollte sie wissen, was für interessante Bücher da plötzlich in ihren Besitz gelangt waren. Die Imprimerie Nationale erließ eine *Instruction pour procéder à la confection du catalogue* an jene, die mit der Überwachung neuen staatlichen Besitzes in abgelegenen Departements beauftragt waren. Die Inventaristen wurden angehalten, jedem Buch in einer Bibliothek eine Nummer zu geben und sodann Nummer, Autor, Titel, eine kurze Beschreibung des Äußeren sowie den Namen der Bibliothek, in der es zu finden sei, auf gewöhnliche Spielkarten zu schreiben. (Asse und Zweien, so der Vorschlag, könnten aus dem Spiel gezogen und für Bücher mit wortreichen Titeln aufgehoben werden.) Die Karten waren nach Autor zu alphabetisieren, zusammenzuschnüren und nach Paris zu schicken.

Im Jahre 1848 hatte Anthony Panizzi, der Kustos für gedruckte Bücher am Britischen Museum, eine ähnliche Idee:

> Unter einem alphabetischen Katalog ist zu verstehen, daß die Titel nach einigen alphabetisch geordneten «Stichwör-

tern» eingetragen werden sollen. Insofern als in einer großen Bibliothek niemand die Berührungsfelder dieser Stichwörter im voraus erkennen kann und es unmöglich wäre, sie in der erforderlichen Reihenfolge zu ordnen, wenn sie nicht leicht verschoben werden können, wird jeder Titel daher auf separate «Zettel» geschrieben ... welche sich häufig und je nach Bedarf von einem Ort zum anderen verlagern lassen. Es ist offensichtlich, daß, wenn diese «Zettel» ... nicht sowohl nach Größe wie nach Substanz gleichförmig sind, ihre Ordnung mechanische Schwierigkeiten verursachen wird, die zu überwinden Zeit und Mühen kosten würde.

Zettel und Spielkarten wichen schließlich Schubladen mit kommentierter Pappe; diese fanden während der sechziger Jahre des vergangenen Jahrhunderts ihren Zweck nicht darin, von Besuchern, die Bücher finden wollten, durchstöbert zu werden, sondern dienten dem Personal als bequemes Mittel, den Überblick über den Bestand zu behalten, aber auch für die Vorbereitung der Publikation eines formalen Katalogs. Denn der prunkvolle, teuer produzierte Katalog in Buchform war der traditionelle Weg, auf dem sich eine Bibliothek der Öffentlichkeit präsentierte – der Weg, auf dem sie sozusagen die Bibliothek der Bibliotheken betrat. Und die Bearbeitung und Veröffentlichung eines mehr als oberflächlichen Katalogs der Bestände einer Bibliothek ist nun einmal ein äußerst schwieriges Unterfangen. Charles Coffin Jewett, der Bibliothekar der Smithsonian Institution, schrieb in seinem *Smithsonian Report on the Constitution of Catalogues of Libraries* (1853):

Die Erstellung eines Kataloges mag den Unerfahrenen und denjenigen, welche mit den Erfordernissen der gelehrten

> Welt, die eine solche Arbeit zu schätzen weiß, nicht vertraut sind, als eine leichte Aufgabe erscheinen. In Wahrheit aber ist keine Spezies literarischer Mühen so beschwerlich und verwirrend. Die Eigentümlichkeiten von Titeln sind, wie die Idiosynkrasien von Autoren, zahllos.

Im Jahre 1850 wurde der Bibliothekar der American Antiquarian Society gebeten, einen neuen Katalog für die Gesellschaft zu erstellen. «Männer verloren den Verstand», schrieb der erregte Bibliothekar zurück,

> in ihrem Bemühen, diese anstrengenden Arbeiten auf ein System zu reduzieren; und es sind mehrere Fälle dokumentiert, wo infolge der geistigen und körperlichen Anstrengung, welche die Vervollständigung eines Katalogs – in Übereinstimmung mit den Auffassungen des Autors über die richtige Methode, eine solche Aufgabe auszuführen – kostet, Leben hingegeben wurden.

An einem Sonntag rief ich, selbst nicht ganz bei Verstand, Jim Ranz an, den pensionierten Dekan der Bibliotheken der University of Kansas, dessen unsterblicher Monographie *The Printed Book Catalogue in American Libraries: 1723–1900* (1964) das letzte Zitat entnommen ist, und bat ihn um seine Meinung zum Ende der Zettelkataloge. Mr. Ranz war über ihr Schicksal nicht sonderlich beunruhigt. «Die Aufbewahrung eines Zettelkatalogs hätte in den meisten Bibliotheken wohl eine ziemlich niedrige Priorität», sagte er. Viel lieber wollte er über Charles Ammi Cutter (1837–1903) sprechen, den Autor des nach Mr. Ranz' Ansicht besten Bibliothekskatalogs, der je erstellt wurde. Cutters Meisterwerk ist der fünfbändige Katalog der Boston Athenaeum, veröffentlicht zwischen 1874 und 1882. «Womöglich war er doch der größte Katalogist, den es je gegeben hat», sagte Mr. Ranz zu mir. Das Werk ist 3402 Seiten lang und enthält umfangreiche, vernünftige Querverweise; seine Erstellung kostete die Athenaeum nahezu einhunderttausend Dollar. Er ist für Historiker noch immer von Interesse und Nutzen – ebenso wie der Zettelkatalog der Athenaeum, den Cutter ebenfalls entwickelte. Bis jetzt hat die Bibliothek an ihren ursprünglichen Zetteln festgehalten.

Gewiß, beharrte ich gegenüber Dale Flecker von Harvard, sollte doch wenigstens der Zettelkatalog der Boston Athenaeum erhalten bleiben. «Ach, ich weiß nicht», entgegnete Mr. Flecker. Seine Gleichgültigkeit leuchtet irgendwie ein, da er ja nicht gut die Erhaltung des Athenaeum-Katalogs befürworten und gleichzeitig dafür plädieren konnte, den älteren und ebenso reichhaltigen öffentlichen Katalog von Harvard wegzuwerfen. Charles Cutter hatte seine Energie als junger Mann auch den Zetteln von Harvard gewidmet; während seiner Arbeit für Ezra Abbot, der von 1856 bis 1872 der dortige Assistenzbibliothekar war, hatte er seine Theorien darüber, wie die Leute eigentlich nach Schlagwörtern suchen und was sie vom Findekatalog einer Bibliothek erwarten, verfeinert. 1861 richtete Ezra Abbot einen der ersten Zettelkataloge ein, die, in seinen Worten, «für alle, welche die Bibliothek benutzen, ungehindert und bequem zugänglich» waren. Um die Jahrhundertwende schließlich war der traditionelle gebundene Katalog für große Bibliotheken zu einer technischen Unmöglichkeit geworden, und Zettelkataloge, vornehmlich handgeschrieben (obwohl es da schon die ersten Schreibmaschinen gab), waren weit verbreitet.

Im Januar 1901 begann die Library of Congress, ihre Katalogkarten in großen Mengen zu drucken und als Satz an jede Bibliothek, die sie haben wollte, zu verschicken. Diese Zettel – auf ihre Art elegant, genau, äußerst lesbar und billig – kamen an. Selbst Cutter machte gute Miene zum bösen Spiel, obwohl seine Befürwortung den Tod seines eigenen kunstvollen Systems der Klassifizierung nach Themen implizierte, und empfahl den Kauf der Library-of-Congress-Zettel; 1904 schrieb er, daß «jede Bibliothek sehr töricht wäre, ihren Katalog nicht vornehmlich daraus zu erstellen». Die Bibliotheken gehorchten. Eine Untersuchung aus dem Jahr 1969 von 1926 willkürlich ausgewählten Zetteln, allesamt aus Kästen des Standortkatalogs der Fondren Library der Rice University, förderte die folgenden Arten zutage:

15 handgeschrieben
1275 unverändert Library of Congress
68 verändert Library of Congress
472 maschinengeschrieben
96 verschiedene, für Landkarten, Partituren, Serien usw.

(Dieselbe Untersuchung aus dem Vorcomputerzeitalter, veröffentlicht vom MIT, ergab, daß die durchschnittliche Anzahl Zettel pro Kasten 826 beträgt, daß das typische, von einem Zettel repräsentierte Buch 276,6 Seiten lang ist und daß die Wachstumsrate der Bestände der Rice-Bibliothek eng mit der des Bruttosozialprodukts der Vereinigten Staaten korrespondiert.)

Die Arbeit der Library of Congress dominierte das Reich der Zettelkataloge bis in die frühen siebziger

Jahre hinein. Im Jahre 1968 verbreitete sie etwa eintausend Zettel pro Minute für rund fünf Cent das Stück. Unterdessen spürte Fred Kilgour, ein zum Bibliothekar gewandelter Chemiker, daß die Library of Congress die Möglichkeiten ihrer neu entwickelten maschinenlesbaren Katalogisiertechniken nicht voll ausschöpfte, gründete das OCLC und wurde, unter vielem anderem, der Zettelkatalogdrucker für die ganze Welt. (Das OCLC entstand, Kilgour zufolge, in Ohio, weil «die Leute in Ohio und im östlichen Mittelwesten kalkulierte Innovationsrisiken im allgemeinen bereitwilliger eingehen».) Seit 1970 hat das OCLC auf seinen Hochleistungszeilendruckern 1,8 Milliarden Katalogzettel gedruckt: das sind die mit der unverwechselbaren, etwas flotten schreibmaschinenhaften Schrift. Zwar sind sie ein wenig teurer als die Zettel der Library of Congress, dafür werden die Duplikate aber beim OCLC automatisch sortiert, egal, unter welchem Gesichtspunkt – etwa alle zusammen in einem Alphabet oder getrennt alphabetisiert für den Schlagwortkatalog, den Autor-Titel-Katalog und den Standortkatalog. (Ein Standortkatalog ist ein nach Signaturen geordneter Katalog; die Katalogisierer benutzen ihn als Hilfe bei der Einordnung gleicher zu gleichen Büchern.) Da die Arbeit des Einlegens der Zettel einen enormen Kostenfaktor bei der Pflege eines Zettelkatalogs darstellt, war die flexible Vorsortierung beim OCLC ein echter Vorteil, und jahrelang wurde das OCLC als Zetteldruckservice selbst von Universitäten geschätzt, die (wie etwa Princeton) über die Qualität seiner wachsenden Datenbank die Nase rümpften.

Doch es war die gewaltige Datenbank selbst, die zum

wahren Triumph für das OCLC wurde. Gegen eine Gebühr wurde eine Bibliothek Mitglied des OCLC und bekam einen oder mehrere dedizierte Beehive-Terminals zugewiesen (für ihre Zeit hochentwickelt: sie konnten die diakritischen Zeichen verarbeiten, die die Katalogisierer brauchten, während andere Computer-Interfaces im allgemeinen nur Großbuchstaben anboten), die alle mit Ohio verbunden waren. Für zwei Dollar pro Titel konnte ein angeschlossener Katalogisierer die Einträge beim OCLC daraufhin durchsehen, ob das Buch vor ihm schon von jemand anderem katalogisiert worden war – entweder von der Library of Congress (deren MARC-Datensätze das OCLC kaufte und in seine Datenbank lud) oder von einer anderen Mitgliedsbibliothek. (Jede Bibliothek war durch ein dreibuchstabiges Kürzel identifiziert.) Wenn er einen Eintrag fand, der gut aussah, forderte er vom OCLC einen ausgedruckten Zettelsatz dafür an. Auf diese Weise konnte eine Bibliothek nach und nach ein gut Teil der Katalogarbeit, die zuvor von graduierten Profis ausgeführt wurde, an niedriger bezahlte Angestellte und studentische Hilfskräfte delegieren.

Und das Brillante an Kilgours Unternehmen war, daß der Katalogisierer, wenn er keinen Eintrag fand, das Buch selbst beschreiben und seine Arbeit als «Originaleintrag» für dieses Buch zum Nutzen aller Mitglieder in das System eingeben konnte. Er schrieb eine Art Gedicht, welches einem Regelgerüst folgte, das strenger war als das einer Villanelle; dies schickte er dann an Leute in Ohio, die es für ihn veröffentlichten; und schließlich bekam er ein paar Dollar dafür – in Form eines Katalogkredits für zukünftige OCLC-Gebühren. Je mehr frischen «Stoff» eine Katalogabteilung dem OCLC anbot, desto billiger wurde für sie die Nutzung des OCLC, und somit gab es jede Menge Anreiz für alle Bibliotheken, die damit, lange bevor es Dinge wie Usenet und Listservs gab, an der Schaffung einer Art virtueller Gemeinschaft mitwirkten und die knospende Datenbank anschwellen ließen. Was im wesentlichen als bequeme Einbahnstraße begann, auf der die MARC-Dateien der Library of Congress an die Mitgliedsbibliotheken geliefert wurden, verwandelte sich in eine höchst demokratische, omnilaterale Zusammenarbeit mit Hunderttausenden zuvor isolierter Dokumentaren: Gegenwärtig umfaßt die Datenbank nahezu dreißig Millionen Einträge, und nur ein Viertel davon kam ursprünglich von der Library of Congress, die Mehrheit dagegen ist das Ergebnis der Arbeit von annähernd siebentausend Mitgliedsbibliotheken.

Doch inmitten dieses gemeinsinnigen Gewirrs gab es Anzeichen von Ärger. «Verteilte Computerarbeit», so unlängst Paul Lindner, einer der Architekten von Gopherspace im Internet, «ist wie ein Fuhrwerk fahren, das von tausend Hühnern gezogen wird» – und verteilte Katalogarbeit hat, wenngleich die Hauptdatenbank in Mittelohio verankert ist, etwas ähnlich Lärmendes, Gackerndes und Orientierungsloses. Von Anfang an war Qualität daher ein ernstes Problem: wie vorauszusehen, waren manche Bibliotheken bei der Beschreibung von Büchern viel sorgfältiger und geschickter als andere. Die Wright State University drückte anscheinend aus fehlgeleitetem Eifer oder Gier auf Katalogkredit Tausende minderwertiger Einträge in die Datenbank von OCLC – zumindest wird die

Wright State jetzt, möglicherweise zu Unrecht, von den Folkloristen der OCLC-Geschichte häufig deshalb geprügelt. Bibliotheken begannen Einrichtungen, deren dreibuchstabige Kürzel sichere Anzeichen eines bibliographischen Verfalls waren, auf eine «schwarze Liste» zu setzen. «Im Nu hatte sich herumgesprochen, wer so schlampig katalogisiert hatte», sagte mir eine Bibliothekarin. In Wahrheit jedoch macht jeder Fehler. Die interaktive, kooperative Gruppenautorenschaft eines derart komplexen Hilfsmittels war etwas völlig Neues, und da das OCLC keine redaktionelle Kontrolle über die Beiträge ausübte, die von ihren Mitgliedern hereinströmten, dauerte es vielleicht länger als nötig, bis die kumulierenden Gefahren von Fred Kilgours vorausdenkendem System an die Oberfläche kamen.

Eine Quelle der Entropie war das Laissez-faire-Konzept des OCLC beim «Originaleintrag». Der allererste Versuch, ein Buch in der Datenbank zu katalogisieren, gleichgültig, wie unmeisterlich er war, wie wenig er den Anforderungen anderer Bibliotheken genügte, wurde einfach so, wie er war, zum «Originaleintrag» für dieses Buch. Bis 1984, als das OCLC einer kleinen Gruppe von Bibliotheken einen verbesserten Mitgliedsstatus gewährte und diesen gestattete, fehlerhafte oder knappe Einträge, auf die sie von selbst stießen, zu verbessern, waren jedwede Veränderungen am Originaleintrag über Jahre hin ein mühsamer manueller Prozeß. Hatte eine Katalogisiererin den Tippfehler, eine Woche nachdem sie die «Send»-Taste an ihrem Terminal gedrückt hatte, selbst bemerkt, dann konnte sie (wenn eine andere Bibliothek den Eintrag inzwischen mit ihren Initialen versehen hatte) ihren Fehler am

Bildschirm nicht mehr korrigieren; sie mußte eine Fehlermeldung ausfüllen und sie an das OCLC schicken (nicht elektronisch, sondern mit einer Briefmarke). Ich habe Bibliothekare und Professoren der Bibliothekswissenschaft von Fehlern sprechen hören, die in der OCLC-Datenbank verewigt sind und die zu verbessern sie sich gar nicht erst die Zeit genommen haben – in manchen Fällen grobe Fehler, die die Auffindbarkeit von Büchern, zu denen sie selbst Beiträge geleistet haben, beeinträchtigte.

Die andere ernste Schwäche der OCLC-Datenbank waren die Mängel bei der «Normierung der Ansetzung» – so der hehre Begriff des Bibliothekswesens für den Vorgang, reale Wesen oder Dinge (Menschen, Kirchen, Regierungsstellen, Zeitschriften, Stichwörter und so weiter) einheitlich zu benennen. Einmal angenommen, um ein simples Beispiel für die Benutzung einer Universitätsdatenbank zu nehmen, Sie sind beauftragt worden, ein außerordentlich mitsingbares Dokument einer Person namens Pjotr Iljics Csajkovszkij zu katalogisieren. Wer ist das? Ist er vielleicht derselbe Mensch wie P. I. Cajkovskij? Und steht dieser P. I. Cajkovskij vielleicht in einer engen Beziehung zu P. Caikovskis? Könnte es denn sein, daß Peter Iljitch Tschaikowsky, Pter Iljitch Tchaikowsky, Pjotr Iljc Ciaikovsky, P. I. Cajkovskij, Peter Iljitsj Tsjaikovsky, Pjotr Czajkowski, P. I. Chaikovsky, Pjotr Iljics Csajkovszkij, Pjotr Iljietsj Tsjaikovskiej, Pjotr Ilitj Tjajkovskij, P. Caikovskis, Petr Il'ich Chaikovskii, 1840–1893, Peter Ilich Tchaikovsky, 1840–1893, Peter Ilych Tchaikovsky, 1840–1893, und Peter Ilyich Tchaikovsky, 1840–1893, tatsächlich alle ein und dieselbe Person sind? Wenn ja (und dieser Grad von Titelseitenvariation ist bei produktiven Autoren, von denen viele weniger bekannt sind als Tschaikowski, keineswegs ungewöhnlich), dann muß der Computer von dieser Tatsache auf der Stelle informiert werden, denn sonst werden Sinfonien und Streicherserenaden willkürlich über das ganze Alphabet verstreut, und ein Suchender hat dann keine Ahnung, was ihm entgeht.

Die Ansetzungsnormierung hat die Ersteller von Katalogen schon immer gequält, und je größer der Katalog, je mehr Gebiete der Publikationsgeschichte er abdeckt, desto haariger wird alles. Zu Sirine und Sirin und Nabokoff-Sirin s. Nabokov. Zu House & Garden s. HG. Zu Alexander Drawcansir, Petrus Gualterus, Conny Keyber, Scriblerus Secundus, John Trottplaid und Hercules Vinegar s. Fielding, Henry (1707–1754). Zu Ogdred Weary und St. John Gorey s. Gorey, Edward (1925–). Ende der siebziger Jahre löste die zweite Version der anglo-amerikanischen Katalogregeln in den Bibliotheken die große Verzweiflung aus, da sie verlangte, daß Samuel Clemens offiziell Mark Twain genannt werde, nur weil die Mehrzahl seiner Bücher unter seinem Hauptpseudonym und nicht unter seinem richtigen Namen erschienen war. Das Heulen von Elektroradierern erscholl im ganzen Land. (Unter den Bibliothekaren war in den siebziger Jahren die «Radiererlunge» das Äquivalent des Karpaltunnelsyndroms.) Allerdings kann man wohl sagen, daß die Apostel von St. MARC in keiner Weise vorausgesehen haben, wie abgrundtief schlecht der Computer das Konzept der menschlichen Identität begreifen würde. Ein Mensch – selbst ein ziemlich unaufmerksamer Mensch –, der dafür bezahlt wird, den ganzen Tag lang Zettel in einen Zettelkatalog einzusortieren, weiß, daß «Alexander der Große, 356–323 v. Chr.» derselbe ist wie «Alexander, der Große, 356–323 v. Chr.» und «Alexandria der Große, 356–323 v. Chr.»; ebenso würden wir erwarten, daß er eine Einheitlichkeit hinter Zetteln für «Montagu, Lady Mary (Pierrepont) Wortley, 1689–1762» und «Montagu, Mary (Pierrepont) Wortley, Lady» und «Montagu, Mary Pierrepont Wortley, Lady, 1689–1762» erspürt – um Beispiele aus einem Online-Katalog zu nehmen. «Der Zettelkatalog», wie Tom Delsey von der National Library of Canada 1989 schrieb, «zeigte eine relativ hohe Toleranz gegenüber Abweichungen von Schreib- und logischen Normen. ... Typographische Fehler oder Inkonsequenzen bei Stichwörtern konnten beim Einlegen des Zettels stillschweigend korrigiert werden; weitere Einträge, die mit dem entsprechenden Haupteintrag auf dem Zettel, zu dem sie gehörten, nicht genau übereinstimmten, konnten gleichwohl an ihre richtige Stelle im Karteikasten eingefügt werden.»

Die OCLC-Datenbank hingegen war bis vor kurzem Abweichungen gegenüber gänzlich intolerant. Autoren heiraten, sie erhalten Ehrentitel, sie sterben, worauf ihnen ein Jahr rechts vom Bindestrich hinzugefügt wird. Oder die *New York Times* schreibt Mao Tse-tung plötzlich «Mao Zedong». Angesichts all dieser verwirrenden Veränderlichkeit ist es der Zweck eines Katalogs, wie Charles Cutter selbst in seinen *Rules for a Printed Dictionary Catalogue* angemerkt hat, alle Werke eines bestimmten Autors und alle Ausgaben eines bestimmten Werks eines bestimmten Autors und alle Werke über das Werk eines bestimmten Autors und alle Biographien eines bestimmten Autors rational in den richtigen Gruppen und Untergruppen zusammenzufassen bzw. zu kollokieren.

Beispielsweise würden wir es vorziehen (dieses Beispiel stammt von einem Suchvorgang im HOLLIS von Harvard, den ich im Oktober 1993 tätigte), sollten wir den Versuch unternehmen, uns einen Überblick über die von Alfred Tennyson verfaßten Bücher zu verschaffen, wenn diese nicht willkürlich auf drei jeweils für sich alphabetisierte Stichwörter ohne jedes Satzzeichen verteilt wären: TENNYSON ALFRED TENNYSON BARON 1809 1892 und TENNYSON ALFRED TENNYSON 1ST BARON 1809 1892 und TENNYSON ALFRED TENNYSON 1809 1892. Darüber hinaus wäre es nett, wenn das erste Werk, das als von TENNYSON ALFRED TENNYSON BARON 1809 1892 (als Antwort auf den Befehl «Find Au Tennyson») verfaßt aufgeführt ist, tatsächlich auch ein Werk von Alfred Tennyson wäre und nicht eines von Tuningius, Gerardus (1566–1610) namens *Apophthegmata graeca, latina, italica, gallica, hispanica* («Mängelexemplar: Titelseite leicht beschädigt»), auf dessen Vorsatzblatt Tennyson zufällig seinen Namen geschrieben hat. Ebenfalls wäre es uns lieber, wenn das zweite als von Tennyson aufgeführte Buch nicht *The Kraken: for solo trombone*, von Deborah Barnekow, 7 pp. (1978) wäre. (Ms. Barnekow hat allerdings recht: Würde Tennysons Seeungeheuer ein Instrument spielen, dann wäre es wahrscheinlich die Posaune.) Ebenfalls wäre es nett, wenn *Neuronal Information Transfer*, mitherausgegeben von Virginia Tennyson, sich nicht zwischen mehrere von der Tennyson Society veröffentlichte Bücher und einen verführerischen Eintrag für ein Werk namens «Tennysoniana» gedrängt hätte – ein Eintrag übrigens, der mich, als ich ihn akzeptierte, aus der Tennyson-Liste warf und in einer Liste von dreiundzwanzig Büchern von SHEPHERD RICHARD HERNE 1842–1895 landen ließ, von denen keines «Tennysoniana» war. (Viele dieser Kuriositäten verschwanden auf mysteriöse Weise kurz vor Drucklegung dieses Artikels, doch es gibt noch Tausende anderer. Ein kurzer Blick in HOLLIS am 21. März 1994 ergab, daß Werke von Bolingbroke, Villiers de L'Isle-Adam, Edward Bulwer-Lytton und Bernard Berenson fälschlicherweise unter wenigstens drei verschiedenen Namensschreibweisen aufgeteilt sind. Charles George Lambs *Alternating Currents* und Charles W. Lamb, Jr.s *The Market for Guayule Rubber* stehen zwischen Ausgaben von Charles Lambs *Essays of Elia*. Und 462 Einträge für Werke von Thomas Macaulay sind unter *acht* verschiedenen Versionen seines Namens getrennt alphabetisiert.) Ich habe keinen Zweifel, daß Dale Flecker glaubte, was er sagte, als er mir erzählte, daß «der Maschinenkatalog fast in keinem Fall schlechter und in den meisten Fällen besser ist, als der Zettelkatalog war». Meiner Erfahrung nach genügen jedoch fünf Minuten an jedem beliebigen Online-Katalog, um eine Systemlosigkeit zutage zu fördern, die in einer «Papierumwelt», wie Bibliotheksleute das nennen, einfach nicht entstanden wären.

Bei meinem Besuch im OCLC räumten einige der Angestellten mir gegenüber offen ein, daß man mit Zettelkatalogen gegenwärtig besser kollokieren kann als mit Online-Katalogen. «Wir sind erst auf dem Weg dahin», sagte Barbara Strauss, damals leitende Spezialistin für Produktunterstützung im OCLC. (Ms. Strauss «kennt sich im Katalogisieren aus wie Ihre Zunge in Ihrem Mund», so einer ihrer Kollegen.) Ihr Chef, Martin Dillon, der Direktor der Library Resources Management Division beim OCLC, sagte unlängst in einem Interview, daß das Blättern durch die OCLC-Datenbank mit Hilfe von «Stichwort-Indizes, Autor-Indizes und Sachgebiet-Indizes ein harsches Licht auf Rechtschreibfehler und sonstige Fehler aller Art wirft». Eine willkürliche Probe in einer Studie des OCLC von 1989 ergab einhundertzehn separate Einträge von Tobias Smollets Roman *The Expedition of Humphry Clinker* in der Datenbank, von denen wenigstens die Hälfte potentielle Duplikate waren, die aufgrund winziger Varianten und Tippfehler separat gelistet wurden. Der Student der Ökonomie im zweiten Jahr, der als Teilzeit-«copy-cataloger» von seiner Universitätsbibliothek angestellt wurde, kann einem leid tun. Nach einwöchiger Einarbeitung bekam er eine alte Ausgabe des *Clinker* in die Hand gedrückt, die ein Ehemaliger seiner Universitätsbibliothek vermacht hatte; man muß es ihm nachsehen, wenn er, nachdem er auf der Suche nach einem Hit eine Zeitlang durch einige der scheinbar endlosen, durch Kennziffern entstellten Ketten von Einträgen gestreift ist, fluchend aufgibt und beschließt, daß es schneller geht, wenn er einfach kurz einen weiteren Eintrag erstellt, wodurch er das System mit der hundertelften «Ausgabe» von *The Expedition of Humphry Clinker* noch mehr durcheinanderbringt.

Zum Glück hat man während der vergangenen Jahre im OCLC beträchtliche automatische Aufräumarbeiten geleistet. (Das Aufräumen muß automatisiert sein, denn, wie Martin Dillon klagt, «wenn Datenbänke so groß wie unsere werden, sind die Beiträge einzelner stark begrenzt. Die Aufgabe ist so groß, daß keine praktikable Zahl von Menschen sie in Angriff nehmen könnte.») Die 1991 installierte «DDR»-Software von OCLC – «Duplicate Detection and Resolution» – vergleicht zwei Datensätze an bis zu vierzehn Stellen und entscheidet dann, ob sie für dasselbe Buch stehen und demnach verschmolzen werden sollen oder nicht: Unterscheiden sie sich lediglich durch eine Auslassung (...), etwa am Ende eines abgekürzten Untertitels, oder dadurch, daß im einen der Verlag «Wiley» und im anderen «John Wiley & Sons» heißt, dann werden die beiden eins. Auch häufige, aber schwer erkennbare Tippfehler wie «Great Britian» und «Untied States» erzwingen keine fiktionalen Duplikate mehr. Als Ergebnis dieser Arbeit sind über sechshunderttausend überflüssige Duplikate verschwunden. Und nun verfeinert man im OCLC die Software für die Ansetzungsnormierung, die um so leistungsfähiger wird – weil sie sich beispielsweise durch genauere Verbindungen zwischen getrennten Namensformen derselben Person dichter vernetzt –, je mehr neue Daten sie bearbeitet. So wurden seit 1990 Millionen verwaister Einträge vereint. (Natürlich gab es dabei auch einige Peinlichkeiten: Als Teil einer Ansetzungsnormierungsroutine des OCLC wurde «Madonna» durch «Mary, Blessed Virgin, Saint» globalersetzt – eine Änderung, die, bevor sie korrigiert wurde, Probleme für Bibliotheken schuf, die das neuere Werk von Ms. Ciccone katalogisieren wollten.)

Aber egal, wie schlau und erfolgreich die jüngsten

Bemühungen des OCLC um Qualitätskontrolle sind, sie nützen doch hauptsächlich nur jenen Bibliotheken, die ihre Kataloge noch nicht umgewandelt hatten. Noch immer finden sich zahllose alte Fehler und Ungereimtheiten im System, die in den örtlichen Online-Katalogen der Bibliotheken, die die «Reko» schon früh durchgeführt hatten, indolentes Unheil anrichten. Nachdem die Universitätsbibliotheken dem OCLC Millionen Dollar an Gebühren für die Benutzung seiner Datenbank gezahlt haben, müssen sie nun das Geld für die Software zur Ansetzungsnormierung zusammenkratzen, nur damit ihr Online-Katalog die Minimalaufgaben bewältigt, die Charles Cutter vom Zettelkatalog als eine Selbstverständlichkeit erwartet hatte. Die University of Chicago erwägt, noch während sie die RETROCON-Abteilung des OCLC dafür bezahlt, Zettel für Altphilologie, Philosophie und amerikanische Literatur zu konvertieren (zum Preis von ungefähr zwei Dollar pro Zettel), der Datenbankfirma Blackwell North America, Inc. wenigstens einhundertfünfzigtausend Dollar für ein einmaliges Durchputzen der Ansetzungsnormierung zu bezahlen. (Fehler und Ungereimtheiten, die nach Blackwell auftauchen, werden natürlich bleiben.) Die CARL Corporation in Denver, Colorado, verlangt von einer großen Universitätsbibliothek einen sechsstelligen Betrag für die Konzession ihrer Anwendung zur Ansetzungsnormierung. Das alles kann plötzlich sehr unfuturistisch und traurig wirken – traurig deshalb, weil die Kosten für Technologie, einer Schätzung aus dem Jahre 1992 zufolge, nun nahezu 30 Prozent des Budgets einer durchschnittlichen amerikanischen Bibliothek verbraucht und damit einen Rückgang beim Ankauf von Büchern, beim Auskunftspersonal und bei ausgebildeten Katalogisierern erzwingt; traurig auch, weil die Technologie, die die Bibliotheken da erwerben, sich als eine Hilfssoftware erweist, die den Pfusch korrigieren soll, den frühere Technologien bei Informationen gemacht haben, die einstmals sicher auf Papier gelagert waren.

Was wir nun schon allmählich sehen, insbesondere bei staatlichen Universitäten mit schrumpfendem Budget, ist eine Art selbstgeschaffene Online-Hölle, in der die Bibliotheken gezwungen sind, immer weiter Paraprofis für die Umwandlung ihrer riesigen Zettelkataloge zu bezahlen, da sie die Papierdatenbank schon bis an den Punkt geplündert haben, wo ihre Unversehrtheit nicht wiederherstellbar ist, sich aber andererseits nicht mehr die kontinuierlichen Hardware- und Software-Upgrades leisten können, die nötig sind, damit die wachsende Masse von Online-Einträgen adäquat zusammenwirkt. Zurück können sie nicht mehr, und um vorwärtszugehen, fehlt ihnen das Geld.

Ich denke da beispielsweise an die U. C. Berkeley. Berkeley hat eine der besten Forschungssammlungen der Welt, und die Qualität seiner Kataloge war während der letzten einhundertfünfundzwanzig Jahre ungewöhnlich hoch. So waren sein Zettelkatalog und sein Standortkatalog angefüllt mit detailreichen, genauen, intelligenten Zetteln, von denen viele zur Konversion an Maureen Finns RETROCON-Personal geschickt, wieder zurückgeschickt und vernichtet wurden. Doch in Kalifornien steckt die höhere Bildung in ernsten Schwierigkeiten, und infolgedessen hat Berkeley beschlossen, Maureen Finn nicht mehr für eine erstklassige RETROCON-Arbeit zu bezahlen. Für rund zwei Dollar pro Zettel bekommt Berkeley nun eine mittlere RETROCON-Arbeit – besser als die bei Harvard, aber immer noch ziemlich schlicht. Üblicherweise nimmt eine OCLC-Bedienerin einen Berkeley-Zettel, findet, so schnell sie kann, eine Entsprechung in der Datenbank und akzeptiert, was die Datenbank anbietet, ohne dabei weitere Zeit darauf verwenden zu können, die ergänzende (oder überlegene) Information – die Anmerkungen, die Sacherschließungen, die Bestandsdaten – einzugeben, die die Originalkarte möglicherweise enthält. «Die Standards der Konversion waren wegen fehlender Mittel und fehlenden Personals zwangsläufig nicht berauschend», sagte mir ein Mitarbeiter von Berkeley. Weil man sich in Berkeley nichts Besseres leisten kann, bezahlt man (wie Harvard, wie hundert andere Bibliotheken) das OCLC nicht dafür, die Einträge von altem und vergriffenem Material zu verbessern, sondern unbenutzbar und oftmals mittelmäßig zu machen. «Egal, wie gut der Zettel ist», sagte der Mitarbeiter, «man wirft ihn weg und akzeptiert in manchen Fällen dafür etwas Minderwertiges.»

Der Schlagwortkatalog ist in Berkeley schon verschwunden. Auch wenn er in den achtziger Jahren mehr oder weniger eingefroren war, war er bei manchen Nachforschungen doch sehr effizient: Wenn die Primärquellen auf Ihrem Gebiet im achtzehnten und neunzehnten Jahrhundert veröffentlicht wurden, dann wollen Sie nicht, daß Ihre Abfragen die Tausende von unwichtigen Einträgen, die eine mechanische Stichwortsuche zutage fördert, einbeziehen. Jeder Kasten eines veralteten Papierkatalogs entspricht einem gefilterten Computersuchvorgang, einem Booleschen datenbegrenzten Suchvorgang auf sehr anspruchsvollem Niveau – ja, ein Kasten ist das Ergebnis eines Suchvorgangs, den die meisten Online-Kataloge gar nicht durchführen können und auch nie durchführen können werden, da er Hinweise darauf gibt, was für Bücher sich während verschiedener Zeiten in der Bibliothek befanden. Wenn in siebzig Jahren (einmal angenommen) ein Wissenschaftshistoriker wissen will, ob ein mit dem Nobelpreis ausgezeichneter Physikprofessor eine bestimmte abseitige niederländische Mathematikmonographie aus den dreißiger Jahren, die wichtige Ähnlichkeiten mit der Arbeit des Professors aufweist, möglicherweise gekannt hat und von ihr beeinflußt worden ist – ob diese also in der Zeit, als der Professor seine Ideen entwickelte, Teil des Bibliotheksbestandes war oder erst erworben wurde, nachdem die Aufsätze des Professors veröffentlicht waren (erworben vielleicht von der Bibliothek als Geschenk aus dem Nachlaß des Professors, weil der Professor die Monographie von dem Niederländer persönlich erhalten hatte, der dadurch dokumentieren wollte, daß er diesen Gedanken als erster hatte) –, dann wird dieser Wissenschaftshistoriker nur eine geringe Chance haben, eine Antwort darauf zu erhalten, weil der Computereintrag das (für ihn) bedeutungslose Datum der retrospektiven Konversion des Zettels tragen wird, also eines vom Ende der achtziger oder Anfang der neunziger Jahre, was keinen Bezug zu der Zeit hat, in der der Zettel ursprünglich erstellt (und das Buch eingeordnet) wurde, wohingegen der Originalzettel, selbst wenn er kein direktes Erstellungsdatum enthielt, durch deutliche Eigenschaften (Schreibmaschinenstil, Format, Katalogisierkonventionen) gekennzeichnet gewesen wäre, die einen Karteizettelpaläographen in die Lage versetzt hätten, sie auf fünf Jahre genau zu datieren.

Warum also veranlaßten die Bibliotheksdirektoren die Vernichtung des Schlagwortkatalogs von Berkeley? Geschah es wirklich nur deswegen, um den Raum für acht Arbeitstische zu bekommen? Zugegebenermaßen sind acht Tische, versehen mit den unvermeidlichen obszönen Ritzereien, Liebeserklärungen und reziproken ethnischen Beleidigungen und besetzt mit dreißig oder vierzig Psychologiestudenten im Grundkurs kurz vor der Klausur, die mit ihren durchdringend riechenden Textmarkern leise Seufzgeräusche machen und von Zeit zu Zeit um der komischen Wirkung willen wie mit Moos überfressene Elche rülpsen, in einer Bibliothek ein edler Anblick. Doch ist das ein akzeptabler Tausch? Wenn die Bibliotheksverwaltung etwas loswerden will, verwendet sie stets die magische Wendung «kein Platz», doch das ist überhaupt kein Argument. Seit die Sumerer ihre Leidenschaft für Ton entdeckten, wird Bibliothekaren der Platz knapp, weil Tafeln und Rollen, Manuskripte und Bücher und Mikroformen und Computerdisketten eben dazu neigen, Platz zu beanspruchen, und ihre Zahl unweigerlich wächst. In den Regalen der meisten Bibliotheken finden sich zahllose Duplikate alter Lehrbücher aus den sechziger und siebziger Jahren; wissenschaftliche Zeitschriften pumpen alle paar Monate wahrscheinlich mehr nicht einzigartiges Papier in das Bibliothekssystem von Berkeley, als in seinem einzigartigen Schlagwortkatalog enthalten war. Eine Bibliothek kauft weiterhin Bücher, und auf der

Basis dessen, was sie für ihre gegenwärtigen und zukünftigen Benutzer für wichtig hält, wählt sie aus, was sie hinauswirft: der Platzbedarf ist bei jeder Entscheidung, ob angeschafft oder ausgesondert werden soll, lediglich die Konstante ^{P}BEDARF.

Ich glaube, die Aussonderung der Zettelkataloge durch die Bibliotheksverwaltungen ist nicht deren letzte, sondern deren erste Zuflucht, und zwar, *weil sie sie hassen*. Sie empfinden sich als sauberer, leichter, gesünder, mehrfachungesättigter, wenn das ganze dicke, butterfarbene Papier weg ist. (Ein Bibliotheksangestellter von Berkeley soll gesagt haben: «Ach, wir schmeißen ja bloß die ganzen alten schrottigen Zettel raus. Den Schlagwortkatalog benutzt eh keiner.») «Widerstehen Sie dem Drang, die alten Zettel zu verbrennen», warnt heiter ein Artikel über die retrospektive Konversion, weil sonst «die Mitarbeiter Entzugserscheinungen bekommen». Der Drang, sie zu verbrennen, ist da, so scheint mir, weil die Bibliotheksverwalter (häufiger männlich als weiblich) sich so dringend von den Quasi-Bürokraft-Assoziationen, die dem traditionellen Bibliothekswesen anhaften – das Einordnen, das Tippen, das Einstellen, das Kleben, das Etikettieren –, lösen wollen. Das Bibliothekswesen, glauben sie (zu Recht), hat den Respekt, der ihm zusteht, nicht erhalten. Der Zettelkatalog ist für sie ein Monument nicht des generationsübergreifenden Intellekts, sondern der Vorstellung von der bescheidenen, sanften und milden öffentlichen Bibliothekarin, ganz entsprechend dem landläufigen Bild von ihr. Dieser Archetyp beschämt sie, auch wenn sie wissen, daß er billig und falsch ist; sie glauben, daß sie sich, wenn die Last dieser ganzen beschmutzten Pappe von ihnen genommen ist, als Informationsbroker oder Off-Site Digital Retrievalists definieren können und nicht als schüchterne, buchverstaubte Leute mit Fristenstempel und Holzkästchen für die Pfennigbeträge der Säumnisgebühren, mit «Lesen-Sie-Ihrem-Kind-vor»-Plakaten überm Kopf und bereitliegenden «Der-Februar-ist-der-Monat-der-Schwarzamerikanischen- Geschichte»-Lesezeichen. Die Befürworter der Computerisierung sind derart zukunftsfrohe Propagandisten der potentiellen Rolle der Bibliothek in einer papierlosen Gesellschaft (Fred Kilgour schrieb einmal, es sei «eine sehr bedeutsame Verbesserung des Bibliotheksdienstes, nicht zur Bibliothek gehen zu müssen», und als er in einem Interview anläßlich seines Ausscheidens gefragt wurde, ob er denn irgendwelche Kehrseiten der Bibliotheksautomatisierung sehe, dachte er eine Weile nach und antwortete dann: «Ich kann mir keine negative Auswirkung vorstellen»), daß die Bibliotheksmanager gern vergessen – letztlich sogar Angst davor haben, es zuzugeben –, daß ihre Hauptaufgabe darin besteht, Millionen benutzter Bücher trocken zu halten und Leuten auszuleihen. Wenn wir die Bibliotheken nicht mehr als Orte begreifen, sondern als Mittel umdefinieren – als Wissenskanäle statt als reale Gebäude mit realen Büchern darin –, könnten wir meinen, daß die neue, «visionärere», megatrendigere Definition die alte mit einbezieht, doch dem ist nicht so: die Entfernung des konkreten Wortes «Bücher» aus der Zielsetzung der Bibliothek ist genau der Akt, der es fehlgeleiteten Verwaltungsbeamten gestattet, ihre Feindseligkeit gegenüber der gedruckten Geschichte auszuleben, während wir anderen schlafen.

Noch einmal, damit wir nicht verwirrt werden und

es nicht vergessen: Die Funktion einer großen Bibliothek ist es, entlegene Bücher zu sortieren und zu lagern. Das ist in erster Linie die Aufgabe, deren Erfüllung wir von einer Bibliothek verlangen: an Büchern festzuhalten, die wir nicht genügend wollen, um sie zu besitzen, an Büchern von sehr begrenztem Reiz, ungeschützt von Cliffs Notes-Interpretationshilfen oder allgegenwärtigen Zitierungen oder schlichter Allbekanntheit. Ein Buch, das man unbedingt neben dem Bett liegen haben will oder dessen Referenz- oder Snobwert man sein ganzes Leben lang zu brauchen glaubt, kauft man. Bibliotheken sind die Fundgruben für die vergriffenen und weniger verlangten, und dafür schätzen wir sie unendlich. Daß die meisten Bibliotheksbücher selten ausgeliehen werden, ist Teil des Mysteriums und der Macht einer Bibliothek. Die Bücher sind da, warten von einem Zeitalter zum nächsten, bis ihr Augenblick kommt. Und bei manchen Büchern kommt dieser Augenblick vielleicht nie – aber wir haben keine Möglichkeit, das vorauszusagen, da wir nicht wissen können, was eine zukünftige Zeit einmal interessant findet.

Der Wertzuwachs eines einzelnen Bibliotheksbuchs, selbst eines seltenen und teuren Buchs, ist daher minimal. Der Wert einer riesigen Sammlung wird durch den Erwerb etwa einer veralteten Monographie über die Konstruktion von Kornspeichern aus dem Jahre 1943 nicht unermeßlich gesteigert. Und umgekehrt fügt der Verlust eines Buches dem Ganzen keinen offensichtlichen Schaden zu. Wenn eine Bedienerin bei der Übertragung der Signatur für ein Buch vom Zettel zwei Zahlen vertauscht, weswegen man das Buch dann in einem falschen Regal sucht, wie schrecklich ist das? Die Tippfehler bei Zahlen und die Kodierfehler in Online-Katalogen, deren Resultat (zumal in unserer Zeit der geschlossenen, unstöberbaren Magazine) das völlige Verschwinden eines Titels für den Suchenden ist – sein zwar nicht tatsächlicher, aber doch effektiver Verlust, seine totale Unauffindbarkeit, sein jähes Versinken –, können keine Empörung auslösen oder zu Schlagzeilen in der akademischen Welt führen, weil die meisten Titel höchstens in den Köpfen von fünf bis zehn Menschen gleichzeitig präsent sind. Manchmal ist der einzige Mensch, der einem Buch eine Viertelstunde geistige Aufnahmebereitschaft und Würdigung entgegengebracht hat, von seinem Autor und (mit einigem Glück) seinem Verleger einmal abgesehen, der Katalogisierer in der Bibliothek, der es für die OCLC-Datenbank beschrieben hat. Wenn in einer Nacht willkürlich hunderttausend Bände aus den Regalen einer bedeutenden Universitätsbibliothek verschwänden, könnte es Wochen oder Monate dauern, bis die Studenten ihre verstörenden Regalerlebnisse verglichen und nach und nach zu der Erkenntnis gelangten, daß da etwas Großes, etwas in der Größenordnung von *Fahrenheit 451* stattgefunden hat. Und dennoch, trotz der Geringfügigkeit des einzelnen Weizenhalms eines Buchs im Verhältnis zum Gesamtnebraska des Gedruckten, verlangen wir, daß die Bibliotheken bei der Bewahrung der Ephemera, die sie in ihren Regalen stehen haben, außerordentliche Sorgfalt walten lassen; wir wollen, daß sie alles, was anfängt zu bröckeln, sofort auf Mikrofilm aufnehmen oder digitalisieren; wir wollen darauf vertrauen können, daß wir, wenn wir durch das Drehkreuz am Eingang einer Universitätsbibliothek gehen, nicht allzuviel von der anregend vielfältigen Versammlung all dessen verpassen, was getan und gedacht worden ist.

Natürlich glauben wir nicht, daß die Bibliothek ein Buch, nur weil es ein Jahrzehnt oder drei bis zur nächsten Ausleihe warten muß, unbedingt aussortieren soll. Und selbst wenn wir dem Aussortieren zustimmen und der Bibliothek verzeihen sollten, daß sie es für fünfundzwanzig Cent auf dem Grabbeltisch auslegt, ist unsere Zustimmung dazu, alle Exemplare des Buchs in allen Bibliotheken, privaten wie öffentlichen, herauszuziehen und zu vernichten, eher unwahrscheinlich. Wir wollen, daß das Buch irgendwo weiterbesteht, nicht ausgelöscht wird, denn in einem späteren Ökosystem könnte es ja einen überraschenden Nutzen finden – einen belehrenden Nutzen, einen komischen Nutzen, einen kulturhistorischen Nutzen. Und auch jenes Buch, das jede Bibliothek bestimmt selbst veröffentlicht hat, erwarten noch unvorhergesehene Zweitnutzen. Durch das Studium des Zettelkatalogs von Haverford konnte Michael Stuart Freeman, Bibliothekar am Haverford College, bestimmen, wann seine Vorgänger ihre erste Schreibmaschine einsetzten (es war im Sommer 1916) – ein winziges Faktum, mag sein, aber eines, das Freeman doch so sehr interessierte, daß er einen kurzen, gedankenreichen Aufsatz veröffentlichte, in dem er die Geschichte der Schreibmaschine in Bibliotheken erörterte. Freeman bewahrte mehrere handgeschriebene Zettel als Muster auf («Ich hebe ein paar auf, weil ich ein sentimentaler Mensch bin», vertraute er mir an); doch als seine vorübergehende Neugier befriedigt war, warf er den Rest des Katalogs weg.

Die Erinnerung an Massenauslöschungen und Systemanalyse veranlaßte mich, mit Jim Bradley in Kontakt zu treten, einem Programmierer und Analysten in der Abteilung Computerservice am Berkeley College of Natural Resources und Autor einer unvollendeten entomologischen Dissertation mit dem Titel «Computer-Geräte zur Schädlingsbekämpfung: Eine Fallstudie des Apfelwicklers». Ich befragte ihn zu der rückwirkenden Umwandlung. «An der Universität kriegen die Leute finanzielle Unterstützung, wenn sie etwas machen, was sexy ist, und eine Riesenmenge Leute, die heute für die Gesamtvorgänge an Bibliotheken verantwortlich sind, sind weniger Auskunftsbibliothekare als vielmehr Promoter von sexy moderner Technik», sagte er prompt. «Die Leute, die die Rechnungen bezahlen, wollen nichts mehr mit dem Materialkram zu tun haben. Sie wollen nicht, daß in Bibliotheken noch was drin ist.» Ich wetterte fruchtlos gegen die neue Tippfehlerschicht in Online-Katalogen, worauf er mit einem Argument antwortete, das mir unbestreitbar erschien: «Ich glaube, im Grunde haben wir es hier während der Transkription der Originaleinträge in elektronische Form mit einem kurzen finsteren Mittelalter des Schreibens zu tun. Auf den historischen Dokumenten unserer Zeit wird einmal der gleiche dunkle Fleck sein wie auf denen des Mittelalters.»

Wir sind dumm, daß wir uns das antun. Und wenn wir es uns schon antun – sozusagen eine gigantische Aufrüstung der Software von einer Papierdatenbank zu einer elektronischen vornehmen, weil es unvermeidlich ist –, sollten wir doch als die guten Systemmanager, die wir sind, so vernünftig sein, die alte «Software» als Sicherungskopie zu behalten, falls die Rev. 2.0 komische Viren hat und nicht so läuft, wie sie sollte. Charles Hildreth, eine erste Adresse in Sachen Bibliotheksautomatisierung, sagte 1985 in einem Interview, daß «ein Vergleich des … Zettelkatalogs mit dem Online-Katalog wie der eines Fahrrads mit einem Raumfahrzeug ist; beides sind Beförderungsmittel, aber da enden die Ähnlichkeiten auch schon.» Und da stellt sich die Frage: Haben nicht beide Mittel charakteristische und komplementäre Tugenden? Mit welchem Beförderungsmittel möchte man wohl zur Schule fahren? Welches wird die spröden Dichtungsringe haben? Welches ist kostspieliger? Bei welchem ist es wahrscheinlicher, daß es ziellos in den dunklen Weltraum davondriftet? Mit welchem sollten Viertkläßler fahren? In einer Studie mit Viert-, Sechst- und Achtkläßlern, durchgeführt an der Downers Grove Public Library in Illinois, fand Leslie Edmonds heraus, daß 65 Prozent der Suchvorgänge der Kinder am Zettelkatalog erfolgreich waren, hingegen nur 18 Prozent am Online-Katalog. Kein einziger Viertkläßler benutzte den Online-Katalog mit Erfolg. (Man hatte sie gebeten, Begriffe wie «Feuerwache», «Insekten – Lyrik», «Tintenfischpastete» und «Der Fluch der blauen Figurine» nachzusehen.)

Und auch Erwachsene haben Probleme. Die Möglichkeiten, auf Abwege zu geraten, wenn man sich zur Signatur eines Buchs hindurchtippen muß, sind viel größer, als wenn man sich stumm durch Zettel voranblättert. 1984 fand Jean Dickson in *An Analysis of User Errors in Searching on Online Catalog* heraus, daß Benutzer von LUIS an der Northwestern zu 39,5 Prozent einen Titel in einen Terminal nicht so eintippen konnten, daß das, was tatsächlich in der Datenbank existierte, auch auf dem Bildschirm erschien. Als eine Gruppe von Tastatureingaben erwähnt sie «Ausdrücke der Frustration» wie «Buäähh!», «Ich hasse diesen Computer!» und diverse Obszönitäten.

Unter dem Schlagwort «Buäähh!» könnte das Problem der sich beschleunigenden Tippfehler angeführt werden. Erst tippen Sie einen Namen ein und erhalten keinen Eintrag. Sie denken: Liegt das an mir, oder hat die Bibliothek nichts unter diesem Namen? Sie sehen sich an, was Sie gerade getippt haben. Keine ersichtlichen Fehler. Sie versuchen es wieder, auf verschiedene Arten. Wäre es denn möglich, daß diese Bibliothek nichts von diesem Menschen hat? Sie müssen sich entscheiden, ob es nun daran liegt, daß Sie einen schlechten Befehl eingegeben haben, oder ob es ein Fall von schwerer zu entdeckendem Tippfehler ist oder ob es an der Variante des Autorennamens liegt. Manche Online-Kataloge verlangen «A» als den Autorensuchbefehl, manche «A =», manche «FI PA» (für «Personal Author»), manche «FI PN» (für «Personal Name»), manche «FI AU», manche «AUT» oder eine Zahl aus einem Menü. Manche Bildschirme reagieren, sobald Sie den Zauberbuchstaben getippt haben, manche wollen, daß Sie die Return-Taste drücken, damit der Befehl wirksam wird. Das ist so, als gingen Sie an einen Zettelkatalog, den Sie eine Weile nicht mehr in Anspruch genommen haben, und wüßten nicht mehr genau, ob Sie, um einen Kasten herauszuziehen, am Kastengriff ziehen, den Kastengriff drücken, das Messingende des Haltestabs drehen oder zweimal furzen und in einem heiseren Falsett «God Bless America» singen sollen.

Wut steigt auf. Sie haben vergessen, ob Sie eine Variante schon ausprobiert haben, weil die vorherigen Versuche vom Bildschirm verschwunden sind. Mit der Wut kommt das schlechte Tippen. Sie können es nicht wissen, aber Sie haben doch endlich den richtigen Befehl und die korrekte Namensform gefunden – nur stehen Sie jetzt so unter Dampf, daß Sie jedesmal einfache Tippfehler machen. Endlich paßt alles, und Sie erhalten 123 DURCH IHRE SUCHE BEREITGESTELLTE EINTRÄGE, und dann erfahren Sie zu Ihrer weiteren Bestürzung, wie extrem lange es dauert, durch diese scheinbar kleine Anzahl der Einträge («durch einfachen Tastendruck») zu blättern, während Sie Enter, Enter, Enter oder M, M, M oder F, F, F drücken.

Und wenn Sie darauf beharren, eine Online-Stichwortsuche durchführen zu wollen, dann wappnen Sie sich bitte gegen echte Ungewißheiten, zunichte gemachte Hoffnungen und endlose Bildschirmscroll-Ödnis. Die große technische Stoßrichtung bei der frühen Entwicklung von Online-Katalogen ging hin zu Suchvorgängen bei «bekanntem Gegenstand», teils weil einige Zettelkatalog-Studien zu zeigen schienen, daß Bibliotheksbesucher nicht sonderlich viele Schlagwörter suchen. Die meisten kommen doch, so dachte man, mit einem bestimmten Autor oder Titel im Kopf in die Bibliothek. In einer gewaltigen, ein Jahr währenden Untersuchung, die 1970 veröffentlicht wurde, traten Ben-Ami Lipetz und seine Forschungsassistenten an 2134 Fußgänger in der Umgebung des Zettelkatalogs der Sterling Memorial Library in Yale heran, das Klemmbrett in der Hand, und sagten höflich: «Bitte sagen Sie mir genau, was Sie in dem Moment, als ich Sie unterbrach, am Katalog tun wollten.» Vierundachtzig Prozent hatten einen Titel oder Autor und ein bestimmtes bibliographisches Ziel im Sinn, und nur sechzehn Prozent wollten bestimmte Schlagwortkarten durchsehen. Das jedenfalls *sagten* die Befragten. Eine Suche nach Schlagwörtern ist etwas peinlich, besonders, wenn man schon ein höheres Semester und das auch noch an der Yale ist (höhere Semester benutzen der Untersuchung zufolge den Katalog häufiger als niedrigere, und der Lehrkörper benutzt ihn am wenigsten): es klingt besser, wenn man sagt, man will sich noch einmal ein paar komische Laudanumflecken auf den Vorsatzblättern der von der Surtees Society herausgegebenen *Catalogi Veteres Librorum Ecclesiae Cathedralis Dunelm* ansehen, als zu sagen, man wolle sich nur schnell ein paar Signaturen für einen ganzen Haufen Bücher unter dem Stichwort «Feudalismus» holen. Eine Schlagwortsuche ist ein offensichtliches Eingeständnis der Unwissenheit; eine Autor-Titel-Suche aber nicht oder jedenfalls nicht so direkt.

Nach der allmählichen Einführung von Online-Katalogen war es hingegen möglich, Suchvorgänge ohne Befragungen zu analysieren, indem man die Arbeitsvorgänge des Computers untersuchte. Und dabei fanden Wissenschaftlerinnen wie Pauline Atherton Cochrane von der Syracuse University heraus, daß die Menschen tatsächlich ein *großes* Interesse an Schlagwörtern hatten – vielleicht jetzt auch ein größeres, weil sie (irrigerweise) annahmen, daß der Computer darin besser sei als die Zettelkataloge mit ihren Querverweisen. Bedauerlicherweise sind Online-Kataloge bei Schlagwortsuchvorgängen noch immer ein Graus; ihr Nebengeräuschpegel, im Informationssinn, ist unglaublich. Zettelkataloge sind so vernünftig, die Myriaden von Untertiteln für «labor» im medizinischen Sinn («Wehen») und «labor» im Sinn der Amerikanischen Föderation für Arbeit – Kongreß für Industrieorganisation («Arbeit») nicht zusammenzualphabetisieren; die Online-Kataloge, die ich gesehen habe, sind es nicht. Auch schmeißen Zettelkataloge nicht Untertitel für Verkehrsregelung in Alexandria, Virginia, mit denen über die untergegangene Bibliothek von Alexandria in Ägypten zusammen. Die «s.-auch»-Zettel am Anfang eines Packens von Schlagworteinträgen in einem Zettelkatalog zerrten einen auch nicht zu einem anderen Teil des Katalogs und ließen einen dann dort sitzen; sie wiesen einen nur darauf hin, daß man seine Suche vielleicht in verschiedene Richtungen ausdehnen konnte, wenn man da, wo man gerade stand, nicht genug fand. Bis heute findet man etwas Derartiges nur in den besten Online-Katalogen, und auch die haben noch ihre Eigenheiten. (Wenn man im HOLLIS «Greyhounds» nachschlägt, wird einem nicht geraten, auch unter «Dogs» nachzusehen; und wenn man «Dogs» nachschlägt und die Möglichkeit 1 wählt, rätselt man über die folgende kurze Notiz: «Untergruppe Dogs unter Indianergruppen, z. B. Indianer Nordamerikas – Dogs.»)

Ebensowenig gibt es eine Entsprechung für die Leitkarte – dieses Prachtstück, das mit seinen getippten Stichwörtern über die anderen hinausragt –, die eine Art grobe, in die Kästen integrierte Wissensskizzierung darstellt, einem hilft, nicht die Orientierung zu verlieren, und einem nebenher auch noch etwas beibringt. Zettelkataloge sind «präkoordiniert», Online-Kataloge hingegen noch immer fast ausschließlich «postkoordiniert», was bedeutet, daß die Last, herauszufinden, wie das Universum der Themen organisiert sein müßte, weg von den Zetteln auf den Benutzer selbst verlagert wurde, der nun Boolesche «UND-NICHT»-Filter und Stichworttricks und krebsartige Bewegungen durch nebeneinanderliegende Signaturen beherrschen muß, nur um Lawinen von Unerheblichkeiten abzuhalten.

Ich zweifle nicht daran, daß das alles besser wird. Das ist das Schöne an Software: sie wird besser. Bald wird es möglich sein, große Themen wie die Bibel, Film, Mafia oder Umweltverschmutzung so produktiv zu durchblättern wie früher, statt zu verzweifeln, wenn wir die Mitteilung bekommen: IHRE SUCHE HAT 1028 EINTRÄGE ERGEBEN. Und wir erinnern uns, tausend Einträge sind nur ein wenig mehr als ein Zettelkasten. Meine Finger könnten sie lisztlos durcharpeggieren, die Finger der Führungshand reichen der zurückhängenden Hand Zettelpacken, suchen, verwerfen, stellen zurück, das alles innerhalb von ein, zwei Minuten. Online dagegen bedeuten tausend Datensätze heute noch den sofortigen Tod. «Studien zur Benutzung des Online-Katalogs und zu seinen Benutzern haben ein Problempaar enthüllt, das bei den heutigen Online-Katalogsystemen endemisch zu sein scheint», schrieb Ray Larson, Professor am Bibliotheksinstitut in Berkeley (oder, wie es jetzt heißt, der School of Information Management and Systems), 1991 schlüssig:

> Es sind: 1. Ein großer Prozentsatz von Stichwortsuchvorgängen erbringt keinerlei bibliographische Einträge, und 2., wenn Stichwortsuchvorgänge tatsächlich Einträge erbringen, dann oft zuviel Material, als daß der Benutzer es effektiv auswerten könnte.

Larson zitiert eine frühere eigene Studie, in der er herausfand, daß die durchschnittliche Anzahl abgerufener Online-Einträge in seinem Beispiel 77,5 betrug, während die durchschnittliche Anzahl derer, die die Benutzer sich tatsächlich auch anschauten, 9,1 betrug. Der «Vergeblichkeitspunkt» bei Online-Suchvorgängen – der Punkt, an dem man aufgibt und mit dem, was man hat, geht – ist wegen Bildschirmermüdung und der sequentiellen Lethargie der Systemreaktion viel niedriger als bei Suchvorgängen im Zettelkatalog. Infolgedessen leidet das Leben des Geistes.

Aber nicht bei erfahrenen Onlinern, mag man einwenden – denjenigen, die ein Gefühl für die Stichwörter der Library of Congress entwickelt und sogar die nun unverzichtbaren vierbändigen *Library of Congress Subject Headings* aufgeschlagen neben der Tastatur liegen haben; doch wenn dies der Fall ist, dann nur, wie Professor Larson treffend betont, weil «ein Teil der Erfahrung, die ‹erfahrene Benutzer› sich angeeignet haben, durch häufiges Scheitern des Suchvorgangs und Informationsüberlastung bei der Stichwortsuche gewonnen wurde». Larson geht so weit zu sagen, daß Online-Kataloge «realiter ein Programm der ‹aversiven Operandenkonditionierung› gegen das Stichwortsuchen durch ihre Benutzer durchführen». Man könnte sogar noch einen draufsetzen und die Hypothese aufstellen, daß Online-Kataloge die Tendenz zu hirnloser akademischer Hyperspezialisierung forcieren, da jedweder Versuch, mit Hilfe des einfachsten Suchgeräts der Bibliothek in Gebiete vorzustoßen, in denen man Neuling ist, auf den harten Elektroschock einer langen Suchwarnung trifft. Gewiß ist heute wahrer denn je, daß man, wenn man will, daß die eigene Gelehrsamkeit auch gelesen wird, am besten einen Weg findet, wie man sie auf die ersten Buchstaben des Alphabets bugsiert, denn online geht kaum einer weiter als «G» oder «H».

Software-Programmierer sind kluge und anpassungsfähige Leute. Mehr als die meisten von uns haben sie rasch aus ihren Fehlern gelernt. Weit hinter uns gelassen haben wir beispielsweise den Computer-Katalog der Bibliothek der University of Toronto vom Ende der siebziger Jahre, der angeblich ein Programm gehabt haben soll, das jedes «Sir» am Anfang eines Namenseintrags ans Ende des Namens schob: Das Programm verschob nicht nur alle alleinstehenden «Sir»s, sondern schlug auch noch Autoren wie Ernest Sirluck (zu der Zeit Professor an der University of Toronto und, unter anderem, Herausgeber von Miltons *Areopagitica*) unfreiwillig zum Ritter, indem es aus ihm «Luck, Ernest Sir» machte. Die Informationsabfrage kann tagtäglich neue und verblüffende Erlebnisse bringen: «Erstmals wird der Katalogbenutzer von der Tyrannei der linearen Sequenzen A–Z und 0–9 befreit werden», schreibt Michael Gorman berauscht in einer *Closing the Catalog* betitelten Anthologie. Wir werden unsere Buchstabenfesseln abwerfen, scheint er zu versprechen, und uns in die Lüfte schwingen. Wenn ich mir vorstelle, was Gorman das «Neue Jerusalem» des Online-Katalogs nennt, kann ich mir einen ausmalen, der auch eine Alter-und-Gilb-Komponente hat, so daß der Bildschirm, je älter ein Eintrag ist, an den Ecken desto gelber (oder pinker oder ozeanblauer) würde und uns damit eine der unmittelbaren Sekundärinformationen lieferte, die Pappe uns heute bietet. (Auch Textverarbeitungspakete würden von solchen AGE- oder OLD-Utilities – Advanced Geriatric Engine beziehungsweise Optional Latent Dogearing, wie man sie nennen könnte – profitieren.) Und je öfter ein bibliographischer Eintrag von den Benutzern einer Datenbank aufgerufen wird, desto dunkler wird die Ansammlung wahlloser Schmutzpixel am oberen Rand – aber natürlich nie so stark, daß sie die Lesbarkeit beeinträchtigen könnten, und jeder zehnte Abruf könnte ein Schmutzpünktchen, entfernen, statt eines hinzuzufügen, da ja auch das Anfassen ältere Ablagerungen entfernt. Wir werden in der Lage sein, Bewußtseinsräume voller dreidimensionaler Darstellungen von Katalogschränken zu durchwandern, indem wir mit unseren Datenhandschuhen gestikulieren wie Sessel-Schiwas, so daß wir eine intuitive Vorstellung von der Größe der Sammlung bekommen, die wir da befragen, genauso wie jetzt, wenn wir in den Eingangsbereich einer Bibliothek gehen, in der wir noch nicht waren, und die Größe der dort aufgereihten Zettelschränke abschätzen; wir werden Wege finden, wie wir uns ein Gefühl dafür bewahren, wo in der Datenbank wir gerade sind, so wie wir es jetzt mittels Kasten- und Schrankbeschriftungen können, mittels Leitkarten und mittels unseres unterbewußten Gespürs dafür, wo Toiletten und Ausleihe sind; wir werden Bildschirme haben, deren Auflösung denen der gedruckten Zettel der Library of Congress oder gar handgeschriebener Zettel gleichkommt; wir werden uns fünf oder sechs Einträge gleichzeitig ansehen können und uns durch 826 Einheiten große Haufen abgerufener Einträge mit den gleichen variablen Blättertempi, die wir jetzt über halbgeschmeidigem Papier erreichen, vor und zurück bewegen können. Das und noch viel mehr wird in den kommenden Jahren unser sein, vorausgesetzt, das nötige Geld ist da. Doch noch ist es nicht unser, und Michael Gorman und seine Kollegen in *Closing the Catalog* sagten die Modi, mit denen Online-Techniken die Informationsabfrage von diversen alphanumerischen Tyranneien befreien würden, vor nahezu fünfzehn Jahren voraus. Wenn ich mich heute vor einem MELVYL-Bildschirm der University of California auf einen Hocker setze und beispielsweise BROWSE SU CENSORSHIP eintippe (das bedeutet: «Bitte zeige mir die Schlagworteinträge zu Zensur»), dann bekomme ich die folgende Antwort:

> LANGER SUCHVORGANG: Ihr Suchvorgang besteht aus einem oder mehreren sehr häufigen Wörtern, die über 800 Einträge abrufen, was sehr lange dauert. Lange Suchvorgänge verlangsamen das System für jeden Katalogbenutzer und führen oft nicht zu nützlichen Ergebnissen. Bitte geben Sie HELP ein oder wenden Sie sich an einen Bibliothekar um Rat.

Wenn ich BRO SU ROME – HISTORY eintippe, kommt dasselbe. Ebenso, wenn ich etwas über LUFTVERSCHMUTZUNG oder GEBURTENKONTROLLE oder PHILOSOPHIE oder BIBEL – GE-

SCHICHTE oder sogar INFORMATION – LAGERUNG UND ABRUF wissen will. Wenn ich Bücher über LINGUISTIK oder FOLKLORE brauche und MELVYL frage, was er hat, und ich dies während normaler Arbeitszeiten tue, bekomme ich eine etwas andere Meldung:

> LADUNGSBESCHRÄNKUNG FÜR SPITZENZEITEN: Ihr Suchbefehl besteht aus einem häufigen Wort, das über 6400 Stichwörter abrufen und das System verlangsamen würde. Während Ladungen zu Spitzenzeiten kann Ihr Suchbefehl nicht bearbeitet werden. Sie können Ihren Suchbefehl neu eingeben und dabei spezifizieren oder es noch einmal abends oder am frühen Morgen versuchen.

Und wenn ich versuche, die Suche einzugrenzen, wenn ich etwa FI XS ROM – GESCHICHTE eingebe (was bedeutet: «Bitte zeige mir nur die Stichwörter, die mit den Worten ‹Rom – Geschichte› anfangen»), verpasse ich garantiert viele hervorragende Bücher, darunter Robert Brentanos *Rome Before Avignon*, das unter «Rome (Italy) – History – 476–1420» katalogisiert ist. Auch die Titel-Schlagwortsuche löst meine Probleme mit der römischen Geschichte bei MELVYL nicht: um eine mögliche Kostprobe dessen zu bekommen, was ich verpassen werde, wenn ich Stichwörtern und genauen Rubriken zu sehr vertraue, kann ich FI SU (ROME HISTORY) AND NOT XS (ROME HISTORY) AND NOT XS (ROME ITALY HISTORY) AND NOT TW (ROME) AND NOT TW (ROMAN) AND LANG ENGLISH tippen, was übersetzt bedeutet. «Bitte zeige mir alle Bücher unter Rubriken, die ‹Rom› und ‹Geschichte› enthalten, deren Schlagwörter weder mit ‹Rom – Geschichte› noch mit ‹Rom (Italien) – Geschichte› *anfangen* und die weder das Wort ‹Rom› noch das Wort ‹Römisch› irgendwo im Titel enthalten und die auf englisch sind.» Selbst nach dieser Eingrenzung (die 97 Suchdurchläufe dauert und nur nach Mitternacht durchgeführt werden sollte, wenn nur wenige durch das System streifen), werde ich über 130 Bücher sehen, darunter Peter Browns *Power and Persuasion in Late Antiquity* und Gillian Clarks *Women in the Ancient World* – Bücher, die mir entgangen wären, wenn ich ein zu unkritischer Anhänger des Stichworts gewesen wäre. Und MELVYL ist, das muß fairerweise gesagt werden, ein viel flexibleres und stärkeres System als viele andere, besonders in seiner Fähigkeit, lange Ketten Boolescher Ausschließlichkeit zusammenzustellen: wenn man eine analoge FI KSH-Suche (KSH bedeutet «Keywords of the Subject Heading») am Katalog in Harvard durchführt (der schummelt, indem seine Stichwortsuche, sehr ähnlich dem XS bei MELVYL, auf das Initialwort begrenzt voreingestellt ist und somit Befehle, die länger als eine Zeile sind, nicht zuläßt), wird sich auch HOLLIS an Themen wie ROME – GESCHICHTE oder ETHIK – GESCHICHTE oder ACKERBAU – GESCHICHTE oder KOSMOLOGIE oder BÜCHER UND LEKTÜRE oder MÜNZEN oder TEXTIL (aber nicht TEXTILIEN) oder TABAK oder BIBLIOTHEKEN oder unserem Freund INFORMATION – LAGERUNG UND ABRUF verschlucken. Jedesmal zeigt HOLLIS dann auf dem Bildschirm sein HELP OVERFLOW und sagt halbfett: «Ihre Suche hat mehr als die maximale Zahl an Einträgen abgerufen, die das System zeigen kann.»

Keines dieser allgemeinen Schlagwörter verdient einen Korb durch das System. Alle sind ausgesprochen vernünftige Arten, mit einer Suche zu beginnen – einer Suche, die wir, wenn wir einen Forschungsaufsatz, eine Dissertation oder lediglich eine essayistische Tirade vor uns haben, vielleicht gern während der nächsten paar Tage und nicht erst nach zwei oder fünf Jahren beginnen würden, wenn der Katalog so weit verbessert wurde, daß er eine derartige Anfrage bequem unterbringen kann. Wenn in der Bibliothek schon eine große hölzerne Maschine steht, die uns rasch in ein paar Richtungen weisen kann, ohne uns als Benutzer «häufiger» Wörter zu beschimpfen und uns damit zu verletzen, dann sollten wir sie vielleicht doch behalten. Daß der Zettelkatalog bei einem Bibliotheksbesuch nicht mehr der notwendige erste Halt ist, sollte nicht sein Todesurteil sein. Wenn er über Monate hin von niemandem benutzt wird, dann soll man ihn eben zu den seltenen Büchern stecken oder ihn in einem wenig aufgesuchten Untergeschoß abstellen, wo er dann demütig inmitten der Z-Regale eingezwängt ist (Z ist der Signaturbuchstabe für Bibliographie und Bibliothekswissenschaft) wie Mike Mulligans veraltete Dampfbagger. Oder man könnte ihn ans hintere Ende des Nachschlageraums schieben (eine Schrankreihe auf eine andere schrauben, um seine Stellfläche zu halbieren, und das Konstrukt mit Warnungsschildern verzieren, daß seine Information nicht aktuell ist), wo er exakt dieselbe Menge Staub ansammeln wird wie andere große und nützlicherweise veraltete Bibliothekskataloge: Cutters oder der *General Catalog of Printed Books* im Britischen Museum oder die wunderbare erbsengrün-goldene

Wand des 756bändigen *National Union Catalog, Pre-1956 Imprints*.

Es gibt noch Bibliothekare, die alles in ihrer Macht Stehende tun, um die in ihrer Obhut befindlichen Zettelkataloge zu retten. Die Bibliothekarin einer kleinen, gesonderten Bibliothek der Bibliotheksschule von Berkeley, Patricia Vanderberg, lagert ihre beiden Zettelschränke im Magazin, verborgen vor den Augen der Verwaltung, doch sie hat sie behalten. Sie wurden von einer inzwischen pensionierten Bibliothekarin namens Virginia Pratt bearbeitet. Ms. Pratt «machte mit dem Katalog etwas Besonderes», erzählte mir Patricia Vanderberg. Allerdings plant die Universität, die zur Zeit in Selbstverstümmelungslaune ist, die Bibliothek der Bibliotheksschule mit der Hauptbibliothek zu verschmelzen, und vor der Verschmelzung wird ein schwerer Kahlschlag eintreten: der Zettelkatalog wird fast sicher hinausgeworfen. Vorläufig aber können Sie, falls Sie eines schönen Nachmittags, bedrückt von Gedanken an das gegenwärtig stattfindende Zettelgemetzel, ins Magazin der Bibliothek der Bibliotheksschule spazieren sollten, Ihre gute Laune wiederherstellen, indem Sie einen unversehrten, ungeschrumpften, voll funktionsfähigen (wenn auch eingefrorenen) Schlagwortkatalog betrachten.

Fünfzig Kästen bilden ihn. Sie sind aus hellem Holz gefertigt. Ziehen Sie einen der «C»-Kästen heraus, den mit der Aufschrift «Catalogs». Sie finden mehrere Leitkarten: eine für «Catalogs», eine für «Censorship», eine für «Children's Literature». Noch bevor Sie auch nur eine einzige Karte berührt oder gelesen haben, haben

Sie etwas Wesentliches über die Bibliothek der Bibliotheksschule und möglicherweise sogar etwas über das Bibliothekswesen im allgemeinen erfahren: die Ecken der Zettel hinter den Leitkarten für «Censorship» und «Children's Literature» sind dunkel vom Anfassen, während diejenigen nach «Catalogs» es nicht sind. Somit waren «Censorship» und «Children's Literature» für Bibliotheksschüler interessanter als «Catalogs». Das ist überraschend – jedenfalls war es für mich überraschend. Vielleicht ist das auch ein Grund dafür, daß wir in diesem Schlamassel stecken.

Und mit einemmal erkennen Sie, während Sie diese ausdrucksstarken Schmutzränder betrachten, daß selbst die Bibliotheken – wie Harvard, die New Yorker Public Library und Cornell –, die einige ihrer Zettel vor der Vernichtung auf Mikrofilm aufgenommen oder digitalisiert haben, einiges von wirklichem Interesse, etwas ausgesprochen Studierfähiges verloren haben, indem sie es nicht vermochten, überhaupt eine Information über das relative Reflexionsvermögen des Randes einer jeden Karte zu erfassen. Wer weiß, was ein sorgfältiger Forscher, der jeden dicht gesteckten Kasten des Katalogs der Widener in Harvard fotografierte (von oben, mit Stativ), mit einer kontraststarken Kamera herausfinden könnte, wenn er seine spektrographischen Schmutzrandaufnahmen mit den Autoren in Bezug setzte, die als deutliche Gruppen dunkle Stellen aufwiesen? Natürlich wären die Ränder der «Kinsey»-Zettel ordentlich eingeschmutzt – aber welche noch? Das ist bzw. wäre ein Gesamtrahmen wissenschaftlicher Einschaltquoten für aktuelle Themen im Harvard des zwanzigsten Jahrhunderts, der womöglich repräsentativer ist als jede andere Untersuchungsmethode, die wir haben. Statt den Katalog hinauszuwerfen, hätte man in Harvard einen reichen Ehemaligen überreden sollen, einen Lehrstuhl für Schmutzrandstudien zu stiften.

Wenn Sie aber nun (wir sind wieder in der Bibliothek der Bibliotheksschule in Berkeley) einen Blick auf die anderen beiden großen Schlagwörter in dem noch existierenden Schlagwortkatalog werten, die beliebteren als «Catalogs», und damit anfangen, daß Sie die Leitkarte von «Censorship» zu sich herschnippen, werden Sie feststellen, daß Virginia Pratt einiges hilfreiches «S. auch»-Material aufbereitet und mit rotem Schreibmaschinenband auf verschiedenen Schreibmaschinenmodellen getippt hat:

Censorship
S. AUCH
Bibliotheken – Zensur
Pressefreiheit
Gereinigte Bücher
Verbotene Bücher
Verurteilte Bücher
Bücher und Lektüre für Jugendliche – Zensur
Regierungsinformation
Kinder – Bücher und Lektüre – Zensur
Bücherverbrennung
Pornographie

Ein zweiter Zettel fährt, noch immer in Rot, fort:

Zensur (Forts.)
S. AUCH
Informationsfreiheit

Audiovisuelle Materialien – Zensur
Bibliotheken – [Ortsname] – Zensur
Junge Erwachsene – Bücher und Lektüre – Zensur
Lehrbücher – Zensur
Schulbüchereien – Zensur

Und dann folgt in Schwarz:

Für zusätzliches Material zu diesem Schlagwort vgl.:
Vertikaler Karteikasten: Freiheit des Geistes

MELVYL wird alle Rubriken in dieser hilfreichen Liste mit dem Wort «Censorship» darin abrufen, weil er das nämlich mechanisch tut, sonst aber keine, da deren Zugang nicht auf rein mechanischen Textfolgen beruht, sondern auf dem erkannten Bezug zwischen zwei kategorischen Konzepten. Daher wird, wenn dieser Schlagwortkatalog einmal weggeworfen ist, Miltons *Areopagitica*, ein Werk von großer Brillanz und gelegentlicher syntaktischer Undurchdringlichkeit, das gegen den Parlamentserlaß von 1643 protestiert, der die Beschlagnahmung von «skandalösen, unerlaubten und nicht zu rechtfertigenden» Büchern und Pamphleten anordnete – sicher ein Werk von einer gewissen Bedeutung für die Geschichte der politischen Zensur –, der Aufmerksamkeit eines Bibliotheksschülers oder auch jedes anderen Studenten, der ein Referat zu dem Thema schreiben möchte, entgehen, weil MELVYL es statt unter «Censorship» unter «Freedom of the Press» führt.

In ähnlicher Weise führt die «s.-auch»-Karte, die Virginia Pratt für «Children's Literature» schrieb, sechzehn vernünftige Querverweise auf, darunter Hinweise auf «Fairy Tales», «Storytelling», «Bibliotherapy» und «Juvenile Literature»; MELVYL hingegen bietet eine kaum zu bewältigende und kunterbunte Liste von 745 Rubriken, zu denen weder «Fairy Tales» noch «Storytelling» gehören – wenngleich MELVYL Ihren Bildschirm freundlicherweise mit einer weiteren unordentlichen Liste von 306 Rubriken für «Fairy Tales» erfrischt, wenn Sie auf die Idee kommen, ihn darum zu bitten. Ms. Pratts Zettelkatalog ist gut, er ist schlau, er weiß, was wir wissen müssen – er will uns helfen, bessere Bibliothekare zu werden. Bevor wir ihn auf den Müll werfen und die Studenten zwingen, sich statt dessen auf Rubriken zu verlassen, die en gros bei zusammengelegten Datenbanken gekauft wurden, die nicht von denkenden Menschen, sondern von iterativen Software-Routinen erstellt wurden, sollten wir vielleicht ein wenig in *Areopagitica* lesen, wo die Zettel doch so freundlich waren, uns dorthin zu verweisen:

> Wir sollten daher behutsam vorgehen und uns klar darüber sein, welche Verfolgung wir gegen jene Männer entfesseln, die sich um das allgemeine Wohl kümmern und deren Mühen und Anstrengungen in Büchern gleichsam ein eigenes Leben gewonnen haben. Wir sollten uns Rechenschaft darüber geben, wie sehr wir diese ausgereiften Früchte eines Menschlebens verderben, die uns die Bücher aufbewahren und anhäufen. Erkennen wir doch, dass auf diese Weise eine Art Mord begangen werden kann, oder dass die Folge bisweilen ein Märtyrertum ist. Erstreckt sich die Massnahme auf eine ganze Auflage, so ist das eine Art Massaker. Es beschränkt sich nicht auf die Vernichtung eines elementaren Daseins, sondern auch dessen aetherisches fünftes Element, der Atem des Geistes selbst, wird getroffen und eher eine Unsterblichkeit als ein Leben dadurch vernichtet.

Es ist nicht einfach spinnert und extrem zu sagen, daß zur Zeit in den Bibliotheken solch eine «Art Massaker» vor sich geht. Da wäre das ausgelassene Recyceln des Zettelkatalogs selbst, dann der zusätzliche willkürliche Verlust Tausender von Büchern infolge von Schreibfehlern, die bei der Demontage eines jeden Zettelkatalogs, beim Sortieren, Verpacken und Beschriften seiner Zettel und beim massenhaften Konvertieren in maschinenlesbare Form gemacht werden – eine Art beiläufige Bücherverbrennung, die ohne Flammen oder Menschenmengen und, was am allerseltsamsten ist, ohne Motiv auskommt. Wenn eine große wissenschaftliche Bibliothek im Zuge der Umwandlung von zwei Millionen Zetteln etwa ein Zehntel Prozent davon aus den Augen verliert, uns also den Zugang zu zweitausend Büchern, die niemandem weh tun, versperrt, dann können wir nur in erstaunter Verwirrung den Kopf schütteln. «Ein paar Sachen» – d. h. Zettel – «die nicht konvertiert werden, sind rausgefallen, aber, na ja, so ist eben das Leben», sagte Judith Brugger von der Cornell zu mir; und jeder Katalogisierer und Mitarbeiter des technischen Dienstes, den ich fragte, räumte ein, daß es nun Bücher in seiner Bibliothek gibt, die wegen unvermeidlicher Schnitzer der einen oder anderen Art nicht im Online-Katalog sind, der doch dabei helfen sollte, sie zu finden. Oder es gibt einen Online-Eintrag, doch das Buch ist nicht in dem Regal, in dem es laut Computer stehen sollte. Barbara Strauss, die früher einmal beim OCLC war, sagte mir, daß die Mängel in Online-Katalogen eine ganze neue Klasse von hauseigenen Spezialisten für verstellte Bücher haben entstehen lassen: Leute, die, wie die Bearbeiter verfälschter Kodizes oder früher Shakespeare-

Ausgaben, anhand des bestehenden Computereintrags herausbekommen können, was für ein Texteingabefehler gemacht worden sein mochte und wo sie daher in den Magazinen nach den Geisterbüchern zu suchen anfangen sollten, von denen sie wissen, daß sie sie besitzen, die sie aber einfach nicht finden können.

Die gegenwärtige Lage ist nicht ohne Zeichen der Hoffnung. Judith Brugger von der Cornell war, so mein Eindruck, als ich mit ihr redete, fast soweit einzusehen, warum ihr Universitäts-Zettelkatalog – dessen brutales Kappen geschwind voranschreitet – es verdient, verschont zu werden. Ms. Brugger hat Abschlüsse in Russisch und Englisch ebenso wie Bibliothekswissenschaft, ist in der Lage, auch einmal Derrida einzuflechten, und steckt voller Ideen, wie man die anglo-amerikanischen Katalogregeln modifizieren könnte, damit die Bibliothekare einen Schritt weitergehen und das Internet katalogisieren können, was nötig ist. Zweimal verblüffte sie mich, indem sie das Wort «Kunstform» in bezug auf Zettelkataloge benutzte – das hatte noch niemand gemacht. Und als ein Beispiel erwähnte sie den Katalog der Library of Congress, so «braun und schön und rund», daß einem dabei «die Tränen kommen» konnten. Sie sprach voller Hochachtung von dem winzigen Katalog im Keats-Shelley Memorial House in Rom, der «putzig, total spezifisch und völlig umfassend» sei. Sie hat sich sogar ein paar handgeschriebene Zettel von einer früheren Stelle aufgehoben. Und dennoch sagte sie über ihre eigenen Bibliothekskarten erstaunlicherweise nur: «Die müssen verbrannt werden.» Cornell besitzt ihrer Einschätzung nach «das Samtkaninchen unter den Zettelkatalogen». Seine Schränke *passen nicht zusammen*. Er hat *kaputte Kästen*. Er ist *unkorrekt*.

Könnte er denn, fragte ich, während der nächsten fünfzig Jahre nicht einen Hauch von schützender Putzigkeit entwickeln? Könnte es nicht Mittel und Wege geben, die es zukünftigen Historikern erlaubten, unerwartete Einsichten über das Leben, das Denken und herrschende geistige Taxonomien herauszuziehen, indem sie analysierten, wie an der Cornell einmal Bücher klassifiziert und wie deren Klassifizierungen im Laufe der Zeit überarbeitet wurden? «Wir sehen keinerlei Forschungswert in der archaischen Zettelpraxis», gab Ms. Brugger zur Antwort. «Benutzerstudien sind jetzt angesagt, nicht bestimmte Strategien für die Aufzeichnung von Daten.» (Ein paar Tage später rief sie mich an, um noch einmal zu betonen, daß sie nur für sich sprach und nicht für die Cornell, die anscheinend keine offiziellen Richtlinien bezüglich ihres Zettelkatalogs hat – wenngleich es schwer einsehbar ist, wie ein Müllcontainer als wertneutraler Lagerungsort hingestellt werden kann.)

Doch als Ms. Brugger sagte, jetzt seien Benutzerstudien angesagt, meinte ich ein Zaudern zu hören: Holla, schien sie zu denken, vielleicht sind Benutzerstudien ja nicht für immer angesagt? Vielleicht liegen in fünfundzwanzig Jahren Datenbankstrategien voll im Trend? Was ich jedoch als wirklich hoffnungsvolle Zeichen sah, war Ms. Bruggers unerwartete Metapher: Der Zettelkatalog von Cornell entspricht dem Samtkaninchen. Jener ramponierte, braun-weiß gefleckte, mit Sägespänen ausgestopfte Held aus Margery Williams' Kinderbuch ist ein *sympathisches* Wesen, das für den Jungen, der es besitzt, desto kostbarer und unverzichtbarer wird, je verschossener sein Fell ist und je mehr sein Schwanz sich löst und seine Knopfaugen ihren Glanz verlieren. Die einzige Möglichkeit für einen Besitz, für ein Spielzeug, «echt» zu werden, erklärt das Pferdchen dem Samtkaninchen, ist, daß man es liebt:

> Wenn man erst einmal echt ist, dann sind einem fast alle Haare weggeliebt worden, und die Augen fallen dir aus und deine Gelenke sind ausgeleiert und du bist ganz abgewetzt. Aber das macht alles nichts, denn wenn du erst einmal echt bist, kannst du gar nicht mehr häßlich sein, höchstens für Leute, die keine Ahnung haben.

Als der Junge Scharlach bekommt und der Arzt den Gärtner beauftragt, das abgewetzte, bazillenverseuchte Samtkaninchen zu verbrennen, wird das Samtkaninchen traurig und vergießt eine Träne auf die Erde. Aus der Träne wächst eine Blume, und aus der Blüte der Blume erscheint eine Zauberfee, die das Samtkaninchen vor dem Feuer bewahrt, indem sie es in ein echtes Kaninchen verwandelt. Das mag eine sentimentale Geschichte sein oder auch nicht, als Allegorie für Zettelkataloge jedenfalls funktioniert sie ganz gut. Sie geht etwa folgendermaßen: Der Benutzer liebt seinen Samtkatalog so sehr, daß dieser Abnutzungserscheinungen zeigt; kaputte Kästen, nicht zueinander passende Schränke, veraltete Schlagwörter, abgenutzte Zettel. Der Benutzer erkrankt finanziell und kann kein Auge mehr auf den Samtkatalog haben. Ein Arzt vom technischen Service ordnet an, daß der Samtkatalog zum Wohle des Benutzers verbrannt und durch ein neues, antiseptischeres Nachschlagespielzeug ersetzt werden soll. In Erwartung seines Schicksals läßt der Samtkatalog einen Kasten fallen, aus dem heraus eine Retterin erblüht, die dem Samtkatalog hilft, ins Magazin zu flüchten, indem er ihn von einem echten Katalog in eine noch echtere Kunstform verwandelt. Ein kurzes Nachdenken legt nahe, daß Judith Brugger sich – und das ist nicht einmal ihr selbst bewußt – nicht als die kaltherzige Brandstifterin der Zettel von Cornell betrachtet, sondern als ihre Rettung.

Und das ist auch gut so, denn selbst Nicht-Cornellier werden sich vielleicht eines besonders herausragenden, besonders gelehrten Benutzers des Katalogs dieser Universität während seiner Blütezeit entsinnen: V. Nabokov. Er und sein fiktiver Freund Timofey Pnin zogen damals in den vierziger und fünfziger Jahren regelmäßig die schweren Zettelkästen mit der slawischen Literatur aus dem «inhaltsreichen Busen eines Katalogschrankes» und übersprangen auf den Schwingen von hundert getippten, Zeit und Raum umspannenden Querverweisen den irrelevanten Ozean, um für eine Stunde oder zwei ins grüne, mythische, vorrevolutionäre Rußland heimzukehren, das von verschollenen Koryphäen wie «Kostromkoj» und «Shukowskij» sowie Alexander Puschkin bewohnt ist. Die Zettel, die Nabokov umblätterte und über denen er brütete, während er an seiner Übersetzung von *Eugen Onegin* arbeitete, sind, soweit ich das ermitteln konnte, noch immer in dem schäbigen, aber edlen Katalog von Cornell. Die Bibliothek wäre gut beraten, sie auch dort zu belassen.

Der wahre Grund jedoch, weswegen Zettelkataloge geschützt werden sollten, ist schlicht der, daß sie die unersetzliche Intelligenz der Bibliothekare enthalten, die daran gearbeitet haben. Kathryn Luther Henderson, Professorin an der Bibliotheksfachschule der University of Illinois in Urbana-Champaign, sagte mir: «Ich habe Kataloge erstellt, auf die ich sehr stolz bin, oder zumindest an ihrer Erstellung mitgearbeitet.» Ihre und Virginia Pratts Arbeit und die Arbeit all der anderen, die jeden Wochentag damit verbracht haben, über die Querverbindungen der Bücher um sie herum nachzudenken, verdienen keinen Kahlschlag, sondern Lob und Bewunderung. «Es wird noch eine Generation dauern, bis wir erkennen, daß wir das getan und was wir da getan haben», sagte Professor Henderson. Als ich mit ihr sprach, erzählte sie mir, sie habe einige Zettel, die ihres Erachtens Mitte des neunzehnten Jahrhunderts für den Katalog von Harvard erstellt worden seien. «Wenn man in mein Büro käme, und ich wäre nicht da, dann würde man sie womöglich wegschmeißen», sagte sie.

Es gibt auch andere, die in noch größerem Stil Zettel horten. Einer von Maureen Finns Operatoren im OCLC arbeitete an der retrospektiven Konversion eines Katalogs der University of Washington. Die Universität wollte die Zettel nicht zurückhaben – sie sollten gleich im OCLC weggeworfen werden. Doch dieser Operator (zu zurückhaltend, um in ein Interview mit mir einzuwilligen) fand das nicht gut. Er hatte sich die Wörter auf den Zetteln sorgfältig angesehen, hatte sich mit ihnen angefreundet. Momentan lagert er, so Maureen Finn, Teile des Zettelkatalogs der University of Washington in seiner Wohnung.

Der größte und heldenhafteste Horter von allen aber ist Tom Johnston. Mr. Johnston ist der Maler und Konzeptkünstler, der, einfach weil er darum bat, Hunderttausende von Zetteln aus der Widener Library in Harvard erhält. In gewisser Weise sind die wirklichen Schätze des jetzt inkohärenten Widener-Katalogs in seinem Besitz oder werden es sein, denn gegenwärtig bekommt er die Zettel zugeschickt, die teilweise selten ausgeliehene Bücher repräsentieren, die die Bibliothek gerade auslagert. Ich erreichte Mr. Johnston im Oktober 1993 über eine Nummer in Frankreich und fragte ihn, was er damit vorhabe. Er verbrachte da gerade etliche Monate in einem riesigen leeren Château in der Gegend von Sauternes; die Teile des Widener-Katalogs hingegen trafen unterdessen stetig (sehr zum Mißfallen seiner Sekretärin) im Department of Art der Western Washington University ein, wo Mr. Johnston unterrichtet. Natürlich hätte er sie sich, wie er sagte, nach Frankreich nachsenden lassen und die Wände des Château Suduiraut damit tapezieren oder einen eine Meile langen Graben ausheben und sie darin begraben können, doch so viel moderne Kunst zerstöre Dinge, daß er vorerst nicht an Zerstörung zu künstlerischen Zwekken interessiert sei. Dennoch will er sie irgendwie «der Öffentlichkeit zugänglich machen». In Bordeaux gebe es ein schönes Museum; er erwäge, ihm anzubieten, dort mit den Zetteln eine «richtig schöne» Konzept-Installation zu schaffen.

Was für eine Installation genau, hat er sich noch nicht überlegt. (Er besitzt die Zettel, die Schränke aber hat Harvard mit seinem feinen Sinn für relativen Wert behalten.) Er hat in seinen früheren Arbeiten häufig mit bibliographischen Themen gespielt: beispielsweise hat er eine Serie großer geometrischer Gemälde geschaffen, die paarweise gehängt wurden. «Wenn man sie auf eine bestimmte Weise betrachtet, könnte man ein Buch sehen», sagte er zu mir. In jüngerer Zeit bat er Fremde und Bekannte um Haargaben – Strähnen, Zöpfe, Dreadlocks – und klebte sie auf ausgewählte Seiten einer Gallimard-Ausgabe von Camus' *L'Etranger.* (Das Buch läßt sich noch schließen, aber nicht vollständig.) Als einer der «C»-Kästen aus Harvard ankam, kurz bevor Johnston nach Frankreich abreiste, schlug er die Zettel für Camus nach. «Eine Stange, die sie festhält, gibt es nicht. Man zieht sie einfach heraus, liest sie, dreht sie um; manchmal steht noch etwas hinten drauf ...» Er glaubt allerdings nicht, daß er die Camus-Zettel mit Haaren bekleben wird, da er sich ja geschworen habe, keinen Schaden anzurichten. Er ist Absolvent der University of California in Santa Barbara (die übrigens ihren Zettelkatalog endgültig im Sommer 1993 hinauswarf). Die Harvard-Zettel kommen vom OCLC, eingepackt in alte Memos der RETROCON-Crew, auf denen Softballspiele, Eintopfessen und Papierflugzeugwettbewerbe angekündigt werden, und auch diese zerknitterten Kommuniqués sammelt Johnston, wahrer Antiquar, der er ist.

Er erwägt die Möglichkeit, internationale Künstler und «Denker» aufzufordern, ihm ihre Ideen, was mit seiner ansehnlichen Sammlung geschehen sollte, zuzuschicken. Obwohl es ihn freut, daß er sie hat – «Denken Sie nur an die ganzen Leute, die diese Zettel angefaßt haben!» –, macht er sich Sorgen darüber, wieviel Platz sie in seinem Studio schließlich einnehmen wird, daß die Hunderte von Kästen durcheinandergeraten könnten, daß er darüber verrückt wird, sich diese Verantwortung aufgehalst zu haben, wie auch über die beträchtlichen Portogebühren, die nicht Harvard, sondern er freiwillig übernimmt. «Ich glaube, ich schulde denen Geld», sagte er. Er fragt sich, wie die Welt reagieren wird, wenn sie erfährt, was da in seinen rechtmäßigen Besitz übergegangen ist. Vielleicht merkt Harvard plötzlich, daß es diese große, praktisch verpackte Kernsammlung vermißt, und möchte sie wiederhaben. «Das wäre mir auch recht», sagte Mr. Johnston.

Möglicherweise wäre ja das riskanteste, provokanteste Stück Konzeptkunst, das jemand aus diesen gefundenen Materialien schaffen könnte, der originale Zettelkatalog, in seine eigenen Schränke eingeschlossen, wie er ungestört irgendwo in der Bibliothek steht, die er einmal beschrieben hat.

(1994)

Bücher als Möbel

Bibliotheks-wissenschaft

Kürzlich waren auf dem Umschlag des Versandhauskatalogs einer Firma namens The Company Store ein Mann und eine Frau im weißen Schlafanzug inmitten einer Kissenschlacht abgebildet. Doch keine Feder schwebte in der Luft, weil The Company Store aus La Crosse, Wisconsin, ja neue Kissen verkauft – nicht muffige, verluderte, verwüstete Kissen aus einer früheren Ära menschlicher Schlaflosigkeit, sondern frische, schamlos aufgeblähte Traumhüllen, drall voll sauberen, großbüscheligen weißen Gänsedaunen von einer Qualität, wie sie nur an Europas weißer Schneegans wachsen kann. The Company Store verkauft auch Dinge wie neue Flanelldecken, neue Bettkeile und neue Steppbetten. Es gehört nicht zu seinem Geschäft, ramponierte Ausgaben vergessener Bücher aus dem neunzehnten und vom Beginn des zwanzigsten Jahrhunderts zu verkaufen.

Auf andere Weise jedoch verkauft The Company Store tatsächlich gebrauchte Bücher – jedenfalls sind die

Menschen dort engagierte Buchpropagandisten –, denn auf den Seiten des Katalogs erscheinen über zwanzig alte Bände. Auf einem Stapel aus fünf foliogefalteten Wamsutta-Laken in Bluette, Schwarzkirsche, Elfenbein, Sunset und Onyx liegt eine angestoßene rechtekkige Form, die von etwa 1880 zu datieren scheint, auf der wiederum eine Drahtgestellbrille ruht – eine Brille, mit deren Hilfe man die Seiten lesen könnte, auf denen sie thront. Bedauerlicherweise läßt sich der Titel des Buches auf dem Rücken nicht so recht erkennen. Doch auf einem anderen Bild in diesem Katalog – ein sehr kleines Foto auf S. 66 – überschreitet der Titel gerade eben die Schwelle zur Entzifferbarkeit. Der Kataloggestalter hat das Negativ umgekehrt, so daß die Buchstaben in Spiegelschrift sind, und die Wörter, die sie bilden, sind teilweise von einem Finger verdeckt, aber wenn man genau hinsieht, kann man dennoch identifizieren, welches Buch von allen Büchern, die jemals veröffentlicht worden sind, aufgeschlagen, mit dem Rükken nach oben, auf einem weißen Pyjamaschenkel liegt – dem Schenkel, so will es scheinen, der Frau, die man schon in der Kissenschlacht auf dem Umschlag gesehen hat. Jetzt ist sie allein, versunken in einer literaturinspirierten Träumerei, an ein vertikales Stützkissen mit niedrigen Stummelarmen gelehnt, mit dessen Hilfe sie im Bett aufrecht sitzen kann: eines jener Lesekissen, die meine Frau und ihre Kolleginnen immer «Ehemann» nannten. Die Frau ist vertieft in die Lektüre von *The Wood-Carver of 'Lympus*, erschienen 1904 und verfaßt von einer gewissen Mary E. Waller.

Ich ging in eine große Bibliothek und fuhr mit dem Fahrstuhl ins unterste Geschoß der unterirdischen Magazine, wo ich ein Exemplar von *The Wood-Carver of 'Lympus* fand, das mit dem auf dem Bild identisch war. Der Roman handelt von einem schlichten Hochlandapfelbauern namens Hughie, der in den Green Mountains von Vermont lebt, auf dem Mt. Olympus – oder Mt. 'Lympus, wie die Einheimischen dazu sagen. Ein herabfallender Holzklotz hat Hughie schwer und entfernt hemingwayesk verkrüppelt, und so bringt er sich, da Heiraten nun außer Frage steht, mit Unterstützung kultivierter, entfernt wohnender Freunde das Holzschnitzen bei. Sie besorgen ihm kofferweise Bücher und Reproduktionen europäischer Kunst: Er liest Carlyle, George Sand, Browning und Bret Harte, und er betrachtet aufmerksam eine Fotografie von Michelangelos *David*; und ganz allmählich gelingt es Hughie unter dieser Versandanleitung und -beeinflussung, sich von einem humpelnden Amateurschnitzer zu einem olympischen Paneelkünstler und Täfelisten zu mausern. Eine seiner Korrespondentinnen, Madeline, schickt ihm von einer Reise durch Norditalien einen Satz geschnitzter Bücherborde aus schwarzer Eiche. Sie schreibt ihm: «Ich kann mir all die Bücher, die du gesammelt und dir zu eigen gemacht hast, auf diesen Regalen gut vorstellen.»

Ich selbst habe mir in letzter Zeit ebenfalls Gedanken über Bücherregale gemacht und mir die Borde vorgestellt, die man füllen könnte, wenn man Versandhauskataloge nach den Büchern absucht, die darin als Requisiten benutzt werden (oft auf allernächster Nähe absucht: ein Teil des Vergnügens entsteht, wenn man mit Hilfe winziger Hinweise sowie von Suchvorgängen auf dem Computer die Identität eines Buches herausbekommt, dessen Titel zunächst völlig unleserlich erscheint); auch habe ich mir Gedanken darüber gemacht, was unsere Versandhauskataloge und unsere Bücherborde, jene beiden Schwestersphären kultureller Selbstdarstellung, über die Sorte Leser verraten, die wir sind oder gern wären. Ungeachtet dessen, was The Company Store uns glauben machen will, sind wir eindeutig keine gelegentlichen Bettkonsumenten der Romane und Reisebücher Mary E. Wallers. Der Copyright-Seite zufolge wurde *The Wood-Carver of 'Lympus* nach 1904 wenigstens dreiundzwanzigmal aufgelegt – was es für seinen Verlag Little, Brown zu einem tollen Buch gemacht haben muß –; mein Exemplar war aber zuletzt am 19. Januar 1948 ausgeliehen und am 20. Januar zurückgebracht worden: zu schnell, argwöhnt man, um gelesen worden zu sein. Das Model im weißen Schlafanzug und ich könnten die beiden einzigen Menschen sein, die dieses Werk innerhalb von Jahrzehnten gelesen oder zumindest so getan haben. Und dennoch wurde ein sehr kleines Bild davon per Postwurfsendung an Tausende von Haushalten geliefert. Auf einem anderen Katalogbild schläft die Frau, in den Armen ein 180 cm langes Körperkissen: natürlich träumt sie von behinderten Gebirgsmännern und den mit Carlyle gefüllten Bücherregalen, die diesen alles beigebracht haben, was sie wissen; *The Wood-Carver of 'Lympus* wartet auf ihrem Nachttischchen.

Doch ist der Versandhauskatalog von The Company Store nicht der einzige, der alte oder wenig bekannte Werke der Literatur in den Vordergrund rückt. Im Frühjahrskatalog '95 von Crate & Barrel zählte ich sechsunddreißig abgelegte Bücher, keines davon im

Originalschutzumschlag, in fünfzehn verschiedenen Arrangements. Die Bücher liegen offen auf Sesseln, auf Hängematten, auf dem Fußboden, als hätte die Person, die sie da las, sie kurz beiseite gelegt, um nach einer erdfarbenen Linsensuppe zu sehen; auf ihren Seiten liegen gewollt zufällig drapierte Lesezeichen – eine Muschel, ein Bandknäuel, ein Apfel, ein Gänseblümchen. Der Frühjahrskatalog von Crabtree & Evelyn offeriert ein Paar Hundertgrammdosen Southampton Rose Home Fragrance Spray, eine Art anspruchsvolles Raumspray, für siebzehn Dollar; sein Ansehen wird gesteigert und sein Preis verteidigt, indem es neben einer schick gebundenen italienischen Biographie Königin Elizabeths aus dem Jahr 1965 plaziert ist, deren Titel, in Übersetzung, *Elizabeth I. von England: Die Jungfrau mit der eisernen Faust* lautet – was auch kein schlechter Name für ein Raumspray wäre. Auf S. 28 des Frühjahrskatalogs von Tweeds hält eine Frau in einem hübschen Baumwollpulli ein unidentifizierbares leinengebundenes Buch aufgeschlagen, das deutliche und recht schöne Moderspuren aufweist. In einem der letzten J.-Crew-Kataloge findet sich auf S. 33 ein literarisches Intermezzo: ein Mann in Shorts und gipsbestäubten Arbeitsstiefeln sitzt in einem halbrenovierten Zimmer – anscheinend während einer Pause vom Hämmern und Luxussanieren – und schlägt etwas in einem Buch nach, das sich bei näherem Hinsehen als ein *Guide Bleu* der Schweiz auf französisch, wahrscheinlich aus den vierziger Jahren, erweist.

Was hat es mit diesen ganzen Büchern auf sich? Heißt es denn nicht, das Buch sei im Niedergang begriffen –

seine Autorität ausgehöhlt, sein informationelles Steueraufkommen auf der Flucht in Vororte makellos geschliffenen und geputzten Silikons? Fünf Minuten mit dem geschmackvollen Pottery-Barn-Katalog vom März 1995 könnten einen da etwas beruhigen. Auf seinen Seiten zirkuliert dekorativ ein geschlossenes Universum aus ungefähr fünfzig Büchern. Die Bibliothek des Pottery-Barn-Katalogs mag wegen der alphawelleninduzierenden Beige-, Blaugrau- und Dunkelrottöne ihrer Einbände ausgewählt worden sein, die tatsächlichen Titel jedoch, die fast, aber nicht ganz unleserlich sind, verraten zuweilen eine emotionale Zurückhaltung. In der Beschaulichkeit eines kühlen Wohnzimmers erscheint ein cremefarbenes Buch mit dem Titel *Flammenzungen* ohne seinen Schutzumschlag auf einem Bord des Bücherregals «Trestle», gleich neben dem Stuhl «Malabar». Dann taucht es in ein paar friedvollen Aufnahmen von eisernen Beistelltischchen auf. Als nächstes hat auf der Seite, die das von den Möbelbenennern von Pottery Barn «Bibliotheksbett» getaufte Stück zeigt – «ein Bett, dessen breite Paneele an die sorgfältige Holzarbeit erinnern, die man in alten englischen Bibliotheken findet» –, ein historischer Roman namens *Eine Rose für die Tugend* unter einem hübschen elfenbeingetönten Telefon seinen stillen Auftritt. Drei Seiten weiter kommt der große Augenblick, der Angelpunkt des Katalogs: Denn was da am Fuß des Eisengestellbettes liegt, offen, mit dem Rücken nach oben auf dem Kissen der Eisengestellbank, als würde es gerade gelesen, ist ein halb verborgener Band, der eindeutig als *Flammenzungen* identifiziert werden kann, und dagegen lehnt sich, leicht abgewinkelt, liebevoll oder gar leidenschaftlich

Eine Rose für die Tugend. Ob die Tugend der Rose diesen flüchtigen Flammilingus übersteht, erfahren wir nicht; es genügt zu wissen, daß die beiden Bücher nach ihren fotografischen Wirren endlich vereint sind.

Also ging ich wieder in die Bibliothek und lieh *Flammenzungen* aus. Es ist ein Band mit Kurzgeschichten von Mary Ward Brown, der 1986 bei Dutton erschien. (Es gibt auch einen Roman mit dem Titel *Flammenzungen*, von Tim Parks, der in England spielt und 1985 herauskam, doch die großen blaßgoldenen Lettern auf dem Umschlag der Dutton-Ausgabe sind unverwechselbar.) Die Titelgeschichte handelt von einer verheirateten Frau, die einem stammelnden Betrunkenen helfen will, sein Leben zu verändern, indem sie ihn in die Kirche mitnimmt. Ihr Programm scheint zunächst zu funktionieren, doch eines Abends hält der Pfarrer eine so machtvolle Predigt, daß sie den bestürzten Mann sogleich wieder zur Flasche treibt; binnen Stunden hat er mit seiner ungeschickten Art, Zigaretten zu rauchen, die Kirche in Brand gesetzt. «Rettet die Bibel!» brüllt eines der Gemeindemitglieder, als die Flammen aus dem Dach lodern, und sie wird schließlich auch gerettet. Die Autorin schreibt:

> Die nasse Kanzel, auf der die Bibel noch lag, war in den Kirchhof hinausgebracht worden. Kirchenbänke standen wahllos herum. Gesangbücher, Sonntagsschulbücher und Bibelbilder für Kinder lagen auf dem Rasen verstreut.

Nur wegen der farbkoordinierenden Bücherfreunde von Pottery Barn habe ich Mary Ward Browns Kurzgeschichte gelesen – und die Lektüre lohnt, ist vielleicht noch aromatischer, weil ich auf Umwegen auf sie gestoßen bin. Ebensowenig hätte ich mir die Mühe gemacht herauszufinden, in welchem Kirchenlied die schlichte, aber aufwühlende Wendung «Flammenzungen» enthalten ist. Sie stammt aus «Father of Boundless Grace» von dem sehr produktiven Charles Wesley (Methodist, Bruder von John Wesley und Inspirator William Blakes) und wurde wahrscheinlich irgendwann nach 1730 geschrieben:

Ein paar aus jedem Land
Nach *Salem* sind gekommen
Und sahn die Wunder Deiner Hand
und sahn die Flammenzungen!

Und wenn ich nicht *Flammenzungen* gelesen hätte, dann hätte ich mich womöglich nie an die Geschichte eines anderen, größeren Bücherbrandes erinnert. Er ereignete sich in London am Samstag, dem 23. Oktober 1731, um zwei Uhr morgens. Was einmal die Bibliothek des Britischen Museums werden sollte – eine Sammlung von ungefähr tausend Büchern und Manuskripten, darunter auch die Sammlung der alten Royal Library sowie die fabelhafte Kollektion Robert Cottons –, war viel zu nachlässig in einem Zimmer eines Hauses in Westminster gelagert und wurde (Edward Millers *That Noble Cabinet* zufolge) von dem Sohn des da schon gealterten klassischen Philologen Richard Bentley beaufsichtigt. Im Zimmer unterhalb der Bibliothek brach Feuer aus; Flammenzungen fanden ihren Weg aufwärts durch die Täfelung und erreichten die Rückseite der Bücherregale – oder Bücherpressen, wie sie oft genannt wurden –, und während die vereinten Bibliotheken zu seufzen und zu knistern begannen, zog der Speaker des Unterhauses, der ganz in der Nähe wohnte und auf den Lärm hin herbeigeeilt war, warme und rauchende Bündel alten Pergaments von den Borden und warf sie durchs Fenster hinaus, um sie zu retten. Wie Chuck Yeager nach seiner Bruchlandung am Ende von *Die Helden der Nation*, eingeräuchert, aber gehfähig, tauchte Dr. Bentley selbst aus der Feuersbrunst auf, den Codex Alexandrinus, das unschätzbare Manuskript der griechischen Bibel aus dem fünften Jahrhundert, auf den Armen. Er war im Nachthemd, hatte sich aber im Namen der Gelehrtenwürde die Zeit genommen, seine Perücke aufzusetzen. In jener Nacht wurden einhundertvierzehn Bücher vernichtet oder gingen verloren – einige davon «zur Kruste verbrannt», viele unersetzbar –, und eine Anzahl derjenigen, die aus dem Fenster in Sicherheit geschleudert worden waren, wurden zu Haufen zerfledderter und vom Wasser beschädigter Seiten zusammengekehrt und in Kisten verstaut. Erst hundert Jahre später schafften es Bibliothekare, einige der erhaltenen Fragmente wieder in Ordnung zu bringen.

Und wenn ich nicht an den Brand im Britischen Museum erinnert worden wäre, dann hätte ich mich auch nicht anregen lassen, die große Bücherbrandszene in Mervyn Peakes Roman *Der junge Titus*, erschienen 1946, noch einmal zu lesen, der einige der Elemente aus der mythischen Vorgeschichte des Britischen Museums verwendet. Peake beschreibt das Hinscheiden von Lord Sepulchraves Bibliothek in Gormenghast folgendermaßen:

> Fuchsias Hand fand fast auf Anhieb das schwere Objekt, und im gleichen Augenblick leuchtete der Raum in einer Flammenzunge auf, die zwischen den Büchern rechts neben der unbenutzten Tür aufsprang. Sie erstarb unmittelbar darauf wieder, zog sich zurück wie die Zunge einer Natter, schoß aber einen Augenblick später wieder hervor und stieg in einer scharlachroten Spirale, sich von links nach rechts windend, empor, als sie sich ihren Weg durch die vergoldeten und beschlagenen Rücken von Sepulchraves Bücher leckte. Dieses Mal erstarb sie nicht, sondern griff nach dem Leder mit Myriaden flackernder Fühler, während die Namen auf den Büchern in ephemerischem Ruhm aufleuchteten. Niemals vergaß Fuchsia sie, jene ersten lebendigen Titel, die ihren eigenen Tod anzukündigen schienen.

Fuchsia und die anderen entkommen durchs Fenster, und am nächsten Morgen erblicken wir die trostlosen Überreste der Bibliothek:

> Die noch aufrechten Regale waren zu Holzkohle vergangen, und auf ihnen standen Seite an Seite die Bücher, schwarz, grau und ascheweiß, die Leichen von Gedanken.

Offenbar hat sich Umberto Eco von dieser Szene bis hin zu den metallbeschlagenen Buchrücken inspirieren lassen, auch von der Geschichte des Brandes im Britischen Museum, als er die Schilderung der brennenden Bücher schrieb, mit der sein dickes Buch *Der Name der Rose* endet. «... schon züngelten Flammen im Skriptorium auf [*lingue di fiamma*], das ebenfalls voller Schränke und Bücher und loser Blätter war», sagt Ecos Erzähler. Und dann, als er die Abtei Jahre später noch einmal besucht, berichtet er:

> Beim Herumstöbern in den Trümmern fand ich hier und da ein paar Fetzen von Pergament, die aus Skriptorium und Bibliothek heruntergefallen waren und im Schutt überlebt hatten wie vergrabene Schätze. Ich begann sie zu sammeln, als müßte ich die Seiten eines auseinandergefallenen Buches wieder zusammenlegen …
> An einer Wand fand ich einen Schrank, der wunderbarerweise noch stand und das Feuer irgendwie überlebt hatte … Hin und wieder fand ich auch Blätter, auf denen ganze Sätze zu lesen waren, ja sogar einige fast komplette Buchrücken, die den Brand überstanden hatten dank dessen, was einst ihre Metallbeschläge gewesen … Larven von Büchern, äußerlich scheinbar unversehrt, doch innen wüst und leer.

Wie aufmerksam vom Pottery-Barn-Katalog, seine Kunden auf diese kurze, aber feurige Themenmission zu schicken und gleichzeitig Mary Ward Browns *Flammenzungen* vor dem Schicksal geistesabwesenden Geopfertwerdens zu bewahren – es sozusagen aus dem Fenster zu werfen, uns entgegen, einfach durchs Fotografieren. Buchhandlungen und Buchrezensionen befassen sich mit neuen Büchern, und selbst Antiquariate können nur alte Bücher auf ihren schweigsamen Borden aufreihen, wo sie auf Käufer warten. Die Postwurfkataloge dagegen – zu Millionen an Menschen geschickt, die sie gar nicht verlangt hatten, aber sie dennoch hin und wieder durchblättern und verblüfft sind von den Varianten des Lebens, die sie zur Schau stellen – gehen weiter, tun Büchern aus der Vergangenheit den Gefallen, sie in die Gegenwart aufzunehmen, und umgeben gedruckte Fiktion mit lebensgroßen fiktionalen Räumen, die unseren eigenen realen Räumen ähneln, nur daß sie um einiges ordentlicher, teurer und literarischer sind.

Wir wissen, daß das gelogen ist. Eines der größeren Stücke im Pottery-Barn-Katalog ist die Armoire «Sierra», aus Wermutholz und maschinenflagellierter Kiefer. Die Armoire, deren eine Doppeltür einen Spalt offensteht, ist mit einem Sammelsurium von Büchern vollgestopft, deren Einbände aus dem Dunkel hervorschimmern: ein Lehrbuch der Pathologie aus der Zeit vor dem Zweiten Weltkrieg, eine gebundene Originalausgabe von Bellows *Die Abenteuer des Augie March*, Paul Horgans *Bürger von New Salem*, eine gebundene deutsche Zeitschrift aus dem Jahre 1877 und dann noch – so tief in dem Dunkel, daß nur seine Breite und die leiseste Andeutung einer Schrift es verraten – *Flammenzungen*. Ein Selbsthilfebuch oder ein momentaner Bestseller sind nicht zu sehen, weil die Männer und Frauen, die die Räume der Versandhauskataloge bewohnen, nie Bestseller lesen. Auch Taschenbücher lesen sie nie. Die Beschreibung neben dem Bild verkündet: «Lange bevor es Wandschränke für die Aufbewahrung von Kleidung, Wäsche und Büchern gab, erledigten dies Armoires.»

Nun, das ist wahr. Bücherregale oder Bücherschränke hießen schon im ersten Jahrhundert *armarium*, als manche Bücher noch auf Rollen *(volumina)* veröffentlicht – das heißt mehrfach kopiert – und auf der Seite liegend gelagert wurden und an deren Enden kleine Schildchen herabhingen, auf denen der Titel stand. Seneca, der im Jahre 65 starb, erwähnt in seinem Essay «Von der Gemütsruhe» ziemlich ungehalten mit Büchern vollgestellte und mit Elfenbein ausgelegte Armoires. Und in einem der frühesten erhaltenen Bilder einer Bücherarmoire, entdeckt in einem Manuskript namens Codex Amiatinus aus dem achten Jahrhundert (aber wahrscheinlich aus einem noch früheren, jetzt verlorengegangenen Manuskript, dem Codex Grandior), liegen die Bücher, groß und rot eingebunden, flach auf den Borden, wobei die Türen des *armarium* offenstehen. Das Bild ist in John Willis Clarks *The Care of Books* reproduziert, einer monumentalen Geschichte des Bücherschranks, erstmals erschienen 1901. Professor Clark zitiert auch aus den Gebräuchen des Augustinerordens, die geboten, daß das *armarium* «innen mit Holz verkleidet sein soll, damit die Feuchtigkeit der Wände die Bücher nicht modrig werden lassen oder fleckig machen kann», und daß es «vertikal wie auch horizontal mittels verschiedener Borde geteilt sein soll, auf denen die Bücher aufgestellt werden können, so daß sie voneinander getrennt sind; aus Furcht, daß sie so eng gestellt werden, daß sie einander beschädigen oder jene behindern, welche sie haben wollen».

Im Englischen lockerte sich das Wort «armarium» zu «almery» oder «aumbry», so in dem Bericht über das Leben in der Kathedrale von Durham:

> Und drüben in den Nischen an den Kirchenwänd stunden etliche große getäfelt «almeries» voller Bücher, worin lagen die alten ehrwürdigen Doctores der Kirche wie auch andre profane Autoren mit diversen Werken andrer heiliger Männer, so daß ein jeder denjenigen Doctor studierte, welcher ihm am besten zugesagt.

Schließlich ähnelten Armoires immer mehr modernen Bücherschränken, indem sie sich ihrer Schranktüren entledigten, doch Diebstahl und falsches Einordnen führten zur Begleiterfindung eines anderen Abschrekkungsmittels: Bücherketten. Die Bücher wurden umgedreht, so daß sie nicht mit dem Einband, sondern mit dem vorderen Schnitt aus dem Bord blickten; an ihren Deckeln wurden sodann Ringe angeklemmt oder angenietet, und durch diese Ringe wurden verblüffend dicke, baumelnde Jacob-Marleyeske Ketten gezogen, manche kurz, manche gar ein, zwei Meter lang, deren andere Enden Eisenstreben umfaßten, die horizontal vor dem Bord oder quer über die schräge Oberseite eines Lesepults verliefen. Michelangelo entwarf eine verkettete Bibliothek. Ein Bücherschrankhistoriker namens Burnett Hillman Streeter, in den dreißiger Jahren Kanonikus der Kathedrale von Hereford und liebevoller Restaurator der dortigen verketteten Bibliothek, berichtet, daß in Cambridge Bibliotheken bis ins frühe siebzehnte Jahrhundert hinein an der Leine blieben, während diese Praxis sich in Oxford sogar bis 1799 hielt. Samual Johnson dürfte angekettete Bücher gelesen haben; und als Coleridge irgendwo über die Unmöglichkeit, den Fesseln der Sprache zu entkommen, lamentiert – indem er sagt: «Unsere Ketten rasseln, während wir noch über sie klagen» –, hat er vielleicht ganz spezifisch die Erinnerung an Bücherketten im Sinn.

Der Pottery-Barn-Katalog beruft sich also auf Jahrhunderte klösterlicher und akademischer Tradition, wenn er bemerkt, daß Bücher einstmals, so wie Kleider und Wäsche, in Armoires aufbewahrt wurden. Doch glaubt sein Werbetexter wirklich, daß jemand hinter die geschlossenen Fichtentüren eines Schranks zu 999 Dollar eine Büchersammlung stellt? Nein. Kataloggestalter haben schon vor langer Zeit begriffen und auch in die Praxis umgesetzt, was eine von Anthony Powells Figuren einmal bemerkte, als sie in betrunkenem Zustand einen Bücherschrank mit Glasfront beim Versuch, *The Golden Treasury* herauszuziehen, um ein Zitat zu überprüfen, über sich niederriß: «Während Band um Band auf ihn herabstürzte, gab er, so wird behauptet, den folgenden Kommentar von sich: ‹Und Bücher sind doch Möbel.›» Kataloggestalter wissen ganz genau, daß Bücher, falls wir so glücklich sind, überhaupt welche zu besitzen, irgendwo draußen sein sollten, sichtbar, in bunt gemischten Reihen aufgestellt oder auf Tischen gestapelt als Knotenpunkte kompakter Linearität, die das flüchtige Auge auf sich ziehen und Reichtümer patri- oder matriarchalischer Gelehrsamkeit suggerieren. Wenn man, als Leser ebenso wie als Nichtleser, einen Katalog durchblättert, verführen einen die Bücher dazu, sich ein alternatives Leben einzurichten – ein Leben, in dem man feststellt, daß man endlich in der Lage ist, jene verschlungene Yogaübung zu vollführen, von der schon so viele gesprochen haben, nämlich sich «mit einem guten Buch gemütlich hinzukuscheln».

Was also wird die Armoire von Pottery Barn in der Praxis enthalten? Die Katalogwerbung stellt im weiteren zurückhaltend fest, daß dieses Möbelstück «geräumig genug für ein 50 cm tiefes Fernsehgerät oder eine Stereoanlage (Löcher in die Rückwand bohren)» ist. Nun sehen wir: sie ergibt eine hübsche dekorative Hülle für einen Fernseher; in Ausübung dieser primären und vollkommen legitimen Pflicht aber kann sie nicht abgebildet werden, weil das die Vorstellung der Katalogbetrachter von sich selbst stören würde. Was sie veranlaßt, innezuhalten und möglicherweise gar zum

Telefon zu greifen, ist die Verheißung, die Illusion, daß die Armoire magisch ist, daß der Geist jener schönen dunklen Bücher auf dem Bild noch nach der Lieferung weiterbestehen und das moralische Ansehen des Fernsehers heben wird – mit anderen Worten, daß die buchgebundene Vergangenheit der Armoire dem Fernseher eine liberale Bildung verleiht.

Es ist unbestreitbar, daß Bücher ein Zimmer möblieren; daran ist nichts, dessen man sich schämen muß. Sie bedürfen eines Möbels in Gestalt eines Bücherregals, doch sie sind auch selbst Möbel. «Kein Möbel so reizvoll wie Bücher, selbst wenn man sie nie aufschlägt und auch kein einziges Wort liest» – so Sydney Smith, einer der Gründer der *Edinburgh Review* und ein hingebungsvoller viktorianischer Leser, zu seiner Tochter beim Frühstück in seiner Bibliothek. Zufällig war das Buch unmittelbar zur Rechten von *The Wood-Carver of 'Lympus*, wo ich es in der Bibliothek fand, etwas namens *Bits of Talk, in Verse and Prose, for Young Folks*, erschienen 1892, von Helen Jackson. Sie widmet darin ein Kapitel Tips, wie man ein Zimmer wohnlich einrichten kann. Zunächst empfiehlt sie Sonnenlicht und dann Farbe, insbesondere die Farbe Rot:

> Auf einem Herbstblatt, einem Vorhang, einem Sesselbezug, einem Nadelkissen, einer Vase, auf dem Einband eines Buches, wo Sie sie auch haben, sie setzt einen leuchtenden Akzent und bereitet Freude.

Sie fährt fort:

Als drittes auf meiner Liste der notwendigen Dinge, die ein Zimmer gemütlich, heiter und schön machen, kommen – Bücher und Bilder. An dieser Stelle werden manche ausrufen: «Aber Bücher und Bilder kosten eine Menge Geld!» Ja, Bücher kosten Geld, ebenso Bilder; doch Bücher sammeln sich in den meisten Häusern, wo überhaupt Bücher gelesen werden, rasch an; und wenn jemand wirklich Bücher will, dann ist es erstaunlich, wie viele innerhalb weniger Jahre zusammenkommen können, ohne daß man sich bei anderen Dingen allzusehr einschränken muß.

Hunca Munca und Tom Thumb, die zwei bösen Mäuse bei Beatrix Potter, tun ihr Bestes, um ein Puppenstubenregal mit einer falschen, rot gebundenen *Encyclopaedia Britannica* in ihr Mauseloch zu bugsieren, doch es paßt nicht ganz durch. Im Alter von achtzig Jahren und zwischen zwei Premierministerperioden faszinierte William Gladstone das Problem der Bücherlagerung, und anläßlich eines Besuchs beim Oxforder All Souls College «ließ er sich eines Abends im Dozentenzimmer über dieses Thema aus», so ein Beobachter, «und illustrierte seine Ideen für Bücherregale mittels eines komplizierten Gebrauchs von Messern, Gabeln, Gläsern und Karaffen». Gladstone war sich nicht so recht sicher, wie England all die Bücher, die es produzierte, lagern wollte, ohne daß seine Bürger, wie er schrieb, «in einigen Jahrhunderten vermöge der exorbitanten Ausmaße ihrer Bibliotheken in die sie umgebenden Gewässer verdrängt» werden. Doch einer Sache war Gladstone sich sicher: Bücherregale sollten einfach sein. «Es ist seit einiger Zeit Mode, Bücherregale äußerst schmuckvoll zu gestalten», sagt er. «Doch Bücher brauchen für und an sich überhaupt keinen Schmuck. Sie selbst sind der Schmuck.»

Bücher selbst sind der Schmuck. Ein arabisch sprechender Gelehrter im zehnten Jahrhundert erfuhr die Wahrheit dieser Aussage, als er auf dem Bücherbasar von Cordoba stöberte. Cordoba war eine gebildete Hauptstadt; es besaß die damals größte Bibliothek der Welt. Unser Gelehrter (dessen Namen ich nicht kenne) suchte nach einem bestimmten Manuskript, das er noch nicht zum Verkauf ausgestellt entdeckt hatte. Endlich stieß er zu seiner unaussprechlichen Freude auf ein Exemplar, das in einer ungewöhnlich schönen Schrift geschrieben war. Begierig bot er dafür. «Doch», schreibt er,

> jedesmal kam der Auktionator mit einem höheren Gebot wieder, bis der Preis den tatsächlichen Wert weit übertraf. Daraufhin bat ich den Auktionator, mir den Konkurrenten zu zeigen, der da so viel bot. Er stellte mich einem Herrn in prächtigen Gewändern vor, und als ich ihn als Doktor ansprach und ihm sagte, ich sei bereit, ihm das Buch zu überlassen, wenn er es so dringend brauche, da es sinnlos sei, den Preis weiter hochzutreiben, entgegnete er: Ich bin weder ein Gelehrter, noch kenne ich den Inhalt des Buchs; aber ich bin gerade dabei, mir eine Bibliothek aufzubauen, um mich unter den Notabeln der Stadt hervorzuheben, und habe zufällig gerade eine Lücke, die dieses Buch ausfüllen würde.

Bücher füllen Lücken besser aus als andere Sammelgegenstände, weil sie eine andere Art der Fülle darstellen – sie besetzen nicht nur die Spanne des maroquingebundenen Rückens auf dem Bord, sondern die weiträumigeren Strecken, die Kamelkarawanen gedankentragender Zeit, deren es bedarf, um sie durchzulesen. Wenn man eine Privatbibliothek mit Hunderttausenden von Bänden ansammelt, wie es der große Kalif Hakim II. von Cordoba tat, bevor er im Jahre 976 starb, dann kann man zuversichtlich sein, daß man sich eine Art implizite Unsterblichkeit gesichert hat: Man stirbt mit den ganzen Stunden und Jahren in Reserve, die diejenigen, die einen überleben, brauchen würden, die Wörter, die jedes Buch enthält, zu lesen, ganz zu schweigen davon, sie abzuschreiben – und dieser Vorrat an zurückgestellter Zeit ist dann das Leben nach dem Tod. Und wenn man seine Bücher einer Kirchenbibliothek mit der strengen Auflage vermacht, daß die gespendeten Bücher auf ewig zugekettet sein sollen (eine Bedingung, die etliche englische und italienische Bibliothekswohltäter in ihr Testament aufgenommen haben), dann kann man eigentlich gar nicht sterben, jedenfalls mag man das insgeheim glauben: Man kann nicht in höllische Kellergeschosse hinabsinken oder zu einem schlecht beleuchteten Limbus davontreiben, weil die geliebte Delegation der Bände, die Bibliothek, die einen im Leben umgab und mit einem litt und die *man selber* ist, nun an die Gegenwart festgezurrt ist; man lebt weiter, durch Eisen und Messing mit dem widerhallenden Tresor der aufgezeichneten Gedanken der Welt verbunden. Ein Erblasser bat im Jahre 1442 darum, daß seine seltenen Bücher in der Bibliothek der Guildhall angekettet werden sollten, damit, wie er sagt, «deren Besucher und Studenten sich desto eher angehalten fühlen, für meine Seele zu beten».

Doch kein Abschreckungsmittel, Ketten eingeschlossen, garantiert Unsterblichkeit. Bücher können brennen, und sie können unter verschiedenen Arten des Fanatismus Schaden nehmen, und sie können schlicht gegen Bares verkauft oder von törichten Konservatoren verstümmelt werden. Dasjenige Manuskript, das der arabische Gelehrte aus dem zehnten Jahrhundert begehrte und sich nicht leisten konnte (er teilt uns nicht mit, um welches es sich handelte), wurde sehr wahrscheinlich ein Opfer etlicher nachfolgender Jahrhunderte des Bürgerkriegs und Aufruhrs in Spanien. Ein befriedigend dicker blauer Wälzer von 1939 mit dem Titel *The Medieval Library* teilt uns mit, daß schon zu der Zeit, als Philipp II. von Spanien die Bibliothek des Escorial ausstattete, kein einziges arabisches Manuskript, nichts aus den ruhmreichen Tagen von Cordoba im gesamten Königreich mehr zu finden war. («Glücklicherweise linderte die Aufbringung einer marokkanischen Galeere, auf der eine beträchtliche Anzahl arabischer Bücher und Manuskripte gefunden wurde, die Verlegenheit des königlichen Bibliothekars», schreibt S. K. Padover.) In England gingen Zehntausende von Manuskripten – Werke, die von Dynastien wispernder Aufseher im Vatikan mit Fuchsschwänzen abgestaubt worden wären, wenn sie das Glück gehabt hätten, dorthin zu entfliehen – während der Unterdrückung der Klöster im sechzehnten Jahrhundert unter. In manchen Fällen starben sie langsam: dazu benutzt, Kerzenhalter und Stiefel zu polieren, Pasteten zu umhüllen, Handschuhe flach zu drücken oder zerbrochene Fensterscheiben zu reparieren. Manuskripte von Duns Scotus, später der bevorzugte scholastische Philosoph Gerald Manley Hopkins', wurden in Aborten an die Wand genagelt und Seite um Seite abgerissen, wodurch sie gezwungen wurden, wie ein stolzer Bibliothekssäuberer schrieb, «zu jedermanns gemeinem Diener zu werden».

All diese fernen Widrigkeiten haben jedoch eine positive Wirkung: die Bücher, die heute in unseren Regalen stehen, werden durch die aufgeladene, lindisfarnesche Abwesenheit derjenigen Bücher, die sie unmittelbar oder über viele Stufen hätten beeinflussen oder verbessern können, was sie aber nicht können, weil sie verlorengegangen sind, dekorativer und kostbarer – ungeachtet ihrer inneren Werte. Das erklärt, warum einige von uns, wie etwa eifrige Schüler im Naturkundeunterricht, die eine Einheit über die Fruchtfliege machen, sich veranlaßt sehen, auf der Suche nach winzigen, reizvoll willkürlichen literarischen Einstiegspunkten die kurzlebigen Bilder in Katalogen oder Zeitschriften genau zu studieren. Diese Bücher sind nun einmal die Bücher, die wir jetzt haben. Sie haben es geschafft – haben den Sprung geschafft vom Bibliothekskatalog zum Versandhauskatalog. Sie haben überlebt. Das hohe Bücherregal mit den Drehborden, das die Firma Levenger, der sehr erfolgreiche Hersteller von «Werkzeugen für den ernsthaften Leser», verkauft, habe ich noch nicht bestellt, doch unlängst habe ich mir die vielbändige *Biographical History of Massachusetts*, erschienen 1909, angesehen, die Levenger auf dem Umschlag seines Frühsommerkatalogs als Dekoration in dem drehbaren Bücherregal gezeigt hat. In Band II stieß ich auf die Geschichte von Henry Albert Baker (nicht verwandt), einem Zahnarzt und Dozenten aus dem neunzehnten Jahrhundert, der über Deformierungen des Mundes lehrte und 1872 das Prinzip des pneumatischen Zahnhammers entdeckte, ein Gerät, mit dem man Silberamalgamfüllungen in ausgehöhlte Backenzähne drückt. Baker, so sein Biograph, hatte zufällig ein Röhrchen in der Hand, wie Jungen es als Blasrohr für Bohnen nehmen. Gleichzeitig hatte er ein rundes Bonbon im Mund, das sich rasch auflöste. Spielerisch steckte er ein Ende des Röhrchens zwischen die Lippen, und zufällig glitt das Bonbon in das Röhrchen. Er hielt das untere Ende des Röhrchens mit einem Finger zu, damit es nicht herausfiel. Sobald er spürte, daß es seinen Finger berührte, sog er das Bonbon wieder herauf, und zu seiner Verblüffung flog es mit solcher Gewalt das Röhrchen herauf, daß er glaubte, er habe einen Schneidezahn damit abgebrochen. Fast die ganze darauffolgende Nacht lag er wach und versuchte, einen Plan zu entwickeln, wie er diese so mysteriös verborgene Kraft nutzbar machen konnte. Am nächsten Morgen war er in aller Frühe in der Maschinenfabrik, und binnen dreier Tage war der pneumatische Hammer fertig.

Was wäre wohl wissenswerter als das? Es wäre sicher kein Fehler, die Lektürevorschläge anzunehmen, die ungebeten durch unseren Briefschlitz fallen.

In der Geschichte des Buches und des Bücherregals gibt es eine verblüffende Weiterentwicklung. Nicht nur das Buch selbst ist das Requisit, auf das die Welt des Versandgeschäfts am meisten zurückgreift, auch Gegenstände, die Büchern ähneln – Nonbook-Dinge, die buchartige antiquarische Details aufweisen –, sind plötzlich beliebt. Das Buch als Totem der Bürgerlichkeit ist in einem Maße in Mode wie seit 1711 nicht mehr, als Joseph Addison eine Privatbibliothek erblickte, die Blindbände von «All den klassischen Autoren in Holz» enthielt, dazu noch eine silberne Schnupftabakdose «in Gestalt eines kleinen Büchleins». («Eine solche Mixtur des Mobiliars hat mir wunderbar gefallen», schrieb er.) Heute bieten Kataloge Krawatten mit Buchmuster, Buchbroschen und Sofas feil, die mit einem Trompe-l'œil-Bücherregalstoff bezogen sind. Pier 1 bewarb kürzlich einen runden Tisch mit Glasplatte und einem Sockel aus einem imitierten Stapel von neun großen ledergebundenen Büchern. Zu der neuesten Horchow-Home-Kollektion gehört ein ganzer Couchtisch für 869 Dollar, der in Form zweier riesiger, aus Buchenholzblöcken gehauener Buchattrappen gestaltet ist; die obere gibt vor, der erste Band einer italienischen Homer-Ausgabe zu sein. Der Süßigkeitenkatalog von See's preist die Chocolate Classics an, eine Schokoladenschachtel in Buchform. Der Paragon-Geschenkkatalog bietet eine ziemlich scheußliche Tischuhr mit einem goldgepunzten Buchimitat an, das darauf sitzt, und zwei Buchimitaten darunter, in die in Goldschrift die Worte «Zeiten des Erinnerns» eingeprägt sind. Paragon hat auch einen Ex-libris-Rahmen aus bedrucktem Stoff für Schnappschüsse, der viele Borde mit schwarz- und rotgebundenen Büchern zeigt – Schwarz und Rot sind, wie wir uns erinnern, die Farben der Bücher des armen Gelehrten in den *Canterbury Tales*. Ein Katalog namens Ross-Simons Anticipations zeigt einen 300 Dollar teuren Spiegel, dessen Rahmen aus mehreren «Borden» mit künstlich auf alt gemachten Bücherrücken besteht, so daß es einen, wenn man sich die Krawatte richtet, ganz literarisch ankommt.

Und dann ist da noch der Eximious-of-London-Katalog, der vor einigen Jahren zunehmend auch in amerikanischen Postsäcken auftauchte. («Eximious» ist ein archaisches Wort, das «vornehm» oder «erlesen» bedeutet.) Darin findet sich ein vierbändiger Satz buchförmiger Untersetzer (wasserabweisend) und ein buchförmiger Stifteköcher, der mit genauen Nachbildungen von Band IV einer alten Ausgabe der gesammelten Werke Racines überzogen ist. Ich sprach mit einer Ms. Cricket vom Kundenservice, die mir sagte, daß der Racine-Stifteköcher wahrscheinlich ihr Bestseller unter den Buchimitaten ist. Und dann gibt es noch das sogenannte wissenschaftliche Vergrößerungsglas mit Buchrückenimitat-Griff. Der Griff ist ein ungemein lebensechtes Modell eines Buches namens *Ramsay's Poetical Works*. Eine kühne Wahl. Allan Ramsay schrieb Gedichte in einem für amerikanische Ohren unerträglichen schottischen Dialekt, doch gebührt ihm auch der Ruhm dafür, 1725 in Edinburgh die erste Leihbücherei eröffnet zu haben – ein Ort, wo man, wie in einem modernen Videoladen, das ausleiht, was man sich nicht selber leisten kann. Ramsay löste mithin den großen Wandel in der Demographie der Leserschaft aus, der uns von den gruseligen Kammern des Sensationalismus im achtzehnten Jahrhundert hin zur Krönung des Romans als der vorherrschenden Literaturgattung im neunzehnten und am Ende zur vollständigen Dienstbarmachung ledergebundener Lyrikbände wie dem von Ramsay führt.

Und dann gibt es noch den Buchimitatkassettenständer. Mehrere Firmen verkaufen Imitatfassaden für Kassetten, CDs und Videokassetten, diese jedoch ist die einzige, die mich dazu veranlaßte, Shakespeare lesen zu wollen. Das Produkt verwandelt «eine unansehnliche Situation in ein phantastisches Glanzlicht für jedes Bücherregal», heißt es bei Eximious. «Die sinneschmeichelnde Bücherreihe sieht genauso aus wie eine Reihe ledergebundener antiker Bände, weil die Gußform tatsächlich von einer solchen Reihe übernommen wurde.» Was ist das für eine Reihe? Es ist die Sammlung Pickering's Christian Classics, um 1840 von dem Bibliophilen William Pickering herausgebracht, der ein Faible für Miniaturbücher oder «Minis», wie Bibliothekare sie nennen, hatte. Sein Mini mit verschiedenen lateinischen Dichtern erregte die Aufmerksamkeit selbst Gladstones, der beifällig anmerkte, daß es nur «ein einviertel Unzen» wiege. Saltmarshs *Sparkles of Glory*, der elfte Band in Pickerings Reihe, oder Hills *Pathway to Piety* konnte ich nicht finden, dagegen las ich ein wenig im neunten Band – Christopher Suttons *Learn to Die*, der Nachdruck eines Werks in Frakturschrift, das erstmals 1600 erschienen war. Jene peinlichen Multikassetten-Popmusikanthologien, die Sie vielleicht gekauft haben (oder vielmehr, die ich vielleicht gekauft habe), spontan, per Telefon, während gerade Court TV lief – die mit Titeln wie *Es leben die Achtziger* oder *Die schrillen Achtziger* oder *Top-Hits der Achtziger* –, können nun, abgeschirmt von inquisitorischen Blicken, hinter dem Einband eines Buches stehen, das makaber hilfreiche Gedanken wie den folgenden enthält:

> So wir also erkennen, daß wir uns allseits gedrängt sehen, die Tage dieser mühevollen Pilgerfahrt in Not und nachdenklichen Sinnes zu verbringen, dürfen wir da nicht jene, die an den Gestaden vollkommener Sicherheit gelandet und der Bürde einer so beschwerlichen Mühsal ledig sind, als dreifach gesegnet erachten? Dürfen wir nicht erquickt sein, wenn wir daran denken, daß diese Bataille eines Tages zu Ende gehen wird und wir befreit sein werden von den Qualen all dieses bitteren Elends?

Und über die Schönheit schreibt Sutton:

> Verderben nicht ein paar Attacken eines Fiebers all die Vornehmheit? Die Unbeständigkeit aller weltlichen Pracht! All der prächtige, prunkende Pomp wird schwinden und vergehen, als hätt's ihn nie gegeben.

Genau der rechte Ton für einen Kassettenständer. Während der Lektüre von *Learn to Die* fragte ich mich zunehmend, ob Christopher Sutton das Globe Theatre besucht hatte: Immer wieder tauchten Variationen von Wendungen und Metaphern aus den späten Stücken Shakespeares auf, insbesondere von Monologen in *Hamlet*. Selbst die ersten Worte des Buchs – «Diese Religion ist aus den Fugen» – gemahnen an Hamlets Verkündigung, daß «die Zeit aus den Fugen» sei. Also nahm ich *Hamlet* zur Hand und sah schnell, daß ich falsch lag. Nicht Christopher Sutton hatte Shakespeare gehört; Shakespeare hatte Christopher Sutton gelesen: *Learn to Die* erschien 1600, wohingegen *Hamlet* erst um 1602 zur Aufführung kam. Und dennoch ist Sutton in keiner Studie über Shakespeares Quellen aufgeführt, die ich nachgesehen habe, nicht im Arden-*Hamlet* und auch nicht in der kritischen *Hamlet*-Ausgabe von Horace Howard Furness aus dem neunzehnten Jahrhundert. Sollte der Eximious-Katalog uns für ganze 51,20 Dollar plus Versandkosten eine zugegebenermaßen kleine, aber nichtsdestoweniger bedeutsame und bislang undissertierte Quelle für Hamlets todbeladene innere Predigten präsentieren? Konnte ein Versandhauskatalog uns wieder an die Uni schicken?

Dennoch ist der Wunsch, die Kassetten oder Videobänder hinter dieser Extremform eines ledrigen Surrogats zu verbergen, ein wenig verstörend. Besser, aufrichtiger und mutiger wäre es von Eximious gewesen, eine Reihe aktueller Penguin-Taschenbuchimitate auf den Markt zu bringen, dazwischen ein paar Vintage Contemporaries-Imitate. Unsere Grundvorstellungen davon, wie Bücher aussehen, stehen kurz davor, in einer bräunlich vergilbten Phantasiephase zu erstarren, die uns der Lektüre der Bücher, die wir tatsächlich besitzen, entfremden und daher unseren Wunsch, sie zu lesen, schwächen könnte. Hamlet, der schlechte Wortspiele nachsah, hätte versucht sein können, darauf hinzuweisen, daß ein Buch, wenn es falsch wird, aufhören könnte, ein Freund zu sein.

Wenn wir kurz einmal dem goldfiligrierten Lederarchetypus wiederstehen, können wir entdecken, daß dem eigentlichen reichen Wunder des gebundenen Buchs – das in seiner verdeckten Aufteilung in Seiten gründet (also in seiner Eigenschaft, scheinbar nur zwei Oberflächen zu besitzen, wenn es geschlossen ist, tatsächlich aber Dutzende oder Hunderte von Oberflächen aufzufächern, wenn man es aufschlägt) – zur Zeit mehr technische Experimente, Verfeinerungen und spielerische Übertreibungen gewidmet werden als zu jeder anderen Zeit in seiner Geschichte. Das Buch, betrachtet als ein Stück Technologie mit vier Ecken und an einer Seite gebunden, ist noch immer verblüffend jung. Zeichen dafür finden sich natürlich in der Kinderabteilung der Buchhandlung, wo ein brillantes Team von Papieringenieuren in letzter Zeit seine Spuren hinterlassen hat. Die Kinderabteilung bietet Hochklappbücher der dritten Generation, die sich unter dem Druck des Umblätterns aufwölben und in Pose werfen wie Schützlinge von Isadora Duncan. Es gibt Bücher mit Klappen zum Anheben, also untergeordneten Seiten auf den Seiten, die weitere überraschende Flächen freilegen, wobei die Klappen sich dennoch ohne Protest abreißen lassen. (Mein Sohn, der anderthalb ist, verbringt täglich eine Stunde damit, seine nunmehr klappenlosen Bücher mit Klappen zum Anheben durchzublättern.) Auf diesen Borden findet man Bücher mit Brief-Taschen wie *The Jolly Postman* und neuzeitliche Variationen des alten texturalen Streichle-das-Häschen- und Fühle-Daddys-Kratzgesicht-Themas; man trifft auf ganze Reihen kleiner Chunky- oder Pudgy-Miniaturbücher mit steifen Seiten, auf die schaumgepolsterte Super-Chubby-Serie von Simon & Schuster und die patentierten doppeltbreiten House Books von Workman Publishing, die allesamt aus der notwendigen Stärke der nichtvirtuellen Seite eine Tugend machen. Sogar *Goodnight Moon* ist jetzt ein Kartonbuch. Und dann sind da noch Bücher mit neomittelalterlichen Schlaufen, die sie geschlossen halten, und echten Rädern, auf denen man sie rollen kann, und Bücher, die ein Loch in jeder Seite haben und ein quiekendes Schwein im Herzen. Es gibt Bücher, die eigentlich Spielzeuge mit Druckschriften sind wie *Build Your Own Radio*, erschienen bei Running Press, und die beim Aufschlagen nicht Wörter, sondern Schaltkreise enthüllen; oder der *Make-Your-Own-Book*-Bausatz mit Papier und Bindeleim; oder Höhepunkte wie *The Mystery of the Russian Ruby*, das einen eigenen Sherlock-Holmesschen, mit Scharnieren versehenen Bücherschrank enthält, der eine Geheimtreppe und einen verschwindenden Fuß mit Stöckel verbirgt; oder das folioformatige Konstrukt, das sich Buch nennt und beim angesehenen Verlag St. Martin's erscheint, aber beim Aufschlagen zu einem 360 Grad runden, zweistöckigen viktorianischen Puppenhaus erblüht. Im Obergeschoß, neben dem Kamin, steht ein kleiner Bücherschrank mit Klappe zum Anheben, der sechzig gewichtige, unbetitelte Bände enthält.

In der letzten Zeit habe ich, angeregt durch dieses geschichtete Gären in der Kinderabteilung oder durch die kühnen Bibliophilia in den Versandhauskatalogen, mehrmals vor meinen sechs unauffälligen Bücherregalen gestanden und das dichtgedrängte Mobiliar, das sie enthalten, mit einer neuen Form des Interesses und der Hochachtung betrachtet. Der beste Bücherregalmoment ist, finde ich, wenn man nach einem Taschenbuch hochlangt, das zufällig auf einem der obersten Borde hoch über dem Kopf steht. Man nimmt es heraus, indem man einen Finger oben auf den Block seiner Seiten legt und ihn sanft herabzieht, so daß das Buch nach vorn kippt und zwischen den Taschenbüchern zu beiden Seiten ein Dreieck vom Umschlag erscheint. Die Kippbewegung des Buches wird vom leichten Seitendruck seiner eingeordneten Genossen stabilisiert und verlangsamt, und wenn man gerade da aufhört zu ziehen, wird es von selbst dort hängen, schräg, und sich ins Zimmer hinauslehnen wie ein mahnendes Architekturdetail; es wird nicht fallen. Schließlich ist der Moment des Gleichgewichts vorbei: der verlagerte Schwerpunkt des Buches und die schmaler werdende Fläche, die ihm für die beidseitige Reibung zur Verfügung steht, wirken zusammen, entlassen sein Gewicht auf einen herab, und es fällt nach vorn in die geöffnete Hand. Man fängt das Buch, das man zum Fallen ausgewählt hat, auf. Und mit etwas Glück liest man es dann auch.

(1995)

Nicholson Baker

Rolltreppe oder
Die Herkunft der Dinge

Roman. Deutsch von Eike Schönfeld
rororo Band 13300

Der Büroangestellte Howie erfährt in einer Mittagspause jäh das ewig neue, immer gleiche Regiment der kleinen Dinge über uns und unsere Zeit. Nicholson Bakers Roman über die banalen Gegenstände unseres Alltags ist ein ganz außergewöhnliches, ein «souverän erzähltes, hintergründig schlaues Buch».
(Süddeutsche Zeitung)

Vox

Roman. Deutsch von Eike Schönfeld
rororo Band 13467

Zwei Menschen telefonieren bis tief in die Nacht, gestehen sich ihre intimsten Träume, Wünsche und Phantasien. «Nicholson Bakers meisterhafte Telefonsex-Novelle» *(Stern)* «ist kein Buch über den Verfall der Lust, sondern ein fulminantes Kabinettstück voller kleiner Lüste und Erregungen, eine Verführung zum elektronischen Sex».
(Stuttgarter Zeitung)

Rowohlt

Nicholson Baker

Zimmertemperatur

Roman. Deutsch von Eike Schönfeld
160 Seiten. Gebunden und rororo 13649

Hintersinnig, befremdlich schön und lachmuskelreizend bis zum Abwinken – ein erneuter Beweis für die überbordende, lustvolle Phantasie eines der originellsten amerikanischen Erzähler. «Andy Warhol hätte dieses Buch geliebt: er hätte sich 2000 Stück davon zugelegt, einfach so zum Spaß.» *(The Independent)*

Die Fermate

Roman. Deutsch von Eike Schönfeld
400 Seiten. Gebunden und rororo 13741

Der fünfunddreißigjährige Arno Strine hat eine besondere Begabung: durch einen Fingerschnipp kann er die Zeit anhalten. Und während alles um ihn herum stillsteht, lebt er seine erotischen Phantasien aus. Nicholson Baker hat mit der «Fermate» eine amüsante Satire auf unsere sexbesessenen Zeiten geschrieben.